文学论丛

跨文化阐释的多维模式

李庆本　著

图书在版编目(CIP)数据

跨文化阐释的多维模式/李庆本著. —北京：北京大学出版社，2014.10
(文学论丛)
ISBN 978-7-301-24950-5

Ⅰ.①跨… Ⅱ.①李… Ⅲ.①文学理论—研究 Ⅳ.①I0

中国版本图书馆 CIP 数据核字(2014)第 231942 号

书　　　　名：	跨文化阐释的多维模式
著作责任者：	李庆本　著
责 任 编 辑：	李　娜
标 准 书 号：	ISBN 978-7-301-24950-5/I·2821
出 版 发 行：	北京大学出版社
地　　　　址：	北京市海淀区成府路 205 号　100871
网　　　　址：	http://www.pup.cn　新浪官方微博：@北京大学出版社
电 子 信 箱：	zpup@pup.cn
电　　　　话：	邮购部 62752015　发行部 62750672　编辑部 62759634
	出版部 62754962
印　刷　者：	三河市博文印刷有限公司
经　销　者：	新华书店
	650 毫米×980 毫米　16 开本　18.25 印张　280 千字
	2014 年 10 月第 1 版　2014 年 10 月第 1 次印刷
定　　　价：	48.00 元

未经许可，不得以任何方式复制或抄袭本书之部分或全部内容。
版权所有，侵权必究
举报电话：010-62752024　电子信箱：fd@pup.pku.edu.cn

本书为教育部哲学社会科学研究重大课题攻关项目"中华文化的跨文化阐释与对外传播研究"（13JZD032）的前期成果。本书的出版得到中央高校基本科研业务费专项资金资助。

目 录

绪论:阐释与跨文化阐释 …………………………………………… 1

上编:跨文化阐释的空间维度

超越"中/西"二元模式 …………………………………………… 29
跨文化的环形之旅 ………………………………………………… 47
跨文化阐释与世界文学的重构 …………………………………… 63
西方浪漫主义阐释的有效性问题 ………………………………… 74
宇文所安对中国文学的跨文化阐释 ……………………………… 83
从禅宗与身体美学的角度解读王维诗 …………………………… 96
多伊奇的比较美学研究与跨文化审美欣赏 ……………………… 107
卡尔松与欣赏自然的三种模式 …………………………………… 118
媒体时代的文学生产与消费 ……………………………………… 129
对外文化传播与国家形象建设 …………………………………… 144

下编:跨文化阐释的时间维度

超越"古与今"二元模式 …………………………………………… 155
原始儒学的现代美学阐释 ………………………………………… 164
汉代经学的现代美学阐释 ………………………………………… 175
宋明道学的现代美学阐释 ………………………………………… 185
王国维对《红楼梦》的跨文化阐释 ………………………………… 196
蔡元培的跨文化阐释与审美拯救方案 …………………………… 204
宗白华与《周易》的美学阐释 ……………………………………… 216
钱锺书对《诗大序》的跨文化阐释 ………………………………… 229
20 世纪中国浪漫主义的历史演变 ………………………………… 238
走向跨文化研究的美学 …………………………………………… 250

附录:"跨文化阐释"九人谈 ………………………………………… 260

绪论:阐释与跨文化阐释

"阐释"这一术语源于拉丁语 interpres,意思是说在两者之间的一个媒介,因此阐释具有传播、沟通、传译的意思。阐释有两个维度:时间维度和空间维度。从时间上来讲,年代久远的古代文献因为时间的阻隔而无法被当代人所理解,因而需要阐释;从空间上来讲,异族他国的文字因空间的阻隔而无法为本族、本国人所理解,因而也需要阐释。从这个意义上讲,阐释一词本身就具有跨文化的涵义,既跨越古今文化,又跨越不同民族文化。

作为以阐释为研究对象的学问,"阐释学"(Hermeneutik)一词则来源于赫尔默斯 Hermes。赫尔墨斯是古希腊神话中诸神的一位信使的名字,他生有带有双翼的双足,其主要任务是来往于奥林匹亚山上的诸神与世俗人间之间,传递诸神的旨意,而且是把人类不可理解的旨意翻译转化为一种人类能够理解的语言。

一、阐释的多重面孔

在西方文化语境中,阐释学发展的第一阶段是基督教释经学(exegesis),其代表人物是圣奥古斯丁(Saint Augustine,354—430)。释经学的任务在于用世俗的语言去阐释《圣经》本文、教义中晦涩难懂的涵义。但是按照奥古斯丁的理论,人们使用的世俗语言又可以分为内在词和外在词。内在词是人们心灵内部的语言,外在词是指与声音等外在现象相联系的语词;在每一种语言中,语词都有不同的发音,这说明语词不能通过人们的舌头表明自身的真实存在;真正的语词,即内心中的语词,是独立于感性现象的。[①] 所以只有用内在词才能解释上帝的语词。

到了18世纪,阐释学逐渐从释经学中分离出来,成为一门独立的学问。在此过程中,德国神学家和哲学家施莱尔马赫(Friedrich Ernst Schleiermacher,1768—1834)做出了重要贡献。确如杨慧林教授所言:施莱尔马赫"之所以被称为'现代解释学之父',确实是因为他使关于'解释'

---

① 洪汉鼎:《诠释学——它的历史和当代发展》,北京:人民出版社2001年版,第34页。

的理论不再仅仅限于释经活动,却要诉诸普遍的人类理解问题。因此,解释学被重新定义为'理解的艺术';也就是说:非但神圣的文本有待于解释,诉诸理解的一切对象、乃至理解活动本身,都被认为必然包含着一系列的解释和误读。"①由于施莱尔马赫强调解释不仅仅局限于对圣经的解释,因而也就颠覆了奥古斯丁对外在语词的贬斥。在他看来,对文本的阐释包含两个方面:一是对书写材料的语法学意义上的理解;一是一种心理感知性(psychological feeling/understanding)的理解。这两者在对文本的理解和阐释上是有机统一的。所以他说:"理解只是这两个环节的相互作用(语法的和心理学的)""这两种解释同样重要,如果我们说语法的解释是低级的解释,而心理学的解释是高级的解释,这是不正确的。"②对文本的阐释首先必须从语义学本源去探讨字、词、句、章,去对文本进行解码式的研究,然后才能从跨文化、跨历史乃至超验的本质方面去阐释叙述的本质。他指出:"每一语词基本上有一种意思,甚至小词也不例外;只有凭借理解语词的基本意思,我们才能开始理解它的转义用法(它的意义的多样性)。"③在此基础上,他又把理解划分为三种:一是作者与读者双方都分享的理解,二是作者所特有的理解,三是读者所特有的理解。④ 而对于不同文本、不同文化中阻隔作者和读者间的历史距离(也可以是文化的距离)只能通过批判性的阐释和重构来加以克服。⑤ 从整体上看,施莱尔马赫阐释学的前提是语言学,阐释学的任务主要是理解和把握作者的语言所表达的含义。因此,虽然他在某种程度上摆脱了释经学中《圣经》的无可置疑的权威性,重新构建了作者的无可争辩的权威性。所以他说:"解释的重要前提是,我们必须自觉地脱离自己的意识(Gesinnung)而进入作者的意识。"⑥这是明显的作者中心论。

在西方阐释学的历史发展中,德国哲学家狄尔泰(Wilhelm Dilthey,

---

① 杨慧林:《基督教的底色与文化延伸》,哈尔滨:黑龙江人民出版社 2002 年版,第 37—38 页。

② 施莱尔马赫:《诠释学讲演(1819—1832)》,见洪汉鼎主编:《理解与解释——诠释学经典文选》,北京:东方出版社 2001 年版,第 51 页。

③ 同上书,第 24 页。

④ 同上书,第 25 页。

⑤ 参见王海龙:《对阐释人类学的阐释》,见克利福德·吉尔兹著,王海龙、张家瑄译:《地方性知识》,北京:中央编译局 2004 年版,第 3—4 页。

⑥ 施莱尔马赫:《诠释学箴言(1805—1810)》,见洪汉鼎主编:《理解与解释——诠释学经典文选》,北京:东方出版社 2001 年版,第 23 页。

1833—1911)是一位举足轻重的人物。其主要贡献在于,他明确划分了自然科学和精神科学的界限,并为精神科学奠定了认识论基础。这一认识论基础,就是理解和阐释。在他看来,自然科学与精神科学的区别在于,自然科学是以事实为对象的,这些事实是从外部作为现象和一个个给定的东西出现在意识中的,而在精神科学中,这些事实则是从内部作为实在和作为活的联系更原本地出现的,这些联系是本原性的,而不是通过补充性的推论和假设的联系给定的。对于自然科学,我们只能采用说明的认识论方法,而对于精神科学,我们则要采用理解这一认识论方法。所以他有一句名言:我们说明(erklaren)自然,我们理解(verstehen)精神。说明,就是通过观察和实验将个别事例归于一般规律之下,就是从原则或整体上进行说明性和描述性的因果解释;而理解,则是通过自身内在的体验去进入他人内在的生命,进而进入人类精神世界。这就更加明确地界定了理解在人类认识活动中的作用。他指出:

> 如果系统的精神科学由这种对个别物的客观把握中推出普遍的合规则的关系和包罗万象的联系,那么理解(verstaendnis)和阐释(auslegung)的过程对于这种精神科学就总是基础。因此,这种科学完全像历史学一样,其确实性依赖于对个别物的理解是否能被提高为普遍有效性(Allgemeingultigkeit)。所以在精神科学上我们从一开始就面临了一个它不同于一切自然科学的自身特有的问题。①

这样,他就把理解和阐释看成是整个人类精神科学的基础。在这里,狄尔泰还提出了阐释学的一个很重要的问题。在他看来,阐释学虽然是一门精神科学,但却不是主观随意的,并不是你愿意如何阐释就如何阐释,而是具有客观的普遍有效性。如果说,康德的《纯粹理性批判》是要解决自然科学的普遍有效性问题,即解决我们关于自然的认识的先天综合判断何以可能的问题,那么狄尔泰所要解决的问题则是精神科学的普遍有效性问题,即解决我们对于人的存在及其所创造的东西的理解何以可能的问题。在他那里,解决这样的问题似乎并不困难。因为精神科学所探讨的对象是精神世界,这是我们人类主体的精神创造,我们并不需要像在自然世界里那样去探究我们的主体与外在的客体如何同一的问题,精神世界中认识的客观对象就是我们人类自身,我们在精神世界中的认识

---

① 狄尔泰:《诠释学的起源(1900)》,见《理解与解释——诠释学经典文选》,第75页。

活动无非是发现我们自身的本质。因此从我个人出发，基于人类的共同性，就可以发现人类自身的普遍性，理解无非是在你中重新发现我。他指出："从我们呱呱坠地，我们就从这个客观精神世界获取营养。这个世界也是一个中介，通过它我们才得以理解他人及其生命表现。因为，精神客观化于其中的一切东西都包含着对于你和我来说是共同性的东西。"① 在狄尔泰那里，理解就是对他人及其生命表现的理解，理解的范围包括从人们在实际生活中所建立的生活方式、交往形式以及目的性关系到道德、法律、宗教、艺术、科学和哲学。所有这一切，都是人类创造性的作品，都体现了一个时代、一个地区的观念、内心生活和理想的共同性，都是人类生命表现的具体形式。而阐释就是"有关持续稳定的生命表现的技术性的理解"，"是在对残留于著作中的人类生存的解释中完成的"；所谓阐释学就是"关于这一技术的科学"。② 在这个意义上，阐释（auslegung）就是理解（verstehen）。区别只是在于阐释是带有技术性的方法程序的理解。理解固然是对生命表现的理解，但这种理解有时是不能轻易达到的，因此需要一种理解的技术，或者说一种方法程序。对于狄尔泰而言，这种技术性的方法程序，首先是指由己及人的类比推理，其次是指由人及物、由个别性到共同性、由局部到整体的归纳推理。不过，狄尔泰的归纳是指从个别的事物中推导出一个结构、一个顺序系统，一个包含各个部分的整体，而不是像在自然科学中那样推导出一般规律。正是结构、顺序系统和整体决定了所有不确定性事物的确定性。例如，每一个单独的词语都是不确定的，都具有多义性，但当把它置于语境整体中，其意义就可以得到确定。由此看来，尽管狄尔泰区分了精神科学与自然科学，但他最终的落脚点却是要说明精神科学与自然科学一样都具有客观性和普遍有效性。所以，当他把阐释或解释看成是一种归纳推理的时候，他才会认为："归纳对自然科学与精神科学是共同的。"③尽管归纳的具体表现形式在自然科学和精神科学那里是不同的，但在都要达到客观性与普遍有效性上却是一致的。这也就是我们之所以将他的阐释学称之为认识论阐释学的原因所在。

---

① 狄尔泰：《对他人及其生命表现的理解》，见《理解与解释——诠释学经典文选》，第97页。
② 同上书，第106页。
③ 同上书，第109页。

由于狄尔泰将阐释学的任务看成是对生命表现和人类生存的理解和阐释，因此，他也就预示着西方阐释学从认识论阐释学向海德格尔、伽达默尔的本体论阐释学的发展。不过在具体阐述和分析本体论阐释学之前，我们先要分析以往在西方阐释学历史中被忽略的弗洛伊德的心理学阐释学。

弗洛伊德的精神分析学在心理学的发展中所占有的位置自不待言，实际上，它在阐释学的发展中也具有十分重要的意义。阐释学中所谓的"误读"这一概念是在弗洛伊德那里得到十分深刻的界定的。在他看来，"误读"(misreading)这一现象跟日常生活中的"口误(slip of the tongue)""误听(mishearing)""遗忘(forgetting)"、物体的"误置(mislaying)"一样，都属于"失误动作(Fehlleistungen)"。而所有这一切的失误动作都与精神分析有关，都需要从精神分析学的角度来加以解释和阐释。所以他说："倘若你能让我们明白，为什么一个耳聪目明的人能够在大白天看或听到了根本不存在的事物，为何一个人突然想到自己正在受到迄今为止他最喜爱的人的迫害，为什么人会提出最精妙的论点证实那些连儿童都视为荒谬的幻想，那么，我们就会觉得有必要了解一点精神分析。"①而这样的失误动作并不是人在犯病时的生病症状，而是健康人在日常生活中经常出现的现象。而之所以会出现这种现象，最根本的原因在于在我们的意识中存在着隐秘的潜意识，由于它受到压抑，所以会以一种变形的方式出现在人的行为中，导致人的动作失误。弗洛伊德曾举一个误读的例子来说明这一点：某人在一陌生城市闲逛，尿急了，突然在一栋房子的二楼的大布告牌子上看见"Closet-House"（厕所）的字样，他惊讶这个牌子为什么挂得这么高，随后便发现这个字原来是"Corset-House"（紧身胸衣商行）。对此误读，弗洛伊德的解释是"（早先）思想的后像扰乱了新的知觉"②，这无异于说，"前理解"是造成误读的原因，从中我们的确会发现现代阐释学的影子。

弗洛伊德对阐释学的主要贡献还在于他对梦的解释上。他将人的梦分为显梦和隐梦两种：显梦，指的是梦的表面现象，即一般所说的梦境，它是隐梦的化装，类似于假面具；隐梦，指的是梦背后的意念，即梦的真实意思，类似于假面具所掩盖的愿望。他指出，人做梦就是潜意识企图通过伪

---

① 弗洛伊德：《精神分析引论》，西安：陕西人民出版社2006年版，第15页。
② 同上书，第61页。

装混过检查进入梦境的过程,也就是隐梦成为显梦的过程。梦的工作方式包括:(1)凝缩(condensation)。通过凝缩,"某些同性质的隐梦成分在显梦中混合进而融为一体"①;(2)移植。通过移植,"一个潜意识的成分不是被自己的一部分替代,而是被某个较远的事物替代——即被一个暗喻所替代"②;(3)表征,即将梦的思想转换为视觉意象。弗洛伊德还发展了一整套可资操作的释梦原则与方法。他认为释梦并非是随意性的,而有着客观的标准与方法。释梦者首先要了解梦者的生活经历、兴趣爱好以及日常琐事,以便了解梦的各个成分的来源与内涵,其次还要利用自由联想,揭露梦的伪装,同时利用象征知识,解释显梦的元素与隐梦之间的关系。

总之,我认为弗洛伊德对阐释学主要有两点贡献:一是提出了阐释学的"误读"与"前理解"问题;二是指出了作者(梦者)并不必然具有对自己作品(梦境)的解释权,而必须通过释梦者(读者)的解释,这种解释不是主观随意的,而有着客观标准。

西方阐释学无疑是在伽达默尔那里得到完全确立的。伽达默尔之所以能够完成这一任务,这归功于胡塞尔的现象学和海德格尔的存在论哲学。胡塞尔认为:虽然我们无法把握客观世界,但我们可以清楚地知道,客观世界中的事物是如何直接呈现于我们人类的意识中的。因此人类主体认识世界就是把握呈现在意识中的世界,这就是胡塞尔所说的现象学还原,而对于没有呈现在人类意识中的世界,我们只能悬置起来放在括号中。海德格尔沿着这一思路,进而提出以往阐释学的缺陷在于,没有从本体论上去探讨理解问题,即没有把存在(Sein)和存在者(Seindes)分开,所以以往阐释学所探讨的只是存在者,这是阐释学的认识论和方法论问题,而不是阐释学的根本问题,或本体论问题。理解的根本问题是我们何以能够理解的问题,而不是如何理解的问题。只有解决了何以理解这一本体论问题,才可以解决如何理解的方法论问题。对于我们何以理解的问题,海德格尔的解释是我们人类主体作为此在,不同于一般的存在者,它是一种与存在打交道的特殊存在者,它能够找到一般存在的意义,所以我们可以理解世界的本体存在。与胡塞尔不同的是,海德格尔认为,人类主体并非是先验地存在的,而是在世界中存在的。由于人与世界共在,所以在经验世界中存在的人,就可以把握作为本体的存在。海德格尔说:"哲

---

① 弗洛伊德:《精神分析引论》,西安:陕西人民出版社2006年版,第176页。
② 同上书,第170页。

学是普遍的现象学存在论,它是从此在的阐释学出发的,而此在的阐释学作为生存论的分析工作,则把一切哲学发问道的主导线索的端点固定在这种发问所从之出且所向之归的地方上去了。"①

伽达默尔的本体论阐释学所要解决的正是关于理解和阐释的这一本体论问题。他在《真理与方法》第二版序言中明确指出,他的阐释学的意图并不在于某种古老的解释学所从事的那种关于理解的"技法",而是阐释超越我们的意愿和行为对我们所发生的东西。所谓"超越我们的意愿和行为对我们所发生的东西",就是对象直接呈现在人的意识中的东西,它不同于外在于人的经验的客观世界,也不是人的主观世界可以随意改变的。这就是阐释学所要研究的东西。一方面它是在人的意识中存在的;另一方面它又是普遍的。由前者,阐释学必须放弃实证主义从具体到抽象的归纳方法;由后者,阐释学也必须放弃理性主义由一般到具体的演绎方法。对于伽达默尔来说,阐释学所应采取的方法就是现象学方法,即让对象直接呈现在人的意识中,通过内心体验去研究对象在人的意识中直接呈现的东西。这样一来,阐释和理解并不是体验或重构某个陌生意识,并不是使自己置身于他人的思想之中并设身处地地领会他人的体验。理解是对呈现于意识的东西的理解,这就是"视界融合"(Horizontverschmelzung)。这个呈现于意识的东西就是存在,就是真理。理解就是对存在者的存在的理解。理解是一种创造性的行为,而不是一种复制的行为,它是建构,而不是重构。所以阐释不是通达真理的方法和途径,阐释本身就是本体。

同时,由于人类主体在世界中存在,而不是一种先验存在,所以我们人类的理解必不可免地带有某种成见。在伽达默尔看来,我们要对任何文本有正确的理解,就一定要在某个特定的时间和某种特定的际遇中对它理解。由此他提出了"效果历史"(Wirkungsgeschichte)这一概念:"真正的历史对象根本就不是对象,而是自己和他者的统一体,或一种关系,在这关系中同时存在着历史的实在以及历史理解的实在。一种名副其实的阐释学必须在理解本身中显示历史的实在性。因此我就把所需要的这样一种东西称之为'效果历史'。理解按其本性乃是一种效果历史事

---

① 海德格尔著,陈嘉映、王庆节译:《存在与时间》,北京:三联书店1987年版,第38页。

件。"①理解的效果历史不是要抛弃理解的成见,实际上它是无法抛弃的,而是基于这种成见与所理解的东西会合。所以我们也可以把理解看成是对话过程。对话当然需要寻求或创建一种共同语言,需要克服自身的特殊性,也需要克服他者的特殊性,从而获得一种更高的普遍性。但这种普遍性的获得并不是要抹杀各自的特殊性,而是要在一个更大的总体格局中体验他者的特殊性,分享他者的特殊性。由此他就发展出一种多元性的统一模式。这样一来,伽达默尔的阐释学也就有可能走向一种跨文化的阐释学。

不过,按照约斯·德·穆尔的看法,尽管伽达默尔建构性的对话型阐释学似乎比狄尔泰的重构性的独白型阐释学更有资格适合跨文化阐释学,尤其是它似乎更适合于要应付文化碰撞戏剧性加剧的当代,但"它忽略了跨文化对话和阐释实践中特有的困难"。约斯·德·穆尔认为,伽达默尔似乎忽视了在跨文化境遇中经常会出现的不对称性,其中最重要的就是语言的不对称性。穆尔指出:"在跨文化际遇中,'会话伙伴'(无论两个人,还是人与文本)常操持不同的母语。在很多情况下,这就意味着,为了寻找或创造一种共同语言,往往只能使用其中的一种语言进行会话和解释。例如,只有很少的西方人能够说与读中文,所以中国哲学和西方哲学之间的对话通常是使用英语,因为这种语言实际上已经成了知识分子进行思想交流的国际标准。"②在这里,穆尔的确给我们提出了一个很现实的问题,实际上,任何跨文化阐释都不可避免地遭遇语言的瓶颈。理想的状态当然是在当今世界出现一种能够为世界各国各民族都能掌握和理解的共同语言,而实际上,这是不可能实现的。因此,不同文化之间的对话和相互理解也就必须另辟蹊径。

德里达就是这样的另辟蹊径者。在西方阐释学语境中,阐释之意的思考始终摆脱不了逻各斯中心主义的羁绊。人们总是试图为阐释寻找一个安身立命的基点和本源,而这个基点和本源就是逻各斯(logos)。从拉丁文的词源追溯来看,"逻各斯"——"logos"有"ratio"与"oratio"两个层面的意义。"ratio"与"oratio"都是拉丁文。"ratio"的意义是指"理性"——"reason",即内在的思想自身,也就是海德格尔所阐释的"思"—

---

① 伽达默尔:《真理与方法》第1卷,第305页。转引自洪汉鼎:《诠释学——它的历史和当代发展》,第238页。

② 约斯·德·穆尔著,麦永雄、方颖玮译:《阐释学视界——全球化世界的文化间性阐释学》,载《外国美学》第20辑,北京:商务印书馆,2012年。

"denken (thinking)";"oratio"的意义是指"言说"—"speaking",即内在的思想的表达,也就是海德格尔所论释的"言"—"sprechen（speaking）"。换言之,"逻各斯"具有"思想"（thinking）与"言说"（speaking）这两个层面的意义。伽达默尔曾提示我们,"逻各斯"虽然通常被翻译为"理性"或者"思考",但它的原初与主要意义就是"语言"—"language",作为理性动物的人实质上是"拥有语言的动物"。简言之,"逻各斯"即是"思"与"言"的混合体。逻各斯中心主义就是将人类与世界置于这样的一个逻各斯的基点上,也就是置于理性与语言的基点上。在德里达看来,西方传统哲学都是以逻各斯为本源、为本体、为终极的,它可以以存在、理念、物自体、太一等不同的形式出现,尽管形式不同,但寻找本源、本体、终极的愿望是相同的,所以从赫拉克利特到胡塞尔、海德格尔,一部西方在场形而上学的发展史就是一部"逻各斯"—"语音"自我言说、自我倾听的发展史。德里达所要解构的其实就是这样一种存在于西方哲学传统中的逻各斯中心主义。因为逻各斯中心主义预先设定了一种权力等级关系。按照逻各斯中心主义的思路,在语音与书写中,其实存在着语音高于书写、声音高于文字的关系。所以逻各斯中心主义其实就是语音中心主义。德里达的解构阐释学在解构逻各斯中心主义的同时,也解构了语音中心主义。

　　无论怎样,阐释学是关于理解和意义的学问。如果说阐释不是在寻找意义,那么阐释还能是什么？人们很自然都会诘问德里达这个问题。而德里达给人的印象的确像是在解构阐释本身,所以德里达的解构阐释学也可能被人误解为非阐释学。我认为我们没有必要过分夸大德里达解构哲学对阐释学的冲击力。实际上,德里达所要表达的,无非就是任何词语皆没有固定的意义,其意义依赖于它所呈现于其中的语境或视界。不过,这种视界可以向四面八方拓展,没有终结。每一个词语都可以从它原来的语境中抽离出来,转换到另一个语境,如此,新的意义就会源源不断地产生。简言之,德里达的解构哲学无非是将意义从语言的囚笼中解放出来,他的阐释学仍然是对意义的追问,仍然是在西方阐释学传统中发展起来的。正像穆尔所言:德里达解构阐释学的目的不在于视界的拓展（如同狄尔泰那样）,也不在于视界的融合（如同伽达默尔那样）,而在于视界的播撒。德里达似乎要推进一种无政府主义的多边会谈,以取代独白或者对话。更重要的是,德里达的解构阐释学还为跨文化阐释学提供了某种契机,使得跨文化阐释学能够在德里达对种族中心主义的批判中呼之欲出。德里达认为,拒绝把某种确定的意义指派给文本或谈话伙伴的言论,是一种尊重"他者的他者性"的行为。① 而这一点对于跨文化阐释学是非常重要的。

在西方阐释学的发展中,阐释被赋予了不同的涵义。前面我们追索了语言学意义上的阐释(施莱尔马赫),认识论意义上的阐释(狄尔泰),心理学意义上的阐释(弗洛伊德),本体论意义上的阐释(海德格尔和伽达默尔),解构论意义上的阐释(德里达)。我们还可以继续追寻下去,如人类学意义上的阐释(吉尔兹),文化学意义上的阐释(萨义德与斯皮瓦克),等等。在文学阐释学中,我们又可以将阐释划分为以作者为中心的阐释,以世界为中心的阐释,以作品为中心的阐释和以读者为中心的阐释。所有这一切,其实都在提醒我们这样一个简单的道理,对阐释的探讨可以有不同的路径和方向,阐释的多义性也提示我们必须扩大我们的研究视野,在一个更广阔的背景下来思考和探讨阐释学的问题。在这一点上,我非常认同穆尔所提出的"万花筒视界"(Kaleidoscoping Horizons)的观点。所谓"万花筒视界"就是强调视界的多元性,就是要努力克服种族中心主义的视界,"在这种万花筒式的体验中,自我与他者之间的区别日益变得模糊不清与模棱两可。"② 这种"万花筒视界"其实就是一种跨文化阐释学的多维模式。

尽管有不少学者认为西方阐释学无法为跨文化阐释学提供理论支持,因为跨文化阐释学只有在不同于西方阐释传统的基础上才能发展起来,但我认为跨文化阐释学也不应该完全放弃西方阐释学的学术资源。在全球化背景下,跨文化阐释应该将西方阐释学传统中的时间维度,转化为阐释的空间维度,重新思考全球范围内不同民族、不同文化之间的关系,寻求跨文化理解与对话的可能性和途径。在这里,空间维度的介入意味着首先承认不同民族文化的差异性,承认不同民族文化在这个世界上存在的合理性,在此基础上,以一种"多元化的普遍主义"追求和寻找多边对话的共同规则和交流理解的有效途径。尽管这一途径的获取是非常艰难的,但人类想要在全球生态危机日趋严重的情况下继续生存下去,就必须放弃狭隘的种族中心主义,必须不断寻找跨文化理解和对话的有效途径,以共同面对人类生存的挑战。

---

① 约斯·德·穆尔著,麦永雄、方顾玮译:《阐释学视界——全球化世界的文化间性阐释学》,载《外国美学》第20辑,北京:商务印书馆,2012年。

② 同上。

二、阐释学的中国语境

跨文化阐释学是从阐释学发展而来的。在国内,阐释学研究经历了西方阐释学研究、中国阐释学研究和跨文化阐释学研究三个阶段。早在20世纪60年代,我们翻译的民主德国一些哲学论文中已出现了"阐释学"这一词,只是当时被划为资产阶级哲学而未能了解。20世纪80年代初,随着我国对外开放政策的实施,西方阐释学也进入中国。1984年,张隆溪在《读书》发表题为《仁者见仁、智者见智——关于阐释学与接受美学》的论文,是国内最早介绍西方阐释学的文章。1986年,中国社会科学院《哲学译丛》在一些学者的倡导和支持下,出版了一部《德国哲学解释学专辑》。1987年秋,北京社会科学院和现代外国哲学学会在深圳举办了首届诠释学(阐释学)学术讨论会,邀请德国杜塞尔多夫大学哲学系金置(Lutz Geldsetzer)教授作了《何谓诠释学?》的专题报告。自此,阐释学在我国学术界发展起来。

国内学界在西方阐释学研究方面所取得的成果首先是对西方阐释学经典著作的翻译。从20世纪80年代后期开始,国内学术界翻译了大量的西方阐释学经典著作,如海德格尔的《存在与时间》(三联书店1987年版)与《存在论:实际性的解释学》(人民出版社2009年版)、伽达默尔的《真理与方法》(辽宁人民出版社1987年版;上海译文出版社1992年版,1999年版;商务印书馆2007年版,2010年版)、利科的《诠释学与人文科学》(河北人民出版社1987年版)与《解释的冲突》(商务印书馆2008年版)、姚斯与霍拉斯的《接受美学与接受理论》(辽宁人民出版社1987年版)、赫施的《解释的有效性》(三联书店1991年版)、洪汉鼎编的《理解与解释——诠释学经典文选》(东方出版社2001年版)、吉尔兹的《地方性知识:阐释人类学论文集》(中央编译出版社2004年版)、艾柯等人的《诠释与过度诠释》(三联书店2005年版)、阿佩尔的《哲学的改造》(上海译文出版社2005年版)、姚斯的《审美经验与文学解释学》(上海人民出版社2006年版)、理查德的《诠释学》(商务印书馆2012年版)等。其次是对西方阐释学的研究专著,如张汝伦的《意义的探究——当代西方释义学》(辽宁人民出版社1986年版)、殷鼎的《理解的命运——解释学初论》(三联书店1989年版),严平的《走向解释学的真理——伽达默尔哲学述评》(东方出版社1998年版)、洪汉鼎的《当代哲学诠释学导论》(台北五南图书出版股份有限公司2008年版)、《理解的真理——真理与方法解读》(山东人民出版社 2001 年版)、《诠释学——它的历史与当代的发展》(人民出版社 2001 年版)、章启群的《意义的本体论——哲学诠释学》(上海译文出版社 2002 年版)、陈海飞的《解释学基本理论研究》(中共党史出版社 2005 年版)、何卫平的《解释学之维》(人民出版社 2009 年版)。另外是对西方阐释学从哲学向其他学科的扩展,如金元浦的《文学解释学》(东北师范大学出版社 1997 年版)、张政文的《马克思主义文学阐释观的哲学研究》(黑龙江人民出版社 2005 年版)、周庆华的《文学阐释学》(台北里仁出版社 2009 年版)、梁慧星的《民法解释学》(中国政法大学出版社 1995 年版)、梁治平的《法律解释问题》(法律出版社 1998 年版)、陈金钊的《法律解释的哲理》(山东人民出版社 1999 年版)、彭公亮的《审美理论的现代诠释——通向澄明之境》(武汉出版社 2002 年版)。特别要提出的是洪汉鼎主编的"诠释学与人文社会科学丛书",深入到文学、历史学、神学、法学、自然科学各个领域:李建盛的《理解事件与文本意义——文学诠释学》,韩震、孟鸣歧的《历史、理解、意义——历史诠释学》,杨慧林的《圣言、人言——神学诠释学》,谢晖、陈金钊的《法律:诠释与应用——法律诠释学》以及黄小寒的《自然之书读解——科学诠释学》等。

  在研究西方阐释学的过程中,国内学界试图运用西方阐释学的观念与方法,重构我国自己的阐释学传统,以完成传统注释理论的当代转化。汤一介先生早在 1998 年就发表了一篇题为《能否创建中国的解释学》的论文,继后于 2000 年《中国社会科学》第 1 期上又发表了《再论创建中国解释学问题》,无疑推动了阐释学在中国哲学研究中发展。随后还有刘耘华的《诠释学与先秦儒家之意义生成——〈论语〉、〈孟子〉、〈荀子〉对古代传统的解释》(上海译文出版社 2002 年版)、李清良的《中国阐释学》(湖南师范大学出版社 2001 年版)、周广庆的《中国古典解释学导论》(中华书局 2002 年版)、黄俊杰的《中国孟学诠释史论》(社会科学文献出版社 2004 年版)、周裕锴的《中国古代阐释学研究》(上海人民出版社 2003 年版)、李珺平的《中国古代抒情理论的文化阐释》(北京大学出版社 2005 年版)、曹海东的《朱熹经典解释学研究》(湖北人民出版社 2007 年版)、孔祥龙的《孔子的现象学阐释九讲》(华南师范大学出版社 2009 年版)、赖贤宗的《佛教阐释学》(北京大学出版社 2009 年版)、《道家诠释学》(北京大学出版社 2010 年版)、《儒家诠释学》(北京大学出版社 2010 年版)、杨雅丽的《〈礼记〉语言学与文化学阐释》(人民出版社 2011 年版)。特别值得一提的是洪汉鼎主编的《中国阐释学》年刊,从 2004 年开始至今,已经连续出版了 8 辑。这份年刊以建立"中国阐释学"为宗旨,在推动中国阐释学研究方面做出了坚持不懈的努力。

从广义上讲,上述中国学者对西方阐释学经典的翻译与研究以及运用阐释学理论对中国阐释学的整理与研究,都属于跨文化阐释的范畴,只是尚缺乏跨文化阐释学的自觉意识。而严格意义上的跨文化阐释学研究则是指具备跨文化阐释学的自觉意识,旨在推动中西文化的平等交流与对话而进行的阐释学研究。在这方面,国内学界也取得了一定的成果,如成中英的《从中西互释中挺立——中国哲学与中国文化的新定位》、张隆溪的《道与逻各斯——东西方文学阐释学》(江苏教育出版社 2006 年版)、叶舒宪的《原型与跨文化阐释》(暨南大学出版社 2002 年版)、李天刚的《跨文化的诠释——经学与神学的相遇》(新星出版社 2007 年版)、刘耘华的《诠释的圆环——明末清初传教士对儒家经典的解释及其本土回应》(北京大学出版社 2005 年版)、金学勤的《〈论语〉英译之跨文化阐释》(四川大学出版社 2009 年版)、鲁苓的《视野融合:跨文化语境中的阐释与对话》(社会科学文献出版社 2004 年版)、李砾的《阐释与跨文化阐释》(广东人民出版社 2006 年版)等。上述跨文化阐释学的研究著作,分别属于哲学、历史、文学、宗教学、译介学,可以看作是跨文化阐释学在各学科领域的展示。成中英的《从中西互释中挺立——中国哲学与中国文化的新定位》,主要从哲学研究的角度,分析了中国文化的特性与价值,对中西文化的互相阐释进行了大胆的尝试(如采用怀海特的象征指涉理论来阐释《易经》和《道德经》),进而论证了使中国哲学和中国文化走向现代化与世界化的重要性。张隆溪的《道与逻各斯》成书于 20 世纪 90 年代初,最初是用英文写的,原名是 *The Tao and the Logos*: *Literary Hermeneutics*, *East and West*,作者希望"不顾深刻的文化差异而发现其中共同的东西",于是他把在哲学层次上讨论较多的阐释学引入文学批评上来,并采用了文化求同的理论策略,锋芒直指"欧洲中心主义"和"东西文化二元对立"的偏见。叶舒宪的《原型与跨文化阐释》一书,运用原型批评理论,从跨文化阐释的角度,对中国文学中的美人幻梦原型、俄狄浦斯主题、性爱主题、中国神话宇宙观的原型模式、中国"鬼"的原型、原型与汉字、中国上古英雄史诗等问题,进行了深入解析,既讨论了富有民族特色的原型,又注意到了跨文化普遍性的原型。特别是书中提出的"三重证据法",在王国维的纸上材料与地下考古材料互相印证的"二重证据法"的基础上,增加跨文化的民族学与民俗学材料作为参照性的旁证,是对跨文化阐释学方法论的极大发展,具有重要的学术价值。李天刚的《跨文化的诠释》一书以明末清初来华的天主教耶稣会为媒介,研究16世纪以来的中西文化交流。作者采用"跨文化诠释"的方法,重新审视400年前发生的"经学与神学相遇"的历史,讨论在当时学者之间发生的"中国礼仪之争"、"儒学宗教性"等问题,认为中西方学者之间的初次相遇,其意义超出"天文"、"地理"、"历算"、"火炮"等器物层面,而有着更加深入的精神交往。金学勤的《〈论语〉英译之跨文化阐释》一书,通过理雅各和辜鸿铭的《论语》英译的个案考察,探讨了翻译中的跨文化阐释问题。

此外,乐黛云教授所倡导的"跨文化对话"、严绍璗教授提出的文学"变异体"与发生学、曹顺庆教授提出的比较文学"变异学"、周宁教授提出的跨文化形象学,虽不是以建立跨文化阐释学为出发点,但也都触及了跨文化阐释学中的许多实质性问题,都可作为跨文化阐释学理论建构的重要学术资源。

在研究论文方面,近些年来直接以"跨文化阐释"为题的论文逐渐多了起来。如李庆本的《跨文化阐释与世界文学的重构》(《山东社会科学》2012年第3期)一文主要讨论了跨文化阐释在中国文学如何成为世界文学过程中所发挥的作用问题。李兰生在《中外文化关键词的语义清理与跨文化阐释》(《中南大学学报〈社会科学版〉》2003年第2期)一文中认为:在全球化语境下,从比较文化视角对中外文化中的关键词进行认真的跨文化语义清理和阐释,是一个十分有意义的研究课题。吴佩芳在《文学经典在跨文化阐释中的接受与变异——论〈双城记〉在汉语外国文学史的经典化》(《语文学刊》2011年第1期)认为,外国文学史的编写是对异域经典的一次跨文化重构。李游在其学位论文《典籍的多元阐释与跨文化建构——以〈论语〉文化成分的翻译为例》,选取《论语》不同时期四个优秀译本(理雅各、辜鸿铭、安乐哲、丘氏兄弟)为研究对象,通过对三个相互关联的儒家核心概念"仁"、"礼"、"天"所对应的不同英译文的比较研究,分析文化成分在译语中的多元阐释与意义建构,旨在为中国典籍翻译提供多维视角。张智圆的《跨文化文学阐释的理论与实践》(《求是学刊》1996年第5期)对港台学者提出的"阐发研究"进行了述评,并总结出海内外学者阐发研究的四种类型:模式演绎、圆览旁通、中西文论的比照与体系的重建和误读。

上述国内关于跨文化阐释学的研究,为跨文化阐释学理论的系统建构提供了重要的学术资源,但很显然,这些研究仍然是例证性的,既缺乏建立跨文化阐释学的明确的学科意识,也缺乏有系统、成体系的跨文化阐释学理论梳理,更缺乏将跨文化阐释学与中华文化对外传播有机联系起来的明确的问题意识。这需要我们在现有跨文化阐释学已取得的成果的基础上,从中华文化对外传播的实际出发,借鉴国外跨文化阐释学的最新成果,明确问题意识,加强理论的针对性、系统性和有效性,进一步提升和拓展跨文化阐释学的系统研究,以便有效地为中华文化对外传播提供理论支撑。

三、跨文化阐释学的理论构想

就目前所掌握的外文文献来看,跨文化阐释学(Intercultural Hermeneutics)作为一个独立概念的提出是在20世纪90年代,仍然来源于宗教学界。1996年,世界基督教协进会在《使命国际评论》杂志发表题为《论跨文化阐释学》的报告,明确使用了跨文化阐释学这一概念。[1] 2000年,《使命国际评论》杂志又发表了维纳·卡尔的《跨文化阐释学——语境解释》的论文,对跨文化阐释学作出了进一步的界定。[2] 2003年,位于肯尼亚内罗毕的行动出版社出版了玛努斯的专著《跨文化阐释学在非洲》,作者在书中指出,并不存在一个普遍的阐释学,只有根植于不同文化语境的阐释学。[3] 2004年,拉脱维亚大学东方研究系的恩曼尼斯发表了《跨文化阐释学方法论再思考》一文,对跨文化阐释学的方法论进行了界定。[4] 2005年,韦斯利·阿瑞拉雅发表《跨文化阐释学——未来的承诺?》,对跨文化阐释学这个术语的含义进行了辨析,提出跨文化阐释学作为一个术语虽然是最近才出现的,但跨文化阐释学实际上产生于基督教与其他信仰和文化发生接触的历史时期。[5] 同一年,宾斯波艮发表《走向后9·11和解的跨文化阐释学》,提出建立不同文化相互理解和对话的跨

---

[1] World Council of Churches, "On Intercultural Hermeneutics," *International Review of Mission*, Vol. 85, Issue 337, 1996.

[2] Werner Kahl, "Intercultural Hermeneutics-Contextual Exegesis," *Intercultural Review of Mission*, Vol. 89, Issue 354, 2000.

[3] Ukachukwu Chris Manus, *Intercultural Hermeneutics in Africa: Methods and Approaches*, Nairobi: Action Publishers, 2003.

[4] Kaspars Eihmanis, "Rethinking the Methodological Approaches of Cross-Cultural Hermeneutics," *Scientific Papers University of Latvia*, 2004.

[5] Wesley Ariarajah, "Intercultural Hermeneutics—a Promise for the Future?" *Exchange*, Volume 34, Issue 2, 2005.

文化阐释学的观点。① 2009年,文斯·莫拉塔发表《跨文化阐释学与跨文化主体》一文,运用伽达默尔阐释学理论,对主体间性和跨文化阐释等概念进行了界定,并认为跨文化主体存在于不同文化的交流之中而不是之上。② 2011年,荷兰学者约斯·德·穆尔发表《阐释学视野:全球化世界的跨文化阐释学》一文,从跨文化阐释学的三种不同类型(重构、建构与解构)以及把这些类型与前现代、现代与后现代社会相联系,讨论狄尔泰、伽达默尔和德里达的阐释学,同时采用西方哲学家(例如威尔金斯、莱布尼兹和德里达)以及中国艺术家徐冰对汉语的解释进行举例,从而阐明论点:来自不同文化的人如何互相理解,从而进行真正的对话。③

跨文化阐释学就是以跨文化阐释现象为研究对象的学问。所谓跨文化阐释,就是用一民族的语言、符号、文化来解说另一个民族的语言、符号、文化。这门学问虽然是新兴的,但跨文化阐释现象却自古就有。按照现代阐释学的理念,理解本身就是阐释,因此只要发生不同文化之间的相互理解,就会有跨文化阐释现象的存在。跨文化阐释学可以从本体论、发展论、方法论、实践论等四个方面来进行研究。

1. 跨文化阐释学本体论研究:主要研究跨文化阐释学的定义、研究范围、学科成立的基础和内部运作机制等问题,内容包括:

(1) 跨文化阐释学的界定:对跨文化阐释学的界定可从以下三个方面进行:a. 背景:跨文化阐释学是阐释学与跨文化研究相结合而产生的新兴学问。在20世纪70年代,港台学者提出了比较文学的"阐发研究"的概念,引起学界的关注。2006年,北京大学出版社出版的普通高等教育"十五"国家级重点教材《比较文学原理新编》(乐黛云、陈跃红、王宇根、张辉著)将"跨文化阐释"界定为比较诗学的方法论。而实际上,阐释不仅是方法,同时也是本体,因此可以将跨文化阐释界定为本体论。德国著名理论家伊赛尔曾在《解释的范围》(2000年)一书中提出"我释故我在"(We

---

① Van Binsbergen, "Towards an Intercultural Hermeneutics of post-'9/11' Reconciliation," *Journal of Interdisciplinary Crossroads*, Volume 2, Issue 1, 2005.
② Vince Moratta, "Intercultural Hermeneutics and the Cross-Cultural Subject," *Journal of Intercultural Studies*, Volume 30, Issue 3, 2009.
③ Jos De Mul, "Horizons of Hermeneutics: Intercultural Hermeneutics in a Globalizing World," *Front Philosophy China*, Volume 6, Issue 3, 2011.

interpret, therefore we are)①的命题,就是把跨文化阐释作为本体论来看的。在全球化背景下,不同文化之间的跨文化对话、理解是一种既成的事实,将"跨文化阐释"上升为一门独立的学问来进行研究的条件已经成熟。b. 定义:"阐释"这一术语源于拉丁语 interpres,意思是说在两者之间的一个媒介,因此阐释就是传播、沟通、传译的意思。阐释有两个维度:时间维度和空间维度。从时间上,年代久远的古代文献因为时间的阻隔而无法被当代的人所理解,因而需要阐释;从空间上,异族他国的文字因空间的阻隔而无法为本族本国人所理解,因而也需要阐释。从这个意义上讲,阐释一词本身就具有跨文化的涵义,既跨越古今文化,又跨越不同民族文化。跨文化阐释,首先要从空间意义上来进行界定,即用一个民族的语言、符号、文化来解说另一个民族的语言、符号、文化。跨文化阐释学就是以这种跨文化阐释现象为研究对象的学问。在空间维度的基础上,我们也可以从时间维度来进行跨文化阐释学的研究。c. 学科定位:跨文化阐释学与阐释学、译介学、跨文化交际学有极大的关联性,同时又与上述几个学科存在着差异。具体而言,阐释学包含本民族文化内的阐释和不同文化之间的阐释,而跨文化阐释学则主要研究的是不同文化之间的阐释;译介学主要研究的是语言翻译问题,跨文化阐释学则除了语言翻译问题之外,还涉及非语言(如音乐、舞蹈、雕塑、影视等艺术符号及其他文化符号)翻译问题;跨文化交际学主要属于语言学及应用语言学,主要研究口头语言的跨文化交际问题,而跨文化阐释学则主要属于哲学、美学及文学范畴,研究的范围也更加广泛。这种差异规定了跨文化阐释学的独特价值,也是这门学科之所以成立的依据。

(2) 跨文化阐释的基础与运作机制:主要探讨跨文化阐释是否可能及如何进行跨文化有效阐释的问题。a. 跨文化阐释的可能性:跨文化阐释之所以可能,是因为不同文化之间存在着人类共同的生存需要和生命本质。人类在自身历史发展过程中创造的物质财富和精神财富丰富多彩,各民族文化各具特色,但这些物质成果和精神成果无非都是为了满足自身生存与发展的物质需要和精神需要。满足需要的不同方式和手段决定了各民族文化的差异性,人类生存与发展需要的共同性则决定了不同文化的相通性。人类物质需要的三种最基本形式是吃、穿、住,精神需要

---

① Wolfgang Iser, *The Range of Interpretation*, New York: Columbia University Press, 2000, p. 1.

的三种最基本形式是智、情、意。人类共同的生存需要和生命本质构成了跨文化阐释的本体,这也为解决跨文化阐释之所以可能的问题以及跨文化阐释学之所以能够成立的问题找到了一把钥匙。b. 跨文化阐释的有效性:赫施的《解释的有效性》(王才勇译,三联书店1991年版)与艾柯等的《诠释与过度诠释》(王宇根译,香港:牛津大学出版社1995年版)都集中谈论了阐释的有效性问题。由于跨文化阐释学是一门关于意义的学问,而意义则具有不确定性的特点,因此就给阐释者提供了极大的发挥空间。但这种情况的存在并不意味着可以无节制无原则地进行过度阐释,而必须以所阐释的对象文本为依据,并为阐释者所属时代的阐释规则所制约,因而有一个阐释的有效性问题。跨文化阐释不应忽视阐释对象本身的文化特点,要正确处理好不同文化的共同性与特殊性的关系问题,既不能因为存在着过度阐释的情况就否认跨文化阐释存在的必要性,也不可因为跨文化阐释的必要性而忽视跨文化阐释的有效性问题。判定跨文化阐释是否有效的标准不在于揭示了"作者意图"和"读者意图",而主要在于能否解释"作品意图",最终标准是看能否从不同文化语境的作品中揭示出人类共同的生存需要和生命本质。

(3)跨文化阐释的三维模式:跨文化研究的三维模式是相对于中西二元论模式而言。在中西二元论模式中,中西文学被看成是两个相互隔离的异质实体,比较文学的影响研究被简化为A影响B的线性平面关系的研究。跨文化研究的三维模式试图重新审视中西文学的关系,将以往研究中割裂开来的"西学东渐"和"东学西渐"作为一个整体过程来看待,考察文学文本或理论从中国古代文化到西方文化再到中国现代文化环形旅行的路线图,以此说明中国对西方理论的接受必然有着自己独特的接受视野,总是那些与中国文化有密切联系的西方理论才更容易被接受,它进入中国现代文化与思想的通道也才更通畅。而在如此的环形之旅中,每一个环节所发生的挪用、移植、转移、改造,都是很正常的现象。跨文化研究三维模式的最终目的是改变文学世界观,从中西二元论转变为世界文化多元论。

2. 跨文化阐释学发展论研究:主要研究中外跨文化阐释的历史发展,内容包括:

(1)西方古代跨文化阐释的发展:西方古代跨文化阐释有两种主要方式,即译介学方式和阐释学方式。a. 西方古代译介学:西方译介学虽然起源于古希腊罗马时代,但真正发展起来则要归因于《圣经》翻译。1380

年至1384年,《圣经》开始译入英国;1522年,宗教改革家马丁·路德出版了《圣经》德文版,之后又发表了著名的《翻译通信》,就《圣经》翻译与"德语化"问题进行了仔细的辨析,奠定了西方译介学的古典范式。17世纪,德莱顿、蒲柏和伏尔泰等人又将这种古典范式中的"直译"与"意译"的辨析推进到比较语言学和语用学的新阶段。他们强调语义成分和语法结构的细密分析,对后来西方译介学的发展产生了重大影响。b. 西方古代阐释学:西方阐释学发展的第一阶段是基督教释经学(exegesis),其代表人物是圣奥古斯丁(Saint Augustine,354—430)。释经学的任务在于用世俗的语言去解释《圣经》本文、教义中晦涩难懂的涵义。但是按照奥古斯丁的理论,人们使用的世俗语言又可以分为内在词和外在词。内在词是人们心灵内部的语言,外在词是指与声音等外在现象相联系的语词;在每一种语言中,语词都有不同的发音,这说明语词不能通过人们的舌头表明自身的真实存在;真正的语词,即内心中的语词,是独立于感性现象的。所以只有用内在词才能解释上帝的语词。到了18世纪,阐释学逐渐从释经学中分离出来,成为一门独立的学问。在此过程中,德国神学家和哲学家施莱尔马赫(Friedrich Ernst Schleiermacher,1768—1834)做出了重要贡献。由于施莱尔马赫强调解释不仅仅局限于对圣经的解释,因而也就颠覆了奥古斯丁对外在语词的贬斥。在西方阐释学的历史发展中,德国哲学家狄尔泰(Wilhelm Dilthey,1833—1911)也是一位举足轻重的人物。其主要贡献在于,他明确划分了自然科学和精神科学的界限,并为精神科学奠定了认识论基础。

(2)西方现代跨文化阐释的发展:在西方现代跨文化阐释的发展过程中,最突出的事件是阐释学本体论的确立。而它的发展则经过了胡塞尔现象学、海德格尔的存在论哲学与伽达默尔的本体论阐释学三个环节。a. 胡塞尔现象学:胡塞尔认为,虽然我们无法把握客观世界,但我们可以清楚地知道,客观世界中的事物是如何直接呈现于我们人类的意识中的。因此人类主体认识世界就是把握呈现在意识中的世界,这就是胡塞尔所说的现象学还原,而对于没有呈现在人类意识中的世界,我们只能悬置起来放在括号中。b. 海德格尔存在论哲学:海德格尔沿着胡塞尔现象学的思路,进而提出以往阐释学的缺陷在于,没有从本体论上去探讨理解问题,即没有把存在(Sein)和存在者(Seindes)分开,所以以往阐释学所探讨的只是阐释学的认识论和方法论问题,而不是阐释学的根本问题,或本体论问题。理解的根本问题是我们何以能够理解的问题,而不是如何理解的问题。只有解决了何以理解这一本体论问题,才可以解决如何理解的方法论问题。对于我们何以理解的问题,海德格尔的解释是我们人类主体作为此在,不同于一般的存在者,它是一种与存在打交道的特殊存在者,它能够找到一般存在的意义,所以我们可以理解世界的本体存在。与胡塞尔不同的是,海德格尔认为,人类主体并非是先验地存在的,而是在世界中存在的。由于人与世界共在,所以在经验世界中存在的人,就可以把握作为本体的存在。c. 伽达默尔本体论阐释学:伽达默尔所要解决的正是关于理解和阐释的这一本体论问题。他的阐释学的意图并不在于某种古老的解释学所从事的那种关于理解的"技法",而是阐释超越我们的意愿和行为对我们所发生的东西。所谓"超越我们的意愿和行为对我们所发生的东西",就是对象直接呈现在人的意识中的东西,它不同于外在于人的经验的客观世界,也不是人的主观世界可以随意改变的。这就是阐释学所要研究的东西。在此基础上,他还提出了"视界融合"(Horizontverschmelzung)、"效果历史"(Wirkungsgeschichte)等概念。伽达默尔哲学阐释学之后,西方阐释学又出现了德里达的解构阐释学、哈贝马斯的对话阐释学、姚斯和伊赛尔的接受美学、格尔兹的人类学阐释学与文化"深描"理论、萨义德的东方学理论、艾柯的符号学阐释学、勒弗菲尔的文化译介学等,都对西方现代跨文化阐释学的发展做出了重要贡献。特别值得一提的是,接受美学家伊赛尔2000年出版的《解释的范围》一书,将阐释学与译介学结合起来,深入阐述了"解释即翻译"的命题,可以看成是跨文化阐释学的重要著作。

(3) 中国古代跨文化阐释的发展:早在中国先秦时期,孔子就提出解释《诗经》的"告往知来"(《论语·学而》)原则。后来,孟子又提出"以意逆志"与"知人论世"(《孟子·万章》)的《诗经》阐释原则。如果说孔子、孟子提出的阐释原则尚局限于同一文化中,尚不能看成是严格意义上的跨文化阐释,那么《史记·大宛列传》中记载:"安息长老传闻条枝有弱水西王母,而未尝见"[①],则可以被看成是中国跨文化阐释的最初萌芽。"西王母"是中国古代神话中的人物,司马迁的这条记载说,在条枝(即今日的伊拉克)一带也有类似的"西王母"的神话传说,这其实是安息长老用中国的"西王母"神话来解释条枝的相类似的神话传说,属于明显的跨文化阐释。当然中国古代的跨文化阐释与翻译活动紧密相连。西汉武帝使张骞通西

---

① 司马迁:《史记》,北京:中华书局1959年版,第3163—3164页。

域首启西域译事,是中国最早的翻译活动。东汉桓帝建和初年(公元 147 年)安息国王子安世高首开佛经汉译之先河,成就了一千二百多年的佛经翻译史。西晋时期,佛教学者在讲解佛典时,为了使信徒易于理解和接受,往往采用中国传统典籍中的一些说法来加以比附与解释,并因此发展出一度极为流行的"以经中事数,拟配外书"的"格义"法[①]。这种"格义"法正是最简单的跨文化阐释法。东晋以来,佛经译者曾就翻译问题进行了热烈的讨论,提出许多翻译观点和理论,如道安的"五失本"、"三不易"的直译观、鸠摩罗什的意译观、慧远的直译与意译并重观以及彦琮的"八备要求"、玄奘的"五不翻"主张、赞宁总结的"六例"等。这些理论与主张都对中国古代跨文化阐释理论的发展做出了重要贡献。到了明清之际,随着西方传教士的东来,为了达到传教的目的,他们大量翻译中华经典,并出现了以法国传教士白晋为代表的"索隐派"翻译理论,可看成是中国古代跨文化阐释的一种另类形式。

(4)中国现代跨文化阐释的发展:中国近代以来的译介学得到了长足的发展,比较有代表意义的有严复的"信、达、雅"翻译观、傅雷的"神似说"和钱锺书的"化境观",这仍然是中国现代跨文化阐释的一种主要形式。不过,随着中西文化交流的深入,一种真正意义的跨文化阐释学开始独立发展起来,如王国维的《红楼梦评论》、《人间词话》等作品,采用"外来之观念与固有之材料互相参证"(陈寅恪语)的方法,属于典型的跨文化阐释,并从此开启了中国现代学术范式。这一学术范式突破了中国传统诗话词话评点与考据的局限,为中国现代文学批评别开一种新局面,它后来经过钱锺书、朱光潜等人的发展,逐渐形成了中国现代跨文化阐释的三大主要模式。如果说王国维《红楼梦评论》的跨文化阐释是宏观式的,是自上而下的,先立一个审美评价标准,然后根据这个标准去阐释文本,那么钱锺书《谈艺录》、《管锥编》的跨文化阐释则是微观的,是从具体问题出发的,是自下而上的。而朱光潜的《诗论》则是介乎宏观与微观之间。中国现代跨文化阐释并非如某些学者所想象的那样,用西方的理论来阐释中国的文本,仅仅是为了证明西方理论的普遍性,它的题中之意也包含着将中国文本推向一个更广阔的文化语境以扩大中国传统文化价值效应的可能性,这对今天的中华文化对外传播仍有巨大的现实意义。

3. 跨文化阐释学方法论研究:主要研究跨文化阐释的不同方法论,

---

① 陈寅恪:《金明馆丛稿初编》,北京:三联书店 2001 年版,第 167—173 页。

内容可以包括:

(1) 译介学的跨文化阐释法:译介学在中西均有较长的发展史,可以大体上分为古典译介学范式和当代译介学范式。其一,古典译介学范式建立在"直译"与"意译"二元论基础上,侧重于探讨翻译语言问题。其二,当代译介学范式则是指译介学领域中的"文化转向",即强调文化因素在翻译中的重要作用。应该说,这种当代译介学文化转向与跨文化阐释有着更紧密的联系,可以直接为跨文化阐释学的建立与发展提供方法论依据。1978年,以色列学者埃文-佐哈推出力作《历史诗学文集》,将文化因素引入翻译,提出"分层系统"理论,对翻译文学在文学史中的两种不同的历史地位,即所谓旨在建立一些全新的文学样态和文学模式的"初始创新功能"和进一步强化现存的各种文学样态和文学模式的"递延强化功能"进行了区分。在此基础上,一些英美学者如勒菲弗尔、图莫契科、劳伦斯·韦努蒂、艾米丽·阿普特等人更加明确地提出并建构了翻译理论的文化模式。1984年,勒菲弗尔在《人类方言结构阐释》一文中,摒弃分层系统理论,提出了"以权谋文—以势压文"的概念,深入分析了既定文化内部的强势与权力体制(如法国的路易十四、中国的秦始皇等"权贵"、教皇、党派等"权党",出版社和教育机关等"权力体制")对翻译文学的影响。可见,勒菲弗尔将关注点彻底转向了语言翻译的外部运作机制,彻底完成了翻译理论的文化转向,这也使他成为西方译介学文化转向的代表人物。与此相呼应,中国翻译理论界自20世纪90年代以来也经历了一场具有研究范式革命性质的"文化转向"。1995年,香港学者张南峰在《走出死胡同、建立翻译学》一文中,呼吁中国译学界应该借鉴西方译介学的新突破,特别是翻译研究学派有关对翻译活动进行描述性研究建立开放、综合的翻译理论的观念,推动中国翻译研究范式的革新。张南峰的观点与中国传统译介学观念相冲突,在当时遭到国内学者的反驳。但是,仍有不少学者开始有意识地引进国外译介学文化转向的研究成果。1999年,王东风在《中国译学研究:世纪末的思考》一文中,再次呼吁中国译介学界正视中西译介学研究存在的差距,开放思维,接受多元研究范式,发展有中国特色的译介学理论。谢天振的《译介学》、孔慧怡的《翻译·文学·文化》、王宏志的《重释"信达雅"——二十世纪中国翻译研究》等著作几乎同时面世,译介学文化转向的新视角被借鉴来重新考察和阐释中国翻译史和翻译理论,重新思考翻译活动对所处时代的文学、文化和社会的影响。进入新世纪以后,更多国内学者对译介学文化转向的关注不断提升,对国内外译介学新理论、新思想的理解越来越深入,并越来越自觉地将它们应用于考察中国语境下的翻译现象,将中国译介学的文化转向不断引向深入。所有这一切,都为跨文化阐释学的建立与发展提供了有利的学术资源和方法论依据。

(2)传播学的跨文化阐释法:汉语中的"传播"一词,对应英语 communication,可以翻译为"交流、交际、传播"等。是信息发送者通过渠道把信息传给信息接受者,以引起反应的过程,是共享意义的过程。传播有6个基本要素:信息、发送者、编码、渠道、接受者、解码。它包含三个环节(发送者对信息的编码、传播渠道、接受者对信息的解码)和三种方式(口头传播、书面传播、电子多媒体传播)。成功的传播必须有信息反馈与互动。如果接受者对信息没有进行解码,没有进行信息反馈,那么,传播就是不完整的,或者至少是不成功的。这就说明传播是双向的,是要互动的。就文化传播而言,传播者在进行文化传播的时候,一定要考虑接受者的可理解性问题。如果所传播的文化信息,接受者完全不理解,就会造成传播的中断和失败。另外,文化信息从发送者到接受者的运动,并不可能是一成不变的,接受者总是基于自己的"前理解"来理解所接受的文化信息,总会基于自己的文化立场来对所接受的文化信息进行变异,进行一种主观的价值判断。我们常说一千个读者的眼中有一千个哈姆雷特,就是这个道理。所以,文化传播在一定程度上是不同于客观知识的传播的。从这个角度上说,发送者与接受者的关系,不是主体与客体的关系,而是主体与主体之间的关系,是一种"主体间性"。可见,跨文化传播与跨文化阐释具有极大的关联性,跨文化传播的方式与方法可以为跨文化阐释学提供方法论依据。

(3)海外汉学的跨文化阐释法:海外汉学侧重于对外国人对中国文化的研究,可以看作是中华文化对外传播的接受研究。近年来,中国学者对海外汉学或中国学的研究也成为学界的一大热点。2005年澳大利亚学者白洁明(Geremie R. Barmé)以专文阐释了"新汉学"(New Sinology)的概念(New Sinology, *Chinese Studies Association of Australia Newsletter*, No. 3, May 2005),强调传统汉学与现代中国语言文化研究的融合,并提倡多学科研究方法的结合。这一概念一经提出,便受到关注。2010年时任澳大利亚总理的陆克文在"澳大利亚国立大学中华全球研究中心"(the Australian Centre on China in the World at the Australian National University)创建时发表演说,倡导"新汉学"(后以"A

New Sinology"为题刊登在2010年4月28日的《华尔街日报》上）。2012年6月8日,在英国爱丁堡举行的孔子学院欧洲联席会议上,来自欧洲26个国家90所孔子学院、孔子课堂以及15所中国合作院校的代表对孔子学院的未来发展进行了深入的讨论,初步提出了"新汉学计划"的构想。随后,国家汉办孔子学院总部设立了"孔子新汉学计划",旨在帮助世界各国优秀青年深入了解中国和中华文化,繁荣汉学研究,促进孔子学院可持续发展,增进中国与各国人民之间的友好关系。2012年11月3—5日,在北京召开的第三届世界汉学大会上,张隆溪指出整合国际汉学和中国本土学术是"新汉学"的一个全新角度,张西平提出建立批评的中国学,走出西方汉学界的学术壁垒,建设中国学术界新的国际话语体系。回顾汉学发展的历史,汉学所研究的中国文化范畴和领域一直处在拓展和革新当中,"新汉学"只是一个相对的概念。但是,在跨文化交流日益频繁、中国文化的国际需求日益增长、传播中华文化的使命日益重要的国际文化背景中,传统汉学研究和强调当代中国社会研究的中国学研究的联系和互动变得空前紧密,因此,如今重新推出"新汉学"这一概念,对于总结汉学发展至今的成就、推进汉学在新时期的发展、促进中华文化的对外传播,都有全新的重大意义。同时,在跨文化研究的国际学术语境下,"新汉学"的提法也有助于推动本土国学和海外汉学的融合。总之,无论是传统的汉学、中国学,还是"新汉学",都是以中国的文化和社会作为研究的客体对象,因此,这一学术研究本身实际上是中国的人文社会科学在域外的延伸。从这一意义来看,海外汉学的学术成果,可以归入中国的人文学术之中。但是,从事这一学术的研究者们,却生活在与中国文化迥异的文化语境当中,他们所受到的教养——包括价值观念、人文意识、美学理念、道德伦理和意识形态,等等,与中国文化并不相同。他们是身处自己的文化背景之中来从事中国文化的研究,所以,这些研究中所蕴含的价值判断、所体现的批评标准,在本质上都是他们自身的"母体文化"观念。从这样的意义上说,国际中国学的学术成果,其实也是这些中国学家的母体文化的一部分。换言之,中国文化经过外国人的智慧理解和消化而形成国际中国学,它既是中国文化,又不完全是中国文化,而成为一种独特的学术,可以将海外汉学的研究方法总称为跨文化阐释方法。

4. 跨文化阐释学实践论研究:主要研究跨文化阐释学的应用及实际价值。内容可以包括以下几个方面:

(1) 跨文化阐释与世界文学新格局的重构:主要从实际操作的层面

讨论中国文学如何成为世界文学的问题。世界文学是那些能够超越民族的特殊性而上升为共同性,为他者文化的读者所阅读并理解的民族文学。要解决民族文学如何成为世界文学这一问题,可以至少采用两种途径:翻译与跨文化阐释。翻译不仅是语言的转换,而且也是文化的选择与变异。因此翻译也是跨文化阐释的特殊形式。在现代汉语语境下,跨文化阐释往往采用以西方理论来阐释中国文本的形式。这种形式不应该受到过多的指责,它恰好可以方便西方人的理解,并为中国文学走出去服务。在跨文化阐释中,出现文化变异是非常正常的。但这种变异不是单向的,而是一种双向变异。跨文化阐释就是中国文学走向世界文学的一种有效的策略。如果我们能够在以往视为世界中心、带有普遍性的西方文学中发现差异性和特殊性,而在以往视为差异性、特殊性的中国文学及非西方文学中发现普遍性和同一性,那么,我们就可能重新构建世界文学的新格局。

（2）跨文化阐释与中国文化产业全球化战略:中华文化的世界传播旨在增强国际影响力,发展文化产业旨在增强国际竞争力。但影响力和竞争力两者是并行不悖的,都是文化软实力的主要内涵。只有增强了中华文化的国际影响力,才能更有效地增强我国文化产业的竞争力;只有竞争力强了,才能更有效地发挥中华文化的影响力。所以,我们要将中华文化的世界传播与发展我国的文化产业作为一个整体来考量,要将文化产业看成是中华文化对外传播的重要途径。而在具体实施过程中,一定要考虑如何将中国文化产品顺利推向国际市场的问题,要从国家战略的高度,制定切实可行的中华文化产品出口和对外贸易的方案,提高中华文化产品的国际竞争力。

（3）跨文化阐释与中华文化对外传播策略:如何对外传播中华文化,这是时代给我们提出的一个重要课题。过去,我们往往会把中华文化的对外传播简单地看成是"东学西渐"的另一种形式,在观念上存在着忽视接受方的文化特点的误区。为了更有效地传播中华文化,提高中华文化的国际影响力与竞争力,需要运用跨文化阐释的理念与方法,认真研究接受方的文化特点与接受习惯,应该将"东学西渐"与"西学东渐"作为一个整体来看待,应该针对不同区域不同接受对象的文化接受特点,以建构良好的中国国际形象为出发点,来制定具体的传播策略和切实可行的传播方案。

上编：跨文化阐释的空间维度

超越"中/西"二元模式*

一、东方学研究的误区与盲点

古本根重建社会科学委员会主席、美国宾厄姆顿大学布罗代尔研究中心主任华勒斯坦在《开放社会科学》中,在分析从18世纪到1945年社会科学的发展时,指出了这样一个事实,即在西方"古典学"的研究中,西方的古代文明被解释为一个单一、连续的发展过程的早期阶段,它被看成是"一部单篇英雄故事的一章:先是古代;随后是野蛮人的征服,通过教会确保了连续性;然后是文艺复兴,希腊—罗马的遗产被重新吸收进来;最后是现代世界的建立"①。在这样一个历史叙事中,古代仅仅被看成是现代社会的前奏,它自身没有自己的历史。这样一种学术范式也影响了西方学者的东方研究,在西方人的眼中(包括哲学大师黑格尔),东方只是由众多的史实所构成的故事,它没有进步,也没有自身的历史,因此是一个僵化的实体。而且与西方古代文明不同的是,它还不能孕育产生现代文明。这的确是一个严峻的事实。那么东方要进入现代社会怎么办呢?唯一的办法便是引进西方文化,而一旦有了西方文化的冲击,据说便有了中国传统的断裂。这样一种学术思路不是"西方中心论"又是什么呢?所以华勒斯坦特别指出,古典学与东方学的研究虽然"形成对比但却遵循着相同的逻辑"。②持中国传统文化断裂论的中国学者显然又是不自觉地在遵循着西方学者的东方研究的这种逻辑。这种逻辑的实质是把古代仅仅看成是一个僵死的不可动摇的价值实体,产生这种逻辑的原因则是由于这些学者们仅仅从历史发展的时间单维来阐释文化的进步和发展,从而忽略了东方与西方的空间一维。空间意味着多元并存,而时间则有先后,有传统、现代之分。尤其对于中国学者而言,东方与西方这两个概念主要

---

* 本文第一部分曾发表于《文艺报》1999年4月27日,《新华文摘》1999年第7期全文转摘;本文第二部分曾发表于《东方丛刊》2003年第2辑。收入本书时有较大改动。

① 华勒斯坦等:《开放社会科学》,北京:三联书店1997年版,第25页。

② 同上。

是从古代与现代这种历史性概念来定义的,东方的便是古代的,西方的便是现代性的。他们在阐释中国古代社会向现代社会转变的时候,社会发展的许多复杂因素(政治的、经济的、军事的)统统置于文化的解释中,让文化来承担中国现代性滞后的罪责,忽略了中国社会之所以没能如西方那样顺利地进入现代社会的政治、经济、军事这些与文化并存的更主要的原因。而一旦当他们看到现代社会所存在的各种弊端,他们也会觉得这是西方文化现代性的过错,中国古代传统文化就可以解决现代社会的一切弊端,从而回过头来向世人夸耀中国传统文化的奇特疗效。

实际上,文化在社会"权力"变迁的过程中所发挥的作用,即使不是毫无用武之处,也是非常有限的。无限夸大这种作用会造成对许多历史事实的盲视。例如1894年的中日甲午之战,清政府军事失利,最直接的原因是当时指挥者的作战意图有误,其次是当时晚清政府的政治腐败,文化在这场影响中国历史发展的战役中所发挥的作用其实是非常隐性的。洋务运动、戊戌变法、辛亥革命的失败,也不能仅仅归咎于文化,要看到当时许多学者从文化来阐释社会现实,有着他们不能不如此的更深层的原因,康有为、梁启超在变法失败后跑到了国外,他们所能做的也只能是文化的呼叫,而不可能再有政治的掺入。还是鲁迅的看法一针见血,他在《革命时代的文学》一文中指出:要改变"中国现在的情况,只有实地的革命战争,一首诗吓不走孙传芳,一炮就把孙传芳轰走了。"[①] 所以文化并没有"旋转乾坤的力量","改革最快的还是火与剑"。[②]

现在,"全球化"这个词被广泛地谈论着,也在不同的意义上被使用。它既可以被看成是一个过程,又可以说是一个既成事实。如果我们从历时性过程这样的角度来看,"全球化"可以被理解为"西方化"、"现代化"的逻辑延伸。今天人们已经不像过去那样热衷于谈论"西方化",否则便有文化殖民主义的嫌疑,并且人们也越来越认同这样的观点,即现代化绝不等同于西方化,但不可否认的是,无论是现代化,还是全球化,都是从西方化开始的。在世界历史的发展中,近代西方科技军事力量所带给人类世界的影响和冲击是一个不争的事实。那么既然如此,我们现在所说的"全

---

① 鲁迅:《革命时代的文学》,《鲁迅选集》(第二卷),北京:人民文学出版社1992年版,第340页。

② 鲁迅:《两地书·十》,《鲁迅选集》(第四卷),北京:人民文学出版社1992年版,第371页。

球化"的特殊价值何在呢？在我看来，"全球化"当然不仅仅是一个词语使用上的变化，它还标志着人类认知模式的转变，它隐含着从"西方中心主义"的单一的思想方法向多元思想方法的转变。所以"全球化"的题中之意应该包含着"文化多元"的新思维。或者换句话来说，"全球化"意味着将不同文化共同体激活，使之共同参入人类文明建设这样一个过程。

当然，要实现这一过程，的确不是一个简单的事情。因为"全球一体化"与"文化多元化"首先就是一个悖论。就目前的情形来说，"文化多元化"还是一个前瞻性的远景，还是一个仅局限在知识分子群体内谈论的话题，而"全球一体化"则是一个既成事实。虽然后殖民主义文化理论，包括萨义德的"东方主义"理论，都在批评西方中心论，并在此基础上提出了东西方在全球化进程中的关系问题，但其理论术语、思维空间、批评指向等，仍然是在西方文化语境中进行的，仍然局限于西方知识体系之内。在萨义德那里，东方主义是西方文化的产物，是西方人自我主观性的投射、权力的反映，他对西方的解构与批判，仍然是西方话语，而并非是"有关东方的真正话语"。[①] 因此，要真正实现"文化多元化"，或者更确切一点说，在何种意义上实现"文化多元"，我们还有很长一段路程要走，这要取决于全球化的实际进程以及发展方向。

全球化带来的影响无疑是巨大的、多方面的。美国学者 J. 希利斯·米勒去年在北京所作的题为《论全球化对文学研究的影响》的学术报告中，曾谈到其中的三个重要影响：第一个是"自 18 世纪以来作为政治与社会组织的统治形式的单一民族国家完整性与权力的下降。新的科学技术的发展已经使得商业全球化，因此，作为传统的经济组织所在地的单一民族国家在逐渐失势"；"全球化的第二个影响是它带来了许多新型的、建设性的、具有潜在影响力的社会组织以及新的团体"；第三个影响是对人自身的影响，他援引 W. 本杰明的话说，"新的技术、新的生产方式与消费方式这些 19 世纪工业化带来的变化，使人类产生了一种完全不同于过去的、全新的感性，随之而来的是在世界范围内的一种新的生活方式。"[②] 如果用我们自己的话概括一点儿地讲，这三个影响分别对应着政治、经济和文化三个层次。全球化当然首先会对国家的政治权力产生制约，会实现"无限政府"向"有限政府"的过渡。随之而来的则是政府让渡出来的直接

---

① 参见刘康、金衡山：《后殖民主义批评：从西方到中国》，《文学评论》1998 年第 1 期。
② J. 希利斯·米勒：《论全球化对文学研究的影响》，《当代外国文学》1998 年第 1 期。

管理经济的权力,将越来越被跨国性经济组织所接替,例如在这次亚洲金融危机中,世界银行、世界货币基金组织所发挥的作用及产生的影响,可以明显地说明这一点。全球化对人自身的影响涉及文化问题,因为无论什么样的文化,都无不以对人的关怀为自己的主要职责。随着信息化时代的来临,新的通讯交通工具、新的娱乐方式,特别是国际互联网,对人的生活方式的改变将越来越明显,对人的主观感受也将会产生越来越大的影响。

中国古代文学中有许多闺怨诗。如《汉乐府·饮马长城窟行》中有"青青河边草,绵绵思远道。远道不可思,宿昔梦见之。梦见在我旁,忽觉在他乡。他乡各异县,辗转不相见。枯桑知天风,海水知天寒。入门各自媚,谁随肯想为言。客从远方来,遗我双鲤鱼。呼儿烹鲤鱼,中有尺素书。长跪读素书,书中竟何如?上言加餐饭,下言常相忆。"这首诗表达思妇对亲人的思念,那么飘忽不定,那么委婉悱恻。类似的例子在中国古代诗歌中比比皆是。张若虚的《春节花月夜》描写思妇对远方亲人的思恋之苦"玉户帘中卷不去,捣衣砧上拂还来。此时相望不相闻,愿逐月华流照君。鸿雁长飞光不度,鱼龙潜跃水成文。"由于古代通讯手段的不发达,离人的相思之苦往往可以转化为浓烈的诗情。而这样的主观感受随着现代通讯的出现也消失得无影无踪了。

"总而言之,民族国家的衰落;新的电子通讯的发展、超空间的团体;可能产生的人类的新的感性、导致感性体验变异、产生新型的超时空的人"①,这都是全球化所带来的结果。那么这些结果会不会最终导致传统文化的丧失,并阻止实现"文化多元化"呢?与这一问题紧密相连的是,在全球一体化的背景下,人们还需不需要对自己民族的传统文化的认同?如果需要,根据何在呢?

要回答这些问题,我们需要考察全球化带给人自身的另外一个结果,即全球化带给人们的认同危机。的确,全球化不仅使人的感性体验方式发生变异,而且还随之带来了人的认同危机,这种认同危机曾发生在工业化之后,大工业化生产产生了人的异化,而信息时代所产生的人的孤独感一点儿也不比过去减少,甚至有加大的趋势。虽然人们可以通过打电话、看电视、在电脑互联网上搜索来建立与他人更广泛、更直接的联系,但毫无疑问,靠这种方式所建立起来的联系都无不带有一种欺骗性、虚假性,

---

① J. 希利斯·米勒:《论全球化对文学研究的影响》,《当代外国文学》1998 年第 1 期。

人们得到的是一大堆言语的、听觉的、视觉的现实幻影,而失去的则是作为感性与理性统一体的自我的真实体验。缺失就是需要,在这种情况下,人们自然会向往一片纯净的私人空间,自然会追寻那个安适的精神家园。近代诗哲们追问的问题是"我们是谁?"而现在人们可能会对"我们属于谁?"这样的问题更加敏感。因此,全球化不仅带来了私人空间、精神家园的丧失,而且也产生了对私人空间、精神家园的迫切需要。这样,人们对自己民族的传统文化的认同便是非常自然的事情了。正像亨廷顿在《文明的冲突与世界秩序的重建》中所说的那样:"文明是最大的'我们',在其中我们在文化上感到安适,因为它使我们区别于所有在它之外的'各种他们'。"[①]我认为,文化多元化的可能性与合理性,正是基于全球化所带来的人的一种精神缺失以及由此产生的需要,正是根植于全球一体化这一现实土壤之中。

文化多元化的含义也是多层次的。它不仅仅是指在全球范围内不同民族文化的共存共荣,而且它也意味着在某一单一民族国家中的传统文化对其他民族文化的宽容以及必要时的吸收,最重要的是,文化多元化还是一种新思维,它要求人们从传统的一元式思想方法转变到多元式思想方法,从绝对论转变到相对论。

要谈文化多元化,自然逃不过"文化是什么?"这个头疼的老问题。据说,迄今为止,有关文化的定义已经超过150种,在将来,数量肯定还会增加。之所以会产生这种情况,是与文化这个概念的多义性有关的;而文化概念的多义性又最有可能与文化本身的多层次性有关,人们很可能分别从不同的层面上来界说文化,这也是很正常的。我们不能接受的是那种无所不包、无限泛化的文化概念,因为这是没有意义的。在这个前提下,我们认可文化整体性概念,即将文化看成是一个整体性结构,同时我们还要注意,在这个整体性结构中,一定存在着深层结构与表层结构的区别。构成文化核心的深层结构是那些在全球性范围内将不同民族文化加以区别的文化的根本性特质,这就是本尼迪克特在《文化模式》中所说的:"文化是通过某个民族的活动而表现出来的一种思维和行为模式,一种使该民族不同于其他民族的模式。"[②]如果是从这个方面来看待文化的根本性问题的话,那些诸如饮食文化、服饰文化、居住文化,等等自然会被排斥在

[①] 亨廷顿:《文明的冲突与世界秩序的重建》,北京:新华出版社1998年版,第26—27页。
[②] 本尼迪克特:《文化模式》,杭州:浙江人民出版社1988年版,第45—46页。

文化核心之外。在我们看来,即使真有那么一天,人们吃同样的饭、穿同样的衣服、住同样的房子,也不会使文化导向单一的一种。正像一首被广大华人所传唱的歌所说的那样:"洋装虽然穿在身,我心依然是中国心",我们在这里所说的文化核心、文化的深层结构是流淌在每个民族的心灵中、体现着不同民族特征的东西,它既是一种思维和行为模式,同时它还包括民族信仰和价值趋向等;而语言、艺术、宗教、哲学等则是它主要的客观性载体。

作为深层结构的核心文化也不同于那种在政治、经济基础之上的、属于上层建筑的文化的概念。这种文化概念,其实质是一种意识形态,它必须与政治、经济的发展相适应,并由此产生了不同时代的文化形态,诸如封建文化、资本主义文化、社会主义文化等。在我们看来,这些文化形态只是文化结构的表层,而在这背后,还隐藏着更深层的东西,它们是封建主义时代的文化、资本主义时代的文化、社会主义时代的文化。个人主义可能是资本主义文化,而巴尔扎克的《人间喜剧》则是资本主义时代的文化。对于前者而言,它与政治、经济体制密不可分,对于后者而言,它却具有一种永恒的价值,这种价值并不会随社会体制的改变而改变。萨义德认为,文化首先"意味着那些所有的惯例,诸如艺术的描写、传达和再现等,它相对独立于经济、社会和政治领域,常常存在于审美形式之中,其中一个原则性目标是追求快乐"。[①] 作为"相对独立于政治、社会和政治领域"的文化,虽然也会受到意识形态的影响,但它同意识形态的关系绝不是线型决定论式的关系,它还具有一些超意识形态的特质。一位中国的马克思主义者会致力于反对封建主义、资本主义制度,但这决不会妨碍他对中国传统文化的认同,而对传统文化的认同也决不意味着它对传统的生产方式、社会制度的拥护。

我们为什么要在这个问题上绕圈子?熟知康德哲学的人会知道,康德对纯粹理性的批判、为认知理性限定范围,目的是为实践理性让出一块地盘,是想说明存在着一块为人的认知理性(工具理性)所达不到的属于价值理性的领地。我们将文化限定在价值、信仰以及思维与行为模式的范围之内,目的也是为了给政治、经济以及由此产生的体制文化提供一块充分活动的空间。在这个空间内,政治、经济的发展变化可以直接影响到

---

① Edward W. Said, *Culture and Imperialism*, New York: A Division of Random House, Inc., 1993.

作为意识形态的体制文化的发展变化,却不容易影响到作为价值系统的文化的发展变化。

假如我们将这两种文化都看成是构成文化整体的东西,我们也应该看到二者在文化整体结构中的地位与作用也是不一样的。与意识形态紧密相连的体制文化构成为文化结构的表层,而体现着民族特性的文化则居于文化结构的核心(深层)。当社会的政治、经济发生变革的时候,首先会引发文化表层结构的变化,并在核心周围构成一道保护地带,这个保护地带起着将冲击力引向自身的作用,保护着文化的价值核心不受到摧毁。只有在一个民族的价值信仰以及思维、行为模式彻底发生变异的情况下,也就是这个民族的文化价值核心也遭到破坏的时候,我们才可以说,这个民族的文化传统彻底断裂了、消亡了。

正是基于文化深层结构的稳定性,它才在全球性范围内为文化的多元化提供了可能性。当然,在不同的时代,文化核心、文化的深层结构会面临不同的挑战以及作出对挑战的积极回应,但所有这一切,都应该建立在保持本民族文化特色的基础之上,在此基础上,在保证本民族文化核心延续的前提下,可以无顾虑地吸收与融合来自异质文化的对本民族的整体性文化发展有益的东西,从而实现在单一民族国家中文化的多元化。或者还可以走得更远些,在保证本民族文化主导性地位的前提下,对于异质文化、他者文化的核心价值在本民族国家的存在也保持一种宽容的态度,只要它不构成对本民族文化核心价值的侵害。而要做到所有这一切,显然都有赖于一种多元化的思想方法。

不可否认,中国自 1840 年鸦片战争之后,的确开始被迫走上了西方化的进程。与此同时,许多有识之士也已认识到,中国要自强、自立,除了"师夷之长以制夷"之外,别无其他法门。梁启超在《五十年中国进化概论》一文中说:

> 近五十年来,中国人渐渐知道自己的不足了。这点子觉悟,一面算是学问进步的原因,一面也是学问进步的结果。第一期,先从器物上感觉不足。这种感觉,从鸦片战争后渐渐发动……觉得有舍己从人的必要,于是福建船政学堂、上海制造局等等渐次设立起来……。第二期,是从制度上感觉不足……所以拿"变法维新"做一面大旗,在社会上开始运动。……第三期,便是从文化根本上感觉不足。第二期经历的时间,比较的很长——从甲午战役到民国六七年间

止。……这二十年间,都觉得把人家的组织形式,一件件搬进来,以为但能够这样,万事都有办法了。革命成功将近二十年,所希望的件件落空,渐渐有点废然思返。觉得社会文化是整套的,要拿旧心理运用新制度,决计不可能,渐渐要求全人格的觉悟。……所以最近两三年间,算是划出一个新时期来了。①

梁启超在此所说的中国在向西方学习的过程中经历的三个阶段:经济、政治和文化,分别与中国近代以来的洋务运动、戊戌变法(包括辛亥革命)和五四新文化运动相对应。这成为近代中国社会发展的一个循环圈。值得注意的是,尽管五四新文化运动对中国的传统文化的冲击是巨大的,但也不能由此简单地得出结论说,中国的传统文化在五四已彻底断裂了。林毓生在《五四式反传统思想与中国意识的危机》一文中,曾就五四与传统的辩证关系发表过很好的意见,他用思想"内容"和思想"模式"两个不同的概念分别指称五四对传统的批判性和继承性。也就是说,五四的反传统是在"思想内容"这一层面上进行的,而在"思想模式"这一层面上,五四却继承了中国的传统。这种在"思想模式"上的继承性,主要表现在以下两点:一是中国传统中的"实践理性"仍被五四代表人物所继承。这种"实践理性"也就是林毓生所说的"真实(reality)的超越性与内涵性具有有机的关联",②也就是说,中国传统并不追求超越现象的本质真实,而是在现象中追求本质,在现实的人生中内含着超越的意义,所以不关心身后之事。这也就是孔子所说的"未知生,焉知死"的深刻含义。二是五四精神中蕴涵着一种中国知识分子特有的入世使命感,这种使命感是直接上承儒家思想所呈现的"先天下之忧而忧,后天下之乐而乐"与"家事、国事、天下事、事事关心"的精神的,它与旧俄沙皇时代的读书人和国家权威与制度发生深切"疏离感",因而产生的知识分子激进精神以及与西方社会以"政教分离"为背景而发展出来的近代知识分子的风格,是有本质区别的。由此看来,向西方学习,并不一定会带来中国文化传统的断裂,这是我们在考察了中国近代社会发展在经历了经济、政治与文化的西方化循环之后得出的一个基本结论。

在进入改革开放的新时期之后,我们也似乎正在重复着这个循环。

---

① 李兴华、吴家勋编:《梁启超选集》,上海:上海人民出版社1984年版,第833—834页。
② 林毓生:《中国传统的创造性转化》,北京:三联书店1988年版,第158页。

不过顺序有所变化,经济体制的改革与接受西方文化几乎是同步进行的,而政治层面的改革则显得稍微滞后。我在此所说的政治层面的改革当然不是指政治制度的改变,而主要是指管理制度的改革。对于大多数中国老百姓来说,他们最关心的是如何摆脱贫穷的问题。所以,现代化过去是、现在是、将来在很长一段时间内仍然是中国发展的目标。从现实的要求出发,经济改革要进行得顺利一些,管理体制改革迫在眉睫。相应地,人们的一些法制观念、公民意识、财产权、工作的敬业精神等具有现代性特征的意识形态的东西也理应得到加强和改善。如果传统文化没有给我们提供这种东西,向西方学习便是必要的。这是否意味着我们要完全放弃我们自己的传统文化呢?绝不是这个意思。我们不可能也没有必要放弃中国传统文化中被视为核心价值的东西。这又回到了那个老问题,即我们如何看待文化的问题。如果我们能够接受这样一种关于文化的定义,即把文化看成是一种思维与行为模式,看成是一种信仰和价值趋向,那么我们可能会对日益发展着的现代化的趋势宽容一些,可能会在某种程度上消除我们对于自己文化传统的焦虑。因为正像我们前面所说的,如果吸收和融合的是那些有利于我国经济发展、政治改善的属于西方体制文化层面的成分,这并不会导致我们自己的文化传统中核心价值的改变。而且处理得当的话,反而会加强对核心文化传统的认同。一个明显的实事是,极力宣扬中国文化价值的人常常是那些经历了西方文化熏陶的人,在西方文化背景下生活的国外华人比我们这些生活在国内的人更容易体验到对中国文化的需求。道理很简单,对自身文化的信念只有靠在与文化"他者"的对比中才更容易确立起来。我们如何才能做到既使我们能够充分享受现代化带来的各种便利,又不致使我们丧失自己文化的认同,我想在这一问题上大家应该是有共识的。

所以,我们既没有必要因担心中国传统的丧失而反对学习西方先进的技术及管理制度,也没有必要因为要进行现代化建设而去反对和放弃我们的文化传统。目前,我们尽可以参与全球一体化的进程,没有必要担心这会妨碍我们对中国传统文化的认同。

在解释资本主义的起源时,有一个非常流行的观点:是西方的新教伦理导致产生了西方的资本主义,中国没能顺利地走上资本主义,也是由于中国没有西方的新教伦理。不用说,这种论调显然是对韦伯的《新教伦理与资本主义精神》一书的误读所致。事实上,作为德国人的韦伯,正像有人所指出的,他的全部问题意识都是从当时德国大大落后于英国等发达国家这种焦虑意识出发的,他的理论有着非常严格的限定性。从他一生的学术旨趣来看,他根本反对将社会理论系统化的努力,在他看来,这种追求系统化、普遍化的企图,只可能落入"黑格尔式泛理性主义"甚至"自然主义式的一元论"。① 所以将韦伯的这种文化特殊主义的理论无限泛化,企图上升到普遍主义的高度来解释整个世界历史的发展情况,不仅不符合事实,也是与韦伯本人的思想背道而驰的。要知道,即使是在西方资本主义的发达史中,不同的国家所采取的发展模式也是不同的,后发的德国与英国不同,目前美国的经济战略也与老牌的资本主义国家有别,而他们的文化传统更是存在着内在的差异性。资本主义本身就是世界不平等的产物(华勒斯坦语),它的发展不仅不会削弱这些不平等,反而加剧了发达国家之间以及发达国家与不发达国家之间的差异。他们今天结成国际经济联盟,趋于全球一体化,其根本的目的还是为了自身的利益,谋求更有利的发展,而不可能像我们有的人天真想象的那样是为了实现世界"大同"。

就中国目前的情况来说,我们尽可以去学习西方先进的科学技术以及政治经济运行体制,尽可以参入全球经济一体化进程,尽可以与国际接轨,所有这些都是为了壮大我们的综合国力而不会妨碍我们的"中国特色"。这是一个现代民族国家的明智选择。在这样的一个进程中,自然会产生各种各样的社会问题。正确的态度是遇到什么问题就解决什么问题,出现经济方面的问题首先应该采用经济手段来解决,出现法律方面的问题就采用法律的手段来解决,在政府体制运作方面,可以通过政府裁员、通过增强有限政府的有效性,以解决以往无限政府的无效性问题,即大政府包办一切社会问题所存在的弊端。这才是解决问题最有效的途径。

我们不应该像过去那样,把所有存在的问题都归咎于文化,好像我们在政治、经济体制中存在的问题不应该先从政治、经济方面去解决,而必须首先从文化方面找原因。文化激进主义就是沿着这种思路从而否定一切传统、主张全盘西化的,他们认为中国之所以没有走上现代化,都是由于传统文化的落后性以及"国民的劣根性"所致。与此同时,文化保守主义则认为,既然文化问题与政治、经济问题是一体的,人类社会发展到现

---

① 甘阳:《韦伯研究再出发》,见马克斯·韦伯著:《民族国家与经济政策》,北京:三联书店1997年版,第10页。

代,必然会造成传统文化的断裂,现代社会中所发生的一切问题(如社会暴力、道德沦丧等)也就应该由现代文化来负责,那么,要尊重传统的文化价值,找回我们失去的精神家园,就只有否定现代文明。激进主义与保守主义的文化主张看似截然对立,其实都是基于相同的理论预设。因此,只有将文化问题与政治、经济问题分开,将文化从政治、经济问题的纠缠中解脱出来,才可以既使我们能够集中精力改善政治、发展经济(凡是有利于达此目的的,即使西方的也不拒绝),又使我们能够做到对文化的真正尊重,真正体会到文化带给我们的快乐与幸福(凡是能达此目的的,即使古代的也应该继承)。也只有这样,我们才能真正打破以往那种僵硬的"传统与现代"、"中国与西方"二元对立的线性思维模式,真正做到对传统与现代、东方与西方的同等尊重与相互理解。

二、文化身份的认同与建构

关于文化身份(culture identity),荷兰学者瑞恩·赛格斯指出:"某一特定的族群和民族的文化身份只是部分地由那个民族的身份决定的,因为文化身份是一个较民族身份更为宽泛的概念。"所以"通常人们把文化身份看作是某一特定的文化特有的、同时也是某一具体的民族与生俱来的一系列特征",这种对文化身份的定义是有问题的。"另一种观点则认为,文化身份具有一种结构主义的特征,因为在那里某一特定的文化被看作一系列彼此相互关联的特征,但同时也有或多或少独立于造就那种文化的人民。将'身份'的概念看作一系列独特的或有着结构特征的一种变通的看法实际上是将身份的观念当作一种'建构'。"[①]正确地、全面地讲,文化身份应该同时具有固有的"特征"和理论上的"建构"之双重含义。如果将文化身份不仅看作是民族固有的特征,而且还是对身份的重新建构,那么在全球化背景下,思考如何认同与如何建构本民族的文化身份显然具有很大的现实意义。

文化身份的认同问题在全球化时代显然已成为非常尖锐的问题。随着国际间交往的加剧、跨国公司无限制地繁衍以及各种电子媒体的出现,在文化上必然会产生文化认同的危机感,人们担心,原来传统意义上的文化界限是否会消失,是否会发生一种文化类型向另一种文化类型的转移,

---

① 瑞恩·赛格斯:《全球化时代的文学和文化身份建构》,《跨文化对话》第2辑(1999),第91页。

最终趋于大同。这种危机感已经现实地存在于中国20世纪90年代的文化争论中,并导致出现了以保护传统为特征的所谓"新保守主义"或称"文化保守主义"。

从文化认同的角度来认识问题,我们是很能理解"新保守主义"的苦衷的。如果全球化带来的后果是自己民族身份的丧失,那全球化还有什么价值?就目前的实际情况而言,全球化是西方现代性的一种极致发展,作为一种宏大叙事,自然会受到人们的质疑。而新保守主义的质疑则不光是对中国目前状态的不满,而且是对五四以来整个20世纪文化激进主义的质疑。他们认为,自近代以来,中国文化的激进主义和反传统态度,过于偏激地对待自己的传统,因而使得中国文化出现了某种文化断裂。甚至于像"文化大革命"这样的文化浩劫,都与五四以来偏激的文化倾向有密切关系。在新的世界政治、经济和文化格局中,身为"第三世界文化"的中国文化,应强调自己的文化传统,警惕西方文化霸权对我们的"后殖民主义"的侵蚀。在他们看来,所谓"西化"、"现代化"、"全球化"只不过是在不同语境下的同义反复,本质上是一码事,都是将西方看成模仿的样本,而取消民族文化特性的过程,所以,中国的现代化就是"被迫以现代性为参照以便重建中心的启蒙与救亡过程","这一重建工程的构想及其进展是同如下情形相伴随的:中国承认了西方描绘的以等级制度和线性历史为特征的世界图像。这样西方他者的规范在中国重建中心的变革运动中,无意识地移位为中国自己的规范,成为定义自身的依据。在这里,'他性'无意识地渗入'我性'之中。这就不可避免地导致了如下事实:中国的'他者化'竟然成为中国的现代性的基本特色所在,也就是说,中国现代变革的过程往往同时又呈现为一种'他者化'的过程。"[①]这实际上等于是说,中国的现代化的过程是民族身份彻底丧失的过程。在这种背景之下,对"中华性"的诉求便是顺理成章、理所当然的了。

全球化有可能使我们的民族文化身份变得模糊起来,这确实是一个不争的事实,但即使如此,也正如斯皮瓦克所言,文化身份的模糊是全球化的产物,而且实际上,"所有的文化认同都不可还原地呈混杂状态",由此看来,在全球化背景下,试图追求一种纯而又纯的"本真性文化身份",这确实是不切实际的。而且也正像有论者所指出的那样,这种"用现代性/传统性或西方/中国这样二元对立来言说中国历史的方式,乃典型的

---

① 张法、王一川、张颐武:《从现代性到中华性》,《文艺争鸣》1994年第2期。

西方现代性话语,因而它根本无助于消解,相反是复制着它所批评的二元对立或'现代性'",它"一方面在批评西方现代性与话语的不合时宜;另一方面又悖论式地持有另一本质主义的身份观念、族性观念与华夏中心情结,试图寻回一种本真的、绝对的、不变的'中华性'(中国身份),并把它与西方现代性对举,构成一种新的二元对立"。①

在中国特殊语境下,反思20世纪90年代的全球化就如同反思80年代的现代性叙事一样,有着逻辑上的相乘性。在80年代,现代化理论曾是支配中国文学界乃至整个人文—社会科学家的主导话语,这种理论在意识形态上的表述就是"改革开放"。进入90年代以来,所谓参入世界竞争、与世界接轨,加入世贸组织的努力,都是中国80年代改革开放的进一步深化,因此,将90年代与80年代割裂开来,分别冠以"新时期"与"后新时期",不过是知识分子杜撰的一种叙事神话,是有意夸大差别性的主观臆造。

也许西方后现代理论给了我们太多"断裂"的感受,而忘却或有意忽视现实发展的连贯性,因此才分别有了五四传统文化断裂论以及20世纪80年代与90年代的断裂论,我们忽视了一个基本事实,那就是对民族文化身份的诉求其实就产生于对现代化追求的过程中,正是有了经济发达的前提,我们才会产生民族文化特性的欲求。关于这一点,倒是一位研究中国历史的美国专家德里克看出了问题的症结所在,他一针见血地指出:

> 正是中国社群的经济成功——包括台湾、香港、新加坡以及海外华人——突出了中国人间的差异,重新提出了中华性(Chinese identity)的问题。散居海外的华人的身份也成为八十年代的重要问题,另外,后社会主义的中国大陆也出现了类似的问题。中华性再次成为紧迫的问题,原因很明显。到八十年代末,"大中华"(Greater China;基本上是经济、政治概念)和"文化中国"的问题与东亚资本主义问题纠缠到了一起。由东亚资本主义发展掀起的儒学复兴,为探讨中华性的问题创造了思想空间。

在他看来,"现在,中华性问题不再仅仅是杜维明一再重复的重新确立儒学地位的问题,而是改造儒学,以确保进入世界新文化的问题。"②也

---

① 陶东风:《现代性反思的反思》,《东方文化》1999年第3期。
② 阿里夫·德里克:《后革命氛围》,北京:中国社会科学出版社1999年版,第259页。

就是说,文化身份的诉求正是伴随着经济的发展进入汉语思想界的,经济的发展不仅不会导致文化特征的流失,反而加强了对文化身份的诉求与认同。同时,文化身份问题也不仅仅是一个认同的问题,它也包含着重新建构的问题,即如何在新的历史背景下实现传统儒学的现代性转型,以确保进入世界新文化的问题。

我们注意到,伴随着经济的发展,文化身份问题被特别强调,这不是中国的特例,在一些发达的资本主义国家,也有这种现象。因此这是一个普遍性问题。杜维明教授本人并不否认这一点。在新加坡《联合早报》75周年报庆活动的演讲中,他提出了一个观点:高度发达国家内部也有南北问题。他从族群、语言、性别、地域、年龄、阶级和宗教等7个方面,具体阐述了西方发达国家内部的文化差异性问题,指出南北问题不仅出现在高度发达的国家和正在发展的国家之间,即使高度发达的国家本身也有南北问题,因此,族群、语言、性别、地域、年龄、阶级和宗教这些根源性问题和全球的普世化问题经常是纠缠在一起的,他说:"这一种复杂的互动的现象,就是global和local之间的关系,英文世界里用一个特别的名词来形容它,叫做glocal,就是说既是global(全球的),又是local(地方的),因此同时是全球又是地方的现象。"例如,一般的跨国公司固然是全球化的,但成功的跨国公司却能够以全球化的理念,在不同的文化环境,不同的地域中,真正地生根,其成功的诀窍就在于全球公司的地方化(the localization of global company),如果做不到这一点,跨国公司便不可能在这一地区求得生存和发展。① 既然在发达的资本主义国家,经济的发展,跨国公司的扩张也不能取消民族文化的差异与特性,那么,我们还有什么理由担心文化的趋同一定会发生在我们这个具有如此悠久文化传统的国度中呢?一种合乎逻辑的结论应该就是我们一再声明的:经济的发展、全球化的进程,并不会必然导致民族文化特性的丧失,它甚至还有可能提供确立文化身份的外部条件。

与全球化会带来文化趋同的担心形成有趣对照的是另外一种担心,这就是亨廷顿在《文明的冲突?》中所表述的所谓"文明冲突论"。亨廷顿的想法是,文化认同是由共同的宗教信仰、历史经验、语言、民族血统、地理、经济环境等因素共同形成,其特性比起政治、经济结构更不容易改变。

---

① 杜维明:《全球化与本土化冲击下的儒家人文精神》,新加坡《联合早报》1998年10月12日。

随着冷战时代的结束,全球文明不仅没有发生趋同,反而日益分裂为相互冲突的七大文明或八大文明,即中华文明、日本文明、印度文明、伊斯兰文明、西方文明、东正教文明、拉美文明,还有可能存在的非洲文明。他认为,冷战后的世界,冲突的基本根源不再是意识形态,而是文化方面的差异。他认为西方,尤其是美国,应该注意儒家和回教汇流所带来的挑战。

1998年由新华出版社出版的《文明的冲突与世界秩序的重建》中文版是亨廷顿教授在1993年《外交》季刊夏季号发表的《文明的冲突?》的基础上进一步深化丰富而写成的,英文原版则是1996年年底面世。自1993年《文明的冲突?》发表之后,他还写了一系列的文章喋喋不休地反复阐述他的观点学说,仅我所知道的就有《如果不是文明,那又是什么?——冷战后世界的范式》(1993年《外交》11/12月)、《西方文明只此一家,并非普遍适用》(1996年《外交》11/12月)、《孤独的超级大国》(1999年《外交》3/4月)。他的理论观点引起广泛的关注。赞誉者有之,质疑者、反对者亦有之。赞誉者称他为理解21世纪"全球政治的现实提供了一个极具挑战性的分析框架"(基辛格),"将使我们对国际事务的理解发生革命性变革"(布热津斯基);质疑者、反对者认为他的观点"包含十字军东征思维"[①],表达了一种"数量优势下的恐惧"心理[②]。

亨廷顿理论的第一读者当然是西方人,尽管他的理论是试图为全球国际政治寻找一个新的模式,但他的学说无疑是为西方政治运作提供智慧与策略。他本人的身份决定了这一点,他不是为第三世界着想,虽然他长期从事第三世界问题的研究,他属于美国右派知识分子。即使像萨义德这样的美国左派知识分子,他也不可能真正为"东方主义"寻找到安身立命的根本。明白了这一点,我们可能就会以更平和的心态来对待亨廷顿学说。

三、世界多极化格局

不少论者指出,亨廷顿学说的一大盲点,是把历史上的许多冲突说成是人类文化差异所导致,而忽视了更重要的因素:物质利益和发展空间(即便被认为出于"宗教"原因的十字军东征也如此)。亨廷顿也没看到,

---

① 参见《十字军东征》,《联合早报》1999年1月10日。
② 李慎之:《数量优势下的恐惧》,见《文明的冲突与世界秩序的重建》中文版附录。

不同文明的表层尽管形式各异,但人类的终极关怀是一致的。大家同向心灵探索,将有机会进入大同,不一定要冲突。这自然也是不错的。我对这种理想主义的表态也是历来充满敬意。有一点似乎是不言自明的,那就是我们都希望人类社会能够避免战争,不同的文化之间能够和平相处。问题在于,鉴于目前的国际形势,例如中东巴以冲突、克什米尔问题、车臣问题,"9·11"事件所引发的暴力冲突,阿富汗塔利班问题等,都一再告诫世人,世界和平的完全实现只能一再推迟。

我不是亨廷顿理论的拥护者,尤其是他的关于对中国文明的崛起所存有的戒备心理更让我愤愤不平。不过我情愿把他的理论看成纯知识文本来阅读,而先不管他的真实意图。从这一角度出发,我觉得亨廷顿的学说还是给我们提供了许多有益的东西。

首先,亨廷顿的世界模式尽管有许多问题,但他的八大文明形态的划分较之我们一直沿用的"中西"二元模式就是一个很大的进步。中西二元模式曾长期制约着我们的思维。在我们的文化、文学、美学研究中,我们随时都可能遇到。例如讲中国思维是综合的,西方人的思维是分析的,例如讲中国文学是表现的,西方文学则是再现的,等等。这种看问题的角度显然是过于简单了。八种文明的划分仍然有许多可疑之处,"为什么日本可以算作一个独立的文明,而朝鲜就不算呢?把'非洲文明'定义为包括南非在内的次撒哈拉正确吗?"①从根本上讲,它仍属于绝对论的,不过也许我们应该不要过分注重这种机械的划分,对于我们,重要的问题是如何以世界多元化模式取代中西二元模式的问题。

其次,不管他是情愿还是不情愿,他都道出了一个基本事实,西方中心主义的确在没落,将西方的价值标准硬性地推为世界普世文明,既不可能,也无必要。他甚至断言,西方的生存有赖于美国人重新肯定他们的西方认同以及西方人把他们的文明看成是独特的而非是普世的,并团结一致对付来自非西方社会的挑战。在《孤独的超级大国》一文中,他将这一意图表达得更加清楚。他批评当时的克林顿政府到处标榜美国经济的成功可为世界效仿,而全然不顾美国在国际事务中地位的下降。在这篇文章中,他也再次阐述世界单极化发展的不可能性。他认为,冷战时期全球的权力结构基本上是两极的(bipolar),而目前正在形成的权力结构则截

---

① 瑞恩·赛格斯:《全球化时代的文学和文化身份建构》,《跨文化对话》第 2 辑(1999),第 95 页。

然不同。现在世界上只有唯一一个超级大国,那就是美国,但这绝不意味着世界是单极的(unipolar),它是一种奇特的混合体系,即一个超级大国与若干大国并存的单极+多极体系(uni-multipolar)。解决重大的国际问题既需要超级大国采取行动,也需要与某些大国联合采取行动。他指出:"由于美国在行动上把世界当作单极世界,美国在世界上也越来越孤立。"①这说明,全球化的趋势并不会必然导致世界政治的单极化发展。我们可以预见,目前这种单极+多极的世界体系还只是一种过渡现象,随着各国综合实力的增强,未来的21世纪必然是一个多极化(multipolar)发展的世纪。当然,这样一个多极化的政治格局,是站在美国利益立场上的亨廷顿所不愿意看到的。对于亨廷顿有关多极化导致文明冲突的观点,我们也是不能接受的。但无论如何,亨廷顿看到了,世界历史的发展,不会导致文化的趋同,而美国对单极世界的追求,必然使美国处于孤立的境地,这都是有远见卓识的。他的陋见只在于他忘记了文化的差异并不会成为冲突的根本原因。

关于全球化会不会真的导致文化的趋同,我是持乐观态度的。至少目前人们所担心的情况还没有出现,我们也有理由相信,将来全球化真的到来的那一天也不会出现全球只有一种文化的情况。全球一体化与文化多元化是一对矛盾共同体,二者具有对立统一的关系。经济全球化对人类文化的影响是不可否认的。随着信息时代的到来,新的通讯交通工具、新的娱乐方式、国际互联网等,极大地改变了人们的生活方式。但它在给人们带来便利的生活条件的同时,又极有可能使人的感性体验方式发生变异,并引发认同危机。虽然人们可以通过打电话、看电视、在电脑互联网上建立与他人更广泛的联系,但毫无疑问,靠这种方式建立起来的联系明显带有虚假性,人们得到的是一大堆言语的、听觉的、视觉的现实幻影,失去的则是作为感性与理性统一体的自我的真实体验。在这种情况下,人们自然会追寻和认同自己民族的传统文化,以寻找一种皈依感。所以,文化多元化的可能性,正是基于全球化所带来的人的一种精神缺失以及由此产生的需要,正是根植于全球一体化这一现实土壤之中,二者既是矛盾的,也是统一的。

从文化本身的多层次性来说,全球化也不会导致文化多元化的最终

---

① 参见亨廷顿(Samuel P. Huntington):《孤独的超级大国》("The Lonely Superpower"),《外交》(*Foreign Affairs*)1999年3—4月。

终结。文化的核心价值构成文化的深层结构，主要是指使该民族不同于其他民族的思维和行为模式、民族信仰和价值趋向等等，而语言、艺术、宗教、哲学等则是它主要的客观性载体。作为深层结构的核心文化不同于那种在政治、经济基础之上的、属于上层建筑的文化的概念。这种文化概念，其实质是一种意识形态，它必须与政治、经济的发展相适应，并由此产生了不同时代的文化形态，诸如封建文化、资本主义文化、社会主义文化等。对于前者而言，它与政治、经济体制密不可分，对于后者而言，它却具有一种永恒的价值，这种价值并不会随社会体制的改变而改变。而那种建立在政治、经济基础之上的体制文化形态则只是文化结构的表层。当社会的政治、经济发生变革的时候，首先会引发文化表层结构的变化，并不容易摧毁文化的核心价值。文化深层结构的这种稳定性特征，也为全球一体化背景下本民族文化认同提供了可能性。

如果说文化身份特征的认同主要是指对民族文化核心价值的认同，那么，文化身份的建构则要以文化核心为建构基点，批判地吸收外来文化的优秀成果。这包括：第一，首先要保护自己民族的核心价值不受到损坏；第二，在此基础上，可以无顾虑地吸收与融合来自异质文化的对本民族的整体性文化发展有益的东西；第三，在保证本民族文化主导性地位的前提下，也可以对他者文化的核心价值也保持一种宽容的态度，而不能将自己的价值标准横加在别民族的头上。所有这些，都是我们建构中华民族的文化身份所必需的。而要做到所有这一切，显然都有赖于从过去的一元论思想方法到多元论思想方法的转变。具体到我们民族自身来讲，我们既要继承和发扬我们民族的优秀文化传统，又要进行改革开放，实现现代化。处理二者的关系时候，也不能用谁决定谁的一元论思想方法来看待。我们既没有必要因担心中国传统的丧失而反对学习西方先进的技术及管理制度，也没有必要因为要进行现代化建设而去反对和放弃我们的文化传统。因为说到底，文化的根本问题与政治、经济问题是不同的两种系统，如果吸收和融合的是那些有利于我国经济发展、政治改善的属于西方体制文化层面的成分，这不仅不会导致我们自己的文化传统中核心价值的改变，处理得当的话，反而会加强对核心文化传统的认同。

跨文化的环形之旅*

在我国比较文学或比较文化的研究中，有一个根深蒂固的研究模式，即"中/西"二元论，与此相应地产生了"古/今"二元论。"中与西"本来表示的是方位空间，而当它与"古与今"模式联系在一起的时候，便具有了价值判断的意味，形成了"中"即是传统、"西"即是现代的刻板印象，由此，空间与时间便叠合在同一个平面上。无论是"中体西用"还是"西体中用"，无论是"全盘西化"还是"回归传统"，无论是"中西冲突"还是"中西结合"，无论是"东学西渐"还是"西学东渐"，所有的这些论断和争论已经持续了一百多年，所有的可能出现的观点基本已经穷尽，尽管争论的观点相左，但无疑都出自这同一个研究模式。我们注意到，比较文学中的影响研究也好，平行研究也好，都没能摆脱"中/西"、"古/今"相叠加而产生的刻板的二元对立模式的魔咒，都仍然是 A 与 B 的线性比较研究，由此落下个"阿狗与阿猫"的骂名也就不足为奇了。跨文化研究试图突破平行研究与影响研究，为我国比较文学研究别开一局面，但如果仍然局限于"中/西"二元对立的绝对论模式中不能自拔的话，就一定难有作为。那么，我们如何才能走出这种模式的羁绊？是否可能在 A 与 B 的观察点之外增加另外的参照点？让我们先从《赵氏孤儿》这个剧本说起。

一、《赵氏孤儿》的环形旅行

迄今为止，人们已经难以计算《赵氏孤儿》这个戏从诞生到现在共被改编了多少次，共演出了多少场。据 2003 年 12 月 13 日《南方周末》统计，只是在 2003 年，《赵》剧就有 7 个不同版本在世界不同的场合公演。其中包括：4 月 11 日河南省豫剧团在北京长安大戏院上演的豫剧《程婴救孤》；4 月 15 日由林兆华导演的人艺版的话剧《赵氏孤儿》在北京首都剧场上演；8 月，旅美华人导演陈士争推出的中英文两个版本的《赵氏孤儿》，其中英文版的《赵氏孤儿》在美国纽约林肯中心上演，除借用原剧剧情外，从音乐到舞台，完全是一部百老汇喜剧；10 月 8 日，中国京剧院三

---

* 本文曾以《跨文化研究的三维模式》为题发表于《文史哲》2009 年第 3 期。

团在中国政法大学演出了经典剧目《赵氏孤儿》；11月7日，据张纪中透露，长篇电视连续剧《赵氏孤儿》已确定由西安电影制片厂等单位联合摄制；11月12日，应巴黎中国文化中心邀请，受文化部委派，浙江小百花越剧团的《赵氏孤儿·夺子》赴法国巴黎参加2003—2005年中法文化年中国地方戏曲剧种展演。①

王国维在《宋元戏曲考》中将纪君祥的《赵氏孤儿》看成是一部世界性的文学名著，当时人们也许不会理解其中的含义，而今天再也不会有人怀疑这一点。不过人们也许会注意到这部作品所产生的巨大影响，例如它对法国文学巨匠伏尔泰的影响，却不会太关注这部作品在流传的过程中所蕴含的文化意义。人们会按照影响研究的模式从伏尔泰将《赵氏孤儿》改编为《中国孤儿》这一案例中说明中国文学在世界范围内的伟大地位，人们也会注意到在今天林兆华导演的话剧《赵氏孤儿》从伏尔泰那里所借鉴的灵感。前者构成了我们通常所说的"东学西渐"，后者则构成了所谓的"西学东渐"。而当我们将这两个分离的过程看成是一个整体的过程的时候，一个有关文本的跨文化旅行的事实便会展现在人们的面前。由于这样一个事实事关不同文化形态之间的关系，可以让我们重新审视中国与西方、古代与现代的文化形态的互动关系，因此理所当然地应该受到学界的关注。

从纪君祥的《赵氏孤儿》到伏尔泰的《中国孤儿》再到林兆华的《赵氏孤儿》，这一文本历经的是从中国古代文化到西方文化再到中国现代文化的跨文化环形之旅。这样的环形之旅，不再是一个平面的和线性的A与B的关系，而是三维立体的环形结构，是跨文化研究的三维模式。

纪君祥的《赵氏孤儿》取材于《史记·赵世家》，作品讲述的是春秋晋灵公时文臣赵盾与武将屠岸贾两个家族之间的生死恩仇。剧本有元刊本和明刊本。元刊本只有曲文，没有科白，包括一个楔子和四折。明刊本有科白，并多出第五折。

王国维在《宋元戏曲考》中说：

> 明以后，传奇无非喜剧，而元则有悲剧在其中。就存者言之，如《汉宫秋》、《梧桐雨》、《西蜀梦》、《火烧介之推》、《张千替杀妻》等，初无所谓先离后合，始困终亨之事也。其最有悲剧之性质者，则如关汉

---

① 夏榆、张英：《"赵氏孤儿"不报大仇》，《南方周末》2003年11月13日。

卿之《窦娥冤》、纪君祥之《赵氏孤儿》。剧中虽有恶人立构其间，而其蹈汤赴火者，仍出其主人翁之意志，则列之于世界大悲剧中，亦无愧色。①

"先离后合、始困终亨"的大团圆结局为王国维所诟病。他在《红楼梦评论》中就曾经对国人"始于悲者终于欢，始于离者终于合，始于困者终于亨"②的"乐天"精神，提出过严厉的批评，并认为这是中国缺少世界性悲剧的主要原因。而在《宋元戏曲考》中，再一次对《汉宫秋》等剧目的结局"无所谓先离后合，始困终亨"予以肯定。

但是，王国维似乎对于《赵氏孤儿》的结局问题并不怎么看重。因为，如果按照结局来看《赵氏孤儿》的话，似乎仍然属于"先离后合、始困终亨"的范围。元刊本《找赵氏孤儿》结局第四折讲的是，赵孤在屠岸贾家中养大成人，文武双全。程婴把当年屠岸贾杀害赵家满门的惨剧画成手卷，并一一讲解给赵孤听。赵孤这时方知与屠岸贾有如此深仇大恨，最后报了血债。明刊本还有第五折：写赵孤拿了屠岸贾，由晋国大臣魏绛处以应得之罪。晋君最后传令：赵孤复姓，赐名赵武，仍为晋卿；所有为赵氏死难诸人，概与褒扬。明刊本更加突出了"始困终亨"的效果，但这只是程度上的差别。元刊本的结局虽然没有明刊本那么圆满，但最终也能报仇雪恨，"不将仇恨雪，难将怨恨除"，"把那厮剜了眼睛，豁开肚皮，摘了心肝，卸了手足，乞支支搦折那厮腰截骨。"③这毕竟使《赵氏孤儿》的悲剧效果得到了大大的舒缓。

王国维之所以将《赵氏孤儿》称为世界性的悲剧，看重的是其主人公的赴汤蹈火的悲壮行为，因此，"恶人立构其间"虽然也是构成悲剧的成因，但却被认为是不重要的因素，而《赵氏孤儿》的结局问题更被忽略不计了。这是否意味着王国维本人对于悲剧的看法是自相矛盾的呢？是否意味着从早先的《红楼梦评论》到后来的《宋元戏曲考》，王国维本人对于悲剧的认识已经发生了很大的变化？

我们先不要在这一问题上过分纠缠。单是他能够指出《赵氏孤儿》的

---

① 王国维：《宋元戏曲考》，《王国维遗书》（第九册），上海：上海古籍出版社1983年版，第640—641页。

② 王国维：《红楼梦评论》，《王国维文集》（第一卷），北京：中国文史出版社1997年版，第10页。

③ 参见徐沁君校：《新校元刊杂剧三十种》，北京：中华书局1980年版，第323页。

世界性这一点就已经很不简单了。1731年《赵氏孤儿》被马若瑟神父介绍到法国,其法文节译本于1735年发表在《中国通志》第二卷上,似乎就是其世界性影响的一个明证。不过更值得我们关注的是伏尔泰据此所改写的《中国孤儿》,因为这是我们探讨《赵氏孤儿》从中国到法国跨文化文本旅行更重要的依据。我们发现,伏尔泰的确不是原封不动地照搬了《赵氏孤儿》的情节内容,而是对他做了较大的改写。而正是在这种"改写"的过程中,才能够传达出更为丰富的文化内涵。

  伏尔泰对《赵氏孤儿》的"改写"是依据他本人的文化背景的,他的法国文化背景成为他的"接受视域",他是按照法国新古典主义的美学原则来改写的。他认为原剧中的弄权、作难、搜孤、救孤、除奸、报仇等"一大堆难以置信的事件",头绪过于纷繁,剧情延续时间过长,不符合新古典主义的"三一律",因此他只保留了"搜孤""救孤"两个情节,并把故事压缩在一昼夜。改写后的《中国孤儿》的故事发生的时间也做了极大的调整,由原作的春秋时期向后推演到元代初年。其剧情是:成吉思汗率兵攻入燕京杀戮了皇帝及诸皇子,发现遗孤失踪,便派兵追杀。中国遗臣尚德把遗孤藏在皇陵,把自己的儿子献出去,以代遗孤。其妻伊达梅不忍亲子死于非命,往见成吉思汗,道出真情,请求宽恕其夫及子,并表示愿意代替幼主就戮。数年前,成吉思汗流落燕京时,曾向伊达梅求婚未果,此次邂逅,旧情复萌,当即向伊表示,若伊答应嫁给他,就可宽恕。可是,伊达梅终不为其所动,相反成吉思汗却为伊达梅的高洁品德所打动,不但赦免了三人的死罪,而且还令尚德夫妇妥为抚养遗孤。

  "伏尔泰的《中国孤儿》在主题上与中国传统的《赵氏孤儿》截然不同,我们的主题是复仇,他的主题是谅解。传统的《赵氏孤儿》都是在元杂剧之上改编的,强调的是愚忠愚孝,这种东西太阻碍社会发展了。伏尔泰的《中国孤儿》的主题是从人性的角度去谅解过去的冤仇。"[①]在接受《南方周末》记者采访时,2003年人艺版《赵氏孤儿》的导演林兆华毫不讳言他对伏尔泰《中国孤儿》的敬仰和对中国传统的《赵氏孤儿》的批判。而在由他导演的这部话剧中,的确删改了传统的复仇主题,他让孤儿放弃了上一辈的所有恩仇,无论是为救孤舍去自己亲生儿子的程婴,还是将赵氏全家满门抄斩的屠岸贾,都被孤儿抛在了身后。剧本强调了长大成人后的孤儿与屠岸贾更亲近的收养关系,也不再表现忠奸的斗争。这一切都似乎

---

① 转引自夏榆、张英:《"赵氏孤儿"不报大仇》,《南方周末》2003年11月13日。

意味着新编的《赵氏孤儿》对传统的背叛及对外来文本的认同。

当我们将目光投向五四现代性文学诞生期的时候,这种现象的意义有可能被夸大到如此的地步,即认为五四文学是与传统断然分割的文学事件,中国文学的现代性即意味着传统的断裂及西方话语的全面移植。

这里涉及现在学术界热衷讨论的一个话题:中国近现代文化的产生是传统文化的断裂呢,还是在新的条件下的继续?国内学者许多持前种观点,他们大多认为五四运动"全盘西化"导致中国文化的断层,导致了中国现代文论的失语症。与之相反,加拿大汉学家米列娜编过一本关于晚清小说的书,题目是 The Chinese Novel at the Turn of the Century(中译者译为《从传统到现代》)。据乐黛云先生讲,米列娜编这本书的用意是在"寻求中国现代的根","以便五四运动不被人误解为一个与中国的过去断然分隔的文学事件",[①]因此"从传统到现代"的题中之意便是寻求传统与现代的连续性。

由此看来,《赵氏孤儿》这一文本的跨文化环形之旅,的确触及了中外文化交流与碰撞中的深刻命题。我想说的是,如果把《赵氏孤儿》读解为传统的断裂与外来文本的全面移植,将是令人难以忍受的。一个明显的事实是伏尔泰的《中国孤儿》恰恰是来源于中国传统,放弃复仇主题有可能更加符合中国文化的传统价值趋向。而我们今天要强调的是,在这样的环形旅行中,中与西、传统与现代的断裂将会得到某种程度的修复,那种二元对立的绝对论模式将会被稀释;同时我们还应该特别注意到在旅行的每一站文本所发生的文化变异现象。以上两点,是我们在讨论跨文化环形之旅的时候,必须时刻铭记在心的。我们要放弃那种"影响研究"模式所带来的"文化中心主义"心理,认为在 A 向 B 的学习借鉴中可以显现出 B 价值的伟大。我认为这是一种不太健康的文化态度。一个文学文本或理论文本在接受另一文本和理论影响的时候,他并不是原封不动地照搬,而总会基于自己的"前理解"予以变形、改造。正像伏尔泰对《赵氏孤儿》的改写一样,林兆华的《赵氏孤儿》对伏尔泰的《中国孤儿》仍有着非常明显的改写,他虽然在主题上借鉴了《中国孤儿》的做法,却在题材上恢复了传统《赵氏孤儿》的主要内容。从另外一个角度来说,林兆华之所以能够如此顺利和愉快地接受《中国孤儿》的主题,未必不是由于这一主题

[①] 乐黛云:《〈从传统到现代〉序》,见米列娜编,伍晓明译:《从传统到现代:19 至 20 世纪转折时期的中国小说》,北京:北京大学出版社 1991 年版,第 1 页。

更加符合中国文化传统的价值理念及中国人的审美心理习惯。

我们说,《赵氏孤儿》不仅仅是一个剧本,而且是一个文本(Text)。在英文中,文本含有"编织"之义。当我们注意到《赵氏孤儿》这一文本的跨文化环形旅行的时候,就是要说明在不同的文化语境下这一文本意义的不同变迁、不同建构和不同的编织。从这个意义上讲,有多少次对《赵氏孤儿》这个剧本的改编,就有多少次对这一文本意义的编织。

二、叔本华悲剧理论的东方之旅

王国维的悲剧理论无疑是来源于叔本华,他在《红楼梦评论》中说:

> 由叔本华之说,悲剧之中又有三种之别:第一种之悲剧,由极恶之人,极其所有之能力以交构之者。第二种,由于盲目的运命者。第三种之悲剧,由于剧中之人物之位置及关系而不得不然者;非必有蛇蝎之性质与意外之变故也,但由普通之人物、普通之境遇,逼之不得不如是;彼等明知其害,交施之而交受之,各加以力而各不任其咎。此种悲剧,其感人贤于前两者远甚。何则?彼示人生最大之不幸,非例外之事,而人生之所固有故也。若前二种之悲剧,吾人对蛇蝎之人物与盲目之命运,未尝不悚然战栗;然以其罕有之故,犹幸吾生之可以免,而不必求息肩之地也。但在第三种,则见此非常之势力,足以破坏人生之福祉者,无时而不可坠於吾前;且此等惨酷之行,不但时时可受诸己,而或可以加诸人;躬丁其酷,而无不平之可鸣:此可谓天下之至惨也。①

王国维的这段话是对叔本华《作为意志和表象的世界》英译本的一种节译。② 在《作为意志和表象的世界》中,叔本华提到的第一类悲剧有莎士比亚的《查理三世》、《奥赛罗》、《威尼斯商人》,席勒的《强盗》(佛朗兹·穆尔是这一剧本中的人物,是卡尔·莫尔的弟弟,为了谋夺家产,阴谋险害卡尔),欧里庇德斯的《希波吕托斯》和索福克勒斯的《安提戈涅》;第二类悲剧有索福克勒斯的《俄狄浦斯王》、《特剌喀斯少女》,莎士比亚的《罗

---

① 王国维:《红楼梦评论》,《王国维文集》(第一卷),北京:中国文史出版社1997年版,第11—12页。

② Arthur Schopenhauer, *The World as Will and Representation*, Beijing: China Social Sciences Publishing House,1999, pp.254—255. (叔本华著,石冲白译:《作为意志和表象的世界》,北京:商务印书馆1982版,第352—353页。)

密欧与朱丽叶》,伏尔泰的《坦克列德》,席勒的《梅新纳的新娘》;第三类悲剧有歌德的《克拉维戈》和《浮士德》,席勒的《华伦斯坦》(麦克斯和德克娜则是这一剧本中的一对年轻情人),莎士比亚的《哈姆雷特》,高乃伊的《熙德》。

王国维的译文可以说是与叔本华关于悲剧理论的首次的"跨语际遭遇",通过比较它与叔本华的原文,有以下几点值得我们注意:第一,王国维并没有逐字逐句地翻译叔本华的原文,而是采用了摘译的方式,这可以解释为对于叔本华所提到的一些外国文学作品,王国维有可能并不熟悉,所以采取了回避的办法,另外,我们也可以解释为,叔本华提到的那些众多的文学作品,对于王国维而言并没有特别重要的意义,他的真正意图是用来说明《红楼梦》的悲剧性;第二,王国维的翻译采取了意译的方法,例如,他用"蛇蝎"颇具具象意味的词翻译 wickedness 这一抽象词,而石冲白则译为"恶毒",而实际上"蛇蝎"虽不如"恶毒"那样与 wickedness 具有在辞典意义上更紧密的对应性,却更能传达 wickedness 的丰富内涵,同时也更加符合汉语的表意功能;第三,也是最重要的一点,叔本华悲剧理论在西方语境中所特指的那些作品被取消,使得叔本华的理论文本的符号能指从"所指"中分割脱离出来,使得原来的能指成为"滑动的能指",而指向了汉语文本《红楼梦》,所谓"若《红楼梦》,则正第三种之悲剧也"[①]。我们知道,在叔本华的理论语境中,第三种悲剧指的是《浮士德》等一系列西方悲剧,而在王国维看来,《浮士德》并不是第三种悲剧的典范,《红楼梦》更能代表第三种悲剧的极致,他说:"法斯德(浮士德)之苦痛,天才之苦痛,宝玉之苦痛,人人所有之苦痛也,其存于人之根柢者为独深,而其希救济也为尤切,作者一一掇拾而发挥之。"[②]这样,在叔本华的悲剧理论与《红楼梦》之间就形成了一种颇具意义的"互文性"关系。

通过考察叔本华所提到的这些西方悲剧,我们还会发现在叔本华的悲剧理论中,并没有把"大团圆"结局作为悲剧的一个至关重要的要素来考虑。比如《查理三世》、《熙德》就是以坏人得到惩处、有情人终成眷属而结局的。作者高乃依是很明确地把《熙德》作为悲剧来看的,他说:"我们要确立一种原则,即悲剧的完美性在于以一个主要人物为手段引起怜悯

---

① 王国维:《红楼梦评论》,《王国维文集》(第一卷),北京:中国文史出版社1997年版,第12页。
② 同上书,第9页。

和恐惧之情,例如《熙德》中的唐罗狄克(罗德里克)和《费奥多拉》中的普拉齐德就是这样人物。"① 叔本华也指出了《熙德》没有一个悲惨的结局,但却仍然把它看成是第三种悲剧的代表,可见他也是并不太在乎是否以团圆结局的。

与之不同,王国维却非常重视《红楼梦》的悲剧结局,并把它上升到与"国人之精神"相对照的高度,这成为王国维极力推崇《红楼梦》文学价值、将之置于世界文学名著的一个重要理论依据。

那么,为什么说《红楼梦》是第三种悲剧呢?王国维解释说:

> 兹就宝玉、黛玉之事言之:贾母爱宝钗之婉嫕,而惩黛玉之孤僻,又信金玉之邪说,而思压宝玉之病;王夫人固亲於薛氏;凤姐以持家之故,忌黛玉之才而虞其不便於己也;袭人惩尤二姐、香菱之事,闻黛玉"不是东风压倒西风,就是西风压倒东风"之语,惧祸之及,而自同於凤姐,以自然之势也。宝玉之於黛玉,信誓旦旦,而不能言之於最爱之之祖母,则普通之道德使然;况黛玉一女子哉!由此种种原因,而金玉以之合,木石以之离,又岂有蛇蝎之人物、非常之变故,行於其间哉?不过普通之道德,通常之人情,通常之境遇为之而已。由此观之,《红楼梦》者,可谓悲剧中之悲剧也。②

在王国维看来,宝黛之爱情悲剧,并不是由于坏人从中作梗,也不是由于命运的安排,而完全是由于剧中人彼此的地位不同,由于他们的关系造成的。这些人物的所作所为并不违背普通之道德,也符合通常的人情,悲剧就发生在通常的境遇之中。也正是由于这一点,这种悲剧的效果就更加可悲。因为虽然第一种和第二种悲剧也非常可怕,但人们却终会认为极坏的人和可怕的命运毕竟会远离我们,我们会存有侥幸的心理,而第三种悲剧却就发生在跟我们相同的人物、相同的境遇之中,我们也免不了会遇到这样的悲剧,所以就更加可怕。所以王国维才由此断定,《红楼梦》是悲剧中的悲剧。

对此结论,钱锺书先生却有自己的看法。他在《谈艺录》中指出:

---

① 高乃依:《论悲剧以及根据必然律与或然律处理悲剧的方法》,见伍蠡甫主编:《西方文论选》(上),上海:上海译文出版社 1979 年版,第 261 页。

② 王国维:《红楼梦评论》,《王国维文集》(第一卷),北京:中国文史出版社 1997 年版,第 12 页。

王氏（指王国维）於叔本华著作，口沫手胝，《红楼梦评论》中反复称述，据其说以断言《红楼梦》为"悲剧之悲剧"。贾母憝黛玉之孤僻而信金玉之邪说也；王夫人亲于薛氏、凤姐而嫉黛玉之才慧也；袭人虑不容於寡妻也；宝玉畏不得於大母也；由此种种原因，而木石遂不得不离也。洵持之有故矣。然似於叔本华之道未尽，於其理未彻也。苟尽其道而彻其理，则当知木石因缘，倘幸成就，喜将变忧，佳耦始者或以怨耦终；遥闻声而相思相慕，习近前而渐疏渐厌，花红初无几日，月满不得连宵，好事徒成虚话，含饴还同嚼蜡。①

　　在钱锺书看来，王国维虽然看到了《红楼梦》中人物之间的通常关系造成了宝黛二人的悲剧，因而断定《红楼梦》是"悲剧中的悲剧"，这是持之有故的，但却并不符合叔本华的原意，按照叔本华的悲剧理论，应该让宝黛二人成婚，然后"好逑渐至寇仇，'冤家'终为怨耦，方是'悲剧之悲剧'。"②由此出发，钱锺书认为王国维生引用叔本华的理论来评论《红楼梦》，不免削足适履，作法自毙。他说："夫《红楼梦》，佳作也，叔本华哲学，玄谛也；利导则两美可以相得，强合则两贤必至相厄。"③

　　钱锺书的批评过于严厉了。且不说叔本华的悲剧理论是否真的都要求"好逑渐至寇仇"，而实际上叔本华所引用的悲剧中大多都没有达到这一要求，就是真的对叔本华的原意有所误解，也是可以理解，可以原谅的。这也恰好从另外一个角度证明了，王国维并非像有的学者所说的那样，是生硬地照搬西方的理论来阐释中国的文学作品，而是对叔本华的悲剧理论进行了改造，这样的改造即使可以说是对原作的"误读"，那也是积极的有意义的"误读"。当然，我们必须指出的是，仅仅把王国维的工作说成是误读，那是远远不够的。萨义德在他著名的《理论旅行》这篇文章中，曾经非常详实地比较了卢卡奇与戈德曼两人的思想理论的差异，但他并不承认作为卢卡奇的弟子的戈德曼是误读了卢卡奇的理论，他指出："我们已经听惯了人们说一切借用、阅读和阐释都是误读和误释，因此似乎也会把卢卡奇—戈德曼事例看作证明包括马克思主义者在内的所有人都误读和误释的又一点证据，倘若下此结论，那就太让人失望了。这样的结论所暗示的首先是，除了唯唯诺诺地照搬字句外，便是创造性的误读，不存在任

---

① 钱锺书：《谈艺录》，北京：中华书局1984年版，第349页。
② 同上书，第351页。
③ 同上书，第351页。

何中间的可能性。"①而萨义德的看法恰好相反,他认为"完全可以把(出现的)误读判断为观念和理论从一种情景向另一情景进行历史转移的一部分"②。而萨义德的"理论旅行"正是要突出历史和情景在卢卡奇思想变成戈德曼思想的过程中所起到的决定性作用。而对于叔本华的悲剧理论向汉语语境的旅行过程中,就不仅仅是1919年的匈牙利与第二次世界大战以后的巴黎这些历史情景的因素,更有着一个欧洲文本向非欧洲文本旅行的不同文化的因素,因此是一次跨文化的、跨语际的旅行。

而实际上,钱锺书先生对叔本华也存在着误读。按照叔本华的说法,悲剧是由于"意志内部的冲突,在他客观性的最高阶段里,得到最全面的展开,达到可怕的鲜明的地步。"(It is the antagonism of the will with itself which is here most completely unfolded at the highest grade of its objectivity, and which comes into fearful prominence.③)也就是说,悲剧的根源就在于"意志的内部冲突"。叔本华说最能体现他的悲剧理想的是歌德的剧本《克拉维戈》,他称这出悲剧可以算是"最完美的典范","虽然,在其他方面,这出戏远远赶不上同一大师的其他一些作品。"④

我们知道,《克拉维戈》是歌德早期的作品。这个剧本完全是根据真人真事改编的。1774年2月,法国作家博马舍发表回忆录片断,追述他的1764年的西班牙之行。其中讲到他为自己的一个妹妹的亲事所做的一场斗争。这个妹妹的未婚夫是西班牙王室档案馆馆长堂·约瑟夫·克拉维戈。此人两次破坏诺言,欲毁婚约。博马舍帮助妹妹揭露了这个忘恩负义之徒。歌德读到回忆录,觉得内容颇有戏剧性,后来仅用8天时间,一口气写成了这个剧本,并于1774年5月发表。如果我们把这个剧本看成是作者在有意谴责克拉维戈这个反复无常、忘恩负义的小人,那就是太表面化了。实际上,打动读者的恰恰是主人公的优柔寡断、犹豫不决,因为面对社会地位和自己爱情的两难决断的时候,这种优柔寡断、犹豫不决其实是人之常情,它不应该受到特别的谴责。在剧本中,克拉维戈以其学识渊博,奋发上进,受到了国王最高当局的赏识,从一个默默无闻

---

① 爱德华·W.赛义德著,谢少波等译:《赛义德自选集》,北京:中国社会科学出版社1999年版,第148页。

② 同上。

③ A. Schopenhauer, *The World as Will and Representation*, Beijing: China Social Sciences Publishing House, 1999, p. 253.

④ Ibid., p. 255.

的小人物当上了王室档案馆的馆长,如果他放弃原来与玛丽的婚约,娶一名贵族姑娘为妻,就会有更美好的前程,甚至成为部长;而另一方面,他却无法彻底忘情于往日的恋人玛丽·博马舍,那样做,他显然要承受巨大的心理压力与社会谴责,尤其是来自女方哥哥博马舍的责难,因为在他最困难的时候,正是玛丽给了他极大的安慰与帮助,他对她的爱情火焰也并没有完全熄灭。按照叔本华的说法,这就是"意志的内部冲突",是克拉维戈内心对社会地位的欲望与对爱的欲望的极大冲突。这种冲突所造成的悲剧,不是由极恶的人,也不是由命运所造成的,而根植于人之常情,所以才显得格外可怕。也许有人会说,悲剧的发生是由于克拉维戈的朋友卡洛斯挑拨离间的结果,卡洛斯就是一个恶人,表面上看,似乎如此。但细读文本,人们会发现,卡洛斯的话语不过是克拉维戈内心追逐名利欲望的一种表征,作者不过是将克拉维戈的内心所想通过卡洛斯的口明确地表达出来而已。正像剧中卡洛斯的台词所说的那样:"这种火花在你心里沉睡,我要把它吹旺,直到他燃起火焰。"在这里,卡洛斯成为一个"镜像",折射出克拉维戈内心的极大冲突,正是这种冲突,才造成了悲剧的发生;也正是因为这一点,我们才可以理解为什么对于《克拉维戈》这个并非是歌德最优秀的剧本,叔本华却情有独钟,因为它确实体现了叔本华的悲剧理想。

与钱锺书先生"好逑渐至寇仇"的说法明显不同,作者并没有让克拉维戈和玛丽成婚后,再成"寇仇怨耦",其结局是,玛丽听到克拉维戈逃婚的消息后,旧病复发,痛心而死,而克拉维戈得知她的死讯后,也万分懊悔,跪在棺材前,最后被怒不可遏的博马舍用剑刺死。临死前,克拉维戈拉着博马舍等众人的手,请求他们的宽恕与和解,至此,"意志的内部冲突"得以解脱,叔本华的悲剧理想得以实现。由此可见,钱锺书所说的"好逑渐至寇仇,'冤家'终为怨耦,方是'悲剧之悲剧'",只是钱锺书先生自己的理解,尽管这种理解来源于叔本华的悲剧理论,也可以成为一种有效的解读,却并不完全等同于叔本华悲剧理论本身。

三、改变我们的文学世界观

对于同一文本,不同的读者会有不同的理解和解释,这应该被看成是一种极自然、正常的现象。现代阐释学和接受美学的研究表明,把作品的意义看成是固定不变的和唯一的,作品的意义是作者的意图,解释作品就是发现作者的意图,这是一种应该抛弃的谬见;作品的意义不是意图,而是作品所说的实事本身,即真理内容,而这种真理随着不同时代和不同人的理解而不断变化,作品的意义构成物是一个开放结构。在《真理与方法》中,伽达默尔充分表达了这一观点。他把自己的思想理解为海德格尔阐释学哲学的继续发展。他认同海德格尔的观点,理解不属于主体的行为方式,而是此在本身的存在方式。在海德格尔那里,理解即在自我解蔽中敞开此在之在的最深的可能性,理解文本不再是找出文本背后的原初意义,而是一种超越性的去蔽运动,并敞开和揭示出文本所表征的存在的可能性。传统认识论将真理看成是一种命题的形式出现的判断与对象的符合,伽氏认为这是真理的异化,真理应该是存在的敞亮。从自己的真理观出发,伽氏提出了他著名的"理解的历史性"、"视界融合"、"效果历史"等原则,并对偏见和误读给予了积极的肯定。受《真理与方法》的影响,1967年,姚斯发表接受美学的重要论文《文学史作为向文学理论的挑战》,挑战形式主义、新批评、结构主义的文本中心主义和作品本体论,确立以读者为中心的美学理论。姚斯接受了科学哲学家波普尔的"期待视野"这一观念,并应用到美学之中。伊塞尔把读者进一步分为两种:现实的读者与观念的读者,观念的读者又包括:"作为意象对象的读者"和"隐含的读者"。前者是指作家在创作构思时观念里存在的、为了作品理解和创作意向的现实化所必需的读者,后者则是指作者在作品的文本中所设计的读者的作用。隐含的读者表明,作品本身是一个召唤结构,它以其不确定性与意义的空白,使不同的读者对其具体化时隐含了不同的理解和解释。①

在我看来,虽然德里达的解构哲学将批判的矛头指向了现代阐释学,但就其强调差异性和不确定性而言,解构哲学其实是阐释学哲学的新发展,甚至可以称之为极端的发展。德里达认为海德格尔、伽达默尔的解释学仍然置身于形而上学羽翼之下,通过"在场"的设置,把语言与历史置放在同一个现实的关系中,这样,人的思想为这种现实的"在场"所支配,它作为实体直接沟通主体走向实在的路径而具有在场的特权,因而仍然陷于逻各斯中心主义落网之中。基于此,德里达提出自己的关于解释的差异原则,将文本的意义的寻求看作是"关于差异的永无止境的游戏",看作是通过模糊不清、多义杂糅的意义把握去对中心性、同一性加以瓦解的

---

① 关于阐释学的发展历史,参见洪汉鼎:《诠释学——它的历史与当代发展》,北京:人民出版社2001年版。

尝试。

我们完全可以把萨义德的"理论旅行"理论置于上述的理论背景之下来看待。萨义德强调理论和观念的移植、转移、流通以及交换的合理性依据,正是基于为现代阐释学和接受理论所发掘的意义的开放结构,换句话说,正是由于意义的开放性,才使得他的"理论旅行"成为可能。如果以这样的理论视野来看待叔本华悲剧理论的中国之旅,我们就应该容忍王国维对叔本华理论的挪用或改造,我们同样也会对钱锺书的解读给予极大的敬意,尽管他对悲剧的理解不一定完全符合叔本华的原意。在这里,叔本华的原意并非具有不可挑战的权威性,尤其是在跨文化、跨语际的理论旅行中就更是如此。所以仅凭王国维的解读不符合叔本华的原意就应该受到指责,这显然是不恰当的。

更为恰当的理解是,王国维是在与叔本华理论的平等对话中展开他对《红楼梦》的解读的。通过进一步的研究我们发现,叔本华悲剧理论的东方之旅本身就是一种"环形旅行"。从理论来源上看,叔本华哲学有着非常明显的东方色彩,他的理论明显接受了佛教思想。关于这一点,钱锺书先生早就做出过论断。[①] 在此我们想强调的是,佛教作为东方思想其实也是王国维接受叔本华理论的"接受视界"。王国维在《静安文集自序》中说他在1903年春天的时候开始读康德的《纯粹理性批判》,"苦其不可解,读几半而辍",后来读到叔本华的书"而大好之",先前不可解之处也迎刃而解了。之所以接受叔本华比接受康德容易,就是由于叔本华的哲学理论更靠近东方思想。也正是由于这一点,使王国维对叔本华的接受变得容易多了,也使跨文化环形之旅的通道变得顺畅多了。蒋英豪在《王国维文学及文学批评》中指出:"王国维以叔氏哲学去分析《红楼梦》,其原因不难理解。《红楼梦》的一起一结,佛理的味道极浓,作者是精通于释氏之理的人。而叔本华哲学的主要根源之一,也是佛教。叔氏谈欲,谈解脱,都是取之于佛教经典。王国维晓得用叔本华哲学去分析《红楼梦》,可说是他的聪明,也颇能见《红楼梦》作者之用心……"[②]王国维接受的其实是接受过东方思想影响的叔本华理论,这就形成了从东方到西方再回到东方的理论环形之旅。这样的旅行路线在现当代中国美学理论和文学批评

---

① 钱锺书:《谈艺录》,北京:中华书局1984年版,第350页。
② 蒋英豪:《王国维文学及文学批评》,香港中文大学崇基学院华国学会发行,1974年版,第93页。

中当然不是偶尔发生的一个特例,而具有某种学术"范式"的味道。

例如,有许多证据证明对中国现当代美学发生极大影响的海德格尔就曾经接触到了或者接受了东方思想,人们甚至将这些材料编辑成了一本名为《海德格尔与亚洲思想》[①]的书,1946 年他与中国学者萧师毅合作将《老子》中的八章译为德文,更是他接受东方思想的有力证据,这种接受也体现在他的哲学本身,成为他理论的有机部分。在《语言的本质》一文中,他把老子的"道"看成是"我们由之而来才能去思理性、精神、意义、逻各斯等根本上也即凭它们的本质所要道说的东西"[②]。

另外一个"环形旅行"的例子是庞德的意象理论。大家都知道,诗人庞德(Pound)在现代西方作家中应是与中国最有缘分的一位诗人了,庞德诗的意境也是最接近中国诗歌的。通过意象的显现,去表达诗人的情感,不仔细地去体会,人们也常常会将庞德的诗认为是出自中国的某位诗人之手。庞德还是中国古代文明的歌颂者,对孔子的思想非常崇拜;他似乎从中国文明中看到了现代西方所急需的理智和理想。庞德对中国文化的认识始于 1913 年,当时他结识了美国著名东方学者厄内斯特·范诺罗莎(E. Fenollosa)的遗孀,后者把丈夫的东方文化研究手稿交付他收藏。叶维廉指出:"接触过中国绘画和中国诗的范诺罗莎在中国文字的结构里(尤其是会意字里)找到一种新的美学依据,兴奋若狂,是大大影响了诗人庞德改变全套美学的走向的原因,也是针对抽象逻辑思维破坏自然天机而发。"[③]其后几十年内,象形表意的汉字和充满意象的中国古代诗歌对庞德的诗歌创作产生了深刻影响,孔子哲学的基本思想成为贯穿他的《诗章》的主导精神。庞德认真翻译过《四书》和《诗经》,对在西方传播孔学起过一定作用。

饶有意味的是,庞德来源于中国传统的意象主义理论,却在 20 世纪的五四新文学运动中被胡适用来作为反对中国旧文学中不良倾向的理论武器。如果把庞德于 1913 年发表的《一个意象主义者的几个不作》中有关语言方面的八项规定与胡适在《文学改良刍议》中提出的"八不主义"作一个比较,人们就会发现,两者的相似是一目了然的。胡适在他的留美期

[①] G. Parkes, ed. *Heidegger and Asian Thought*, Honolulu: University of Hawaii Press, 1987.

[②] 海德格尔:《语言的本质》,《海德格尔选集》(下),上海:上海三联书店 1996 年版,第 1101 页。

[③] 叶维廉:《道家美学与西方文化》,北京:北京大学出版社 2002 年版,第 32 页。

间的日记《藏晖室札记》中,记载了他1916年剪录《纽约时报书评》一则关于意象派宣言的评论,并在下面加了一条按语"此派主张与我所主张多有相似之处",这是胡适的文学主张与意象派理论之间有联系的确凿证据。① 作为对中国现代文学思想产生过极大影响的胡适的"八不主义",人们也许会注意到它与西方理论的渊源关系,而庞德的中国理论背景却往往会被人们忽视,从而得出这样的结论,认为中国的现代思想由于西方思想的介入而造成了与中国传统的断裂。而庞德理论的"环形之旅"则表明,中国对西方理论的接受必然有着自己独特的接受视野,总是那些与中国文化有密切联系的西方理论才更容易被接受,它进入中国现代文化与思想的通道也才更通畅。

而在如此的环形之旅中,每一个环节所发生的挪用、移植、转移、改造,都是很正常的现象。庞德对中国思想有改造,胡适对庞德思想也有改造;海德格尔对老庄思想有改造,中国现代思想对海德格尔也有改造;叔本华对佛教思想有改造,王国维对叔本华思想也有改造。"理论旅行"的过程不可能是绝对不变的,中西理论之间也不存在一个绝对的不可跨越的鸿沟。

更重要的是要改变我们的文学世界观。那种将世界看成是中西二元对立的观点,现在看来早就无法说明和解释目前世界文化的多元化格局。比较文学的平行研究,将中西文学看成是相互隔离的异质实体,漠视中西文学各自的内部差异性,得出一些大而无当的结论而备受人们诟病,这完全是可以理解的;影响研究因为注重实证,讲究研究的功底,颇受当前学界的青睐。在我看来,这只是五十步与百步的区别。二者在基于"中西二元论"上,并无本质的差别。影响研究仅仅注重源头的研究,以本源论取代本体论,天真地以为只要找到确实的证据来说明影响的源头就万事大吉,而对于影响过程中所发生的变异现象却视而不见。有的影响研究尽管注意到了变异现象,却将这种变异视为接受方对影响方的误读,看成是一个有待改善的目的论过程,而认为正确的和真实的源头仍然具有不可辩驳的权威性。跨文化研究的三维模式,将基于中西二元论模式的影响研究推向三维立体结构中,不仅要追究影响的源头,更要追究源头的源头;不仅仅要追究源头的源头,更要说明变异和变异的变异,并以此彰显

---

① 唐正序等:《20世纪中国文学与西方现代主义思潮》,成都:四川人民出版社1992年版,第50页。

变异的合理性，以此说明不同文化之间的平等的间性关系，以此突出跨文化研究之不同于平行研究和影响研究的独特魅力。要做到这一切，首先需要抛弃僵硬的中西二元论模式，代之以世界文化的多元论。跨文化研究的三维模式是我们抛弃中西二元论，转为世界文化多元论的过程中所迈出的第一步。尽管是第一步，却是必要的一步。

跨文化阐释与世界文学的重构[*]

世界文学成为目前比较文学研究的一个热点问题,这固然是跟学科整合有关(比较文学与世界文学被整合为中国文学一级学科之下的二级学科),同时也跟目前"中国文化走出去"的民族诉求有关。中国文学如何走出去的问题,其实就是民族文学如何成为世界文学的问题。

任何文学均具有民族性,这是说任何文学作品首先都是由民族语言所写就的。语言的民族性决定了文学的民族性。但这并不意味着任何民族语言写就的文学作品都能成为民族文学历史中得以流传的文学作品。一个民族文学史具有一种选择机制。总有一些文学作品会被淘汰,而另外的文学作品则会奉为民族文学的经典或典范。从文学史的角度来看,某一时期盛行的文学可能在另一时期被淘汰,而在某一时期被淘汰的文学则可能在另一时期被重新追崇。因此,民族文学的生产、选择与流通就不仅仅局限于文学的内部,而与当时的历史情势有关。历史情势影响着作家的创作、读者的选择、市场的流通。如果说,文学的讨论需要考虑作品、作家、读者和现实这四个因素的话,那么讨论民族文学的时候,则必须增加时间和空间这两个维度。文学作品、作家、读者和现实的时间性与空间性的不同组合,构成了民族文学的起源、发展、变化和消亡的过程。这样的过程其实也就是一个民族文学史的选择机制发挥作用的过程。而选择机制则是通过个人、社群、民族、国家等层面完成的。

一、翻译与世界文学的选择机制

并非所有的民族文学均能成为世界文学。世界文学是那些被其他民族阅读、理解、认可的民族文学。中国文学要走出去,当然就意味着中国文学被其他民族所阅读、理解和认可。并不存在一种脱离民族文学的世界文学,也不存在一种用世界语写成的世界文学,这就意味着一个民族的文学要想成为世界文学就必须首先旅行到另一种民族文学中。而这样的旅行通常是经过翻译这一中介。在翻译中,"其源文本由目标文学所选

---

* 原载于《山东社会科学》2012 年第 3 期。

定,选择的原则与目标文学的本土并行体系(以最谨慎的方式说)从来不是没有关联的。"①因此,翻译不仅是语言的转换,而且也是文化的选择与变异。中国文学要走出去,被其他民族所阅读,也要经过翻译这一关。哪些中国文学作品被翻译则取决于翻译者所在的民族文学(即目标文学)的选择需要。

翻译文学的选择机制,或者说世界文学的选择机制与民族文学的选择机制在某些方面是相同的。它也可以通过个人、社群、民族、国家等层面来完成。这意味着,选择可以是个人的,也可以是社群的,还可以是民族和国家的。个人选择往往跟个人兴趣有关。例如荷兰著名汉学家高罗佩翻译中国小说《狄公案》,在很大程度上说是取决于他个人的兴趣。当时(1947年),高罗佩是荷兰驻华盛顿的外交官,它是利用工作之余完成《狄公案》的英文翻译的。他自己说:"我把作者佚名的《狄公案》的故事译成英文,但这主要是作为一种练习进行的。因为现在我每天都在居民区看到整排整排的侦探故事简装袖珍本,我买了几本,于是得出的结论是,它们比我正在翻译的《狄公案》的故事要差得多。"②社群的选择与本团体的共同思想倾向和主观目的有关,例如明末清初耶稣会士翻译中国经典,则是出于传教的需要。利马窦坦言,他翻译中国《四书》的目的"不在于把中国的智慧带给欧洲学者,而是用来当着工具,使中国人皈依基督"③。民族与国家的选择则跟整个民族文学发展的需要相关,这种情况往往出现在本民族文学处于转折、危机或文学真空时期。在这个时期,整个民族文学的发展需要另一个民族文学刺激,或者整个民族文学处于边缘和劣势,需要模仿和借鉴优势民族的文学。例如,在中国五四新文学运动时期,出现了大量翻译国外文学的潮流,这显然契合了那个时代改变中国旧文学的历史情势。印度比较文学研究者阿米亚·德夫曾言:"在影响和接受美学中,西方比较学者基本上关注的是影响和接受的机制和心理学,极少关注政治;而对于我们,他们的政治则起到重要的作用。我们学会尊崇宗主国主人的语言和文学:于是就有了影响。我们也相应学会了自卑感:于是就有了接受。"对于印度文学而言,"影响是一整个文学对另一整个文

---

① 伊塔玛·埃文-佐哈:《翻译文学在文学多元系统中的位置》,见大卫·达姆罗什、陈永国、尹星主编:《新方向:比较文学与世界文学读本》,北京:北京大学出版社2010年版,第172页。

② C. D. 巴克曼、H. 德弗里斯著,施辉业译:《高罗佩传》,海口:海南出版社2011年版,第151页。

③ 转引自马祖毅、任荣珍:《汉籍外译史》,武汉:湖北教育出版社2003年版,第34—35页。

学的影响,而接受则是一整个文学对另一整个文学的接受。"①具体到翻译选择而言,这显然是民族与国家的选择。

在这里,我们也应该特别注意到,无论是个人选择、社群选择,还是民族国家的选择,其实都跟翻译者所在的民族文化有关。翻译作为一种跨文化的传播,存在着两种看似完全相反的情况:一种情况是翻译者往往会选择与自己的文化相似便于本国读者阅读的文本,一种情况是翻译者选择对于自己的文化完全相异的而又为自己民族文化发展非常有益的文本。前一种情况就读者阅读和接受而言会相对容易一些,而后一种情况则可能遇到更大的障碍和抵制。但无论哪种情况,其实都要经过本民族文化的过滤。与民族文学的选择机制不同的是,世界文学的选择机制或者说翻译文学的选择机制要跨越文化和语言的障碍。劳伦斯·韦努蒂说:"外语文本与其说是交流的,毋宁说是用本国的理解力和兴趣加以铭写的。这种铭写以译本的选择开始,这往往是一种非常挑剔的、带有浓厚动机的选择,继而提出一些翻译的话语策略,这总是以本国话语压倒其他话语的一种选择。"②这就意味着,翻译对于源文学而言总会丧失掉一些东西,但也有所获得,即获得了超越本民族的界限被其他民族所阅读和理解的权利。这也意味着,一种民族文学并非原封不动地进入其他民族文学的领地,只要经过翻译,就一定存在着改写、变异和误读的问题。也正是基于此,达姆罗什才在《什么是世界文学》中将世界文学定义为:"民族文学的椭圆形折射","在翻译中有所获益的文学","是一种阅读模式,而不是一系列标准恒定的经典作品;是读者与超乎自己时空的世界发生的间距式接触"。③

所谓"椭圆形折射",这显然是相对于简单反射而言的。如果一个人站在正常的镜子面前,镜子中的形象是这个人的形象的简单反射,也就是这个人形象的真实的复制;而如果这个人站在凹凸不平的镜子面前,她的形象就会发生变形,就会形成椭圆形的折射。民族文学之于世界文学,就是这样的一种椭圆形折射,而不是一种简单的反射。而且由于世界文学

---

① 阿米亚·德夫:《走向比较印度文学》,见大卫·达姆罗什、陈永国、尹星主编:《新方向:比较文学与世界文学读本》,北京:北京大学出版社2010年版,第181页。

② 劳伦斯·韦努蒂:《翻译、共同体、乌托邦》,见大卫·达姆罗什、陈永国、尹星主编:《新方向:比较文学与世界文学读本》,北京:北京大学出版社2010年版,第188页。

③ David Damrosch, *What Is World Literature*, New Jersey: Princeton University Press, 2003, p. 281.

关乎源文学与目标文学,因此是"双重折射",源文化与接受文化相互重叠的双重区域产生了一个椭圆形,世界文学就产生于此区域——与双反文化都有关联,又不单独限于任何一方。所有这一切都提示我们,一种民族文学旅行到另一民族文学中,发生改写、变异和误读是非常正常的。这其实就是我们现在常常讲的文化变异问题。

但我觉得,对于世界文学而言,讲文化变异仅仅讲单向变异是不够的,还必须讲到双向变异。也不仅仅讲变异,还应该讲到共同性和普遍性。世界文学是那些能够超越民族的特殊性而上升为共同性为其他异质文化的读者所阅读并理解的民族文学,体现出的是特性与共性、变异与会通的统一。正如拉美学者爱德华·格里桑所言:

> 民族文学提出了所有的问题。它必须传达出新人民的自我确认,呼唤出他们的根基,这是他们今天的斗争。……它必须表达差异中一种文化对另一种文化的关系,它对整体的贡献,如果它做不到(只要它做不到),它就依然是区域性的,就是垂死的和民间的。它的分析性和政治性功能也是如此,如果不能质疑自身的存在,这些功能也就不可能实现。①

西方比较学者喜欢用"影响/接受"模式或者用"中心/边缘"模式来解释世界文学的生产机制。这其实就是一种西方中心主义。爱德华·格里桑指出:"如果西方文学不再使自己庄严地定格于这个世界之中,不再毫无意义地无休止地指责西方历史,不再是一种平庸的民族主义,那么,西方文学就必须在另一方面与这个世界建立一种新型关系,由此,他们不再停留于同一性之中,而是在差异性中找到一席之地。"②如果我们能够在以往视为世界中心、带有普遍性的西方文学中发现差异性和特殊性,而在以往视为差异性、特殊性的中国文学及非西方文学中发现普遍性和同一性,那么,我们就可能重新构建世界文学的新格局。

从表面上看,确实是强势文化会对弱势文化产生更大的影响,这似乎是普遍的规律。但仔细推敲起来,这种"中心/边缘"模式其实存在着很大

---

① Edouard Glissant, "Cross-Cultural Poetics: National Literature," in *The Princeton Sourcebook in Comparative Literature*, edited by David Damrosch, Natalie Melas, Mbongiseni Buthelezi, New Jersey: Princeton University Press, 2009, p. 252. 中译文参见爱德华·格里桑著,李庆本译:《跨文化诗学:民族文学》,《湖南社会科学》2011年第4期。

② Ibid.

的漏洞。因为,它在很大程度上忽视了在文化传播过程中存在的双向性。即使是对影响研究模式而言,影响也从来都不是单向的。文学传播甚至是文化传播之所以不同于客观知识的传播,就在于在传播的过程中,文化信息必然会发生变异。这种变异是作为一种显现方式呈现的,在这种变异的背后隐藏着两种不同文化的冲突、碰撞、协商、妥协。影响者进入接受者文化领域的时候,不仅影响了接受者,而且接受者也会影响影响者。所以,文化旅行是一种环形结构,而文化变异向来都是双向变异。

刘禾教授在有关"跨语际实践"的研究中重新审视了当一个欧洲文本被翻译成非欧洲语言时东西方之间的权力关系,她指出,"翻译"一词"应该被理解为改写、挪用以及其他相关的跨语际实践的一种简略的表达方式"①,在她看来,"传统的翻译理论家用以命名与翻译直接有关的语言时所采用的术语,例如'本源语'以及'译体语/接受者'等,不仅是不合适的,而且会有误导作用。本源语的思想往往依赖于本真性、本原、影响等诸如此类的概念,其弊端在于它把可译性/不可译性这一由来已久的总论题重新引入讨论中。另一方面,译体语的观念暗含着一个目的论式的目标,一个有待跨越的距离,以便达致意义的完足;因此它歪曲了等义关系的喻说在主方语言中得以构想的方式,并且将其能动作用降低到次要的地位。"②基于这样的理由,她主张用"主方语言"与"客方语言"来重新表述原文与译文之间的关系,以描述如下的事实,即一种非欧洲的主方语言可以在翻译的过程中被客方语言所改变,或与之达成共谋关系,也可以侵犯、取代和篡夺主方语言的权威性。很显然,这是一种跨文化研究在翻译问题上的新思路,它所针对的是在比较研究中的影响研究,而刘禾所讲的传统翻译理论的弊端,也正是影响研究所具有的。

当我们谈论世界文学概念的时候,往往会误以为是一个来自西方的概念,是歌德发明出来向世界各地发散的。但诸位不应该忘记的是,歌德在1827年与他的秘书艾克曼提出世界文学这个概念的时候,恰恰是从中国文学中得到了启示。尽管我们还不能确定歌德当时究竟是在读《好逑传》、《玉娇梨》还是《今古奇观》,但他显然是从读中国小说中感觉到"世界文学的时代已快来临了"③,因为他从中国小说中读出了"中国人在思想、

---

① 刘禾著,宋伟杰等译:《跨语际实践》,北京:三联书店2001年版,第36页。
② 同上书,第37—38页。
③ 艾克曼编,朱光潜译:《歌德谈话录》,北京:人民文学出版社1997年版,第113页。

行为和感情方面几乎和我们一样,使我们很快就感到他们是我们的同类人"①,中国文学也具有普遍价值,也可以体现人类的普遍性。如果我们将世界文学的概念看成是从东方到西方再回到东方的环形之旅,这绝对应该是合理的。正像王宁教授在《世界文学的双向旅行》一文中所指出的:"世界文学本身就是一个旅行的概念,但这种旅行并非从西方到东方,其基因从一开始就来自东方,之后在西方逐步形成一个理论概念后又旅行到东方乃至整个世界。"②我在《跨文化研究的三维模式》一文中曾具体考察了从纪君祥的《赵氏孤儿》到伏尔泰的《中国孤儿》再到林兆华的《赵氏孤儿》所经历的从中国古代文化到西方文化再到中国现代文化的环形之旅,并指出:"这样的环形之旅,不再是一个平面的和线性的 A 和 B 的关系,而是三维立体的环形结构,是跨文化研究的三维模式。"③应该说,歌德提出的世界文学这个概念,又为跨文化的环形之旅或跨文化研究的三维模式提供了一个有力的佐证。

达姆罗什关于世界文学的定义已经为学术界所熟知,并产生了广泛的影响。美国学者约翰·皮泽(John Pizer)在《比较文学与世界文学:建构建设性地跨学科关系》一文中指出:"达姆罗什 2003 年写的《什么是世界文学》之所以独树一帜,就在于它确切地追踪了由政治、商业活动、竞相翻译以及考古促成的作品跨时空的国际传播。达姆罗什认为,一个文本只有持续地与他国文化发生激烈的碰撞,才能成为一部世界文学作品。他感到虽然翻译会不可避免地扭曲文本的原意,但实际上对世界文学有着促进作用,因为翻译使作品的流通模式国际化,并继发跨时代、跨国界、跨种族的阐释学对话。"④在这里,皮泽正确地评价了达姆罗什《什么是世界文学》一书的突出之处,就在于他将世界文学置于跨学科与跨文化研究的视野之中,就在于他将世界文学与跨学科传播联系起来,凸显了世界文学的跨文化变异的特性,更重要地,皮泽还在此指出了世界文学与跨文化阐释的密切联系,尽管他本人对此并没有做过多的论述。

达姆罗什在另一部著作《如何阅读世界文学》中指出:第三世界国家在推广本民族文学作品的时候,会遇到以下三种困难:第一,创作语言属

---

① 艾克曼编,朱光潜译:《歌德谈话录》,北京:人民文学出版社 1997 年版,第 112 页。
② 王宁:《世界文学的双向旅行》,《文艺研究》2011 年第 7 期。
③ 李庆本:《跨文化研究的三维模式》,《文史哲》2009 年第 3 期。
④ 约翰·皮泽:《比较文学与世界文学:建构建设性地跨学科关系》,《中国比较文学》2011年第 3 期。

于非世界主流语系是接受障碍产生的主要原因之一;第二,由于政治、经济实力处于相对弱势,该国文化在全球范围内得不到应有的重视;第三,作品中民族传统文化气息浓厚,独特的文化细节充斥文本,为外国读者的理解增添难度。中国作为第三世界国家,在将自己的文学传播出去的过程中,显然也要克服这三种困难。对于第一种困难,我们可以采用翻译的途径加以解决;对于第二种困难,则要通过提升中国的综合国力来解决;对于第三种困难,我认为可以通过跨文化阐释来加以解决。也许我们应该更明确地说,跨文化阐释就是中国文学走向世界文学的一种有效的策略。而翻译其实也是跨文化阐释的一种表现形式。

二、跨文化阐释与中国文学的世界传播

"跨文化阐释"作为比较诗学的一个重要概念目前已被写进了国内比较文学的教科书,[①]但对它的研究显然还非常不够。而跨文化阐释现象本身却早就存在于人类的文化活动之中。《史记大宛列传》中记载:"安息长老传闻条枝有弱水西王母,而未尝见。"[②]这可以被看成是中国古代跨文化阐释的一条早期记录。

到了中国近代,王国维的《红楼梦评论》"以外来之观念与固有之材料互相参证",显然属于跨文化阐释。就中国近现代文学批评而言,用西方理论来阐释中国文本其实就是"跨文化阐释"的一种主要形式。港台一些学者在20世纪70年代将"用西方理论来阐释中国文本"的学术范式谓之"阐发研究",但我觉得"阐发研究"实不足以传达王国维《红楼梦评论》中西方理论与中国文本之间的复杂关系,"阐发研究"有可能被看成是单向的、线性的。这种单向的生搬硬套地采用西方理论来解释中国文本的做法自然应该予以清除,而《红楼梦评论》用西方理论来阐释中国文本则是一种跨文化阐释,而不是单向阐释。如果说王国维的跨文化阐释存在文化误读和文化变异的现象,那也是双向变异:既存在着"以中变西",也存在着"以西变中"。

无可否认,王国维的悲剧理论来源于叔本华,但他并不是原封不动地照搬叔本华的理论去解释《红楼梦》,而是对叔本华哲学进行了认真的辨析、取舍、改造。这是王国维的"以中变西"。

---

① 参见乐黛云等著:《比较文学原理新编》,北京:北京大学出版社1998年版,第226页。
② 见司马迁:《史记》,北京:中华书局1959年版,第3163—3164页。

在王国维的《红楼梦评论》中也存在着"以西变中"的情况。例如《红楼梦评论》的开头就引用了老子的一段话:"人之大患,在我有身。"我们都知道这段话源自《老子·十三章》,原文是"吾所以有大患,在吾有身,及吾无身,吾有何患?"对此我们也许会说王国维的引文引错了,或者至少没有直接引用,而是有了改写。如果是考证,我们查找出这一引文错误就算完成了任务,但对于跨文化阐释而言,我们还应该进一步了解,什么原因使他没来得及查证原文,是记忆的问题,还是别有他因?以王国维治学态度之严谨,出现这样的差错是很少见的。实际上这段引文与叔本华在《作为意志和表象的世界》中的一段引文有着明显的联系,叔本华在阐述他的悲剧理论时,引用了西班牙剧作家及诗人加尔德伦(Calderon,1600—1681)剧作《人生如梦》中的一句台词,英文原文是 For man's greatest offence is that he has been born.①翻译成汉语,其意思就是"人之大患,在吾有身。"王国维从老子那里引用的那句话显然受到了他读过的叔本华在《作为意志和表象的世界》中引用的加尔德伦的这句话的暗中干扰,使引文语句上发生了变化,这一变化进而可以被看成是王国维"以西变中"的一个例证,使得老子与加尔德伦的陈述从各自的语境中脱离出来,而融入《红楼梦评论》这一新文本之中,从而产生了新的含义。

要之,经过如此双向变异的跨文化阐释,《红楼梦》这一部中国小说便超越了民族文学,成为了为西方读者所能理解的中国悲剧,也就得以上升为世界文学的行列,"置之世界大悲剧中亦毫无愧色"。

我们不敢肯定,王国维是否接受了歌德的"世界文学"的概念。但无疑地,他显然是从世界文学的角度评价了《红楼梦》。蒋英豪先生在《王国维与世界文学》一文中指出:"王国维不把《红楼梦》看作是中国小说,他把它看作是探讨全人类亘古以来所共同面对的人生问题的小说,是'宇宙之大著述',他也就以世界文学的角度来分析评论这部小说,视之为'悲剧中之悲剧'。"②对于歌德,王国维是非常敬仰的。他曾撰写《德国文豪格代、希尔列尔合传》、《格代之家庭》等文来纪念这位德国伟大的作家,并称赞他是属于"世界的"。③

---

① A. Schopenhauer, *The World as Will and Representation*, Beijing: China Social Science Publishing House, 1999, p. 254.
② 蒋英豪:《王国维与世界文学》,《复旦学报(社会科学版)》1997 年第 2 期。
③ 王国维:《德国文豪格代、希尔列尔合传》,《王国维文集》(第三卷),北京:中国文联出版社 1997 年版,第 372 页。

如果说,歌德是在全世界范围内提出"世界文学"概念的第一人,那么在中国首次提出这个概念的人则是陈季同。关于这一点,青年学者潘正文做了一些考证和辨析工作,他在《"东学西渐"与中国"世界文学观"的发生》一文中指出:"早在1898年,陈季同就在中国近代文学史上第一次提出了'世界文学'的主张。"①他还引用了陈季同的一段话作为例证:"我们现在要勉力的,第一不要局于一国的文学,嚣然自足,该推扩而参加世界的文学;既要参加世界的文学,入手方法,先要去隔膜,免误会。要去隔膜,非提倡大规模的翻译不可,不但他们的名作要多译进来,我们的重要作品,也须全译出去。"②在这里,陈季同其实已经提出使民族文学成为世界文学的方法是"去隔膜"和"免误会"。"去隔膜"的具体做法是靠翻译,而"免误会"的具体措施,潘文却没有引用。为了全面理解陈季同的这段话,现补全:"要免误会,非把我们文学上相传的习惯改革不可,不但成见要破除,连方式都要变换,以求一致。然要实现这两种主意的总关键,却全在乎多读他们的书。"③

　　陈季同的这段话见于曾朴给胡适的信中。1928年2月21日,胡适致信曾朴讨论翻译问题。曾朴于1928年3月16日回胡适信中谈到陈季同经常跟他说过这样一段话。而在这封信中,并没有透漏陈季同究竟是哪一年跟他谈的这段话。时间大概是从1898年到1902年的四五年间。后来曾朴的这封信以《附录:曾先生答书》为题被收录在《胡适文存》中。应该说,潘正文的考证和辨析工作是值得肯定的,但他硬将"西学东渐"与"东学西渐"隔离开来,认为中国"世界文学"观的发生单单与"东学西渐"有关联,这就有点表面化和绝对化了。实际上,最早考证出陈季同是第一个提出世界文学概念的是李华川的《"世界文学"在中国的发轫》一文。④潘正文的文章探讨的是:"近代中国的'世界文学'问题的提出,为什么不是来自从事'西学东渐'与文学引进工作的严复、梁启超等人,而恰恰是从事相反的'东学西渐'工作——向西方译介中国文学的陈季同?"⑤在我

---

① 潘正文:《"东学西渐"与中国"世界文学"观的发生》,《浙江师范大学学报》2007年第1期。
② 胡明主编:《胡适精品集》(第6集),北京:光明日报出版社1998年版,第349页。
③ 同上。
④ 李华川:《"世界文学"在中国的发轫》,《中华读书报》2002年8月21日。
⑤ 潘正文:《"东学西渐"与中国"世界文学"观的发生》,《浙江师范大学学报》2007年第1期。

看来,这显然是个伪命题。正像我们在考察歌德提出的"世界文学"概念时指出这是一种跨文化的双向旅行一样,陈季同提出"世界文学"概念也应该置于这样的双向旅行中来加以考量。就拿上面陈季同的这段话来说,他显然也是在强调既要"译进来",又要"译出去",而且他还特别要求多向西方学习,"多读他们的书",这显然是既要"东学西渐",又要"西学东渐",而不是将两者割裂开来。两者可以有所偏重,却不可以偏废,更不应该以"东学西渐"来否定"西学东渐"。为了说明中国"世界文学"观念的发生只跟"东学西渐"有关,潘文故意在引文中将陈季同后面的话略去,这就更不应该了。

就王国维而言,表面上他做的是"西学东渐"的工作,而实际上,由于他采用了以西方理论来解释中国文本的跨文化阐释的方法,因而就可以反过来更容易将中国文本推向西方,方便西方人对中国文本的理解和接受。也许正是由于这一点,蒋英豪先生才说王国维"走进了世界文学的中心"①。要之,在王国维的思想观念中就根本不存在"中学"与"西学"的分别,他甚至认为"凡立此名者,均不学之徒",他说:"余谓中西二学,盛则俱盛,衰则俱衰,风气既开,互相推助。且居今日之世,讲今日之学,未有西学不兴,而中学能兴者;亦未有中学不兴,而西学能兴者。"②

我们曾多次强调,任何文学都首先是民族文学,都带有本民族的风格、气质和地区特征,但并非所有的民族文学都能成为世界文学,显然也并不是"越是民族的就越是世界的"。世界文学也并不是全世界的民族文学的总汇。凡是能够成为世界文学的民族文学作品,首先必须能够被其他民族所理解。凡是伟大的世界文学作品,一定是那些表达了人类普遍价值的民族文学作品。王国维曾说:"真正之大诗人,则又以人类之感情为一己之感情。彼其势力充实,不可以已,遂不以发表自己之感情为满足,进而欲发表人类全体之感情。彼之著作,实为人类全体之喉舌。"③而正是这些能够表达人类普遍关切、普遍价值追求的民族文学作品才更容易被其他民族所接受,也才更容易进入世界文学的行列。而在这样的一个过程中,对于第三世界的中国文学而言,跨文化阐释显然是一条使中国

---

① 蒋英豪:《王国维与世界文学》,《复旦学报(社会科学版)》1997年第2期。
② 王国维:《国学丛刊序》,《王国维文集》(第四卷),北京:中国文联出版社1997年版,第367页。
③ 王国维:《人间嗜好之研究》,《王国维文集》(第三卷),北京:中国文联出版社1997年版,第30页。

文学融入世界文学的有效途径。

  在我看来,王国维的《红楼梦评论》是跨文化阐释的极好范本。尽管这篇文章也并不是完美无缺,但我们不能仅仅因为王国维用了西方的理论来解读《红楼梦》就否认这篇文章的价值。相反,我们今天恰恰要发掘中国近现代以来这样的以西方理论来阐释中国文学作品的学术资源,来为我们向西方介绍、传播我们本民族的文化服务。因为文化传播要成功,首先要让对方理解。那些采用了西方理论解释中国文学作品的学术资源,恰好可以方便西方人的理解,恰好可以为中国文化走出去服务。而将以西方理论阐释过的中国文本传播到西方,这本身也是另外一种形式的跨文化环形之旅,这种从西方到中国再回到西方的跨文化环形之旅和从中国到西方再回到中国的跨文化环形之旅,表现形式虽有不同,但在促进中外文化平等交流和中国文化对外传播中所起的作用则并无二致,二者都实现了我在《跨文化研究的三维模式》中提出的将"西学东渐"与"东学西渐"合为一个整体加以考察的愿望,都可以看成是跨文化研究的三维模式,都是对中西二元论模式的突破。

西方浪漫主义阐释的有效性问题*

阐释若是有效的,意味着,这种阐释恰好阐释了对象本身的特质,如果对象本身并不具备这种特质,却要硬加在它所阐释的对象的身上,或者说,读者没有掌握作品的"文本意图",则被认为是"过度诠释"①,因而就是无效的。由此,我们所讨论的问题实际上就是讨论用西方浪漫主义来阐释屈原作品是否有效以及如何才能有效的问题。

一、跨文化阐释的可行性与有效性

但在我们讨论这一问题之前,首先遇到的一个问题是:浪漫主义可否阐释屈原及其作品?由于浪漫主义一词来源于西方,鉴于中西方文化的差异,它能否用来阐释中国文本,就成了可争论的话题,例如,在有关中国传统文论的现代转型的讨论中,有论者就曾提出,中西方文化以及知识质态、话语体系是完全不同的,因此套用西方的理论模式,就会造成中国传统的断裂,"所谓研究传统就是消解传统"。所以这派的意见是主张不可用异质态的西方理论来阐释中国文本。不过也有另外的一派意见认为将屈原定位为浪漫主义,这是中西文论结合的一个成功的典范。这两种意见到底孰是孰非,的确一时难有定论。

另外,我们还面临着这样的困难,由于浪漫主义本身的含义在我们的使用过程中已变得含混不清,甚至有人提出,"它已停止履行一个词语符号的功能",②用一个含混不清的词来界定一个对象,显然不可能给我们带来知识的增加,我们不禁要问,说屈原是一位浪漫主义作家,它的含义究竟是什么?如果在我们没有对浪漫主义进行界定之前,这个结论显然是毫无意义的,因为它没有说明任何问题。所以在运用浪漫主义这一"批判的武器"之前,我们需要对浪漫主义一词进行必要的清理,即我们首先

---

* 原载于《文史哲》2001 年第 6 期。

① 关于"过度诠释",参见艾柯在《诠释与过度诠释》一书中的论述(北京:三联书店 1997 年版)。

② 参见韦勒克:《文学史上浪漫主义的概念》,《批评的诸种概念》,成都:四川文艺出版社 1988 年版,第 125 页。

需要进行"武器的批判"。

实际上,不管我们对西方理论存有多大的偏见,在目前学术研讨日趋国际化的背景下,拒绝与西方的对话显然是不切实际的,也有悖于保持与发扬中国传统的初衷。首先,文化的差异性并不能构成拒绝阐释的根本理由,阐释正是由差异性引起,如果阐释的主词与宾词是完全相同的话,就只能是循环论证,也是毫无价值的,所谓"不识庐山真面目,只缘身在此山中";其次,文学作品本身均具有多义性,意义的不确定性,如果西方理论可以为我们对作品的研读提供一个新的视角,可以丰富我们对作品的理解,采用西方理论又有何不可呢?因此,重要的问题并不是西方理论能否阐释中国文本,而关键在于如何阐释。我们承认,确实存在着这样的情况,很多时候,我们对西方理论采取的是一种盲目态度,或者并没有搞清西方理论的确切含义,或者将西方理论无限泛化,取消理论阐释的边界,将西方理论看成万能的,完全可以套用中国历史特殊语境的叙事,这种情况的确是我们应该引以为戒的。但这丝毫不应该成为反对阐释、拒绝对话的理由。因为这种情况的存在并不必然意味着西方文论不可阐释中国文本,它只是说明,在这种阐释的过程中它违背了阐释应该遵循的正确原则。

针对本文的论题,我们并不是简单地否认西方浪漫主义理论可用来阐释屈原,我们要讨论的是这种阐释的有效性问题,即我们究竟应该如何用西方的浪漫主义理论来阐释屈原的作品?是否可以阐释与阐释是否有效,其实是两个性质完全不同的问题,不容我们混淆。如果前者是跨文化阐释的可行性问题的话,那么后者则是跨文化阐释的有效性问题。可以阐释不意味着阐释一定有效,不可以这样阐释也不意味着不可以那样阐释。这正像我们说,桌子不是椅子,但桌子可用来解释椅子;如果我们因为桌子可以解释椅子,从而断定桌子就是椅子,或者因为桌子不是椅子,从而推断桌子不能阐释椅子,这两种看法显然都是不正确的。

二、浪漫主义是创作方法吗?

在一般的用法中,浪漫主义一词要么被作为一个"流派"术语来使用,要么被看成是一种"创作方法"。[①] 作为文艺的流派运动,浪漫主义和现实主义一样都是18—19世纪西方资本主义社会的产物,有着各自特定的

---

① 参见朱光潜:《西方美学史》(下卷),北京:人民文学出版社1979年版,第720—745页。

历史背景和阶级内容。它跟18世纪欧洲各国的启蒙运动密切相关,是对法国17世纪新古典主义的"反驳"。因此,我们显然不可能用在这一"流派"意义的浪漫主义来说明和阐释屈原的作品,正如同我们显然不可能将屈原打扮成一位18—19世纪的欧洲浪漫主义者一样。在我国文学史教科书中,采用更多的是它的第二个含义,即将浪漫主义看成是一种"创作方法",并且认为它跟现实主义一起是"自古就有的"。这种看法明显地受到苏联"拉普"理论观点的影响。"拉普"派著名作家法捷耶夫在1929年的"拉普"全会的讲话中把过去全部文学按照创作方法分为两大流派——现实主义和浪漫主义,并将这两种创作方法分别与哲学上的唯物主义和唯心主义相对应,所谓"辩证唯物主义的创作方法",也是推崇现实主义,而贬低浪漫主义。这一理论观点被当时的中国左翼领导人瞿秋白、冯雪峰等人接受并传入中国。尽管"拉普"贬低浪漫主义的态度后来被清洗,尤其是1958年随着革命现实主义与革命浪漫主义相结合,即"两结合"的提出,浪漫主义更被提高到一个相当的高度来认识,但现实主义与浪漫主义自古就有的观念却一直没有得到认真的清理。我个人认为,"创作方法"这个概念本身适于创作实际相矛盾的,按照一般的创作经验,在创作之前或创作的过程中,并没有一个固定的方法可以借用,如果有,那文学创作岂不可以批量生产了么?所以康德说:"对于美的艺术只有手法,没有方法。"①尤其是浪漫主义创作方法更是一个自相矛盾的概念,一般的浪漫主义作家,其创作大多是靠灵感,它的创作倾向从根本上是反对规范、反对固定的模式的,把浪漫主义看成是一种创作方法,而且是自古就有的,显然是非常荒谬的,在理论上也是站不住脚的。因为这种做法实际上是将这一术语无限泛化,如果一个术语没有边界,没有规定性,其实质也就等于取消了这一概念。

在我们论证屈原是浪漫主义者的时候,一个重要的证据是他作品中具有强烈的情感和丰富的想象。我们承认,与西方浪漫主义相比较,情感与想象的确是两者共同的特征,除此之外,屈原作品对民间神话的广泛采用,也跟西方浪漫派文学重视中世纪民间文学的做法有相同之处。但所有这一切,均可以看成是浪漫主义文学的基本特征,但却不是它的本质属性,本质属性是使此对象之成为此对象并区别于它对象的根本所在,情感与想象是几乎所有文学作品均具有的,重视民间文学也不是浪漫主义的

---

① 康德著,宗白华译:《判断力批判》(上卷),北京:商务印书馆2000年版,第203页。

特权,因此单凭这一点,是无法对浪漫主义进行质的界定的。在我们论证屈原是浪漫主义的时候,其实是先有一个假设,是先假定屈原为浪漫主义,然后才寻找他作品中情感与想象等特征,从而断定屈原为浪漫主义的。这样的论证显然也是循环论证。其实屈原作品中的情感与想象等特征完全可以从另外的角度去解释。早在1906年,王国维先生在《屈子文学之精神》一文中即从南北方区域文化的不同特征来解释屈原作品中的情感与想象,他认为北方人长于情感而短于想象,而南方人则长于想象而短于情感,屈原之长在于集北方人之情感与南方人之想象于一身。他说:"北方人之情感,诗歌的也,以不得想象之助,故其所作遂止于小篇。南方人之想象,亦诗歌的也,以无深邃之感情,故其想象亦散漫而无所丽,是以无纯粹之诗歌。而大诗歌之出,必须俟北方人之情感,与南方人之想象合而为一,即必通南北之骑驿而后可,斯即屈子其人也。"①这种从南北方文化融合的角度来解释屈原作品的情感与想象特征,也许更符合屈原的实际,也更容易使人信服。由此可见,屈原的情感与想象并不一定非要从浪漫主义的角度去解释,由此推断屈原为浪漫主义在逻辑上显然不能自圆其说。

情感与想象不是浪漫主义的本质,那么浪漫主义之成为浪漫主义的本质属性又是什么呢?其实,如果我们能够注意考察一下"浪漫主义"的本源含义,这一问题并不难回答。在西方文论中,浪漫主义最初是指文学的一种历史类型。1830年,歌德在与爱克曼的谈话中曾经说过,浪漫主义是由他与席勒首先发明的,在歌德看来,浪漫主义是与古典主义相区别的东西。他说:"古典的是健康的,浪漫的是病态的"②,显然,他是在类型学意义上使用这一术语的。而席勒则将这种类型学的含义又与历史性的概念结合在一起。在《素朴的诗与感伤的诗》中,席勒明确地将两种不同类型的诗看成是具有历史性的,素朴的诗存在于古代,而感伤诗则是存在于人类进入文明状态的近现代。他说:"当人还处在纯粹的自然的状态时,他整个的人活动着,有如一个素朴的感性统一体,有如一个和谐的整体。感性和理性,感受能力和自发的主动能力,都还没有从各自的功能上被分割开来,更不用说,它们之间还没有相互的矛盾。但是,当人进入了文明状态,人工已经把他加以陶冶,存在于他内部的这种感觉上的和谐就

---

① 王国维:《王国维文集》(第一卷),北京:中国文史出版社1997年版,第32页。
② 伍蠡甫:《西方文论选》,上海:上海译文出版社1979年版,第482页。

没有了,并且从此以后,他只能够把自己显示为一种道德上的统一,也就是说,向往着统一。"①在这里,席勒已经非常明确地提示在由古代诗向近代诗的转型过程中,社会历史(文明状态)对于人所发生的重要的作用。很显然,他所说的素朴诗与感伤诗就是古典诗与浪漫诗,他还说:"古代诗人打动我们的是自然,是感觉的真实,是活生生的当前现实;近代诗人却是通过观念的媒介来打动我们。"②这样,他就把素朴诗与感伤诗置于古代与近代的具体历史语境之中,从而完成了他对于浪漫主义的历史类型学的界定。韦勒克对于这种界定方式非常赞同。他在《文学史上浪漫主义的概念》一文中谈到浪漫主义的定义时指出:"我们必须将它们视为在历史进程中的某个特定时期曾在文学领域内取得过支配地位的种种规范体系的名称。"③而"这种广泛的历史性的概念",又应该"与一种新的含义,即类型学的含义结合在一起"。④ 这种历史类型学的定义,才是浪漫主义这一术语的本源性含义。它显然既不同于将浪漫主义界定为一种文学流派,也与把浪漫主义看成是一种创作方法有别。

根据这样一种原则,我们可以将浪漫主义看成是与古典主义、现实主义、现代主义、后现代主义并列的一种历史类型,是存在于特定历史时期的具有特定结构方式的一种文学形态。浪漫主义并非是自古就有的,它的本质属性主要是对立性与主体性。所谓对立性,主要是指个人与社会、感性与理性、理想与现实、情感与理智的本质对立,在美学上具体表现为对崇高美的追求,这种崇高美是针对古代和谐美而言,也就是席勒所说的感性与理性"从各自的功能分裂开来",导致内部和谐感的消失;浪漫主义主体性则首先表现为个体性、个人性、个性,表现为个体的感性意欲、生命意志对古代伦理规范、宇宙法则的突破。对立性与主体性虽有区别,但又相互联系,二者共同规定着浪漫主义的本质属性。其中,对立性是基础,浪漫主义主体性就是建立在主体与客体绝对对立的基础上的,主体性则是理解和把握浪漫主义的关键所在。比如说,同样是情感,浪漫主义所讲的情感就与古典主义所讲的情感不同。在中国古典美学中,"情"与"理"是统一的,它追求"以理节情"、"情在理中"、"情以理归",这种情感其实是

---

① 伍蠡甫:《西方文论选》,上海:上海译文出版社1979年版,第489—490页。
② 同上书,第490页。
③ 参见韦勒克:《文学史上浪漫主义的概念》,《批评的诸种概念》,成都:四川文艺出版社1988年版,第126页。
④ 同上书,第130页。

一种伦理情感、社会情感;而近代浪漫主义美学则是将情与理彻底对立起来,推崇情感而排斥理智,极力反对社会伦理道德对人的自然情感的规范和束缚,因此它讲的情感其实是本于人的感性欲望的自然情感、个人情感。

三、屈原是浪漫主义吗?

基于这样一种对浪漫主义的理解,我们便不难发现,屈原作品并不具备上述浪漫主义的本质属性。虽然在屈原的作品中,我们也会深深体验到他与周围环境的矛盾冲突,但这种矛盾冲突仍局限在古代伦理的范围之内,他推崇的是古代的圣君(尧、舜、禹、汤、文王)贤相(皋繇、傅说、吕望、宁戚等),所批判的则是昏君贼臣(夏启、太康、五子、羿、夏桀、后辛等),他的政治理想是:"举贤而授能兮,循绳墨而不颇。"(《离骚》)他并不是要摧毁,相反是要强化和重建当时的社会秩序。他对自己的政治理想是非常执著的,所谓"路漫漫其修远兮,吾将上下而求索",但这种理想追求又与他对现实的极大关怀交织在一起。他的诗既有禀赋楚国文化光怪陆离的感性色彩,又有中原儒家文化积极入世的理性精神。他对他所处的具体境况是哀怨的,"长太息以掩涕兮,哀民生之多艰","既莫足与为美政兮,吾将从彭咸之所居",这种哀怨、牢骚显然有别于近代意义上的复仇与反抗。所以鲁迅在《摩罗诗力说》中,虽然对屈原给予很高的评价,认为在中国历代诗人中,只有屈原能"放言无惮",敢说前人不敢说的话,但同时又指出,即使在他的作品中,"亦多芳菲凄恻之音,而反抗挑战,则终其篇未能见"。① 如果我们能够从屈原与西方"摩罗诗人"的比较这层意义上来理解鲁迅的意见,而不把它看成是故意贬低屈原的话,鲁迅的这一看法还是符合实际的。

在美学追求上,屈原追求的是内容与形式相统一的和谐美,这也与西方近代浪漫主义所追求的崇高美大相径庭。屈原在《离骚》开篇即说:"纷吾既有此内美兮,又重之以修能。"关于"内美",王逸解释为"言己之生,内含天地之美气"(《楚辞章句》),朱熹解释为"生得日月之良,是天赋我美质于内也"(《楚辞集注》),总之均是指内在天赋之美质;关于"修能"的解释则历来有不同,一种意见认为"修能"是指与"内美"相对应的外部的修饰、容态,例如郭沫若的《屈原赋今译》即取此说,还有一种意见认为,"修能"

---

① 鲁迅:《摩罗诗力说》,《鲁迅全集》(第一卷),北京:人民文学出版社1981年版,第69页。

是指后天的学习锻炼,例如汪瑗说:"内美是得之于祖、父与天者,修能是勉之于己者。"胡文英说:"内美,本质也,修能,学力也。"①但无论是外部的容态,还是后天的锻炼,均是指外在的美这一点却是无异的。也就是说,屈原在这里实际上是将自己的审美理想和盘托出,认为自己既有内在的美,又有外在的美,是内与外的和谐统一,这就是一种和谐美。当然,在"内美"与"修能"的关系上,屈原更强调"内美",与外在的美比起来,内美显然更重要,他又说:"余以兰为可恃兮,羌无实而容长,委厥美以从俗兮,苟得列乎众芳。"对于兰草华而不实、虚有其表、抛弃美质、追随世俗,表现出极大的失望和不满。

但是,在屈原看来,只有这种内在的美,并不是真正的美,还必须加之以外在美,既要有外在美的容态、修饰,还要抓紧时间努力自修。"扈江离与辟芷兮,纫秋兰以为佩,汩余若将不及兮,恐年岁之不吾与。"(《离骚》)前一句是说用美草来装饰自己,后一句则是说要抓紧时间努力自修。关于屈原注重自己的容态、修饰的例子在屈原的作品中可谓俯拾皆是,如:"进不入以离尤兮,退将复修吾初服。制芰荷以为衣兮,集芙蓉以为裳。……高余冠之岌岌兮,长余佩之陆离。"(《离骚》)"余幼好此奇服兮,年既老而不衰。带长铗之陆离兮,冠切云之崔嵬。"(《九章·涉江》)关于珍惜时间、重视修养的例子也不少,如:"日月忽其不掩兮,春与秋其代序。惟草木之零落兮,恐美人之迟暮。""老冉冉其将至兮,恐修名之不立。"通过磨炼、孜孜追求,内在的美就会表现于外,所谓"芳华自中出"、"满内而外扬"、"居蔽而闻章"(《九章·思美人》)。屈原追求的就是这种内容与形式相统一的和谐美,而对于内容与形式、德性与容貌不统一、不和谐的美则予以极大的排斥。他说:"保厥美以骄傲兮,日康娱以淫游。虽信美而无礼兮,来违弃而改求。"虽然宓妃外貌很美,但德性极差,这也不是他所追求的。这种审美理想与西方近代浪漫主义的美学追求显然有着极大的差距。与屈原迥然有异,西方浪漫主义追求的正是为屈原所排斥的内容与形式不统一、不和谐的美。雨果在《克伦威尔序言》这篇被誉为浪漫主义宣言的文章中明确提出:近代诗艺"会感觉到万物中的一切并非都是合乎人情的美,感觉到丑就在美的旁边,畸形靠近着优美,粗俗藏在崇高的

---

① 汪瑗与胡文英的引文见游国恩:《离骚纂义》,北京:中华书局1980年版。

背后,恶与善并存,黑暗与光明相共"。① 在这里,雨果将崇高与优美、滑稽与丑恶鲜明地对立起来,从而提出了著名的对立原则,而他的《巴黎圣母院》则是对这一原则的具体实践,他有意地追求形式丑,甚至以丑来表现美,如撞钟人加西莫多,形体上丑陋不堪,但在心灵上却是最美的形象。这跟屈原作品中"善鸟香草以配忠贞,恶禽臭物以比谗佞"显然是大相径庭的。

就主体性而言,近代浪漫主义追求的是人的个性解放,其内涵是人的个体自我,而在屈原的作品中,处处洋溢着的则是浓厚的忠君爱国的思想感情。虽然他屡遭不公,但九死而未悔,始终关心着国家的兴亡、人民的安危,始终将个人的命运与国家的命运联系在一起。在他政治上失意的时候,出于不得已,他也曾有过要离开故土的念头,但当他骑在马上,回首瞭望这片生他养他的热土的时候,他的悲伤痛悼的心情又是那样的深挚,"陟升皇之赫戏兮,忽临睨夫旧乡。仆夫悲余马怀兮,蜷局顾而不行"(《离骚》),当得知旧国古都破灭的时候,他又不禁写下《哀郢》以表达他的哀思与忧伤:"羌灵魂之欲归兮,何须臾而忘反。背夏浦而西思兮,哀故都之日远";"曾不知夏之为丘兮,孰两东门之可芜!心不怡之长久兮,忧与愁其相接",最后他还是决心重返故土,立誓死也要回去,"鸟飞返故乡兮,狐死必首丘"。正如司马迁在《屈原列传》中所说,他"虽流放,眷顾楚国,系心怀王,不忘欲反。……一篇之中,三致志焉"。这种思想感情无疑是真挚的,伟大的,但却与浪漫主义主体性无关,甚至从根本旨趣上讲是背道而驰的。浪漫主义主体性表现为一种个体意识,而屈原的这种忠君爱国思想所表现的则是一种群体意识,其主体自我消融在群体社会之中,正像马克思所说:"我们越是往前追溯历史,个人,也就是进行生产的个人,就显得越不独立,越从属于一个更大的整体。"②

所有这一切均说明,"屈原是浪漫主义"的命题是一个假命题。这一命题是将屈原作品本身不具有的特质硬加在屈原身上,进行了"过度诠释",因此是无效的阐释。

我们不同意将屈原看成是浪漫主义,但这并不妨碍我们从浪漫主义

---

① 雨果:《克伦威尔序言》,见伍蠡甫主编:《西方文论选》(下卷),上海:上海译文出版社1979年版,第183页。
② 马克思:《政治经济学批判导言》,《马克思恩格斯选集》(第二卷),北京:人民出版社1972年版,第87页。

的角度去研究和阐释屈原。这要求我们必须从"屈原是浪漫主义"的命题转换为"屈原与浪漫主义"的命题。而我们上面关于"屈原不是浪漫主义"的论证,就是从西方浪漫主义的角度,对屈原及其作品进行的一次"屈原与浪漫主义"的比较研究。按照比较诗学的原则,阐释可以有不同的层次,它至少可以包括:影响研究、平行研究和跨文化研究。影响研究不适合于本论题,因为没有任何证据证明屈原与西方浪漫主义有必然的承接关系,我们却可以从平行研究和跨文化研究的角度去谈论、去解读屈原的作品,通过对比,我们就可以发现屈原作品与西方浪漫主义文学的异同,达到在不同文化语境下的相互对话与相互理解。这种比较研究,同样也是对屈原作品的阐释。而且这种比较研究的阐释,由于避免了以西方理论生搬硬套中国文本的嫌疑,更有利于保护中国传统的原貌,因此是一种更有效的阐释。更进一步,通过这样的方法,我们还可以实现相互阐释,既可以以西方浪漫主义为参照来阐释屈原,也可以以屈原为参照阐释西方浪漫主义文学,从而达到"互文见义"的效果。此外,这样的研究显然还可以扩展我们的学术视野,使我们具有"世界学术"眼光,使中国传统从尘封的历史走入现代、走向世界,从而在真正意义上继承和发扬中国传统。

宇文所安对中国文学的跨文化阐释*

近年来,美国汉学家宇文所安对中国文学的研究,尤其是对唐诗的研究,引起国内学界极大的关注。据我统计,迄今为止,以他的研究作为博士论文选题的已有12篇、硕士论文24篇,而发表的相关论文也已近200篇之多。而给我们印象最深的是他对唐诗文本抽丝剥茧式的细读以及对唐代诗歌史的持久系统的建构。这多少打破了长久以来我们对美国汉学的刻板印象:以为美国汉学专注于对现代中国的研究,而对古代中国的研究则非欧洲汉学莫属;以为美国汉学只关心现代中国的政治经济,而对中国古代的文学则是漠然处之的。

一、宇文所安的研究方法是新批评吗?

对于宇文所安的中国古代文学研究,我们自然可以从不同的侧面来认识。宇文所安从20世纪60年代起就读于耶鲁大学,1972年获得博士学位。鉴于新批评的后期主要成员韦勒克、沃伦、维姆萨特、布鲁克斯等人第二次世界大战后长期执教于耶鲁大学,形成后期新批评的"耶鲁集团",我们自然可以根据他本人在耶鲁求学的这段经历,将他对中国文学研究所取得的成绩归因于"新批评"。① 而他对中国文学的"细读法",似乎又会加深我们的这种印象。但从整体上看,宇文所安对唐诗的"细读",是无法完全以"新批评"的"细读"(close reading)所能涵盖的。其中最明显的一点是,宇文所安并没有像"新批评"理论所要求的那样,既隔断文本与作者的联系,又隔断文本与读者的联系。毋宁说,他虽然以文本分析为中心,却也并不忽视文本的时代背景、作者意图以及历史效果。他无疑是从文本出发的,却绝没有停止于文本。他的文本分析从来都是与文化、历史紧紧联系在一起的。

我以为,基于他的文化身份,将他对中国文学的研究看成是一种跨文

---

* 原载于《上海交通大学学报》2012年第4期。
① 邱晓、李浩:《论"新批评"文学理论对宇文所安唐诗研究的影响》,《陕西师范大学学报》2011年第6期。

化的阐释，仍然是一种比较切合实际而又稳妥的认识。即使我们能够找出他对中国文学某些方面（如杜甫诗歌）的某些"误读"，也无大碍。因为跨文化阐释本身对于"误读"是宽容的，甚至可说"误读"是跨文化阐释本性所决定的。

对于宇文所安的"误读"，人们经常提起的一个例子是对杜甫诗的误读。例如他对杜甫的《春日忆李白》的解读，迥异于我们传统的理解。

> 白也诗无敌，飘然思不群。
> 清新庾开府，俊逸鲍参军。
> 渭北春天树，江东日暮云。
> 何时一樽酒，重与细论文。

按照我们传统的理解，这首诗无疑是表达了杜甫对李白诗歌的赞誉和惦念之情。但宇文所安的解释却多少颠覆了我们的这种理解。在他看来，杜甫对李白赞誉的同时，却在压抑着自己与之一争高下的内心冲动，"在这首单纯的颂扬诗中，杜甫通过稍微改变一下书写语气，通过涌现在脑海中的一个特定的典故，通过偶然形成的一个特定的词句，还写出了一首非常不同的高傲诗。这两种完全矛盾的诗同时展现，使我们从中获得快乐——文本表面是宽厚的、敬重的，文本深层则是高傲的、晦涩的。"① 这多少有点让我们中国读者感到诧异，并进而认定这明显是对这首杜诗的误读。不过仔细想来，宇文所安的这种解释也并非毫无根据，此诗最后一句"何时一樽酒，重与细论文"就隐含地透露了作者的这种竞争对话的意图。这是一个无法让中国传统伦理、传统诗评所接纳的结论，却由于宇文的他者文化视角而被凸显了出来，从而为此诗的解读提供了另外的一种视角，另外的一种感悟。而宇文所安之所以能够从中读出"新意"，无疑应该归功于他的跨文化阐释。

另外一个与此类似的例子，宇文所安在《追忆：中国古典文学中的往事再现》一书中对李清照《〈金石录〉后序》的解读，也与我们传统的解读迥然有别，并经常为国内研究者所津津乐道。我们传统的理解是，李清照在文中回忆了自己与丈夫的美好生活以及历经金人南下的战乱之苦。而宇文却从这篇后序的字里行间读出了李清照对丈夫沉迷于古玩字画而忽略

---

① Stephen Owen, *Traditional Chinese Poetry and Poetics: Omen of World*, Madison: University of Wisconsin Press, 1985, p.218.

自己的怨恨之情。从跨文化的角度来看,这仍然是一种"误读",却是一种有价值的误读,因为这样的"误读"一方面丰富了我们对中国文学的理解,另一方面也切合了中国文学对普遍人性的表达,并使得中国文学的世界性意义得以彰显。

从以上两个实例中,我们都可以看出,宇文所安对中国文学的细读并没有将文本视为一个完全封闭的自足体,并没有隔断文本与作者、世界和读者的关联,相反他恰恰在作者与作品的有机关联中解读出历史与思想的交界点,其中不乏为"新批评"所排斥的作者意图的揣测。李清照对丈夫的哀怨和责备,是符合人之常情的;杜甫与李白竞争的隐秘心思也是可以理解的。宇文所安对两位作者意图的揭示,展示了人性的复杂,凸显了人情世故的常理。或者说,宇文之所以得出这样的解读,既不是依赖实证材料,也不是靠严密的逻辑推理,而是基于对人性的了解直接从人情世故中推断出来。如果我们能够对宇文对李清照的解读持有宽容之情,便不能对宇文对杜甫的解读大加笔伐,而认定宇文是在"牵强附会"。因为二者都可以在同一个层面得到合理的解释,都同样是"对中国古典文学独特的生命本质的一种把握与回归"[①]。

在此,我们需要对跨文化阐释做出一个更加明确的界定。作为阐释学的一个分支,跨文化阐释既不同于传统意义上的从具体走向抽象的实证主义的归纳法,也不同于从抽象的大前提、小前提中得出具体结论的理性主义的演绎法。阐释学之阐释直指生命的本体意义,它是对生命意义的直接澄明。过去我们把阐释看成是通达真实本体的一个途径,一种手段。但现代阐释学却认为,阐释本身就是本体。这种看法很值得我们重视。"所谓跨文化阐释,就是从一种文化向另一种文化、从一种语言向另一种语言、从一种文本向另一种文本、从一种能指向另一种能指的转换;就是用另一种文化、另一种语言、另一种文本、另一种能指来解释、补充或替换原来的文化、语言、文本和能指。"[②]这显然是一个开放的过程。而在这个过程中,任何解读者都是基于自己的前理解来理解文本,因此必然会发生意义的变迁。而只要不是知识性的错误,对意义的多重理解便是允许的,甚至是必然的。价值与意义之不同于客观知识的特性就在于它蕴

[①] 王晓路、史冬冬:《西方汉学语境中的中国文学阐释与话语模式——以宇文所安的解读模式为例》,《中外文化与文论》2008年第1期。

[②] 李庆本:《跨文化美学:超越中西二元论模式》,长春:长春出版社2011年版,第196页。

含着多重理解的可能性。如果我们明白了这一点,也就不再会过分追究李清照本人在写作时究竟有没有哀怨之情,杜甫究竟有没有高傲之气。因为这一点已经不太重要了。文本的意义不仅由作者和文本所决定,读者同样也有决定权。如果我们能够理解跨文化阐释的这一原理,便就会对宇文所安的"误读"持有一种宽容之心。如此,则会使在中国传统的解读中受到压抑的意义得以释放。

宇文所安对于自己这种不同于中国学者的解读中国文学的方法有着清醒认识。他在《晚唐:九世纪中叶的中国诗歌(827—860)》一书的导言中说:"此书本质上不同于中国学者所完成的工作。尽管这些区别无疑地将会被归因于'西方'观点,但是我的部分意图却是调和中国学术本身的一种断裂,即一方面是对诗人生平和诗篇日期的精确考证研究,另一方面却将这一漫长时期所历经的复杂历史事件笼统地贴一个标签,归为一个单一的实体,即晚唐。"①就史料的考证而言,宇文所安确实无法与中国学者相比。在这一方面,他本人也坦言承认自己对晚唐诗的研究深深地受惠于我国学者傅璇宗的著作。不过宇文所安的价值却在于他从不同于中国学者的"他者"视角对中国文学研究的一种新解读。一如上文所言,这是一种跨文化阐释的新模式。

二、对中唐自然景观诗文的跨文化解读

那么,宇文所安的跨文化阐释模式的具体内涵究竟是什么?在这里,我倒是非常赞同王晓路与史冬冬在《西方汉学语境中的中国文学阐释与话语模式——以宇文所安的解读模式为例》一文中所归纳的,是"生命体验与理性思维并重",这既可以看成是话语思维模式,也可以看成是跨文化阐释模式。

宇文所安对中唐自然景观诗文的解读,给人耳目一新之感。他首先选取韩愈的《南山诗》作为引子,通过比较此诗与李贺《昌谷诗》、柳宗元《小石城山记》的差别,向我们展示了宇文所安对中唐文学内在机理的逻辑梳理以及对生命意义的感性体验。因而,这篇《自然景观的解读》非常明显地凸显了宇文所安的那种"生命体验与理性思维并重"的阐释模式。如果我们仅仅将这种研究看成是"新批评"式的细读展示,这是远远不够

---

① Stephen Owen, *The Late Tang: Chinese Poetry of Mid-Ninth Century* (827—860), Cambridge: Harvard University Press, 2006, p.11.

的。因为宇文所安并没有把这三篇作品看成是彼此孤立的独白,而是追寻三个文本之间的对话,而三篇作品恰好构成了"正、反、合"的逻辑关系。这也使他从"文本性"走向了"文本间性"。

对于韩愈的《南山诗》这首长篇巨制,宇文觉得其精彩之处是它对自然景观整体建筑结构清晰明了的构建。他指出:"韩愈的《南山诗》是这一建筑化再现的一个精彩范例,其中每一个描写成分都能在整体的明晰秩序中找到自身的位置。"① 这种构建转化成诗歌修辞,便是一联咏山、一联咏水、一行写闻、一行写见的对仗,而这种对仗实际上正是体现了中国传统思维中的阴阳两仪模式。在《南山诗》中,韩愈确实也采用了《易经》卦象的"剥"卦与"姤"卦来隐喻山形的错综复杂:"或前横若剥,或后断若姤。"所有这一切,都还不能说明中唐自然景观诗的独特之处。因为"自然秩序作为中古诗歌修辞不可或缺的组成部分,曾使得先前的诗人对于大自然的明晰可喻产生了一种毋庸置疑的可靠感",② 而到了中唐时期,"对于某些作家来说自然景观乃至大自然的秩序却令人产生了疑问,这是近几个世纪以来所未曾有过的",这种怀疑"会派生不同的模型与假说,以及一组组对立的立场,对立的立场相互包含和暗示了彼此"。③ 正是这种相互包含和彼此暗示,使得《南山诗》、《昌谷诗》和《小石城山记》这三部作品聚到了一起,构成了对大自然究竟有没有秩序这一问题的或肯定、或否定、或综合的不同回答。这也是宇文之所以从众多的中唐自然景观诗中选取这三部作品加以详尽解读的根据所在。

《南山诗》是正方,它对大自然究竟有没有秩序的回答是肯定的。这在这首诗的结尾部分可以得到确认:

> 大哉立天地,经纪肖营腠。
> 厥初孰开张,黾勉谁劝侑。
> 创兹朴而巧,戮力忍劳疲。
> 得非施斧斤,无乃假诅咒。
> 鸿荒竟无传,功大莫酬僦。
> 尝闻于祠官,芬苾降歆嗅。

---

① 宇文所安著,陈引驰、陈磊译:《中国"中世纪"的终结》,台北:联经出版事业股份有限公司,2007年版,第41页。
② 同上书,第39页。
③ 同上书,第40页。

斐然作歌诗,惟用赞报酬。

对于《南山诗》的结尾,徐震《南山诗评释》云:"赞,佐也。报酬,谓报神之祭。以上为颂南山之辞,即以作结。此七韵中凡分四层:'大哉'二句,总束上文叙述所见之山形。'厥初'八句,推求南山之起原。'尝闻'二句,称其灵异。'斐然'二句,明作诗之意。"①这是中国传统的注诗方法。而宇文所安所关注的则是:这一段精彩的篇章"始于将山比作人体,然后直接转向这一身体的创造者"②,从而将自然景观的秩序与有目的性的神明(造物主)联系起来。尽管这种联系多半是假说,是诗意的虚构,甚至带有戏谑嘲讽的意味,但又是值得特别注意的。因为中国传统的宇宙观是非人格化的、造物主是阙如的。正是由于这一点,才显得《南山诗》特别的重要。总之,"《南山诗》是宇宙的,也是帝国的,它包罗万象,所有种类繁多的细节,都能在有序的整体中找到自身的位置。"③

与之相反,《昌谷诗》则是反方,它对大自然究竟有没有秩序的回答是否定的。宇文指出:"在李贺的《昌谷诗》中,大自然呈现出太多令人心碎的细节,这些细节吸引了诗人全部的注意力。诗中有一些瞬间引导诗人穿越自然界——小径,若干界标,从山林向田野的转移——然而这些有序空间的路标的主要作用,不过是引导诗人重复迷失的体验,使他一再为局部细节的神奇所吞噬。"④如果说《南山诗》中的自然景观是整体有序的,那么《昌谷诗》的自然景观则是碎片化的;如果说《南山诗》所描写的地点是临近都城的,是帝国疆域的模型,那么《昌谷诗》呈现的则是偏远乡村的风光,是一个缺乏建筑秩序的空间;如果说《南山诗》是对空间的整体观照,以整体来统领局部,那么《昌谷诗》则缺乏视点的稳定性,是一个无法从外界来探测的空间,是以局部来抗拒整体的;如果说《南山诗》的作者对所刻画的景观是充分自信的,那么《昌谷诗》的作者则迷失在对自然景观的精雕细刻之中,并给读者一种压抑之感。总之,《南山诗》与《昌谷诗》呈现的正是秩序化与碎片化、向心力与离心力的对立,但二者又相互补充,几乎是同时出现在中唐的诗坛。"我们可以说,对于整体化秩序的明白确

---

① 屈守元、常思春主编:《韩愈全集校注》(1),成都:四川大学出版社1996年版,第350页。
② 宇文所安著,陈引驰、陈磊译:《中国"中世纪"的终结》,台北:联经出版事业股份有限公司,2007年版,第42页。
③ 同上书,第44页。
④ 同上。

认是对沉湎于个体局部的补偿,但也可以说,对于个体局部的迷恋是对渐趋明确的整体性话语的反动","对立面的每一方都能够生发另一方",①两个文本恰好构成了一个矛盾统一体并互相指涉。在宇文所安的这种对比中,我们确乎可以发现,一方面是对作品本身的具体细读,一方面则是对文本与文本关系的整体观照,既有对作品的感性体验,又有超越文本之外的理性认知,这无疑是"生命体验与理性思维并重"的阐释模式。

在呈现出自然景观的两种对立组项之后,理性思维的惯性促使宇文所安更进一步地思考在这两种极端之间会发生什么:我们究竟是在一个构筑经营而成的、可被阐明的世界,还是在一个充满神秘和不能进一步简化的奇景的世界栖居?在山水景观或自然世界的背后,究竟是否潜藏着某种神灵或是有目的性的神明?对这些问题的追问,促使宇文所安走出了诗歌文体,而将眼光投向了柳宗元的散文《小石城山记》。

> 自西山道口径北,逾黄茅岭而下,有二道。其一西出,寻之无所得。其一少北而东,不过四十丈,土断而川分,有积石横当其垠。其上为睥睨梁欐之形,其旁出堡坞,有若门焉。窥之正黑。投以小石,洞然有水声。其响之激越,良久乃已。环之可上,望甚远。无土壤而生嘉树美箭,益奇而坚。其疏数偃仰,类智者所施设也。

> 噫!吾疑造物者之有无久矣,及是愈以为诚有。又怪其不为之中州,而列是夷狄,更千百年不得一售其伎,是固劳而无用。神者倘不宜如是,则其果无乎?或曰:"以慰夫贤而辱于此者。"或曰:"其气之灵,不为伟人,而独为是物,故楚之南,少人而多石。"是二者,予未信之。

按照我们的理解,柳宗元的这篇文章,前半段描写小石城山的奇异景色,后半段借景抒情,以佳胜之地被埋没不彰比喻自己徒有经邦济世之才却横遭斥逐,蛰居蛮荒,英雄无用武之地。字里行间,隐隐含有对当时最高统治者昏聩不明的强烈讥刺。这是我们对这部作品本身的解读。但当把这部作品与《南山诗》、《昌谷诗》联系起来阅读的时候,我们便会发现,这部作品还与一个更宏大的问题相关,即人与自然的生态关系问题。自然对于人而言,究竟是可以把握和确认的,还是疏离的和不可简约的?人

---

① 宇文所安著,陈引驰、陈磊译:《中国"中世纪"的终结》,台北:联经出版事业股份有限公司,2007年版,第50页。

在自然世界中是诗意的栖居,还是虚无的放逐?天、地、人、神之间,究竟是何种安排,又该如何选择?对于此类问题,柳宗元做出了一种既肯定又否定的回答。宇文所安说:"对于自然景观是否有意的建构和山水背后的造物主问题,它作出了一番黑暗而又精微的思考。这一山水景观表面上似乎是'建筑式的'因而也是包含某种意图的,但结果却发现,它原来不过是一样随机的、偶然的奇迹,正因为它与帝国的版图是分离开来的。"① 从逻辑环节上看,这恰好构成了"正"与"反"之后的"合"。

宇文所安在对这三部作品的整体解读上,采用了理性分析的方法。但这种理性分析是与他对具体作品的感性体验和直观感悟密不可分的。理性分析的方法主要体现在他对自然景观阐释的总体谋篇方面,感性体悟则具体体现在他对作品的深入解读方面。对作品的解读与阐释,有时需要超越实证归纳和抽象演绎,以一种主观体验甚至是猜测直接指向生命本体和作品意义。我们也许会问:在《小石城山记》的开头,柳宗元为什么会如此不厌其烦地向读者指明小石城山的方位与路径?他是要邀请读者到此一游,还是有别的意图?而实际上,就当时的历史情境而言,是不可能有任何人愿意来到这样一个偏僻的地方的。因而,这样的描述不可能用作"指路"的目的。那么他的意图究竟是什么?这里就有多种解释的可能性。而任何一种解释都得不到柳宗元本人的首肯,都不可能得到实证材料的支持。按照宇文所安的解释,柳宗元之所以详细标注方位,是"在荒野间构筑一个可以理喻的版图秩序","使其带有边寨情调的新颖陌生变得熟悉"。② 这只是在众多解读中的一种。他的这一结论既没有实证材料的支持,也无法用逻辑推理的演绎获得。而对于"小石城"这个名字,宇文所安则只能用猜测:"也许是柳宗元自己为山取的名,也许是柳宗元对其早有耳闻"。采用猜测的办法显然有悖实证主义和理性主义之道,有悖科学研究的严谨,可这就是阐释。正像我们前面所指出的,文学的阐释既不同于归纳,也不同于演绎,而是生命意义的直接澄明。或者更确切地说,文学的阐释是将归纳和演绎内化于自身,以服务于对文学生命存在本体的揭示。

文中的"其一西出,寻之无所得"一句,对于我们普通读者而言可能会

---

① 宇文所安著,陈引驰、陈磊译:《中国"中世纪"的终结》,台北:联经出版事业股份有限公司,2007年版,第52页。

② 同上书,第53页。

一带而过,不会认为有那么多值得讨论之处。可宇文所安却在一个"得"字上大做文章。在他看来,"这里提到的西出的那条道路具有特殊的意味",是要告诉人们"向西的道路岔到一片空茫之中,一无所有",以及作者本人向西行时"无所得"。当然,作者柳宗元还写了一条"有所得"的路,这条路向北,又折向东,但又突然断开,道路通向该处,随即终止了。在这里,"得"被宇文所安赋予了更多的内涵。它既与写作密切相关,如当诗人写下一首诗时,常用"得"字形容,同时又与地理方位的确认有关,"要使空间变得可以理喻,你必须'得',而'得'则要求它具备语汇或是一个名字,这是我们可以确定一个场所相对于另一个场所的方位以及解释所走路径的唯一办法"。① 更进一步,在"得"与"无所得"之间,在追寻与迷失之间,在对山水景观秩序的确认与怀疑之间,在对有没有"造物主"问题的迟疑与彷徨之间,又何尝不是柳宗元当时心境的一种表露呢?由此,宇文向我们描述了柳宗元在被贬永州期间的那种人人可以想见的生存状态。它是通过生命存在的普遍性指向而直接觉悟到的。它使我们认识到,柳宗元的这篇散文,不仅隐含着作者对最高统治者昏庸不明的讥讽,更是对人的生存本真状态的哲思澄明。前者是历史的、具体的、民族的,后者则是哲学的、普遍的、世界的。前者是我们文化传统之内的解读,后者则是跨文化的解读。宇文所安所做的工作就是这样的一种跨文化解读、跨文化阐释。它使柳宗元的这篇散文超越了历史性、具体性、民族性,而产生了世界性普遍意义。

我们可以说,感性体悟为中国传统诗学之长,而理性分析则是西方传统诗学之长。但如果将感性体悟与理性分析这两者完全割裂开来,并看成是中西诗学的本质性差异,认为中国诗学纯粹是体悟式的,而西方诗学完全是分析式的,则完全没有这个必要。因为中西诗学的差异性是"特征"的差异性,而不是"本体"的差异性;是"量"的差异,而不是"质"的差异。无论是中国诗学,还是西方诗学,都不可能在感性与理性的两极之间只做一种选择,而其实都是两者兼而有之的。在感性体悟与理性分析之间,可以有偏重,却不可能偏废。宇文所安对中国文学的跨文化阐释所追求的,则是感性体悟与理性分析的并重。这种并重一方面使得理性分析有了更多的感性内容和具体针对性,另一方面也使得感性体悟具备了充

---

① 宇文所安著,陈引驰、陈磊译:《中国"中世纪"的终结》,台北:联经出版事业股份有限公司,2007年版,第53页。

分展开的空间,而不再是三言两语的评点。从一篇文章,从一首诗,甚至从一句话、一个字词中,宇文所安可以有那么多的体验感悟,这种文本解读的功夫不能不说是得益于他的这种"生命体验与理性思维并重"的跨文化阐释模式的。

耶鲁大学的约翰·荷兰德在评价宇文所安的《迷楼:诗与欲望的迷宫》一书时这样说:"在论述中,它所采用的完全是诗的形式,因而没有陷入在近年来流行的批评理论中常见的那些与诗歌龃龉不合的研究套路。通过一系列传统主题、比喻以及修辞立场的分析,宇文所安提出了一套跨文化时(古—今)、空(东方—西方)的独特的阐释套路,根本没有运用诸如原型批评领域的什么观念体系,却有某种形而上的基础。"[①]我觉得这样的评价基本上适用于宇文所安对中国文学的全部解读。也就是说,他对中国文学的跨文化阐释,并不在于采用西方的某一种方法和理论,如原型批评、新批评,而是以形而上的理性思考为基础,来对中国文学作品进行深入细致的解读。这种解读是从文本出发的,却又不局限于文本本身。它是审美与文化、思想与历史、感性体悟与理性认知的统一,并构建了由作品、作者、读者、世界所组成的完整的文学空间。

三、宇文所安与美国汉学发展新方向

孙康宜教授在《谈谈美国汉学的新方向》一文中指出,在美国的大学中,汉学一般被归为"区域研究",无论是中国语言、文学,还是中国历史、人类学,都归为东亚系;独在耶鲁大学,汉学是按照"学科研究"被分别在各个系中。例如,在耶鲁大学中,教中国文学和语言的人,如傅汉思及孙康宜本人都属于东亚"语言文学系"。教中国历史的人,如史景迁及余英时属于历史系;教社会学的戴慧斯属于社会学系,而教人类学的萧凤霞则属于人类学系。孙康宜认为:"这种以学科为主的教学方式也有它意想不到的好处",它与"美国汉学这二十多年来的全球化趋势不谋而合"。[②] 归纳一下,孙康宜所说的美国汉学新方向主要体现在以下三个方面:

第一,汉学研究的范围不断扩大。过去欧洲传统汉学是把中华文化当成博物馆藏品以一种猎奇的态度来研究的,"汉学家们的学术著作只在

---

① 宇文所安著,程章灿译:《迷楼:诗与欲望的迷宫》,北京:三联书店2003年版,封底文字。
② 孙康宜:《谈美国汉学发展的新方向》,《书屋》2007年第11期。

汉学界的圈子里流行,很少打入其他科系的范围"①。但随着美国比较文学范围的扩大,约在20世纪80年代,美国汉学渐渐进入比较文学的研究领域,有些汉学家一方面属于东亚系,一方面也成了比较文学系的成员。宇文所安就是这种情况。

第二,中西二元论模式被不断打破。过去所谓中西比较大多偏重中西本质"不同"的比较。例如研究中国文学是否也有西方文学中所谓的"虚构性"(fictionality)、"隐喻"(metaphor)、"讽喻"(allegory)等课题。"而近些年来,一些年轻的比较文学兼汉学家,则向这种'比较'的方法论提出挑战,他们认为,强调本质差异很容易以偏概全。"②

第三,汉学与国学的交流越来越紧密。近年来,随着美国汉学与中国大陆、台湾或香港的中国文学、文化、历史研究的联系越来越紧密,美国各大学的东亚系的人员组成更发生重大变化,华裔教授的比例越来越多。汉学与国学两者虽有中西之别,但同时也在出现新的融合。

将宇文所安对中国文学的研究置于整个美国汉学的背景下,我们可以发现,尽管他的研究不能说完全代表着上面所讲的新趋势、新方向,但在总体方向上与此是基本一致的(除了他不是华裔教授之外)。

宇文所安早年在耶鲁大学东亚语言和文学系学习,1972年以学位论文《孟郊与韩愈的诗》获得博士学位。1982年转到哈佛大学,并长期担任哈佛大学东亚语言与文明系和比较文学系两个系的教授。他的这一学术背景很自然地使他能够突破欧洲传统汉学的局限性,他显然不是把中国文学当做博物馆藏品,把唐诗作为一种猎奇的对象来研究,而是以一种跨越中西二元对立的学术视野,来探究中国文学的历史发展、艺术内涵及文本意义。由于他对中国文学的跨文化研究、跨文化阐释着重于对中国文学本体意义的揭示,从而使中国文学产生了超越民族、国家界限的普遍价值,并有可能被更广泛的西方读者所理解、所接受。这显然有利于中国文学的对外传播,显然有利于中国文化真正走向世界。

我2010年至2011年在哈佛大学比较文学系访学时,曾选修过宇文所安的"世界文学史"。在这门课中,他能够超越中西文学的差别,将中国文学作品置于世界文学的范围之中来加以阐释,这跟我们国内孤立地将中国文学史和外国文学史分开来讲是很不一样的。这显然更容易让大家

---

① 孙康宜:《谈美国汉学发展的新方向》,《书屋》2007年第11期。
② 同上。

把握中国文学在世界文学中的地位与价值,更容易让西方学习者和研究者所接受。这无疑可以对我们国内的文学史教学产生一种启示作用。它促使我们将"重写世界文学史"提到议事日程。

作为一名美国学者,宇文所安的文化立场和思维习惯无疑是西方的,而他从事中国文学研究的目标首先也是西方读者。但也正是由于这一点,他对中国文学的研究才采用了更容易为西方读者所理解的学术路径。例如在《中国"中世纪"的终结》一书中,他有意地采用了"中世纪"这一名称,因为在他看来,"这一称谓对英语读者来说是个有用的切入点"①,它可以让西方读者听起来很熟悉,很容易进入自己的论题。

在对具体作品的解读方面,他能够超越某一西方理论流派和观点,专注于文学作品的分析,深入开掘作品的历史内涵、艺术特色及普世价值,有效地避免了以某一西方理论观点和方法生搬硬套中国文学的不良学风。无论在他的讲课中,还是在他的著述中,人们都很难发现他对西方理论长篇大论式的介绍,他几乎不引证任何西方的时髦理论,几乎心无旁骛地专注于文学作品的分析和解读。这也构成了他中国文学研究的一大特色。

从中国文学对外传播的角度来看,宇文所安对中国文学的跨文化阐释显然具有十分积极的意义。他的美国学者身份具有一种现身示范效果,他以一名西方学者的身份来向西方读者宣讲中国文学,可以起到中国学者或者华裔汉学家所起不到的作用。从这个角度来讲,尽管从整体上,宇文所安对中国文学的研究肯定存在着某些缺陷(如在史料考据方面),甚至"误读",但我们还是要对他持以更多的宽容,致以更多的敬意。因为就汉学的实质而言,它一定是外国人对中国学术的研究。如果都是中国人或者华裔学者进入这一领域,汉学的本义必将会发生变异。在此,我们应该区别"汉学"和"国学"这两个概念。汉学是外国人对中国学术的研究,而国学则是中国人自己对中国学术的研究。我们不能完全以国学的标准来要求汉学,不应该将两者完全混同,当然也不应该将两者看成是本质差异的。我们自然希望越来越多的外国人来关注和研究中国文学、中国文化,同时也希望中外学者平等对话,共同促进汉学的健康发展,共同推动中国文学的海外传播。

---

① 宇文所安著,陈引驰、陈磊译:《中国"中世纪"的终结》,台北:联经出版事业股份有限公司,2007年版,第1页。

总之,宇文所安对中国文学的跨文化阐释其实有两方面的积极意义:一是它可以为国人理解自己传统文学提供一个不同的视角,产生新的感悟;二是为西方学习者、研究者提供一个容易进入的路径,使他们能够更容易理解和把握中国文学的内涵。过去我们只看到了前者,现在则是到了要更加强调和关注后者(即如何让洋人学习并理解中国文学)的时候了。而要做到这一点,单强调中国文学的特殊性、民族性是不够的,还应该努力发掘中国文学的普遍性、世界性。从这个意义上讲,跨文化阐释其实也是中国文学走向世界的一种途径。

从禅宗与身体美学的角度解读王维诗

王维的大半生时间都在为唐朝廷效力,但佛家思想对他的影响也很深。他的"名"和"字"合为"维摩诘",反映出他的人生理想是以"维摩诘"为榜样的,追求的是能够把世俗生活与宗教生活融为一体的人生境界。"维摩诘"是梵文 Vimalakirti 的中文音译,意译为净名,意思是以洁净、没有污染而称的人。据《维摩诘经》讲,维摩诘是古印度毗舍离地方的一个富翁,家有万贯,奴俾成群,但他勤于攻读,虔诚修行,成为佛教中一位著名的在家居士,因此为王维这种具有文官与隐士双重身份的人所效仿。

《维摩诘经》前后共有 7 个汉文译本,分别是:东汉严佛调译《古维摩诘经》;三国吴支谦译《维摩诘所说不思议法门经》;西晋竺叔兰译《毗摩罗诘经》;西晋竺法护译《维摩诘所说法门经》;东晋祇多密译《维摩诘经》;后秦鸠摩罗什译《维摩诘所说经》;唐玄奘译《说无垢称经》。其中支谦、鸠摩罗什和玄奘的译本留存至今。在这些译本中,流行最广的是鸠摩罗什的译本。《维摩诘经》运用不二法门,消解一切矛盾,影响了禅宗思想、禅悟思维、公案机锋。禅宗将《维摩诘经》作为宗经之一,将"不二法门"作为处世接机的态度与方法,泯灭一切对立,从而可使人获得生命自由的无限超越。

在融入中国文化的过程中,禅宗也受到了儒家思想和道家思想的影响。或者说,禅宗之所以能够在中国大行其道,主要原因在于其教义思想与中国文化具有极大的相容性。例如,禅宗强调对常与无常区别的超越,这和道家思想中的"齐物"具有认知上的相似性,从而才在中国文化中得到了广泛的认可。在佛教禅宗中,认清自我的本质被认为是到达"佛性"、到达涅槃境界的基本途径,它要通过顿悟(以慧能为首的南宗禅的特点)和渐悟(以神秀为代表的北宗禅的特点)来认清真正的本质,这个过程同时也伴随着心灵的净化与意念的升华。

众所周知,禅宗是中国化的佛教。在佛教中国化的过程中,东晋僧人僧肇(384—414)的贡献不可低估。据《高僧传》卷六,僧肇俗姓张,为京兆(今陕西西安)人。原崇信老庄,读《维摩经》,欣赏不已,遂出家从鸠摩罗什门下。曾在姑臧(今甘肃武威)和长安于鸠摩罗什译场从事译经,评定经论。在世时,著有四论:《物不迁论》、《不真空论》、《般若无知论》和《涅槃无名论》。此四论被后人合为《肇论》。僧肇所处的时代,老庄思想盛行,外来的佛教思想与老庄哲学有相似之处,故魏晋时代的许多僧人都是玄学化的佛教学者。僧肇的上述四篇论文,是结合老、庄的哲理,以《维摩》、《般若》、三《论》为宗,畅谈体和用、动和静、有和无等问题。《肇论》描述了佛陀与他的弟子们、菩萨们以及文殊菩萨和维摩诘居士之间的谈话与争论。维摩诘和文殊菩萨的争论被看作是大多数对佛经的形象化陈述的中心主题,这场争论以人类生活的空虚、痛苦和虚幻的本质为焦点。维摩诘以自身为例,他佯装生病,并以自己的病作比喻,展示人类生活的痛苦与不真实,帮助他的听众们理解他的哲学。僧肇承认动与静的重要性,认为运动导致分隔,而静止则会导致合并。禅宗的自我认识由这两种法则的相互结合而产生。《肇论》解释说:"必求静于诸动,故虽动而常静。"① 僧肇还提出了其他一些例子解释运动与静止的概念:飓风吹平了高山;溪流向前推进、奔流不止;灰尘毫不移动地漂浮在各处;日与月交替升起。从本体论的观点来看,僧肇把自然理解为在运动的表面之下的宁静。他解释说过去的事件只存在于过去,当下的事情只存在于当下,所以过去与现在之间并无联系,因此也没有改变或移动。僧肇认为冥想的境界与空虚的心境只能在大自然中的一处安静的处所中得到,在安静的大自然中,心灵与身体能够感知到所有感觉、思想和错觉,也能感受到善与恶。因此,他特别强调"空"与"自然"的重要性。

在《山居秋暝》这首五言律诗中,"空"的主题和王维那种以禅宗的途径感知自然的方式得到了充分的体现。首先让我们看一下这首诗以及它的英文译文:

　　空山新雨后,天气晚来秋。
　　明月松间照,清泉石上流。
　　竹喧归浣女,莲动下渔舟。
　　随意春芳歇,王孙自可留。

这首五律有八句诗,每句五个汉字。一个简单的韵律贯穿于每句诗中。作为一种有音调的语言,汉字发音可以分为"平"、"仄"两类,它们涵盖着不同的音调。最重要的条件是对句的下一句需要与第一句有相对应

---

① 僧肇:《肇论》,北京:中国社会科学出版社 1985 版,第 3 页。

的音调,做诗时强调音调的对应与句法的类似。这在传统的中国思想中也代表阴与阳的对应。这首诗采用五言的形式,音调在平与仄之间更替,以平声开始。下面是这首诗的几个著名的英文翻译版本:

版本 1:"On an Autumn Evening in the Mountain"①
After newly-fallen rain in this vast mountains,
When evening descends the air has the feel of fall.
The limpid moon sparkles through the pine needles,
The crystal stream glides glistening over the rocks.
Babbling from the bamboo grove heralds the return of the washing girls,
Lotus leaves sway as the fisherman pushes along his sampan.
Although the fragrance of spring flowers has faded
My good friend, you should still stay on for the beauty of autumn.

版本 2:"Autumn Dusk at a Mountain Lodge"②
Empty Mountain after fresh rains:
It is evening. Autumn air rises.
Bright moon shines through pines,
Clear spring flows over stones.
Voices among bamboos: washing girls return;
Lotus-leave move: down glide fishermen's boats.
Here and there, fragrant grass withers,
O prince, you do not have to go.

版本 3:"In the Hills at Nightfall in Autumn"③
In the empty hills just after rain,

---

① Yin-nan Chang and Lewis C. Walmsley, *Poems by Wáng Wéi*, Vermont: Charles E. Tuttle Company, Inc. 1958, p.113.

② Wai-lim Yip, *Hiding the Universe: Poems by Wáng Wéi*, New York: Grossman Publishers, 1972, p.25.

③ G. W. Robinson, *Wáng Wéi: Poems*, Harmondsworth: Penguin Group, 1973, p.75.

The Evening air is autumn now.
Bright moon shining between pines,
Clear stream flowing over stones.
Bamboos clatter—the washer women goes home
Lotuses shift—the fisherman's boat floats down.
Of course spring scents must fail
But you, my friend, you must stay.

版本 4："Living in the Mountain on Autumn Night" ①
After fresh rain on the empty mountain,
Comes evening and the cold of autumn.
The full moon burns through the pines,
A brook transparent over the stones.
Bamboo trees crackle as washerwomen go home,
and lotus flowers sway as fisherman's boat slips downriver.
Though the fresh smell of grass is gone,
a prince is happy in these hills.

版本 5："Autumn Twilight, Dwelling among Mountains" ②
In Empty mountains after new rain,
It's late. Sky-ch'i has brought autumn—
Bright moon incandescent in the pine,
Crystalline stream slipping across rocks.
Bamboo rustles: homeward washer women,
Lotuses waver: a boat gone downstream.
Spring blossoms wither away by design,
But a distant recluse can stay on and on.

汉诗译英通常很困难。因为英译汉诗中无法体现原诗中的音韵节律

---

① Tony Barnstone, Willis Barnstone and Haixin Xu, *Laughing Lost in the Mountains: Poems of Wáng Wéi*, Hanover, N. H.: University Press of New England, 1991, p. 7.
② David Hinton, *The Selected Poems of Wáng Wéi*, New York: New Directions Books, 2005, p. 76.

和句式对仗。而且,诗歌可能不会有一个最终的译本。在下文中我将重点分析这首诗中吸引人的词语与这首诗中的独特意象,这些词语与独特意象使得这首诗更加引人注目,从而使这首诗能够成为"世界文学"。

这首诗中最醒目的词语是第一行的第一个字:"空"。这个"空"字也可以被认为是这首诗的中心主题的综合表现形式。但是这个"空"是什么意思呢?它是否指的是没有人、也没有声音呢?在下面几行诗中,作者描述了一些动作、人物与声音,例如照耀在松林间的明月,或是奔流的清泉、竹叶沙沙的声响、莲花的摇动、回家的洗衣女们,最后还描绘了摇动的渔舟。"空"这个字事实上指向了更高层面,代表着超越了肉体与心灵分别的"禅"的概念。按照禅宗教义,我们在日常生活中常常区分出各种概念和观念的区别,这种区分虽然必须,但常常是不真实的,因为这会经常导致对主体与客体之间的二元性的错误的感知。

  如人以手指月示人,彼人因指,当应看月。若复观指,以为月体,此人岂唯亡失月轮,亦亡其指。何以故?以所标指为明月故。岂唯亡指,亦复不识明之与暗。何以故?即以指体为月明性。明暗二性,无所了故。①

这段话以指月一语警示对文字名相之执著,借此发挥禅宗"心无分别、非色非空"的教义,提出了对作为中介的迹象(在上文中是手势)的一种解释,"这种解释与查尔斯·山德斯·皮尔斯以实用主义和符号学为特征的哈佛学派的主张有着相似的概念化特征"。②

根据禅宗思想,人的感觉、知觉之间有密切的联系,它们和认知与交流行为一样,都是认知自我本质时必不可少的。当一个错误的思想产生时,要用公正去更正它。慧能主张:"既有正见,使般若智打破愚痴迷妄众生,各个自度,邪来正度,迷来悟度,愚来智度,恶来善度,如是度者,名为真度。"③这意味着我们必须"从主体与客体两方面对粗心大意的行为进

---

① 赖永海主编,刘鹿鸣译注:《楞严经》,北京:中华书局2002版,第26页。
② Albert Welter, "Mahakasyapa's Smile. Silent Transmission and the Kung-an (Koan) Tradition," in Steven Heine and Dale S. Wright (Eds) *The Koan, Texts and Contexts in Zen Buddhism*, Oxford: Oxford University Press, 2000, p.93.
③ 慧能:《白话坛经》,西安:三秦出版社1992版,第107页。

行批判性的反思"。① 只有打破愚痴迷妄,超越有/无、主体/客体、心灵/肉体之分别,才能真正了解"空"的真谛。"空"非"无",它实际上是超越("度")"有/无"二元性的概念,指示着超越主体与客体区分的整体化状态。

作为一种超越状态,在《山居秋暝》中,"空"这个主题在之后的三个字"新雨后"("after the rain")上得到了进一步的强调,这样的表述表明山川会在雨水的洗刷中得到更新,就如同人类的肉体与心灵通过参禅而得到了净化。这是理解禅宗中的"空"的境界的第一步。这句诗也消融了人与自然之间的二元性,这也符合中国传统思想。因为在中国传统思想里,人类是整个自然秩序的一部分。

这令人想起了《维摩诘经》中所记的另一个著名的故事:众菩萨要求维摩诘解释"非二元性"的概念,维摩诘却保持沉默、不发一言。就如同前面提到的"以手指月"一样,他的沉默是解释"雷鸣般的寂静"、"雄狮带着强烈的静默的怒吼"的现象的唯一途径。而禅宗六祖惠能是如此解释"非二元性"(不二之法)的:

> 佛言:善根有二。一者常,二者无常,佛性非常非无常,是故不断,名为不二;一者善,二者不善,佛性非善非不善,是名不二;蕴之与界,凡夫见二,智者了达其性无二。无二之性,即是佛性。②

在威利斯·巴斯通(W. Barstone)对王维诗歌的分析中,他指出静与动的对比加强了表面宁静的物体之下的内部张力。在威利斯·巴斯通看来,王维的《山居秋暝》为"声音的寂静与物体的移动在自相矛盾地通过噪音与动作向相反的方向被传达"这一论述提供了另一个例子。③ 动与静的无二之性,即是《山居秋暝》所传递的佛性。

为了响应我所提出的"文学改编的跨文化研究的多维模式"④的观

---

① Richard Shusterman, "Body Consciousness and Performance: Somaesthetics East and West," *The Journal of Aesthetics and Art Criticism*, 67:2 (2009).
② 慧能:《白话坛经》,西安:三秦出版社1992版,第37页。
③ Tony Barnstone, Willis Barnstone and Haixin Xu, *Laughing Lost in the Mountains: Poems of Wáng Wéi*, Hanover, N. H.: University Press of New England, 1991, p. xx.
④ Qingben Li and Jinghua Guo, "Rethinking the Relationship Between China and the West: A Multi-Dimensional Model of Cross-Cultural Research Focusing on Literary Adaptations," *Cultures. Thematic Issue Culture: International Journal of Philosophy of Culture and Axiology*, 9(2)/2012: 45—61.

点,陈伊教授在她的论文《王维与保罗·策兰的私人诗歌中的符号化翻译》中分析了王维的另一首名诗:《鸟鸣涧》。她指出:

> 维摩诘,这位开明的世俗学者与《维摩诘经》的主要解释者认为,所有生物间的区别事实上是由"名"引起,从这个意义上讲,生物并不是真实的,只有"空"是真实的。然而,"空"本身也是一个名字,因此是虚无的。维摩诘的"沉默"代表了最高的智慧,与无声的指示(或手势)形成了对比,维摩诘阐释了到达真正的"空"的境界的美学途径,也就是阐明了非二元性思考的可能性。①

我必须承认她的叙述"空本身也是一个名字,因此是虚无的"这句话的深刻性与尖锐性。它抓住了佛教禅宗的主题。然而,这并不意味着名称或者语言是没有用处的,否则,我们不需要花费如此多的时间分析王维的诗。重要的是,这种因为名称和语言所造成的生物之间的差别应该被摒弃,并赋予非二元论思维。

过去的二十多年以来,美国学者理查德·舒斯特曼一直致力于研究与外部世界和自然直接相关的身体体验。舒斯特曼认为,人类看不到直接的身体体验与他们自身生活之间的关联,这个事实预示着他们自己的哲学世界观受观念的模型所控制,而对身体怀有敌意。舒斯特曼的身体美学理论试图把身体体验定义为一个关键的背景条件,这个背景条件"通过挑战艺术与行为之间的那种严格的划分"②,来拓宽艺术领域。

像其他当代学者一样(最受欢迎的是《身体事关重大》的作者朱迪斯·巴特勒),舒斯特曼倡议将艺术定义为述行行为和戏剧化(performance and dramatization),由此补充阐明了"艺术启示本性"(the illuminating nature of art)的思想。③ 舒斯特曼的定义包含了两个框架的相互协调:正规的制度框架和体验内容,分别对应历史主义和自然主义。因此,他的最终解释是由两个方面构成:分析美学和解构主义。首先,他

---

① Yi Chen, "Semiosis of Translation in Wáng Wéi's and Paul Celan's Hermetic Poetry," *Cultures. Thematic Issue Culture*: *International Journal of Philosophy of Culture and Axiology*, 9(2)/2012.

② Richard Shusterman, *Surface and Depth. Dialectics of Criticism and Culture*, Ithaca: Cornell University Press, 2002, p. 29.

③ Ranjan. K. Ghosh and Richard Shusterma, "Art as Dramatization and the Indian Tradition," *The Journal of Aesthetics and Art Criticism*, 61.3 (2003): 293—298.

试图构建一个客观意义,此客观意义由艺术家的意图和作品构成的形式特征所确认,另一方面,他又通过解构来强调不同事物的系统化运行,强调每次重新阅读都是原著的近似值或是对原著的"误读"这一事实。

根据舒斯特曼的当代美学思想,人的身体受到了肤浅和陈规陋习的束缚,这导致化妆品行业有着持续增长的利润。他认为尽管人们对身体开始产生新的兴趣,目前还没有概念性的框架允许自然科学与美学之间的合作。在他看来,西方哲学从康德到黑格尔、叔本华、甚至20世纪的存在主义都一直强调沉思(contemplation)。舒斯特曼把身体美学定义为是"一种对人类经验的批判性、改良性研究,它把一个人的身体作为一个进行感官审美的和创造性的自我塑造的场所,也致力于研究改善美化身体的知识及对训练结果进行评价"。① 如果把舒斯特曼的身体美学看成是对身体欲望的张扬,那是违背作者初衷的。实际上,舒斯特曼并不是以身体对抗沉思,他反对的只是脱离身体的沉思,因为在他看来,身体是沉思的条件和基础,脱离身体的沉思是将身体与心灵对立化的二元论思想,因而是他极力反对的。在舒斯特曼的身体美学(Somaesthetics)中,"身体"(soma)这一术语同时强调文化和生物层面的物质性及象征性,正如禅宗静态与动态统一的"身心"整体化状态。在这里,我们或许能够发现中国古典(前现代)思想与西方后现代思想的某种相通性。

回到王维的诗《山居秋暝》,第二行开头"天气晚来秋"甚至对中国读者来讲都很难理解,尤其是最后三个词"晚来秋",看上去全无道理。为了使第一个词"天气"与第一句第一个词"空山"保持对应,这句话已经被作者改动。这种句子使用的是"倒置法"(词序倒置),正确的语法应该是"晚来天气秋",意思是傍晚到来秋天的气候逐渐转凉。这里的名词"秋"的意思包含了秋天和凉爽,这已形成一个动词,与季节变化的过程有关。所以,我认为,前面第1、第2、第3个版本的翻译是对的。我注意到巴斯通先生在我标记的翻译版本4中将"秋"翻译成"寒冷的秋天"。这一翻译超出了我的理解,因为单词"cold"一词不适合"秋"的翻译,而用"凉快(cool)"应该更适合。我还认为"晚"在第5版本中被译为"迟的(late)"是不恰当的,"晚"的意思只是晚上。从诗歌的整体意蕴来看,我认为,上面的两种翻译都是不恰当的,尽管我承认译者有自己理解、阐释和选择的

---

① Richard Shusterman, "Somaesthetics and Care of the Self: The Case of Foucault," *Monist*, 2000, p. 83.

权利。

接下来的"明月松间照/清泉石上流/竹喧归浣女/莲动下渔舟"四句诗可以看作是这首《山居秋暝》中最富于诗意的画面。每一句都可以想象成一幅画。实际上,王维的诗和画同样著名。苏轼(1037—1101)曾称赞王维的作品是"诗中有画,画中有诗。"

对于这四句诗的理解,我想上面5个版本的翻译都是优秀的,尽管这些译者使用了不同的词语来翻译。我想强调的是,正如上文所说,这些句子都表达了从禅宗角度所理解的"静"。第3句,读者被邀请仰首观看照射松间的明月。第4句,读者被要求低头细观清泉流过石涧。这两个动作可以用中国传统美学"仰视俯察"模式来解释,这是中国传统文化中天人合一思想的明显体现(详见我的论文《周易与生态美学》)[①]。这种非二元视角,在诗的第5—6句中得到了更加明显的体现,同时也能在佛教禅宗和舒斯特曼的身体美学中得到回应。这里我想强调两点:一方面是人与自然生物之间的互换性,同时还有因果对立关系的消解。第五句的第2个字符"喧"同时指向"竹子"与"浣衣女"。这个字节确实非常难翻译:"喧"在字典里可以找到一个意思"noisy",但在诗中,"喧"还有一种敏感与含蓄,它所表达的声音一点儿也没有不愉悦的意思。这有助于想象一群浣女走在回家的夜色下,她们的笑语好像风吹过竹笋的声音。隐喻不仅是一种比喻,它还旨在提供感受两个图像同时发生的共时性。

上面5个版本的翻译都无法做到同时表达出两种感觉。这就像是语言(任何一种语言)都不足以表达一种身心都能够感知和理解的感觉。这种相似的情况出现在第6句。第二个字符"动"意思是"移动",同时与莲花和渔舟相关。从"莲动下渔舟"这一句式来看,似乎"莲动"是"舟动"的原因,而实际上"舟动"才是造成"莲动"的原因,但作者却有意制造因果的互换性。因为这里很难说到底是"竹喧"还是"人喧",到底是"舟动"还是"莲动"。借用佛教禅宗"风动、幡动还是心动"的典故,我们完全可以说,动的不是荷花或渔舟,而是我们的心。换句话说,当我们的内心保持平和,我们周围的任何事也是平静的。

这首诗的最后两句,第7句"随意"和第8句"王孙"又是非常难以翻译的。因为在翻译上有很多误区:"随意"意思是"感觉自由"而不是像第5个版本所翻译的那样是"有意设计的"(by design)。最接近第7句的翻

---

① 详细论述参见李庆本《周易与生态美学》一文,见《中南民族大学学报》2010年第6期。

译应该是"让春天的花朵随意去枯萎",这也起到照应第一句"秋来"的作用,并再一次表达最后一句中"留"的意味。

最后一句的"王孙",是出自《楚辞》的一个典故,这一点叶维廉教授已经指明。这里"王孙"显然是泛指,并没有明确指你和我,意思是"每个人都会高兴地留在这里"。对比前6句的景物描写,最后两句想要表达的思想与情感就属于佛教禅宗顿悟的一部分了。同样,这也可以在理查德·舒斯特曼的身体美学中找到支持的说明。舒斯特曼的身体美学包含三个层面:分析的身体美学(致力于描述与解释的描述性和理论性),实用的身体美学(标准性和规范性:提出改进身体的方法以及对它们的比较解释和批判)和实践的身体美学(纪律程序性,反应性,针对身体自我提升的物质训练)。① 阅读王维的诗歌产生的灵感可能有助于身体自我完善的实践程序,此即舒斯特曼的身体美学所阐述的第三个层面的含义。艺术领域特别易于移情,促使思维流动,从而使身心得到升华。禅宗五祖弘忍如此阐述身心的联系:

> 惩其心不在内、不在外、不在中间,好好如如,稳看看熟,则了见此心识流动,犹如水流,阳焰晔晔不住。既见此识时唯是不内不外,缓缓如如,稳看看熟,则返覆销融,虚凝湛住。其此流动之识,飒然自灭。②

在《中西方文学关系再思考:文学改编的跨文化研究的多维模式》③中,我提出跨文化交流的复杂性需要在空间和时间上同时加以解释。将文化发展扩展到更广阔的历史范围内,而不是中/西、古/今二分法。像纪君祥的《赵氏孤儿》,这部剧被伏尔泰改编成《中国孤儿》,并且在新世纪以来又多次被中国作者改编,这其中包括了伏尔泰的误读、对王国维的戏剧观的理论分析,最后又受到叔本华的悲剧理论的影响。我认为跨文化适应的复杂性,误读式改编和批判性诠释有助于作品的循环式传播,达姆罗

---

① Richard Shusterman, "Somaesthetics and The Second Sex: A Pragmatist Reading of a Feminist Classic," *Hypatia*, 18 (4), 2008.

② 弘忍:《最上乘论》. http://wenku.baidu.com/view/156b3d1aa300a6c30c229f0c.html.

③ Qingben Li and Jinghua Guo, "Rethinking the Relationship Between China and the West: A Multi-Dimensional Model of Cross-Cultural Research Focusing on Literary Adaptations," *Cultures. Thematic Issue Culture: International Journal of Philosophy of Culture and Axiology*, 9(2)/2012: 45—61.

什说这便是进入了世界文学。王维的诗便是相似的例子。美国学者厄内斯特·佛朗西斯科·费诺罗萨在日本东京帝国大学担任哲学教授很长一段时间,他的艺术收藏品为许多美国诗人提供了灵感。当他在1908年逝世后,他的未发表的关于中国诗歌和日本戏剧的评论由他的遗孀委托给庞德。这从而影响了庞德的"诗意的表象说"以及早期意象派的实验性作家T.E.休姆和艾米·洛尔,华勒·史蒂芬,或者威廉·卡洛斯·威廉。同时也影响了丹尼斯·赖文特、杰姆斯·赖特、罗伯特·布莱以及"垮掉的一代"杰克·克鲁亚克、艾伦·金斯伯格、加里·施耐德、山姆·哈密尔顿和罗伯特·哈斯的诗。关于王维诗歌对美国诗界影响的这段公案,可详见巴斯通等人所著的《迷失于山的笑声:王维的诗》中的相关论述;[1]也可参考叶维廉关于王维诗对加里-斯奈德诗影响的分析。[2]

  尽管对这类研究很感兴趣,我很难在本文中简单地将影响的循环阐述清楚。我试图在本文中提出的观点是:翻译有助于跨文化交流,但是一首诗中的词语所包含的意思有很多层面,有时翻译成另一种语言就无法捕捉到其他层面的含义。我同意舒斯特曼受维特根斯坦的后期作品的启发提出的"文本意义"的概念。他把语言游戏当做一个关联物去理解,认为语言的游戏具有"在某些被认可的方面进行处理与回应的分享与交互能力"[3]。这意味着阐释不是文本(或者艺术工作)内在意义层面的发现而是重建。阐释永远和语言游戏的相关规则有关。由于这些规则的变化跨越了文化和历史,有些规则甚至在使用中消失了,因此我们可以在共时与历时两个维度上对同一文本的多义性进行恰当的阐释。这就是为什么我们可以从禅宗与身体美学的比较角度来阐释王维诗的理由。希望这可以促进中西文化的进一步对话。

---

[1] Tony Barnstone, Willis Barnstone and Haixin Xu, *Laughing Lost in the Mountains*: *Poems of Wáng Wéi*, Hanover, N. H.: University Press of New England, 1991, pp. xxiv-xxv.

[2] Wai-lim Yip, *Hiding the Universe*: *Poems by Wáng Wéi*, New York: Grossman Publishers, 1972, p. viii.

[3] Richard Shusterman, *Pragmatist Aesthetics*: *Living Beauty, Rethinking Art*, Rowman & Littlefield, 2000.

多伊奇的比较美学研究与跨文化审美欣赏[*]

美国夏威夷大学的艾略特·多伊奇(Eliot Deutsch)在《比较美学研究》(Studies in Comparative Aesthetics)中提出四个"审美参照维",我认为对于解决跨越文化的障碍进行审美欣赏的问题是很有帮助的。这四个"审美参照维"分别是:文化—作家世界观;文化—作家审美偏爱;形式的内容;符号价值。尽管多伊奇提出这四个维度已经过去了很长时间(他的《比较美学研究》出版于 1975 年),但它在我们的比较美学研究中却并没有受到足够的重视。因而当我们今天审视跨文化审美欣赏问题的时候,我觉得这四个维度仍有进一步讨论的必要。

一、跨文化审美欣赏的四个维度

1. 文化—作家世界观(Cultural-Authorial Weltanschauung):

文化—作家世界观是跨文化审美欣赏所面对的第一个维度,也是跨文化理解所要跨越的第一个环节。任何文学艺术作品都在某种程度上表达了作家的世界观。不同文化的作家由于受到本民族文化传统的影响,自然会形成对世界不同的看法。世界观作为对世界的看法涉及人与自然、人与社会、人与自身诸方面。而在中西绘画中,一个较为突出的并可以加以比较的主题是人与自然的关系问题。在《比较美学研究》一书中,多伊奇特别比较了勃鲁盖尔的《虐杀婴儿》(The Massacre of the Innocents)和马远的《远山柳岸图》(Bare Willows and Distant Mountains),以此凸显中西在自然观方面的文化差异。

《虐杀婴儿》这部作品向我们展现了婴儿惨遭虐杀的恐怖景象。画家故意将这一人间惨剧置于冷漠的自然环境中,由此虐杀婴儿的恐怖效果却被画中的冷漠的自然观所抵消或减弱了。多伊奇认为这表达了画家世界观中彻底的二元论思想,即"自然同精神完全是两回事;它们都不是来源于对方,也不互相参与对方的事情。自然本质上是机械的;它不在意人

---

[*] 本文曾以《跨文化审美欣赏的四个维度》为题发表于《文艺理论研究》2012 年第 1 期,收入本书时有较大改动。

类的目的和行为，只顾走自己的路。"①而在中国南宋画家马远的《远山柳岸图》中所呈现的则是另一种截然不同的自然观。我们在《远山柳岸图》中所看到的是画中的山、河、树同人造的一所房子、一座桥等东西巧妙地互相联系在一起。一个小小的人物放在整个团扇状画幅的右下方，作为整个构图的一个组成因素。多伊奇指出："这幅作品不像勃鲁盖尔的《虐杀婴儿》那样会使人感到是由两个完全不同的具有两种秩序的事物组成的统一体。对勃鲁盖尔来说，是把人和自然拿来一起放在画中；而对于马远来说，人和自然是一体的，只能把它们放在一起加以显示。"②

对于勃鲁盖尔和马远各自自然观所呈现出来的差异性，我们都可以从他们各自的文化传统中找到依据。我们可以断定，《虐杀婴儿》和《远山柳岸图》这两部作品所展现出来的自然观的不同，一定跟它们各自文化传统中的自然观有着血缘关系。在基督教文化传统中，自然是上帝的产品，上帝创造自然是为人服务的，因此人与自然经常处于一种分离的过程中；而在中国文化传统中，尤其是在庄子的哲学中，人与自然并没有真正的区别，它们之间是和谐统一的。

如果我们在具体的审美欣赏中能够认识到这种文化的差异性，显然对于我们更好地欣赏具体的艺术作品会有帮助，显然就不至于出现多伊奇所说的我们仅仅把握了艺术作品的纯粹形式的特性，而放过了其他的东西，而并没有真正体验到一个艺术品之所以为艺术品的那些全部内容。

与此同时，我们还应该清楚地认识到，我们欣赏一部艺术品，并不是为了将艺术品简单地作为文化传统的论证材料，而主要还是为了把握其中的审美内涵。如果我们仅仅是将艺术品作为文化传统的论证材料来看待的话，我们所得到的审美判断只能是"类的"作品的判断，而不是"特殊的"作品的判断。由此，我们可能忽略掉各自文化传统里不同艺术作品的丰富内涵。在多伊奇看来，我们之所以必须了解文化—作家世界观并不主要是为了去对它作判断或把它作为基础去用一个类或物体替代特殊的作品，而是要使我们能把艺术品作为展现了文化—作家世界观的艺术品来理解。如果我们的跨文化审美欣赏仅仅是为了认识文化的差异性，那

---

① Eliot Deutsch, *Studies in Comparative Aesthetics*, Honolulu: University Press of Hawaii, 1975, p. 44. 中译文参考多伊奇著，邢培明译：《勃鲁盖尔与马远：从哲学角度探索比较批评的可能性》，见蒋孔阳主编《二十世纪西方美学名著选》（下），复旦大学出版社 1988 年版，下同。

② Ibid., p. 47.

么我们完全可以不顾这些具体的艺术作品,而直接从各自的文化传统中寻找答案,那也许会更容易些。跨文化审美欣赏首先是对个别和特殊的艺术作品的欣赏,掌握文化—作家世界观的差异性,是为了克服跨文化审美欣赏的障碍,从而更好地欣赏不同文化的艺术作品。跨文化审美欣赏绝不是把艺术品仅仅看成是能表现特定文化—作家世界观的某种"样板",而忽视单个作品本身。因此,跨文化审美欣赏的路径应该是从文化—作家世界观到艺术作品,而不是从艺术作品到文化—作家世界观。

2. 文化—作家审美偏爱(Cultural-Authorial Aesthetic Preference):

文化—作家偏爱是跨文化审美欣赏要面对的第二个环节。按照多伊奇的解释,所谓文化—作家审美偏爱是指"艺术家的具有审美性质的、基本的或最一般的选择,这种选择同艺术家所在的文化具有密切的关系,显示了这种文化中所有经验者的审美需要和期望"(Eliot Deutsch 49)。这种审美偏爱来源于文化—作家世界观,但与作家世界观比起来,审美偏爱跟艺术活动具有更紧密的联系。中国古代绘画的审美偏爱跟使用的材料如水墨、丝织品、纸张等有关,由于这些独特的工具,才产生了中国人最欣赏的审美品质。但多伊奇指出,审美偏爱与审美趣味(taste)不同,"趣味是个人的东西;审美偏爱则属于文化和环境,它比个人趣味更具基本的性质。"[1]也就是说,审美偏爱是一种文化在长期发展过程中形成的较为稳定的对色彩、形状、观点和动机的偏爱,进而体现出某种较为稳定的在艺术体裁、题材和内容选择、审美期望方面的特点。

中国艺术比欧洲艺术早几个世纪就发展出了作为独立艺术的风景画,那些被西方人看来属于次要类型的花和鸟却被中国艺术选择为与人物形象具有同等意义的主题来处理,这在多伊奇看来就跟文化—作家审美偏爱有关系。中国古代艺术中没有像西方那样把雕塑从其他造型艺术中区分出来,作为西方雕塑主题的人物形象也没有被中国艺术所重视,这也跟文化—作家审美偏爱有关。还有,中国绘画中也比较少见像某些西方绘画如勃鲁盖尔《虐杀婴儿》那样的恐怖主题,这是"由于对恐怖事件的描绘以及事件本身都会直接违反支配着生活的自然—精神节奏,是由于人类制造的恐怖事件是反自然的,按中国人对自然所含的深刻含义来说,

---

[1] Eliot Deutsch, *Studies in Comparative Aesthetics*, Honolulu: University Press of Hawaii, 1975, p.50.

中国艺术家及其文化是反对这类事物的"①,这也是文化—作家审美偏爱的问题。

审美偏爱会具体体现在艺术作品中,也会体现在审美体验中,并形成一种较为稳定的感觉模式。理解文化—作家偏爱,也可以跨越文化的障碍,并有助于认识外国艺术作品的性质。因此,为了能够更好地进行跨文化审美欣赏,就必须了解它文化语境中的审美偏爱。

3. 形式的内容(Formal Content):

形式的内容指的是"呈现出来的构图和设计,对立和紧张的解决,艺术作形式方面的内在的生命力",它是"审美经验的基本材料和价值的基础载体"。② 中国画的线条是属于形式,但线条表现的节奏却能透露出生命力和精神的谐振,这就属于形式的内容。形式的内容与前面所提到的作家世界观和审美偏爱共同体现在艺术作品中,就形成了不同文化的艺术品不同的审美品性。但与作家世界观和审美偏爱比起来,形式的内容更加内在于艺术作品本身。认识到不同文化的艺术作品在形式的内容方面的差异,就可以帮助欣赏者更好地欣赏外国艺术作品的构成因素和结构特征,从而把握其精神生命。

中西绘画在形式的内容层面也体现出某种差异。如中国绘画更加强调写意,而西方绘画更加注重写实。多伊奇指出:"勃鲁盖尔的画是由部分组成整体,马远的画是由整体支配和决定其各个部分。我们似乎可以在《虐杀婴儿》一画中跟踪描绘出几个图形;而我们却只能在马远的《远山柳岸图》中领悟出包含在整体中的运动。"③ 在构图上,中国画经常采用散点透视,而不像西方某些绘画多采用焦点透视。这种构图上的不同乃至整个艺术作品形式的内容的不同是很难说孰优孰劣。焦点透视可以更加逼真地描绘对象,而散点透视可以给欣赏者更大的灵活性,扩大欣赏者的视野。如果我们按照散点透视的期望和标准来欣赏西方绘画,或者以焦点透视的期望和标准来对待中国绘画,都会导致欣赏过程的阻塞,无法把握作品的结构特征及其审美品性。

我们面对外国绘画作品的时候,首先接触的是画面上的外在形式或

---

① Eliot Deutsch, *Studies in Comparative Aesthetics*, Honolulu: University Press of Hawaii, 1975, p. 53.

② Ibid., p. 54.

③ Ibid., p. 58.

者说把它仅仅看成是一幅图像或物品。仅仅停留在这一阶段,不进而了解艺术作品"形式的内容",就还算不上是审美欣赏。图像或物品还不能称得上是艺术品。在这里,多伊奇严格区分了人造物品(或图像)与艺术品。在他看来,图像(icon)或人造物品(artifact)所含的意义来源于(或至少主要来源于)其题材(或再现的象征体系),而艺术作品的含义却在于它的"内容";物品的意义是外在于物品本身的,它需要靠历史文化的传统来加以链接。例如对于龙这个图像,中国文化会赋予其至高无上的高贵含义,而在西方文化中则常常跟邪恶的意义联系在一起。尽管在跨文化审美欣赏的时候,认识到这些物品或图像的意义是必需的,但仅仅做到这一点是远远不够的。如果说,文化—作家世界观和文化—审美偏爱可以帮助跨文化审美欣赏理解图像、物品、题材选择方面的意义,那么,艺术作品"形式的内容"则可以使我们更好地理解作品本身的意义,"对于艺术作品来说,意义在本质上是内在于作品本身的。它独一无二地就在作品之中;它作为内容,就是作品本身所是的东西。一个作品的意义离开具体特定的作品就不能存在"。① 只有认识到艺术作品"形式的内容",才算是进入到真正的审美欣赏阶段,才能真正做到将艺术作品从"物质对象"转化为"审美对象"。从这个意义上说,我们可以把"形式的内容"看成是跨文化审美欣赏的相对于世界观和审美偏爱而言更高的环节,即跨文化审美欣赏的第三环节。

4. 符号价值(Symbolic Values):

符号是跨文化审美欣赏的第四个环节,"是艺术中意义的最基础载体"(Eliot Deutsch 64)。按照多伊奇的看法,符号价值可以进一步区分为自然符号价值、因袭符号价值、本质符号价值。它们在跨文化审美欣赏中所处的地位和作用也是不同的。

符号具有拼凑、接合、联合的意思,是供辨认的标记(sign)。自然符号价值(natural symbolic values)其实就是人类靠自然本身所具有的属性而赋予自然符号的价值和意义。如用"太阳"象征"热",用"明亮的光"象征"精神光辉",都属于自然符号价值。但由于链接的来源不同,两者也有些微的区别。"太阳"代表"热"是直接从经验中得知的,来源于对某些规律性现象的观察和认识;而"明亮的光"代表"精神光辉"则是从经验的假

---

① Eliot Deutsch, *Studies in Comparative Aesthetics*, Honolulu: University Press of Hawaii, 1975, p.63.

设中得来,来源是无意识的联想,是属于"原型"的自然符号价值,它比"经验"的自然符号价值具有较宽的内涵。因此,自然符号价值又可以进一步区分为"经验"和"原型"两类。但无论是"经验"的,还是"原型"的,自然符号价值都不可能给跨文化审美欣赏带来特别的障碍和困难。不同民族文化对这类自然符号的理解和认识是大体一致的,不存在特别大的差异性,因而是最容易理解的符号价值。同时,也正是因为"它的内容是显而易见的,它也是最少使人从审美方面引起兴趣的东西"。

与自然符号价值不同,因袭符号价值(conventional symbolic values)不是来源于自然,不是来源于符号同它所象征的事物之间的明显的必然联系,而是通过教育学到的,因而具有随意性、武断性。多伊奇把因袭符号价值更进一步分为环境的、文化的、个人的三种。环境符号价值立足于客体本身的暗示性,如"柳树"象征"悲哀";文化符号价值有赖于特殊文化信仰或宗教历史事件,如"十字架"象征"苦难",个人符号价值则根据艺术家特殊的、主观的选择,如德国诗人里科的"天使"。

由于因袭符号价值与历史文化背景紧密相连,欣赏者只有把因袭符号价值放在它的文化历史中才可能理解。如果我们不了解它的文化历史背景,便无法理解体现因袭符号价值的艺术作品。例如,对于法国画家杜尚将一个小便器作为参展的艺术品送到艺术展览会,如果我们不是从西方艺术发展史的角度,如果我们没有关于"艺术变形历史的完整知识",我们便很难评价杜尚这种做法的意图。这也是跨文化审美欣赏需要解决的问题。作为不同文化的欣赏者,我们需要具备一些其他文化的必要历史知识,这是跨文化审美欣赏的前提。但正像我们前面强调的那样,仅仅具备这个前提还不够,还不能算是真正的审美欣赏。[①] 因此,为了更好地进行跨文化审美欣赏,我们还需要面对艺术作品本身,揭示艺术作品的本质符号价值(essential symbolic values)。

按照多伊奇的界定,艺术作品的本质符号价值就是作品本身。他认为,一件艺术品如果是优秀艺术品的话,欣赏者就会通过它的形式的内容以及其他审美参照维,把它的性质从整体效应上理解为一个独一无二的意义和价值浓缩物。当艺术作品在自身的审美存在中揭示出一种精神存

[①] 多伊奇说:"我们在欣赏一件艺术作品的审美价值时越是需要更多的'关于艺术变形历史的完整知识',这件作品便可能越是具有更少的属于内在性质的审美价值。" Eliot Deutsch, *Studies in Comparative Aesthetics*, Honolulu: University Press of Hawaii, 1975, p. 69.

在的时候,就会达到本质符号的水平。尽管多伊奇对本质符号价值没有做出更多的具体界定,但我们完全可以把它看成是艺术作品的本质属性,是共性与个性、表现与再现的完美统一。当我们达到艺术作品的本质符号水平时,我们也就可以超越不同文化的障碍,真正把握到作品本身所呈现的内容。一件艺术作品越是以自己独一无二的方式表达出人类存在的普世价值,便越具有更高的本质符号价值。"这里不存在不同文化的障碍,因为,当我们通过其他审美参照维而看到艺术作品的本质符号时,我们所专注的并不是从文化角度看现实,而是对基本的人类存在和世界进行洞察。"① 可以说,跨文化审美欣赏只有达到对艺术作品的本质符号价值的理解的时候,才算最终完成了它的任务,达到了它的最高境界。遗憾的是并非所有的艺术作品都具备这样的本质符号价值,只要那些被称为世界经典的艺术作品(并非仅仅是西方的)才有幸享有这样的荣耀。

二、中西比较美学的问题意识

阅读国外的文学作品,欣赏其他民族的艺术作品,是我们审美实践活动中普遍存在的现象。对于任何一个具有正常审美判断力的人来说,一生中只阅读本民族的文学作品,只欣赏本民族的艺术作品,是无法满足他的审美兴趣的。无论我们怎样坚持自己的民族立场,即使是持极端的民族主义立场,我们也不应该拒绝阅读和欣赏其他民族的文学艺术作品。因此,我们可以把跨文化审美欣赏看成是一个普遍存在的客观事实来对待。

我们必须承认,由于存在着文化的差异性,与欣赏本民族的文学艺术作品比较起来,欣赏其他民族的文学艺术作品会面临更多的困难。这里可能存在几种不同的情况。首先,由于语言的障碍,我们可能是完全没有办法欣赏它民族的文学作品。这种情况也适应于艺术作品,如对国外的某些绘画艺术作品,我们完全不知所措,根本看不懂,无法进入审美欣赏层面。其次,我们没有办法将其他民族的文学艺术作品作为审美对象来看待,没有办法将这种艺术品从"物质对象"转化为"审美对象",从而阻碍了审美欣赏的进行。再次,即使我们能够欣赏和理解其他民族的文学艺术作品,但我们的审美判断也会有所不同。对方被当作经典的作品,我们

---

① Eliot Deutsch, *Studies in Comparative Aesthetics*, Honolulu: University Press of Hawaii, 1975, p. 70.

可能会认为是没有多少艺术价值的；反之亦然。例如，歌德对中国的小说《好逑传》、《玉娇梨》、《今古奇观》这样的作品非常赞赏，而这样的作品在中文系统中却非一流作品。

如何才能跨越文化的阻碍，成功地进入审美境界，从而把握这些异民族文学艺术作品的审美价值，产生审美愉悦？这的确是要探讨的问题。

多伊奇在《比较美学研究》中提到一个跨文化审美欣赏差异性的例子。16世纪尼德兰著名风景画家彼得·勃鲁盖尔（Pieter Bruegel 1525—1569）是一位备受西方现代学者推崇的艺术家，奥地利著名艺术史家奥托·本内施（Otto Benesch，1896—1964）在《北欧文艺复兴艺术》中评价勃鲁盖尔时指出："在令人惊异地把握大自然的灵魂方面，没有任何艺术家能够超越勃鲁盖尔。"[1]而按照中国画家荆浩在《笔法记》提出的"神、妙、奇、巧"[2]四个绘画高低技巧的标准来看，勃鲁盖尔显然不可能放在第一或最高等级的类型中。为什么像勃鲁盖尔这样一位被典型的现代西方学者给以高度评价的画家，却可能会被一个传统的中国学者按照自己的审美标准放在较次的等级中呢？按照我们以往的研究惯性，我们肯定会找出许多理由来加以解释。比如说，我们首先会想到文化的差异性。我们会说中国绘画标准与西方是完全不同的：中国的风景画注重的是天人合一，而西方风景画则突出强调人与自然的分离。这种解释自然是不差的。但跨文化理解显然不可能仅仅停留在这个层面上。因为如果我们仅仅强调这种文化的差异性，必然会无法说明跨文化理解问题，无法解释跨文化理解作为一种普遍存在的客观事实。跨文化审美欣赏，或者说跨文化理解一定要在文化差异性的基础上进一步找到克服这种文化障碍的办法。也就是说，对于过去的研究来说，文化差异性是中西比较美学研究的终点，而对于跨文化理解来说，则是一个起点，一个前提。跨文化理解研究首先要面对这种文化差异性，但又不停留于此，它还要进一步找到跨越文化差异性的方法和途径。这也正是我们之所以重提多伊奇四个维度的真正原因所在。

---

[1] Otto Benesch, *The Art of the Renaissance in Northern Europe*, Cambridge: Harvard University Press, 1945, p. 104.

[2] 荆浩《笔法记》："神者，亡有所为，任运成象；妙者，思经天地，万类性情，文理合仪，品物流笔；奇者，荡迹不测，与真景或乖异，致其理偏，得此者亦为有笔无思；巧者，雕缀小媚，假合大经，强写文章，增邈气象。此为实不足而华有余。"见北京大学哲学系美学教研室编《中国美学史资料选编》（上册），北京：中华书局1980年版，第318页。

对于多伊奇而言，问题并不仅仅看到了对于像勃鲁盖尔这样的被西方学者高度评价的画家却没能被中国学者所认同，更重要的是，他区分四个审美参照维是要回答这样一个基本问题：当我们研究来自其他文化的艺术作品或文化本身的时候，我们需要具备什么种类和性质的知识，才能把握艺术作品的所有潜能呢？文化的差异性是存在的，但更重要的是具备文化差异性的知识，才能够跨越文化的障碍，把握不同文化的艺术作品的所有潜能。这才是多伊奇提出四个审美参照维的真正意图所在。对于多伊奇而言，仅仅停留在文化差异性的层面，必然会陷于中西艺术孰优孰劣的无畏纠缠之中，而这是他不愿意看到的。这也是我们做中西美学比较研究所要避免的。比较研究的任务当然不是仅仅比较不同文化的高低，更重要的是要通过比较达到对不同文化的文学艺术的跨文化理解。

跨文化审美欣赏就是通过或者说至少通过文化—作家世界观、文化—审美偏爱、形式的内容、符号价值这四个维度来理解和把握来自他者文化的艺术作品的。这四个维度是依次渐进、越来越接近艺术作品本身的四个序列。当我们面对来自其他文化的艺术品的时候，我们首先需要对这个作品所含的文化—作家世界观有一个大体的理解，因为它可以影响作家在艺术作品中如何处理人与自然、人与社会、人与自身的关系。其次，我们还需要理解文化—作家偏爱，因为它决定着作家在具体的艺术作品中选择何种题材或主题，甚至决定着作家采用什么样的特殊材料。第三，我们需要理解作品形式的内容，从而使他者文化的艺术作品从"物质对象"转化为"审美对象"。最后，我们还需要理解艺术作品的符号价值，因为一件艺术作品并"不仅仅只是抽象观念同形式的内容的结合"，而往往通过"形式的内容"表达出多重意义。跨文化审美欣赏需要对艺术作品中所包含的多种多样的符号价值进行辨认和理解。其中自然符号价值不会给跨文化理解带来太多的障碍，而许多因袭符号却会引起困难，因为"一个文化的'外人'从来也不能像一个文化上的'本家人'一样在相同的一系列联想和记忆范围内经验本文化的某些符号"。[①] 跨文化审美欣赏需要跨越因袭符号的文化障碍，而进入对艺术作品本质符号价值的理解。

跨文化审美欣赏的确需要超越文化的差异性，而超越文化差异性的最佳方式是认识它、把握它。但认识、把握文化差异性的目的是为了更好

---

① Eliot Deutsch, *Studies in Comparative Aesthetics*, Honolulu: University Press of Hawaii, 1975, pp. 72—73.

地欣赏不同文化的艺术作品。我们不能像以往那样把艺术品仅仅作为文化差异性的论证材料来看待。对于多伊奇的四个审美参照维,也绝不能仅仅看成是对中西文化异同的平面比较。如果这样,我们就会觉得他把勃鲁盖尔和马远放在一起进行比较是很随意的,甚至是荒唐的。因为,无论两者中的哪一个,都很难说是代表了各自的文化传统。《虐杀婴儿》与《远山柳岸图》也远非是他们各自的代表作品。① 对于多伊奇的四个审美参照维,我们必须把它看成是跨文化审美欣赏的四个维度。只有这样,才能显示出它的价值和意义。而这四个维度也是不可分割的,是逐渐并最终指向艺术作品本身的。认识和把握文化的差异性,并不是要欣赏者必须成为一个艺术史家、社会学家、语言学家,因为那样一来也就意味着"把意义从审美内容中分裂出去"了,也就"不是把艺术品当作艺术品来对待",而当成了论证文化差异的材料了。我们必须把文化与审美看成是一个统一体。在艺术作品中,文化就是审美对象本身所呈现的内容,二者不可分割。正像我多次所强调的:"跨文化研究,应该是对文化研究的超越,同时又不是向审美研究的简单回归,而是对审美与文化的否定之否定,是对二者的辩证综合,追求的是审美与文化、内部与外部、自律与他律的辩证统一。"②

需要指出的是,由于任何民族文化本身都不可能是铁板一块,内部也存在着差异性。像中国文化本身就存在着儒、释、道文化的差异性,不同的历史时期其文化也呈现出不同的风貌,而且文化世界观与艺术作品之间亦并非一一对应的关系,文学艺术作品中丰富的具体内涵并不是全部都能够从文化—作品世界观中加以解释的。因此,在我们欣赏具体文学艺术作品的时候,一定要具体问题具体对待。文化差异性只是提供了我们欣赏不同文化艺术作品的大体路径,它并不能解释作品的全部审美潜质。另外,对于跨文化审美欣赏而言,我们了解了对方的文化—作家世界观、审美偏爱也并非要放弃自己的文化价值趋向。任何欣赏者其实都是首先从自己的文化视角来进行欣赏的。因此,在欣赏他者文化的文学作

---

① 马远,作为"南宋四家"之一,他更有名的传世作品有《雪景图》、《踏歌图》、《华灯侍宴图》、《两园雅集图》、《梅石溪凫图》、《山径春行图》、《寒江独钓图》、《水图》等。彼得·勃鲁盖尔,作为16世纪尼德兰地区最伟大的画家,他更为后人提及的作品是《农民的婚礼》、《农民的舞蹈》、《雪中猎人》、《五月斋与谢肉节》、《绞刑下的舞蹈》等。他一生以农村生活作为艺术创作题材,被称为"农民的勃鲁盖尔"。

② 李庆本:《跨文化美学:超越中西二元论模式》,长春:长春出版社2011年版,第40页。

品时产生文化的"误读"也是一种正常情况。就像我们在前面讲到的对于像勃鲁盖尔这样被西方现代学者备受推崇的作家而在中国学者那里却不一定受到同样的评价。

在这里,我们也许需要进一步区分跨文化审美欣赏的"理解"和"认同"。一般说来,在跨文化审美欣赏中,理解了外国文化艺术作品的世界观、审美偏爱、形式的内容乃至符号价值,也并不一定表示认同它们。理解了但不认同,这也是在跨文化审美欣赏中常见的现象。我们也并不是一律要求跨文化审美欣赏一定达到认同的层面。只要能理解,就算是成功的跨文化审美欣赏,否则就是失败的。为了能够成功地理解不同文化的艺术作品,我们需要具备文化差异性的知识。但与此同时,我们也应该看到,审美欣赏能力也具有某种"先验的普遍性",人类存在本身一定存在着某种共同的生存境遇。只有表达了那些人类共同的价值诉求的文学艺术作品,在跨文化审美欣赏中才可能产生认同。而这些人类的共同生存境遇和价值追求,其实也正是多伊奇所说的艺术的本质符号所呈现出的价值。具有了这样的本质符号价值,民族文学就可以成为世界文学,民族艺术就可以上升为世界艺术。不具备这样的本质符号价值,越是民族的便越不能成为世界的。

卡尔松与欣赏自然的三种模式[*]

人类在欣赏自然的过程中形成了多种多样的审美模式，加拿大环境美学家艾伦·卡尔松曾对此做出过很认真的辨析。对于我们而言，具有代表性且具有讨论价值的则要算是艺术模式、环境模式和生态模式三大类。

一、自然欣赏的艺术模式

所谓自然欣赏的艺术模式是指人类在欣赏自然的时候，按照欣赏艺术的方式来进行，在自然中欣赏什么和如何欣赏的问题，都是通过艺术欣赏的途径来回答。例如"无利害性"是康德美学的一个很重要的概念，这也是艺术欣赏和自然欣赏共同的特点。按照这一原理，人们欣赏自然就如同欣赏艺术一样，都要带着"无利害性"的眼光去欣赏。或者说，自然或艺术之所以美，之所以能够引发人们的审美兴趣，都是由于审美对象不与人发生一种利害、功利关系。所以审美性是与利害性、功利性相区别的。如果一旦进入利害关系的领域，例如商人考虑到牡丹花的商业价值，那就没有审美欣赏可言了。按照这一原理，人们在欣赏自然的时候，一定要有一定的"心理距离"，一定关注自然对象的形式属性，就如同在艺术欣赏中所作的那样。

卡尔松进而将自然欣赏的艺术途径划分为"对象模式"（object model）和"景观模式"（landscape model）。所谓"对象模式"，按照我们的理解，是指在自然欣赏的过程中，对自然的欣赏全神贯注于对象自身，也就是将自然对象看成是与周围环境相割裂的，将对象从它所处的周围环境中分割开来，成为一个独立的对象。如此，这个自然的对象便会割断与周围的关系，成为对于欣赏者而言的"无利害性"的纯粹形式。这样一来，这一自然对象或物体便会将欣赏者带入艺术欣赏的境地。卡尔松说："事实上，在一个人理解对象模式的时候，如此欣赏的自然物体便成为'现成品'或'实物艺术'。自然物体被理所当然地赋予了艺术品的资格，并且，

---

[*] 原载于《山东社会科学》2014年第1期。

它们如同马塞尔·杜尚的小便器——杜尚赋予其艺术品的资格,并称之为《喷泉》——那样成为艺术品。"[1]杜尚的小便器之所以被当成了艺术品,最重要的一点便在于小便器从它所处的原来环境中(如厕所)被剥离出来,而放置在了艺术展览大厅中。如此小便器的原有的功能性价值被割断,表现性价值被凸现出来。在展览大厅中,人们再也不能按照小便器所具有的使用功能价值来面对它,人们只能按照一种非利害性的态度来欣赏它,关注它的色泽、形状,等等。这也许是一个极端的例子,从中人们不难发现对象模式运营的内在机制。

然而,在卡尔松看来,自然欣赏的这种"对象模式"是有缺陷的。因为自然物体与周围环境是一个有机整体,自然对象就是环境的一部分。在自然环境中,这一对象具有的审美属性就是由环境所赋予的,是与环境相联系而诞生的产物。如果我们把这一自然物体从创造它的环境中分割出来,必然会失去许多它在原环境中所具有的更多的审美属性。例如我们欣赏壁炉架上的石头,把它作为一件艺术品。人们欣赏的是它的如下审美属性:平滑、优美的曲面、坚固感。但是,如果在原来的自然环境中,这一块石头可能具备与之不同的审美属性,或者说失去它在壁炉架上的那些审美属性——如坚固感。这证明当我们采用对象模式来对自然对象进行艺术式欣赏的时候,所欣赏的东西已经不是自然本身所具有的东西了。极端的例子还是那个小便器。当它被挪移到展览馆的时候,就成了杜尚所说的喷泉,而不再是小便器了。

那么,把物体重新放回原来的位置又会如何呢?从欣赏上讲,这又是在美学史上对于自然美的争论中一直无法讲清楚的难题。如果自然对象没有脱离原来的环境,我们又会欣赏什么和如何欣赏?因为自然景观是混乱无章的,是无定形的对象,包含多样性。为了便于欣赏,人们就必须采用某种方式对对象来加以组织、选择、强调和分类。而这些工作都不是对象本身能够完成的,需要欣赏者的参与。这样一来,无论我们将对象从其环境中移除出来还是让其置于原处,对象模式都面临进退两难的境地:"如果物体被移除,这一模式适用于该对象,并且暗示出欣赏什么和如何欣赏这些问题的答案。但这使得我们所欣赏到的审美属性大打折扣。另一方面,如果物体没有被移除,这一模式看上去就不能构成一个适当模

---

[1] 艾伦·卡尔松著,陈立波译:《自然与景观》,长沙:湖南科学技术出版社2006年版,第26页。

式,以致欣赏在极大程度上不可能实现。因此关于欣赏什么与如何欣赏的问题,它举步维艰。在这两种情形之下,对象模式都不能成为自然审美欣赏的成功模式。"①

景观模式是对自然进行艺术式欣赏的第二种模式。所谓景观,按照卡尔松的解释是指"一处从特定视点和距离所看到的一个景色——通常是一处盛大的风景"②。在卡尔松那里,景观模式之所以被看成是欣赏自然的艺术途径,是由于人们在欣赏景观的时候,往往采用欣赏风景画这种艺术形式的方式。卡尔松指出,"在对风景画的欣赏中,重点既不是放在实际的对象(风景画)上,也不是放在所描绘的对象(景色)上,而是放在如何描绘对象以及它相应的特征上。因此,在风景画上,欣赏的重点便放在那些对风景的描绘起决定作用的属性上:与色彩和整体构图相关的视觉属性。"③按照欣赏风景画那样来欣赏一处自然景观,人们所关心的不再是单个的和孤立的自然物体,人们关注的是自然景色的整体视觉效果,即如画性。而这种如画性特征所呈现给人们的是二维景观,是形式主义特征。从欣赏者的角度来说,这种景观模式要求欣赏者必须使自己与景观保持一个适当的距离和角度,这个距离不能太远也不能太近,以便能够有一个恰当的视觉焦点而完整地欣赏到这一景观。从欣赏对象(景观)这一角度来说,这种景观模式又要求将环境分割成风景的一个个场景与片断,这些场景和片断是静止的、无生命的和固定不变的,否则欣赏者便无法从一个视觉焦点来捕捉。这样一来,景观模式也是有问题的。"这种模式要求我们并不将环境如其所是,也非如其所具有的属性那样去欣赏,而是对一些非其所是及其不具有的那些属性去欣赏。"④

对于自然欣赏的这两种艺术模式(对象模式和景观模式),卡尔松都表达了自己的不满。他认为对象模式关注自然对象更像我们欣赏雕塑,都是将它们从其内容中抽取出来而仅仅关注其形式的特征;他认为景观模式要求我们像欣赏一幅风景画那样去欣赏自然,这就将自然看成是二维景观,并再度关注其形式特征。"这两种模式都没有彻底地实现严肃的和恰当的自然欣赏,因为每一种模式都歪曲了自然的真实特征。前者将

---

① 艾伦·卡尔松著,陈立波译:《自然与景观》,长沙:湖南科学技术出版社 2006 年版,第 27 页。
② 同上。
③ 同上。
④ 同上书,第 29 页。

自然对象从它们更广大的环境中剥离出来,而后者将其塑造为风景并予以框架化和扁平化。而且,在主要关注形式特征时,两种模式忽视了许多日常经验和对自然的理解。"①

更为重要的是,自然与艺术不同,它不是人类按照某种意图设计的创造品,因此按照艺术途径来欣赏自然便面临一个无法自圆其说的理论困境。人们为什么可以按照艺术的途径来欣赏自然呢?这个问题不加说明,就无法为艺术途径提供理由支持。这其中可能与自然是否存在美的问题发生联系。按照艺术途径的理由,自然本身如果是美的,那一定是跟人有关系,它迎合了人作为欣赏者的形式规律,是欣赏者将美的形式规律赋予了自然,自然才是美的。离开了这一点,自然本身是否存在美便是有疑问的。这种观点被卡尔松称之为"人类沙文主义美学"(Human Chauvinistic Aesthetics)的观点。这种观点一方面否定了用艺术的方式欣赏自然的理由,另一方面也否认了自然存在美的信念。

二、自然欣赏的环境模式

与人类沙文主义美学的观点不同,美国环境美学家阿诺德·伯林特提出"参与美学"(Engagement Aesthetics)的观点。按照这种观点,欣赏自然的艺术途径其实预先设定了主/客二分,要求欣赏者作为审美主体与自然作为审美客体保持一定的距离,这就错误地将自然对象与欣赏者从它们应当属于其中能够实现适当欣赏的环境中生硬剥离出来。柏林特认为,在自然欣赏中,欣赏者与自然本来就是融为一体的,无边无际的自然世界环绕着欣赏者,欣赏者无法将自然环境与自然分割开来,无法置身环境之外做一名纯粹的旁观者,正像人们无法抓着自己的头发离开地球一样。欣赏者在欣赏自然的时候,自身就在自然环境之中,应该如同一个参与者那样来欣赏自然,全身心地参与并沉浸其中。这样一来,参与美学也同样否认了欣赏自然的艺术途径。

尽管卡尔松不赞成自然欣赏的两种艺术模式(对象模式和景观模式),但他又对否定这两种艺术模式的人类沙文主义美学与参与美学颇有微词。他认为人类沙文主义美学与参与美学也都存在问题,"他们并没有在对自然的审美欣赏中,我们到底欣赏什么与如何欣赏这些问题作出充分的回答。关于欣赏什么,人类沙文主义美学的回答仅仅是'什么也没

---

① 艾伦·卡尔松著,杨平译:《环境美学》,成都:四川人民出版社2006年版,第18页。

有',而参与美学则似乎是'什么都行'。进而,关于如何欣赏,前者是无可奉告,而后者怂恿我们'全身心地沉浸',但这些答案离我们的期望值相距甚远。"①首先,在他看来,参与美学持对自然"什么都行"的观点是不对的,欣赏者不可能对自然的任何事情都进行欣赏,必然会同艺术一样有所限制、有所侧重;其次,卡尔松认为人类沙文主义美学"什么也没有"的观点也是不对的,尽管自然环境是自然的,而不是我们的创造品,但我们仍然可以对其进行审美欣赏,并产生一种审美体验的杜威所说的圆满经验,而不是一种处于自然状态的生硬体验。卡尔松认为,欣赏者之所以能够对并非人类创造品的自然进行审美体验,关键在于我们拥有对自然的常识和科学知识,这就让我们得以探究自然,对它进行了解。但是这种常识和科学知识何以能够转化为一种审美体验,卡尔松却并没有作出令人信服的说明。

在欣赏自然的"对象模式"与"景观模式"之外,卡尔松提出"欣赏自然的自然环境模式"(Natural Environmental Model)。卡尔松是在与两种模式(对象模式、景观模式)和两种观点(人类沙文主义观点、参与美学观点)的对比中确立他的"自然环境模式"的。一方面,他认为自然环境模式与对象模式和景观模式不同,没有将自然物体同化成艺术对象或将自然环境同化成风景;另一方面,他又认为这种自然环境模式也并不拒绝将传统艺术审美欣赏的整体结构应用在自然世界之上,从而与人类沙文主义美学和参与美学的观点区别开来。在他看来,只有这种自然环境模式才真正做到了"对自然进行如其所是、如其所具有的属性的审美欣赏"。而艺术途径的两种模式都没有将自然自始至终"如其所是"地欣赏,都没有考虑自然的真实本性。他说:"自然环境模式以常识/科学知识为其理论根基,从而拒绝着艺术途径,并为全面的审美欣赏提供了范本。该模式认为:对任何事物都可以进行审美欣赏,无论它是人或宠物,农家庭院或左邻右舍,鞋子或大型购物中心,欣赏必须放在欣赏对象的真实本性上,并被其所指引。在这种情况下,适当的欣赏不是由艺术的或其他不恰当的概念所强加,而是由科学或其他与欣赏物体本性相关的指示所指引。它

---

① 艾伦·卡尔松著,陈立波译:《自然与景观》,长沙:湖南科学技术出版社2006年版,第31页。

排斥那些不相关的艺术成见,从而导向欣赏对象的真实本性。"[①]按照他的这一说法,自然环境模式所产生的结果必然导向排斥艺术美学,而走向环境美学,因此不是艺术美学而是环境美学,才能够解决对自然欣赏什么和如何欣赏的问题,才能够解决对自然进行按照自然真实本性来欣赏的问题。这就是卡尔松的结论。

然而,我们说卡尔松在自然欣赏的问题上并没有彻底与艺术美学区分开来。他的自然环境模式并没有完全拒绝将艺术欣赏的整体结构应用到自然世界上,他说:"在我们对于自然的审美欣赏上,同艺术一样必须有所限制、有所侧重。如果没有这样的限制和侧重,我们对于自然环境的体验将只是没有任何意义和侧重点的'生理感知的复合'"。[②]"就自然环境的审美欣赏而言,关于欣赏什么与如何欣赏这些问题可以与艺术进行相类似地回答。"[③]与艺术途径所不同的只是在自然欣赏中所运用的知识是探究环境的常识/科学知识,而在艺术欣赏中所运用的知识则是艺术传统和艺术风格这些相关知识。可见,自然环境模式并没有彻底与艺术途径的对象模式和景观模式区别开来,环境美学也没有彻底摆脱艺术美学在自然欣赏中的人类中心主义。

在自然欣赏问题上,卡尔松要解决的问题是欣赏什么和如何欣赏,他主张自然欣赏要按照自然的真实本性来欣赏。这是他设置的前提。如果按照这样一个前提,我们自然可以走向生态美学,即承认自然本身存在美,这种自然美是客观存在于整个生态系统中的。自然的真实本性意味着它的本来面貌,自然中的整体性、秩序性与和谐性,是自然中所存在的,而自然中的流变、杂乱无章、无定形等特征也是自然的常态。卡尔松的自然环境模式显然将自然的这种非和谐、非秩序、无定形的特征排斥在外。他只承认前者的美学价值,却否认后者也具有审美价值。这样,他所谓的按照自然的真实本性来欣赏便大打折扣。卡尔松在自然欣赏的问题上陷入了自相矛盾的境地。他要求自然欣赏要按照自然的真实本性"如其所是"地欣赏,但他的自然环境模式显然没有做到这一点。

---

① 艾伦·卡尔松著,陈立波译:《自然与景观》,长沙:湖南科学技术出版社2006年版,第36页。

② 同上书,第32页。

③ 同上书,第34页。

三、自然欣赏的生态模式

美国生态美学家保罗·高博斯特曾对欣赏自然的生态美学模式(简称生态模式)作过详细的说明。高博斯特的生态模式也是在与艺术模式(风景美学)的对比中确立起来的,可贵的是,他还为这一模式确立了一个由个人、景观、人与景观的互动及其结果和好处四部分内容构成的框架结构(见表1)。①

表1　风景美学与生态美学因素的对比

(Table 1—Some elements of scenic versus ecological aesthetics)

风景 Scenic	生态 Ecological	参考文献 Selected references
与人有关的因素 Person-related elements		
感知的、直接的感性的/情绪的 Perceptual, immediate, affective/emotional	认知的,以知识为基础,"一种高雅的品位",感性 Cognitive, knowledge based, "a refined taste," in addition to affective	Zajonc 1980, Zajonc & Markus 1982, Leopold 1949, Carlson 1979, Thayer 1989
只限于视觉 Limited to visual sense	所有的感官都参与——视觉、听觉、嗅觉、触觉、味觉以及相关活动和探索 All senses engaged—sight, hearing, smell, touch, taste As well as movement/exploration	Zube et al. 1982, Leopold, 1949, Thorn & Huang 1991, Gibson 1979, Hevner 1937
大众品位,"最小公分母" Popular taste, "lowest common denominator"	精英主义? Elitist?	Carlson 1977, Ribe 1982
世界观以人为中心的 View of world is homocentric	以生物为中心的,伦理的"生态人文主义" View is biocentric, ethical "ecological humanism"	Rosenberg 1986, Leopold 1949

---

① 保罗·高博斯特:《服务于森林景观管理的生态审美》,见李庆本主编:《国外生态美学读本》,长春:长春出版社2010年版,第55页。

续表

与景观有关的因素 Landscape-related elements		
视觉,聚焦 Visual, focused	多模态、发散 Multimodal, ambient	Spirn 1988, Zube et al. 1982
静止、无生命、固定不变 Static, inanimate, fixed	动态、有生命、有变化 Dynamic. living, changing	Spirn 1988
形式因素,田园风光,如画般的 Formal elements, pastoral, picturesque	有一系列影响、乡土风格 Form follows function, vernacular	Carlson 1979, Hunter 1990, Nassauer 1992
引人注目 Dramatic	微观精妙的 Subtle	Callicott 1983, Gussow 1995, Saito 1998
自然化的 Naturalistic	自然的 Natural	Nassauer 1992
就表面价值而言 Taken at face value	象征性的、深层意义 Symbolic, deeper meaning	Howett 1987, Rolston 1998
有边界的、有框架的、具体的场所 Bounded, framed, specific places	无边界的、整片森林 Unbounded, entire forest	Hepburn 1968
合成/人造景观 Composed view	整个生态系统中有审美的"指示物种" Aesthetic "indicator species" in intact ecosystem	Callicott 1983
整齐、洁净 Tidy, pristine	杂乱 Messy	Hunter 1990, Nassauer 1995
人与景观互动的相关因素 Interaction-related elements		
消极、以对象为导向,刺激性反映 Passive, object-oriented, stimulus-response	积极,参与体验性的 Active, participatory, experiential	Berleant 1998, Koh 1988

续表

以既定模式来接受 Accepted as a given	交互方式 Invokes a dialogue	Spirn 1988
互动结果的因素 Outcome-related elements		
娱乐 Pleasure	理解、娱乐 Understanding and pleasure	Thayer 1989
观察 Observation	活动、参与 Action and involvement	Zube et al. 1982
短期、改变心绪 Short-term, mood changes	长期、持续的、复原的；深刻价值、完整的场所意识 Long-lasting, restorative, deep values, unity, identity, sense of place	Hull 1992, Kaplan 1993, Spirn 1988
维持现状 Maintains status quo	内部、外部变化的催化剂 Catalyst for internal and external change	Spirn 1988

1. 个人。从表1中我们可以看出，在风景美学中，欣赏者个人并不考虑生态的完整性，或者像对象模式那样，把自然物体从它所处的生态整体中剥离出来，或者像景观模式那样将欣赏对象分割成许多片断。所以，风景美学是以人为中心的，把欣赏仅限于视觉，人们所追求的是欣赏自然的感性愉悦感。而在生态美学中，欣赏者是将欣赏对象置于生态整体中，不再是以人为中心，而是以生态为中心，其实质是生态人文主义的，欣赏者自己也处于这一生态整体之中。这样，欣赏者的感知过程也不是一种视觉的、间接的、感性的过程，而是要求所有感官都参与，并且以知识为基础，用我们的智力去"观赏"。

2. 景观。在风景美学中，人们只关注风景中的视觉因素、形式因素，自然景观被看成是静止的、固定不变的和无生命的，因此这使得自然丧失自然的真实本性，是自然化的，而不是自然本身，是停留在表面的，有边界的、有框架的，是人造的合成景观，只凸现整齐、和谐的形式因素。而在生态美学中，景观是多模态的、发散的、动态的、无边界的，是附带功利性的，不仅仅是优美的、和谐的风景有欣赏价值，而且那些细微的、景色不优美的、杂乱无章的风景也被看成是有审美价值的。人们不光意识到景观的静态的表层的价值,而且也还意识到景观深层的象征意义。

3. 人与景观的关系。这包括人与景观的互动及互动的结果与好处。在风景美学中,人与景观的互动是消极的、以对象为导向的,采用既定模式来接受,互动的结果仅是娱乐性的、仅仅能引发短期的情绪变化。而在生态美学中,人与景观的互动是积极的、参与性的,是一种平等的和长时间的交互方式。这种长时间的与大自然的对话更利于平复人们的心情,从而引起人们内心的变化。

尽管高博斯特的生态美学模式仅是针对森林景观而设立的,但如果我们将这种模式稍加修正,显然可以适用于整个自然欣赏。可以看出,高博斯特的生态模式也借鉴了卡尔松的环境模式,如重视知识在自然欣赏中的重要作用,但又与之有着重大的差别。主要表现在:第一,环境模式反对将自然物置于整个生态整体之中,认为这样会妨碍解决自然欣赏中欣赏什么和如何欣赏的问题;而生态模式则主张在生态整体中来欣赏自然,欣赏什么和怎样欣赏的问题都应该在生态整体中寻求解决。第二,环境模式主张符合形式美规律的和谐、整齐、优美;而生态模式则更看重自然世界中的流变、杂乱、不优美因素的审美价值。第三,环境模式仍保留艺术模式的影子,因此并没有彻底摆脱人类中心主义;而生态模式则彻底与艺术模式区别开来,在环境伦理上主张生态人文主义,在人与景观的互动方面主张平等对话。

或许,柏林特的参与美学的观点更接近我们所说的欣赏自然的生态美学模式,但两者仍然有所区别。虽然参与美学如同生态美学那样主张所有感官的参与,但它仍然保留着人与自然二分的尾巴和影子。按照生态美学的理解,自然的美与生态上的有机整体应该是一致的,欣赏自然应该与我们维持自然的良好生态保持一致。参与美学仍然将自然看成是人的环境,参与这一行为本身也意味着人与环境本来就有区别,需要参与来弥补,所以参与美学并没有完全消除主客二分,或者说它仍然以主客二分为预设条件,尽管它试图弥合这一区分。而在生态美学看来,人与环境都是生态有机整体的一环,本身的根本利益是一致的。符合生态健康、没有被人类行为所破坏的自然本身就是美的。人类的一切创造物,建筑、小区、艺术品等都应该在维护这一生态健康的前提下才可以称得上是美的,而违背生态健康的一切都是丑的。这是一个根本的标准,所以这也就解决了在自然欣赏中欣赏什么与怎样欣赏的问题。按照生态美学的观点,自然欣赏应该欣赏那些符合生态规律和生态健康要求的自然,在欣赏中也不能有任何破坏生态健康的行为和举动。在生态美学模式中,对自然的欣赏不是俯视的,当然也不是仰视的,而是平视的。人与自然本身是统一的,人就在自然环境中,这是一个大前提,而不是在人与自然分离的前提下需要人参与到自然中。

当然,我们并不是说,高博斯特的生态模式是完美无缺的,其实对于一些生态审美的理论问题仍然有进一步探究的余地。特别是知识的参与在生态审美中究竟起到一个怎样的作用,它是如何转化为审美判断的,或者说究竟在自然欣赏中是先判断后愉悦,还是先愉悦后判断,或者愉悦与判断同时进行,①诸如此类的问题,高博斯特也仍没有给出一个明确的答案。但不管怎样,我们认为,这种生态模式仍然是迄今为止在自然欣赏的诸种模式中最值得信赖的,也是最值得进一步研究和发展的。如果我们每个人都能按照生态模式来欣赏自然,则自然幸甚,人类幸甚!

---

① 关于这个问题的讨论可以参见曾繁仁教授的相关论述。

媒体时代的文学生产与消费*

马克思提出的"文学生产"理论在德国法兰克福学派和英国伯明翰学派那里得到了不同的阐释和发展。法兰克福学派侧重强调文化媒体、文化生产对大众的操纵和控制,而伯明翰学派则偏于强调大众对资本主义文化媒体的抵制。而美国媒体研究者波斯特则试图突破控制与抵制模式,从主体建构的方式这一角度来分析新媒体时代文学生产与消费。波斯特提出了"双向的去中心化的过程"来描述新媒体时代的特点。对此,我们依然要从正反两反面来加以理解。新媒体一方面造就了更加民主化的"公共领域",另一方面则又以一种隐秘方式破坏了这种"公共领域"。

一、马克思的文学生产理论

谈起文学生产,学界都倾向于将其理论追溯到马克思。这是有道理的。虽然马克思并没有明确提出文学生产这一概念,但在他一系列政治、哲学、经济学的论著中,其实已经包含着文学生产的重要思想。早在《1844年经济学哲学手稿》中,马克思就曾指出,由于人的需要的丰富性,从而生产的某种新的方式和生产的某种对象就会产生,宗教、家庭、国家、法、道德、科学、艺术,等等,都不过是生产的一些特殊的方式,而且受生产的普遍规律的支配。在这里,马克思没有提到文学,但却提到了与文学紧密相关的艺术,认为艺术是生产的特殊形式。

在《德意志意识形态》中,马克思提出了"精神生产"的概念:

> 思想、观念、意识的生产最初是直接与人们的物质活动、与人们的物质交往、与现实生活的语言交织在一起的。观念、思维、人们的精神交往在这里还是人们的物质关系的直接产物。表现在某一民族的政治、法律、道德、宗教、形而上学等等的语言中的精神生产也是这样。人们是自己的观念、思想等等的生产者。①

---

* 本文的部分内容发表在《湖南社会科学》2013年第6期。

① 马克思、恩格斯:《德意志意识形态(节选)》,《马克思恩格斯选集》(第1卷),北京:人民出版社1995年版,第72页。

在这里,马克思虽然没有对"精神生产"作出明确的界定,却明确地提出了两种精神生产:一种是一般意义的"思想、观念、意识的生产";一种是特殊形态的"表现在某一民族的政治、法律、道德、宗教、形而上学等等的语言中的精神生产",并指出这两种精神生产都是与物质生产(物质活动、物质交往、物质关系)交织在一起的,并且是后者的直接产物。尽管马克思在这里还是没有提到文学生产,但从他所列举的几种具体形态的表现在语言中的精神生产中,我们不难推断文学显然在马克思所列举的政治、法律、道德、宗教、形而上学之后的"等等"之列。因为文学明显就是表现在语言中的精神生产。

在《共产党宣言》中,马克思和恩格斯指出:由于资产阶级开拓了世界市场,从而使一切国家的生产和消费都成为世界性的了,"过去那种地方的和民族自给自足和闭关自守状态,被各民族的各方面的互相往来和各方面的相互依赖所代替了。物质的生产是如此,精神的生产也是如此。各民族的精神产品成了公共的财产。民族的片面性和局限性日益成为不可能,于是由许多民族的和地方的文学形成了一种世界文学。"①

从这段话中,我们可以明确看出,第一,文学生产的概念在这里已经呼之欲出了;第二,文学生产与消费的概念是同时提出的;第三,文学这个概念涵盖着比我们传统意义上更广泛的含义,它其实是指包括科学、艺术、哲学等在内的所有文化方面的书面写作;第四,民族性的概念并没有被彻底抛弃,世界文学就是由民族文学所组成,抛弃的只是民族的片面性和局限性;第五,各民族的精神产品成了公共财产,主要讲的是文学的消费;最后,马克思和恩格斯还特别指出了无产阶级对资产阶级统治的反抗,"资产阶级不仅锻造了置自身于死地的武器;它还产生了将要运用这种武器的人——现代的工人,即无产者。"②这一点,对于我们分析新媒体技术的批判作用非常重要。在我们谈论世界文学的时候,马克思与恩格斯这段话,与歌德和艾克曼谈论世界文学的那段话总是同时被人们反复引证。我们普遍认识到,《共产党宣言》是从经济发展的角度来论证世界文学的产生的,这跟歌德从普遍人性论的角度界定世界文学有所不同。

在《剩余价值理论》中,马克思认为资本主义社会将文学纳入了资本

---

① 马克思、恩格斯:《共产党宣言》,《马克思恩格斯选集》(第1卷),第254—255页。
② 同上书,第257页。

增值的过程,文学成为商品,作家变成了雇佣劳动者。① 马克思指出:"作家所以是生产劳动者,并不是因为他生产出观念,而是因为他使出版他的著作的书商发财,也就是说,只有在他作为某一资本家的雇佣劳动者的时候,他才是生产的。"②在这里,马克思所说的"生产"显然不是"文学创作",而是指资本主义生产关系中的"生产"。因而这里的"生产"已经隐含了后来法兰克福学派所讲的"文化工业"的因素。这样,文学变成了消费品,文学生产成为雇佣劳动,成为为市场而写作的活动,文学的自律性变得不可能了,文学成为整个资本主义生产与消费链条上的一环,并与资本主义的发展紧紧联系在一起。总之,马克思主要是从物质生产的角度来论证文学生产的,着重强调文学生产(文化生产、精神生产)与物质生产的同质性。

那么,在马克思那里,"生产"到底包含着怎样的含义呢?

首先,人的生产是有意识的生产,具有主观能动性。马克思指出:

> 诚然,动物也生产。它为自己营造巢穴或住所,如蜜蜂、海狸、蚂蚁等。但是,动物只生产它自己或它的幼仔所直接需要的东西;动物的生产是片面的,而人的生产是全面的;动物只是在直接的肉体需要的支配下生产,而人甚至不受肉体需要的影响也进行生产,而且只有不受这种需要的影响才进行真正的生产;动物只生产自身,而人再生产整个自然界;动物的产品直接属于它的肉体,而人则自由地面对自己的产品。动物只是按照它所属的那个种的尺度和需要来构造,而人懂得按照任何一个种的尺度来进行生产,而且懂得处处把内在的尺度运用于对象:因此,人也按照美的规律来构造。③

在这里,马克思从一般人性的意义上揭示出人的生产不仅包含着直接生活资料的生产以及人自身的生产(生育),而且包含着人的自由的精神生产,更重要的是马克思还特别指出,人的自由的精神的生产才更符合人之不同于动物的本性。

---

① 马克思:《剩余价值理论》(第1册),中共中央马克思恩格斯列宁斯大林著作编译局译,北京:人民出版社1975年版,第142—149页。

② 马克思、恩格斯:《马克思恩格斯全集》(第26卷),第1册,北京:人民出版社1972年版,第149页。

③ 马克思著,中央编译局译:《1844年经济学哲学手稿》,北京:人民出版社2000年版,第57—58页。

其次,从政治经济学的角度来看,生产是整个社会经济运行的起点,居于支配地位。马克思在《政治经济学批判(1857年—1858年手稿)》中指出:"生产既支配着与其他要素相对而言的生产自身,也支配着其他要素。过程总是从生产重新开始。交换和消费不能是起支配作用的东西,这是不言而喻的。分配,作为产品的分配,也是这样。而作为生产要素的分配,它本身就是生产的一个要素。因此,一定的生产决定一定的消费、分配、交换和这些不同要素相互间的一定关系。"①

从哲学的角度来看,生产是物质活动和精神活动之间统一的基础。我们虽然可以说物质决定精神是马克思主义哲学的基石,却不能简单地一概而论,认为物质生产决定精神生产。物质生产与精神生产具有不平衡的规律。从历史来看,物质生产繁荣的时期,精神生产不一定繁荣。反之亦然。无论是物质生产,还是精神生产,都是生产的特殊形式,都由生产的普遍规律所决定。

二、法兰克福学派对文化工业的批判

在后来的西方马克思主义理论的发展中,许多理论家,如法兰克福学派的阿多诺、本雅明,他们都突破了将文学、文化置于经济基础与上层建筑二分法的框架,着重发展了马克思将文学、文化置于社会物质生产框架中加以分析的主题,都将文化生产与资本主义物质生产联系在一起,抨击资本主义意识形态通过文学生产和消费机制实施对大众的控制。例如阿多诺在《文化工业:作为大众欺骗的启蒙》中,通过对文化工业特征的考察,揭示出资本主义文化生产操纵、控制大众的内在运作机制,揭示出文化工业作为大众欺骗的启蒙的实质。阿多诺认为,在文化工业中,文化生产的主体不是单个的艺术家,而是毫无个性区别可言的生产线,是顺应市场规律和统治阶级意图的整个生产体系;文化产品的特征一律标准化、普及化,从而使得文化产品的购买者或消费者变成无个性的"类型人"。"整个文化工业把人类塑造成能够在每个产品中都可以进行不断再生产的类型。"②

---

① 马克思、恩格斯:《马克思恩格斯全集》(第30卷),北京:人民出版社1995年版,第40页。
② 阿多诺著,渠敬东、曹卫东译:《文化工业:作为大众欺骗的启蒙》,见童庆炳、曹卫东编:《西方文论专题十讲》,北京:高等教育出版社2005年版,第210页。

在阿多诺那里,文化意指电影、电视、广播、录像、音响、出版等传媒技术,文化工业正是这些传媒技术的产物。文化工业也是通过这些传媒技术来实施对大众的操纵和欺骗的。"文化工业不断在向消费者许诺,又在不断欺骗消费者。它许诺说,要用情节和表演使人们快乐,而这个承诺却从没有兑现。"①而这种欺骗都是通过现代传媒的复制技术来完成的。"文化与娱乐的结合不仅导致了文化的腐化,同时也不可避免会产生娱乐知识化的结果。复制现象的出现,就足以证明这种情形:电影院的图像就是一种复制;电台的录音也同样是一种复制。"②总之,在阿多诺(包括霍克海默)那里,文化生产与消费的过程处处隐藏着资本主义意识形态的欺骗,"阿多诺和霍克海默认为,文化已经商品化了,任人买卖,它几乎已经完全失去了扮演乌托邦式批判手段的能力。"③

阿多诺所谈及的文化工业的诸多特点其实都适用于文学生产与消费。这是因为,在资本主义条件下的文学生产就是一种文化工业,而文学(包括艺术)发生的一切改变也都可以从文化工业上找到答案。他说:"在音乐中,单纯的和声效果消除了对整体形式的意识;在绘画中,对各种色彩的强调削弱了构图的效果;在小说中,心理描写变得比小说框架更重要。而所有这些,恰恰是文化工业的总体性所带来的结果。"④

阿多诺对文化工业的批判,自然会让人联想到本雅明。与阿多诺一样,本雅明也充分注意到资本主义机械化生产带给文学生产的重大影响。在《机械复制时代的艺术作品》中,阿多诺指出,在资本主义条件下,机械复制技术使传统艺术的"韵味"因复制而丧失,这一方面使文学艺术的审美价值减弱,另一方面却可以使文学艺术有更多的机会接触下层阶级,从而促进艺术的民主化,增强民众抵抗霸权结构的种种力量。这似乎说明,本雅明似乎比阿多诺更进一步地发现了媒体技术的革命力量。但实际上,在本雅明那里,这种技术的革命性只是潜在的革命性,因为,技术本身并不具有必然的进步性,而主要看是什么人掌握它。"对本雅明而言,媒

---

① 阿多诺著,渠敬东、曹卫东译:《文化工业:作为大众欺骗的启蒙》,见童庆炳、曹卫东编:《西方文论专题十讲》,北京:高等教育出版社2005年版,第218页。
② 同上书,第221页。
③ 大卫·赫斯蒙德夫著,张菲娜译:《文化产业》,北京:中国人民大学出版社2007年版,第17页。
④ 阿多诺著,渠敬东、曹卫东译:《文化工业:作为大众欺骗的启蒙》,见童庆炳、曹卫东编:《西方文论专题十讲》,北京:高等教育出版社2005年版,第209页。

介潜在的民主化,按其实现的方式而言,完全可以逆转。在他看来,并不存在任何能够确保媒介特定政治方向的自动保证。"①例如法西斯主义的"政治的审美化"就是通过现代技术来大搞领袖崇拜和蛊惑人心的政治宣传,控制和压制大众,推行其极权主义统治的。因此,本雅明虽然看到了机械复制技术的民主化力量,但这种力量要转化为现实,却仍然需要许多现实的中间条件。最终,他仍然寄希望于作家,而不是大众。他希望作家自觉改变艺术生产器械的功能,改变文学生产技巧,让文学艺术发挥唤醒民众的作用。

《作为生产者的作家》是本雅明的一篇集中谈文学生产的文章。在这篇文章(讲演)中,本雅明批评过去十年德国左派知识分子发动的政治文学运动尽管很激进,但实际上并没起到革命的作用,"它把与痛苦的斗争变成了消费品。实际上在许多情况下它的政治意义都随着把资产阶级社会中出现的革命反映、转化成不难纳入都市卡巴莱活动的消遣娱乐的对象而消耗殆尽。政治斗争从强制作出抉择到静默娱乐的对象,从一种生产资料到消费品的转变对这一文学来说是最富有特色的。"②很显然,本雅明已经认识到资产阶级能够轻易地收编和转化思想内容上具有革命倾向的文学。③ 所以,从整体上看,他与法兰克福学派的其他成员一样,都是从资本主义及媒体对大众的控制这一角度来展开理论论证和文化批判的。

三、伯明翰学派的媒体研究

与法兰克福不同,英国马克思主义伯明翰学派则重点强调大众对媒体的反控制。众所周知,媒体研究是伯明翰学派文化研究的一个重要主题,并取得了举世瞩目的成就。斯图亚特·霍尔(Stuart Hall)不仅在伯明翰大学当代文化研究中心(CCCS)成立了媒体研究小组,而且身体力行,亲自主导研究选题。《时事电视的"团结"》这篇论文就是伯明翰大学当代文化研究中心媒体小组集体研究的成果,最后由斯图亚特·霍尔、伊恩·考奈尔(Ian Connell)、莉迪亚·克梯(Lidia Curti)执笔完成。在这篇

---

① 马克·波斯特:《第二媒介时代》,南京:南京大学出版社 2001 年版,第 18 页。
② 胡经之、张首映:《西方二十世纪文论选》(第四卷),北京:中国社会科学出版社 1985 年版,第 258 页。
③ 关于本雅明的文学生产理论,参见黄芸:《论本雅明的文学生产思想》,《江西社会科学》2011 年第 3 期。

论文中,霍尔等人通过考察1974年10月英国大选前夕英国广播公司(BBC)的电视节目——《全景》("Panorama"),把当时社会政治气氛的历史背景与对《全景》文本的结构主义阅读结合起来,详细分析了媒体、国家和政治之间在国家团结的危急时刻的关系。《全景》在大选三天前以"哪一种团结?"为主题制作节目。霍尔等人借助法国马克思主义哲学家阿尔都塞的意识形态理论,对这场政治风波下的电视文本进行了深刻的剖析和解读。《时事电视的"团结"》由此成为英国伯明翰学派电视研究的一个代表性文本。

在这个实例中,电视的意识形态效果就是使国家的议会形式成为一种自然的理所当然的形式,于是意识形态并不是"媒体的一个骗局",而是一套结构装置,它为一切看似开放和明确的东西提供框架,反过来又成为特定的政治意义的一个标志。时事新闻所标榜的均衡原则和中立原则,其实质是对统治阶级"优势结构"的复制。这就是阿尔都塞意识形态国家机器论的关键所在。霍尔在运用阿尔都塞理论进行分析的时候,揭示了资产阶级意识形态的欺骗性,剖析了意识形态在电视节目中的运作机制,提出了许多富有创见性的电视理论观点。例如,霍尔等人并不认为播音员和政治家之间有某种共谋关系,意识形态并不是以一种机械式的专制主义的方式来控制公众的。他们认为电视与国家之间的关系具有一种双重特性。电视既自主又依附,换而言之,它对于国家来说,"相对自主"。他们也并不把电视仅仅看成是观察世界的窗口。他们认为电视从不只传达一个意义,而是提供意义的范围,其中有一个推荐的意义在引导或指导观众:"关于从电视上可得到的信息,我们认为它们从来不止传达'一个'意义;它们其实是一个具有众多意义的场所,其中某个得到推荐的观点被作为最恰当的观点提供给电视观众。这种'推荐'(preferring)是意识形态工作的重要场所。"[①]这成为伯明翰学派电视理论的一个出发点。这意味着观众在看电视的时候,并不仅仅是被动的接受者,而是主动的选择者和参与者,观众也参与到电视意义的创作之中。这样一来,电视就成了有权者和无权者的斗争场域。一方面,统治阶级通过电视赢得弱势阶级的认同,使后者的隶属地位更加明确;另一方面,弱势阶级根据自己的社会经验来重新解读电视文本,从而会发生理解上的偏差与误读。这就形成

---

① Stuart Hall, Ian Connell and Lidia Curti, "The 'Unity' of Current Affairs Television," in *Working Papers in Cultural Studies*, CCCS, University of Birmingham, 1976 Spring(9): 55.

了优势社会形态的电视文本和观众的社会情景之间的某种张力。观众的社会情景促使他们和优势的意识形态结构发生矛盾和冲突,观众收看电视的行为也正是他们的思想和文本的意义之间相互对话、相互协商的过程。这预示着,伯明翰学派电视理论的分析重点将会从文本转向读者。

《时事电视的"团结"》这篇文章之所以重要,就在于它为后来伯明翰学派的电视研究指出了方向,并奠定了理论基础。像霍尔后来提出的电视编码与解码理论,偏好阅读(preferred reading)理论,都可以在这篇文章中找到端倪。所以,伯明翰学派第二代的代表人物麦克罗比就特别重视这篇文章,她说:"这篇1976年的文章也为后来的各种研究——从70年代后期的《管制危机》到80年代后期的涉及撒切尔主义的著作奠定了基调。"① 就电视的编码与解码而言,这篇文章已经意识到二者不一致的地方。例如这篇文章的作者们指出:"转播过程中的不足之处在于,推荐的意义从来不可能被完全无误地传达给观众,会出现其他更多从根本上瓦解意义的可能性。"② 而在《电视话语的编码与解码》中,霍尔更加明确地指出,虽然对于电视制作者,他们要将推荐的意义进行编码传达给观众,但"解码过程并非不可避免地依据编码过程,而这并不是同一的"。③ 在此基础上,霍尔将电视解码进一步区分为观众对优势符码的接受、协商和对立三种方式。接受方式指的是接受者不加质疑地接受媒体所企图传递的有利于统治阶级的意识形态。协商方式指的是解读包含了各种不同的声音和意见,需要作出适应性的协商和调试。对立方式则指的是接受者虽然完全理解电视话语所包含的字面和内涵意义的曲折变化,却保持清醒的反抗意识,有意识地以一种全然相反的方式解码信息。这就更加全面、更加深刻地揭示了电视话语中编码与解码的复杂关系。

除了霍尔之外,戴维·莫利和约翰·费斯克也对电视研究做出了重要的贡献,并产生了广泛影响。莫利对英国电视节目《全国观众》("The Nationwide Audience")、《家庭电视》("Family Television")的受众研究,以心理分析理论为主要研究框架,选择观众群体为研究对象,剖析电视文本、观众和意识形态主体之间的关系,由此大大发展了霍尔的电视理论。

---

① 安吉拉·麦克罗比著,李庆本译:《文化研究的用途》,北京:北京大学出版社2007年版,第23页。

② 同上书,第22页。

③ Stuart Hall, "Encoding/Decoding in Television Discourse," reprinted in *Culture, Media, Language*, edited by S. Hall, London: Hutchinson, 1981.

莫利指出,霍尔过度强调阶级在制造符号差异中的角色,而低估了多种阅读的可能性。莫利通过访问电视观众,发现不同阶级的观众(如银行经理和学徒)也可能形成相似的阅读。这是因为银行经理和学徒尽管分属不同的阶级,但他们却同时被塑造成了资本主义社会中的意识形态主体。所以他认为霍尔对阅读的三种行为划分过于简单,无法揭示文本、读者和主体之间的交叉关系。基于此,他将观看电视的活动看成是一种不断在相似与差异间游移的动态过程:相似面是建构在节目形式中的优势意识形态,而且对喜爱该节目的观众而言,它们十分通俗;差异面则是着重于节目观众群中的多种团体,这些团体均以个别途径和优势意识形态连成一气,而这些途径将因他们所产生的不同阅读而相互平行。这种在相似与差异间游移的动态过程形成了体验霸权和抵制冲突的一种方式。① 莫利20世纪90年代初出版的《电视、观众与文化研究》是他几十年电视研究的总结,集中体现了他的电视理论。这本书已有中文本,读者有兴趣的话可以作为参考。

约翰·费斯克的电视研究承继霍尔和莫利的传统,运用符号学方法研究电视文本以及电视文化在意识形态中的霸权建构形态,将伯明翰学派的电视研究推到一个新的高度。他的《解读电视》、《传播研究导论》、《电视文化》和《理解大众文化》等著作开辟了电视研究的新领域,为国内广大研究者所熟知。我们在此要特别提醒读者注意的是,他依据马克思主义政治经济学的商品交换价值和实用价值理论,提出了电视"金融经济"和"文化经济"理论,从而将伯明翰学派文化研究与文化产业紧密地联系在一起。

费斯克指出,电视节目首先运行在金融经济系统中,其内部有生产和消费两个流通阶段。第一阶段是制片厂商(生产者)生产出电视节目(商品),然后卖给电视台(消费者)。金融经济的第二阶段是,电视台将电视观众作为"商品"卖给广告商,广告商成了消费者,电视台播出节目,则成了"生产者"的行为。电视台的"产品"不是节目,而是广告的播放时间。广告商表面上是买电视广告的播放时间,实际上买的是"观众",观众越多,价码越高。因此,对于金融经济而言,电视工业首要的任务是生产商品化的观众,节目需要最大限度地吸引观众,唯其如此,广告商才会掏钱给电视台。电视节目播出后,如果观众不看,它作为文化产品的功能就没

---

① 参见陈龙:《在媒介与大众之间:电视文化论》,上海:学林出版社2001年版,第46页。

有实现。但电视商品被买的一刻,金融经济的流通阶段即告完成。紧接而来的是文化经济阶段。而在这一阶段,电视台播出的节目并不是完整的商品。观众看电视跟买票看电影不同,他们并不是直接付款购买电视节目,这里不存在一手交钱、一手交货的问题。电视台向能生产"意义"和快感的观众播放节目,交换的是心理满足、快感以及对现实的幻想。有鉴于电视节目是提供给观众消费的日常生活文化资源,而消费总是意义的生产,因此每一个消费行为都是文化的生产行为。这样一来,观众就不再是被出卖给广告商的"商品",他们摇身一变,成了意义的"生产者"。① 可以看出,费斯克对电视两种经济的论述,充分揭示了电视作为一种文化产业的独特品质,也进一步说明了伯明翰学派文化研究所一贯坚持的受众具有主动性这一观点。

四、波斯特:信息方式与第二媒介时代

从前面的分析中,我们可以看出,无论是德国的法兰克福学派还是英国的伯明翰学派,他们都从各自的立场继承和发展了马克思提出的文化生产与消费的理论,都从不同的角度探讨了文化生产、文化消费与大众的关系。从文学研究的理路来看,他们都突破了文学自律论,而将文学、艺术现象置于整个社会框架中加以言说。所不同的是,法兰克福学派的侧重点在于强调文化媒体、文化生产对大众的操纵和控制,而伯明翰学派则偏于强调大众对资本主义文化媒体的抵制。

正像美国媒体研究者马克·波斯特所言:大多数法兰克福学派成员的看法是"工人阶级已变成一群毫无生气的凡夫俗子,普遍受到媒介和通俗文化的操纵"②;而伯明翰学派认为"大众文化的研究终于超越了法兰克福学派有关文化工业对大众的操纵这一论题的先入之见,这种先入之见源于他们对高雅文化的推崇,把它看成是解放性的。斯图亚特·霍尔和'文化研究'大纲在大众人群中寻找抵制支配形式的出发点。"③

但在波斯特看来,无论是法兰克福学派的操纵论,还是伯明翰学派的抵制论,都忽略了新媒体时代主体的建构问题。波斯特本人的媒体研究

---

① 参见陆扬、王毅:《文化研究导论》,上海:复旦大学出版社2006年版,第284—285页。
② 马克·波斯特著,范静哗译:《第二媒介时代》,南京:南京大学出版社2001年版,第4页。
③ 马克·波斯特著,范静哗译:《信息方式》,北京:商务印书馆2001年版,第26页。

则试图改变法兰克福学派与伯明翰学派研究的主旨,他并不关心大众是如何抵制或趋同大众媒体的外部要求,而关注主体对文化经验的建构方式和形式。

在《信息方式》一书中,波斯特将信息方式分为三个阶段:第一阶段是面对面的口头传播阶段,在这一阶段中,自我由于被包嵌在面对面关系的总体性中,因而也就在语音交流中的一个位置上被构建;第二阶段即印刷传播阶段,在这一阶段,自我被构建为一个行动者,处于理性/想象的自律性的中心;第三阶段即电子传播阶段,持续的不稳定性使自我去中心化、分散化和多元化。

波斯特坦然承认,自己的信息方式这一概念是借用了马克思的生产方式理论。在他看来,马克思的生产方式具有两方面的含义:"(1)作为一个历史范畴,它按照生产方式的变化对过去进行区分和分期(区别不同的生产手段与生产关系的组合);(2)作为对资本主义时期的隐语,它强调经济活动,把它看作是正如阿尔都塞所说的'终极的决定因素'。"①波斯特对信息方式的划分,也包含着按照信息方式结构变化来划分历史的含义。因而,他的信息方式也就获得了在历史发展进程中与生产方式同等重要的基础或终极地位。

当然,在信息方式的三阶段中,为波斯特更加重视的还是他所说的第三阶段,即电子媒体阶段。或者说,分析电子媒体阶段主体的建构状况成为波斯特媒体研究的重点。在他看来,电子媒体不仅改变了社会交际行为的时空参数,它使任何人在任何时候与任何人交流都成为可能,而且它还改变了主体的建构方式,使这种远距离跨时间交流成为一种新的话语结构,从不同于言语或印刷文字的角度建构主体。

在面对面的口头交流阶段,言语通过加强人们之间的纽带,把主体建构为一个群体的成员;同时,在面对面的言语交流中,个体也很容易被约束在彼此依赖的纽带之中,因而口传交流也会将个体纽结在政治支配关系之中。

在印刷媒体阶段,印刷拉大了上文提及的语言固有的空白,从而容许言说者与听话人之间插入一段距离,这种空白便使得个体能够思考并冷静地判断他人的言辞,而并不会受到他或她在场时的那种令人慑服的影响。也就是说,"以页面文字所具有的物质性与口传文化中言辞的稍纵即

---

① 马克·波斯特著,范静哗译:《信息方式》,北京:商务印书馆2001年版,第13页。

逝相比,印刷文化以一种相反但又互补的方式提升了作者、知识分子和理论家的权威。这一双重运动把读者造就成批评家,把作者造就成权威,这在表面上是对立或矛盾的,实际上却是现代社会的交往中非常典型的支配互振。"①这样,无论是读者还是作者,都成为一个具有稳定和固定身份的理性主体。

而在电子媒体阶段,"媒体语言代替了说话人群体,并从根本上瓦解了理性自我所必需的话语自指性。媒体语言,由于是无语境、独白式、自指性的,便诱使接受者对自我建构过程抱游戏态度,在话语方式不同的'会话'中,不断地重塑自己。由于和接受者说话的人并不认识接受者,又由于广播之外并不存在一个明确限定的指涉世界来提供一个标准以评价意义流,因此主体并不具有作为会话的一端这种明确的身份。"②在这段话中,波斯特明确指出了电子媒体时代造成主体建构的去中心化、分散化和多元化的原因:第一,由于电子媒体可以超越时空,因此也就割断了人们面对面交流的纽带,主体自我便失去了在口头社会交往群体中的归依感;第二,由于电子媒体的无语境、独白式、自指性,信息发送者与信息接受者互不相识,使主体不可能像面对印刷文本那样有充裕的时间确定身份,建立权威,从而自然会导致主体建构的去中心化、分散化和多元化特点。

如此看来,在对待媒体与大众之间的关系这一问题上,波斯特的确不同于法兰克福学派和伯明翰学派,他确实跳出了媒体控制或大众反叛这样的二元框架,或者说他解构了这一结构框架,而代之以去中心、分散化、多元化的理论框架。

在《第二媒介时代》中,波斯特又将电子媒体时代的这种去中心化、分散化、多元化特点进一步明确为"双向的去中心化的交流"。波斯特觉得有必要将他在《信息方式》一书中提出的电子媒体阶段作进一步的区分和界定。他认为,在电影、广播和电视中,少数的媒体制作者将信息传送给众多的消费者,这是一点对多点的播放型传播模式(broadcast model of communication),可看成是第一媒介时代的特点。但随着信息"高速公路"的介入以及卫星技术与电视、电脑和电话的结合,出现了一种集制作

---

① 马克·波斯特著,范静晔译:《第二媒介时代》,南京:南京大学出版社 2001 年版,第 84 页。
② 《信息方式》,第 66 页。

者/销售者/消费者于一体的新模式,在这种新模式中,制作者、销售者和消费者这三者之间的界限将不再泾渭分明,诸如因特网、虚拟现实等电子媒介的新发展也正在改变着人们的交流习惯,总之,我们现在已经进入"第二媒介时代"。

在第二媒介时代,因特网新媒体打破了第一媒介时代以少对多的交流方式,使多人对多人的交流成为可能。电脑网络的界面介于人与机器之间,使物理空间与赛博空间既互相分离又互相联系,"高品质的界面容许人们毫无痕迹地穿梭于两个世界,因此有助于促成这两个世界间差异的消失,同时也改变了这两个世界之间的联系类型"。[①] 这样造成的一个结果便是"从根本上瓦解了把读者和作者分别当作批评和权威的稳定立足点的种种观点"[②],因此,这是一个双向的去中心化的过程。

我认为,波斯特虽然强调自己是从主体建构方式的角度来分析新媒体,但我们仍然可以用来阐述文学生产与消费,仍然可以置于控制与反制的框架中,从正反两个方面来看待新媒体的价值与意义。因为主体建构问题本身就是跟新媒体时代文学生产与消费问题联系在一起的。

从积极意义上来理解,我们说,新媒体彻底打破了传统文学生产与消费中意义的固定性、作品的不朽性、作者的权威性,使新媒体时代的文学生产与消费变得更加便捷、更加自由了。在电子写作方面,由于新媒体采用数字化文本,使得文本的改写变得异常方便。不仅作者可以随时修改自己的文本,读者也可以通过诸如回帖、留言、在线修改、接龙等手段参与到文本的写作中。作者与读者之间的区分消失了,文本出现了马克·波斯特所说的"多重作者性"。这也就取消了传统意义上的作者的权威性。写作不再是专业作家、精英知识分子的专利,普通大众都可以通过博客、微博发表自己的作品,表达自己的意见诉求。在文学阅读、欣赏方面,多媒体技术可以实现文字、图形、视频、音频的多重组合,最大限度地调动读者的多种感官活动,使文学阅读、欣赏变得更加直观、更加丰富多彩。在文学产品的流通与消费方面,网络新媒体使作品流通的空间距离彻底消失,文学产品的跨地域、跨国界流通与消费成为可能,而且也促成了文学产品的二次消费、多次消费。在以电影、电视为主导的第一媒介时代,观众必须按照电影院或电视台设定的程序来欣赏和消费作品,作品一经放

---

① 《第二媒介时代》,第 25 页。
② 同上书,第 85 页。

映完,消费者便没有办法重新选择性欣赏自己感兴趣的部分。而网络新媒体(即第二媒介时代)则可以解决这一问题。只要读者愿意,他可以随时调出自己感兴趣的作品,反复观看。而网上银行的开设也使得文学产品的购买与消费变得非常方便。

最重要的是,新媒体还促成了一种公共空间的创立。哈贝马斯在《公共领域的结构转型》(1962)中曾将公共领域的兴起追溯到咖啡屋、沙龙和社团,并将它与印刷传播阶段联系在一切。而在电子新媒体传播阶段,则出现了一种波斯特所说的"电子咖啡馆":"这些'电子咖啡馆'鼓励陌生人,鼓励从没有见过面的人彼此交流。在这里,陌生人无需身体或声音的外部在场,只需彼此传递符号就能交流信息。更有甚者,这些公告牌使用假名或代称:人们不用真实姓名,可以很容易隐藏自己的任何属性特征。"[①]由于没有了面对面交流的那种体态语言、地位状态、人格力量、性别、衣着等暗示,也就彻底取消了交流的权威性,从而使这种公共领域具有更广泛的民主性。

从消极意义上说,第二媒介时代对大众的控制应该说变本加厉了。只不过这种控制是以更加隐秘的形式实现的。波斯特借用福柯在《规训与惩罚》中提出的"全景监狱"理论,认为电脑数据库非常类似于一个超级全景监狱。在这个监狱中,狱卒能够监控到所有囚室中的犯人,而他本人却不能被犯人看到。这种监控不间断地以一种隐秘的方式进行,久而久之,犯人便自觉不自觉地形成了一套规范,这套规范并不像封建社会那样强加在大众身上,而变成了幽灵一样的无处不在的无个性特征的权威,时时缠绕大众,规训着他们的行为举止。而数据库正像这种监狱一样,连续不断地在暗中有系统地运作着,收集个人资料并组合成个人传略。只要他们觉得有必要,便可以随时调出任何人的数据库,你的一切信息,从信用分级到借书过期通知乃至过多的交通违章都可一览无余。与全景监狱不同的是,在新媒体时代,受到监控的人并不必须被关在任何建筑物中,他们仍可像日常一样生活。在平时,数据库不会干预任何人。它们对大众的监控都是在暗中进行的。而且由于电脑网络传播的便捷性,用电脑在全球范围内交换信息可以在瞬间完成,这样电脑网络新媒体对大众的控制可以说更加彻底。波斯特指出:"超级全景监狱的一个主要影响是使公共与私人之间的区分失去了效力,由于这种区分依赖的是个人空间的

---

① 《第二媒介时代》,第100页。

不可见性、对国家和公共机构的不透明性。然而,这些特性被数据库抹除了,因为无论一个人在何处做何事,总会留下痕迹,都会转化成可供电脑利用的信息。"①

总之,新媒体是一把双刃剑:一方面促成了公共领域的建立,另一方面又在暗中监控着公共领域。

---

① 《第二媒介时代》,第98页。

对外文化传播与国家形象建设*

形象学研究,即研究一部作品、一种文学中的异国形象,一直是比较文学研究的重要话题。早在19世纪,法国学者伽亚就已经把研究一国文学中的外国形象置于比较文学研究的中心,提出比较文学在注重事实联系的同时,更应当注重研究"各民族间、各种游记、想象间的相互诠释"①。这说明异国形象研究一定会涉及异国文化在本国介绍、传播、影响、诠释的问题,因而一定跟文化传播有关。不过,比较文学法国学派所强调的形象学研究仍然局限在文学研究之中。而在全球化背景下的今天,随着文化交流的日趋频繁,国家形象已经远远超出文学研究的范畴,而上升为一个国家文化软实力的战略高度。

一、国家形象构建的双向性

什么是国家形象?按照一般的定义,国家形象是一个国家对自己的认知以及国际体系中其他行为体对它的认知的结合;它是一系列信息输入和输出产生的结果,是一个"结构十分明确的信息资本"。② 这个定义强调国家形象是自我认知与国际认知的结合,是信息输入与输出的结合,这自然没有错。但对于我们对外文化工作而言,国家形象则主要是指其他国家(包括个人、组织和政府)对我国的综合评价和总体印象,即外国对我国的看法。因此这类的国家形象主要与信息输出、对外文化传播有关。

那么,这是否意味着我们向外国输出、传播什么信息,外国就一定接受什么信息呢?显然不尽如此。英国学者雷蒙·道森在《中国变色龙》一书中,系统地分析和总结了欧洲中国形象的历史演变,他发现"欧洲人对中国的观念在某些时期发生了天翻地覆的变化。有趣的是,这些变化与

---

* 原载于《湖南社会科学》2012年第6期,收入本书时有改动。
① 伽亚:《〈比较文学〉序言》,转引自杨乃乔主编:《比较文学概论》,北京:北京大学出版社2006年版,第235页。
② K. E. Boulding, "National Images and International Systems," *The Journal of Conflict Resolution*, Vol. 3, No. 2 (1959), pp. 120—131.

其说反映了中国社会的变迁,不如说更多地反映了欧洲知识史的进展。"①这说明文化传播与国家形象存在着一定程度的非对应关系。尽管我们不能说国家形象的形成完全与该国的现实无关,但更多的情况是,就我国在他国的形象而言,往往是出于那些阐释中国的人自身的需要来选择,甚至虚构信息来建构中国形象,具有很大的想象性。最极端的例子便是"中国威胁论"与"中国崩溃论"两种截然相反的论调竟然可以并行同时出现。我们提出对外政策要"韬光养晦",意思是"收敛锋芒,不做老大",但美国五角大楼的翻译却是"掩藏实力,等待时机"(hide our capabilities and bide our time),这就跟我们的意思完全不一致了。近年来,美国国防部连续发布每年一度的《中国军力报告》,以所谓"不太清楚中国实现目标的具体策略和计划以及为适应安全环境变化所进行调整的方式和方向"为借口,强调"一些中国领导人无法控制的因素可能会影响未来的国家战略选择,甚至使中国从和平发展道路上转移开来",反复从多个角度要证明中国走和平发展道路还存在不确定性。报告甚至将中国的经济发展成就、能源需求上升、国际影响力提高、扩大联合国维和行动范围等,均有意无意地贴上"中国威胁论"的标签,似乎只有中国不发展、不强大才不会有威胁。美国国防部这样做的动机昭然若揭,无非是想借中国军力的威胁,为自己扩大军费开支制造借口。

由于国外普通民众对中国情况所知甚少,又听任少数人的蛊惑,使中国的国际形象一度受到极大损坏。例如,在雅典的北京奥运圣火采集仪式上,"记者无国界"成员闯入了古奥林匹亚运动场,拉开一面奥运五环标志被画成"五个手铐"的旗帜;在巴黎的北京奥运圣火传递途中,"记者无国界"成员爬上了埃菲尔铁塔,打出一面奥运五环标志被画成"五个手铐"的巨大横幅;同样是以这"五个手铐"为标志,"记者无国界"设计的抵制奥运T恤,被法国当地媒体《费加罗报》曝出赚了一百多万欧元。

我们常说世界上最大的法不是宪法,而是看法。这一条非常适用于国际关系。如果国家形象不好,事事都会受到阻挠;而好的国家形象则可以为我们的对外工作带来各种便利,即使有些事情不尽如人意,也可以得到谅解。因此,为了在国际上树立良好的国家形象,满足世界各国人民渴望了解中国崛起的需要,驳斥国外甚嚣尘上的"中国威胁论",纠正国外普通民众对中国的错误认知,就必须加大传播中华文化的力度。要使世界

---

① 雷蒙·道森著,常绍民等译:《中国变色龙》,北京:时事出版社1999年版,第16页。

各国人民都能够认识到:中华民族是爱好和平的民族,中国的崛起不会对任何国家、任何人产生危害。正像英国大哲学家罗素所言:"中国虽然人口众多,资源丰富,但却不会对外国造成威胁。"①"他们不像白人那样,喜欢虐待其他人种。如果在这个世界上有'骄傲到不屑于打仗'的民族,那就是中国。中国人天生宽容而友爱,以礼待人,希望别人也投桃报李。只要中国愿意,他们可以成为世界上最强大的国家。但是他们所追求的只是自由而不是支配。"②"中国至高无上的伦理品质的一些东西,现代社会极为需要。这些品质中我认为和气是第一位的。以公理为基础而不是以武力解决争端。"③

国内许多朋友担心,我们讲中华文化对外传播,会引起别人的恐慌和警觉,以为我们在搞文化入侵。其实,这种担心没有必要。

汉语中的"传播"一词,对应英语 communication,可以翻译为"交流、交际、传播"等。传播是信息发送者通过渠道把信息传给信息接受者,以引起反应的过程,是共享意义的过程。传播有六个基本要素:信息、发送者、编码、渠道、接受者、解码。它包含三个环节:发送者对信息的编码、传播渠道、接受者对信息的解码。成功的传播必须有信息反馈与互动。如果接受者对信息没有进行解码,没有进行信息反馈,那么,传播就是不完整的,或者至少是不成功的。这就说明传播是双向的,是要互动的。就文化传播而言,传播者在进行文化传播的时候,一定要考虑接受者的可理解性问题。如果所传播的文化信息,接受者完全不理解,就会造成传播的中断和失败。好的编码必须考虑接受者的可理解性问题。周恩来总理在1954年日内瓦会议上向外国朋友介绍《梁山伯与祝英台》这部电影的时候,采用"中国的《罗密欧与朱丽叶》"的说法来介绍,这就充分考虑到了接受者的可理解性问题,是成功的信息编码,值得我们好好学习。

另外,文化信息从发送者到接受者的运动,并不可能是一成不变的,接受者总是基于自己的"前理解"来理解所接受的文化信息,总会基于自己的文化立场来对所接受的文化信息进行变异,进行一种主观的价值判断。我们常说一千个读者的眼中有一千个哈姆雷特,就是这个道理。所以,文化传播在一定程度上是不同于客观知识的传播的。从这个角度上

---

① 罗素著,秦悦译:《中国问题》,上海:学林出版社1996年版,第1页。
② 同上书,第151页。
③ 同上书,第167页。

说,发送者与接受者的关系,不是主体与客体的关系,而是主体与主体之间的关系,是一种"主体间性"。文化传播与文化交流在本质上没有什么太大的区别,只是侧重点不同。文化传播是从传播者的角度所进行的文化交流,探讨的是一个民族的文化如何走出去的问题。

在文化传播的过程中,还有一种情况是值得注意的。那就是接受者在接受发送者的文化信息的时候,存在着"理解"和"认同"两个层面的问题。在很多情况下,接受者即使能够理解你所传播的文化信息,也并不能证明他对你的文化价值完全认同。理解了但不认同,这也是经常发生的现象。不过,话又说回来,理解是前提,如果连理解都谈不上,就更没有认同的问题了。文化传播首先要让对方理解你,在此基础上,如果能够认同你的文化价值观念,则证明文化传播进入了一个更深的层次。

什么样的文化价值观念才可以得到别人的认同呢?是一个民族文化中的普遍性价值。

不同民族文化中既存在着个性、特殊性,也有共性,有普遍性,这是中外文化交流的前提条件,缺少其中任何一个条件,文化交流和传播便失去了可能性和必要性,也就失去了交流和传播的基础,便没有办法进行交流和传播了。文化的共性、普遍性是存在于一个民族文化的个性和特殊性之中的。不存在脱离文化个性的抽象的普遍性价值。外国人对一个民族文化的认同,首先是对这个民族文化中所存在的普遍性价值的认同。对于这个民族文化的特性,其他民族则主要是理解问题。文化个性可以引发惊奇,却不容易获得认同。我们有些电影极力渲染民俗中的特殊之处,虽然也能获国际大奖,但这种成功很多是基于猎奇,而绝非认同。2005年,我们发布了《中国人权状况白皮书》,2009 年 4 月 13 日,我们发布了《国家人权行动计划(2009—2010)》,类似的举措非常好,必然会有利于树立良好的国际形象。所以,我们一方面要珍视我国传统文化中的独特价值,同时也应该发掘它的普遍性价值,我们既不应该将西方价值看成是普遍性价值,也不应该否认普遍性价值的存在。我们不仅要传播中华传统文化中的特殊价值和普遍性价值,而且也应该宣扬我国当前在促进人权,保障人民自由和民主权利方面所取得的伟大成就。民主、法制、自由、人权、平等、博爱,这不是资本主义所特有的,这是整个世界在漫长的历史过程中共同形成的文明成果,也是人类共同追求的价值观。我们不仅要传播中华传统文化,也应该传播中国现当代文化。只有这样,我们才可以在国际上树立良好的国际形象,提升中华文化整体的影响力。

二、对外文化传播的三项措施

1. 如何利用中国驻外文化中心传播中华优秀文化?

我国目前在国外设立了7个中国文化中心,成为中华文化对外传播的重要平台。中国驻外文化中心在数量上远远不如孔子学院发展得快,但在传播中华文化的广度和深度上发挥着孔子学院不可替代的作用。因此,我们需要进一步加强中国文化中心的工作,进一步发挥它在中华文化走出去中的重要作用。

2004年9月,我接受文化部的委派,赴马耳他中国文化中心工作,主要的任务是采用讲座、展览、演出等形式向当地人传播中国文化,也开设汉语课程。在工作的过程中,我越来越感觉到,要做好中外文化的交流工作,第一,必须了解所在国的文化政策,第二,必须以外国人易于接受的方式来讲授中国文化。中国文化中心要定期举办一些讲座、展览,我们还与当地的电视台联合举办了"学汉语、了解中国文化"的系列节目。怎么向当地人介绍中国文化?这是必须认真面对的问题,也是一门很高的学问。

2006年的春节,我们与马耳他诗歌协会、国家剧院联合举办了"中国之声迎春诗歌朗诵晚会",当时在策划这台晚会的时候,首先面临的问题是如何让当地人了解《诗经》、屈原、李白、杜甫、苏东坡等中国经典诗歌及诗人的艺术魅力。显然不能采用在中国常用的朗诵形式,而必须考虑当地人的接受能力,还要提高他们的兴趣。为此,我们在晚会中,将讲座、朗诵、艺术表演、中国音乐有机地结合在一起,晚会以中国诗歌讲座为主线,中间穿插诗歌朗诵,又有中国乐器表演、舞蹈相配,使整个晚会显得既高雅,又生动。讲座向观众简要介绍了中国诗歌的起源、历史演变、艺术形式特点,对《诗经》、屈原、陶渊明、王维、李白、杜甫、白居易、王安石、苏轼、辛弃疾直到毛泽东的诗歌艺术成就进行了重点导读。晚会在讲座的导引下按照历史顺序分为三大部分:第一部分是介绍先秦时期的《诗经》和"楚辞",随后是《关雎》和《离骚》朗诵;第二部分主要介绍唐宋诗歌绝句,来自中国的两名小学生朗诵了王维的《渭城曲》、李白的《静夜思》、杜甫的《绝句》、王安石的《元日》。在一曲琵琶演奏之后,马耳他诗歌艺术学会的负责人秘夫苏德先生饱含激情地朗诵了白居易的《琵琶行》;第三部分重点介绍了宋词及苏轼、辛弃疾的创作,在最后介绍了中国现代诗歌及毛泽东的诗词艺术成就。苏轼的《水调歌头》改用了清唱的形式,使观众充分领略到了词艺术的音乐性,高亢激昂的《沁园春·雪》为诗歌朗诵画上了完满的句号。各部分之间分别以古筝、葫芦丝、琵琶演奏和中国舞蹈作为过渡,自然流畅。讲座点面结合,既为观众提供了中国诗歌史的整体印象,又对所朗诵的诗歌及作者进行重点介绍。诗词朗诵采用中英两种语言,诗词内容都显现在大屏幕上,使观众一目了然。所选诗歌内容涉及中国的春节、元宵节、端午节、中秋节,并配有节日图片,增加了诗歌朗诵的文化内涵。每位作家、每首诗词都配有图片,生动、形象、直观,使观众充分领略到中国诗词艺术的精妙与博大。晚会取得了意想不到的成功。

这说明,我们不仅可以向外国人传播像中国饮食、武术这样的通俗文化,只要方法得当,向对中国文化一无所知的外国人传播中国的高雅文化也是完全可行的。要重视利用所在国的机构和运作模式,以当地民众能够和便于接受的方式,传播中华优秀文化,增强传播的有效性和针对性。

中国文化中心还应该重视文化传播的受众研究,每开展一项文化活动都应该采用问卷的方式了解外国观众的感受,在此基础上,建立"跨文化感知信息库",以为我们进一步开展对外文化工作提供信息基础,还可以了解我们的国家形象在外国人心目中的状况。

2. 如何向外国学生讲授中华元典和核心价值?

目前,我国对外汉学教学发展很快,外国人学习汉语的热情很高。但我们一定要将汉语国际推广与中华文化世界传播紧密地结合起来。因此,研究如何向外国汉语学习者讲授中华元典和核心价值成为迫切之需。

1896年,严复在《译〈天演论〉自序》中说:

> 司马迁曰:"《易》本隐而之显,《春秋》推见至隐。"此天下至精之言也。始吾以谓本隐之显者,观象系辞以定吉凶而已;推见至隐者,诛意褒贬而已。及观西人名学,则见其于格物至知之事,有内籀之术焉,有外籀之术焉。内籀者,察其曲而知其全者也,执其微以会其通者也;外籀者,据公理以断众事者也,设定数以逆未然者也。乃推卷起曰:有是哉! 是固吾《易》、《春秋》之学也。迁所谓本隐之显者,外籀也;所谓推见至隐者,内籀也。其言若诏之矣。

我们怎么向外国留学生讲授《周易》、《春秋》? 当然可以按照司马迁的解释,说《周易》的写作方法是"本隐之显",《春秋》的方法是"推见至隐",但如果在此基础上,进一步地说明,所谓"本隐之显",就是"外籀"(即演绎法),"推见至隐",就是"内籀"(即归纳法),这样外国人会更容易懂。而严复的这种理解,我丝毫看不出它对《周易》和《春秋》的伤害,反而会加深我们对这两部中国元典的理解,更有益于它们在世界的传播。

我们如何向外国留学生讲中国传统文化中诸如仁义礼智信这样的核心价值观念?蔡元培在1919年的《对于教育方针之意见》中指出:"孔子曰:匹夫不可夺志,孟子曰:大丈夫富贵不能淫,贫贱不能移,威武不能屈。自由之谓也。古者盖谓之义。""孔子曰:己所不欲,勿施于人……平等之谓也。古者盖谓之恕。""孔子曰:己欲立而立人,己欲达而达人。亲爱之谓也。古者盖谓之仁。"[①]蔡元培的这种以自由释义、以平等释恕、以博爱释仁,不见得非常确切,当然也不是唯一正确的答案,但这种方法无疑会易于外国人的接受。

中国的这些元典之所以称之为元典,就在于它意义的深厚性。所以我们有两千多年的元典解释史,而不同时代的不同人都可以从自己的角度进行理解和阐释。元典的生命就存在于"日日新"的理解和阐释当中。如果我们试图预设一个固定不变且唯一的答案来框住元典,就等于扼杀了它的生命力。而所谓跨文化阐释,就是从一种文化向另一种文化、从一种语言向另一种语言、从一种文本向另一种文本、从一种能指向另一种能指的转换;就是用另一种文化、另一种语言、另一种文本、另一种能指来解释、补充或替换原来的文化、语言、文本和能指。这是一个开放的过程。它需要将词和意义分离,然后跨越意义进入另一种语言,进行重新组合。在这个过程中,意义肯定会发生变迁。问题是,任何词语都是与其他词语发生关联的时候才有意义,这就构成了意义的不可确定性,也为解释预留了空间。对意义的解释不仅由作者和文本决定,同时也由读者决定。所以意义的变迁是解释的内在机制,属于正常现象。解释当然有解释的范围,不能是无效的解释,也不能是过度解释。但这不能成为否定跨文化阐释的理由。我们只能在承认跨文化阐释可能性、可行性的前提下,认真研究如何进行跨文化阐释的问题。是否可以跨文化阐释和跨文化阐释是否有效,这是两个层面的问题,不能因无效的跨文化阐释就否认跨文化阐释本身。总之,我觉得在我们向世界传播和解释中华文化的时候,"跨文化阐释学"是一门值得我们好好研究的学问。王国维的《红楼梦评论》和《人间词话》,采用"取外来之观念与中国固有之材料互相参证"的方法,其实就是一种"跨文化阐释法",而钱锺书的《管锥编》也属于跨文化阐释。我

[①] 蔡元培:《对于教育方针之意见》,《蔡元培美学文选》,北京:北京大学出版社1983年版,第2页。

们还有很多这方面的研究成果,而所有这些成果都可以成为我们向世界解释中国文化时可资借用的重要资源。

3. 如何对外宣传我们的文化政策?

文化政策不仅仅是政府的事情,也还是一个学术问题。英国文化研究学派非常重视文化政策的研究。英国著名学者托尼·本尼特很早就提出"置政策于文化研究之中"。在这方面,我国开展的显然还很不够。

我们当然要了解和研究国外的文化政策,但了解和研究别国的文化政策,不光是借鉴和学习,更是为了有效地传播中华文化,包括宣传我们的文化政策。"中国威胁论"的借口是不了解我国的政策。其实,不是我们没有政策,主要是对方不了解。为什么对方不了解?除了对方的原因之外,也有我们自身的原因。一方面是我们宣传不力,另外一方面是我们宣传不得法。

如何对外宣传我们的文化政策?当然不能按照我们在国内通常所采用的办法来宣传,而必须采用对方所能接受和易于接受的方式。

1998年欧洲理事会(Council of Europe)委托欧洲比较文化研究所(European Institute for Comparative Culture Research)研制出台了一个"欧洲文化政策与趋势概览"(Compendium of Cultural Policies and Trends in Europe)。这个概览的框架结构包括9部分内容:①历史回顾:文化政策和手段;②立法、决策和行政机制;③制定文化政策的一般目标和原则;④文化政策发展方面的问题争论;⑤文化领域的主要法律条款;⑥文化资助;⑦文化体制和新的合作关系;⑧对创造性和参与性的扶持;⑨文献来源。

依照这一框架,欧洲各国在2000年后相继推出自己的官方、半官方的文化政策。它们通常由各国负责文化、艺术或遗产的政府部门委托,由自治性的文化委员会中的专家集团来起草。所颁布的文件每隔一段时期还会进行修改和更新。到2014年,出台文化政策的国家已达42个,连续15年发布,其中不仅包括英、法、德这样的发达国家,还有俄罗斯、波罗的海三国和匈牙利等原苏联东欧地区的国家;有趣的是,连加拿大这个传统上属于英联邦、地理上属于北美的国家也接受了欧洲理事会的这种文件框架,从而加入"欧洲文化政策与趋势概览"的平台。由于采用统一的结构模式,每个国家的文化政策可以互相比较。目前可比的项目包括:1.所有的表格;2.公共团体和优先权;3.立法和政策尺度;4.文化资助;5.文化参与与消费。框架还列出每年更新的内容,还设有读者的评论,以便与之互动。

如果对外宣传我国文化政策的时候也能采用类似框架,那么外国人在了解和研究我们文化政策的时候就容易得其门而入,就会方便他们了解,显然就会有利于将我们的文化政策介绍到国外,就会增强对外宣传我国文化政策的有效性和针对性。

总之,我讲的都是以"西方之术,传中国之道"的问题,也可以称之为"中国故事,世界表述",通俗地讲就是"借鸡下蛋"。这是中华文化对外传播的策略问题。因为,对外文化工作有特殊性,不同于对内文化工作,自然不能按照我们国内的做法完全照搬到国外去;同时,还因为我国文化在国际上仍然是弱势文化,我们还不得不采用这样一种策略。这当然不意味着我们永远是"游戏规则的参加者",永远不做"规则的制定者"。

在全球化的今天,为了给我国的发展创造良好的国际环境,树立良好的国家形象是必需的。要做到这一点,自然要靠文化传播。但传播不能一厢情愿,传播什么?怎样传播?都应该认真研究接受方,要考虑和照顾到对方的可理解性问题,熟悉对方的游戏规则。只有这样做,才能增强我们对外文化传播的针对性和有效性,才能更有效地树立我们良好的国家形象。

下编：跨文化阐释的时间维度

超越"古与今"二元模式*

或许是出于学科建设的需要,许多人都把五四看成是中国现代文学的"圣诞"之日,由此古代文学与现代文学便产生了一条分水岭。研究者也乐意以古代文学专家或现代文学专家自居。抛开政治的原因不谈,这种历史分期法也确实给文学研究带来极大的方便,因为它能使研究对象得到确定。不过我倒觉得,这种沿袭已久的历史划分法很可能就是导致"传统文化(文学)断裂论"的一个重要原因。由于受专业范围和研究方向进而是自己知识结构的限制,一个非常重要的问题便从我们的视野中消失了,那就是:古代文学与五四新文学的关系是怎样的?五四新文学是怎样从古代文学发展而来的?

当然,我们绝不能抹杀古代与现代的差别。从宏观的角度讲,这种差别的存在是一个客观事实,人们可以找到许多证据来支持这种论点。但问题是我们将如何来看待这种差别呢?是否像某些论者所讲的中国文学传统在五四便断裂了呢?我想显然不能这样讲。

一、传统与现代的连续性

尽管五四上升为一个"反传统"和"西化"的抽象符号有一定的原因和根据,但我们不能否认在此之前、在当时、在此之后,捍卫传统文化者大有人在。我们可以举出像章太炎、王国维、梁启超、陈寅恪、梁漱溟、杜亚泉、章士钊等国学大师作为例证。把现代等同于五四并进而标以"反传统"和"全盘西化",这只是看到了问题的一个方面,尽管这个方面带有主流性,但绝非全部。我赞同把近现代文化划分为"激进主义"、"自由主义"和"保守主义"的格局,这至少说明近现代并非是单色调的。

如果将眼光放远一点来回顾一下历史,我们便可以发现,在中国文化的发展中,外来文化的涌入,五四并非特例。像佛教在唐代的流行之盛已经完全淹没了儒学的声音,以致惹得韩愈不得不予以抗争了。再像明末

---

* 本文曾以《从传统到现代》为题发表于《中国文化研究》1998年第1期,收入本书时有改动。

基督教在中国的传播,以及由此带来的西方科技的传播,在中外文化的交流中也具有特别重要的意义。当时,耶稣会教士像利马窦、庞迪我、熊三拔、龙华民、邓玉函、阳玛诺、罗雅谷、艾儒略、汤若望等先后进入中国传教并带来了欧洲的历算学。而中国学者如徐光启、李之藻等人也都积极回应。当时出版的《几何原本》、《农政全书》、《天学初函》、《崇祯历书》、《泰西水法》,等等,都是这次中西文化交流成果的真实记录。

我们知道佛教的输入很快就发生了中国化,产生了中国化的佛教——禅宗,而最终又融入宋明理学之中。明末清初基督教的传入也有一定的中国基础。梁启超说:"该会初期的教士,传教方法很巧妙。他们对于中国人的心理研究得极深透。他们知道中国人不喜欢极端迷信的宗教,所以专把中国人所缺乏的科学知识来做引线,表面上像把传教变成附属事业,所有信教的人仍许他们拜'中国的天'和祖宗。这种方法,行之数十年,卓著有效。"①这说明西方文化要在中国文化中生根,必须适应中国文化的特点。如果没有这一点,文化交流便不能成功。相反的例证就是罗马教皇颁布的"1704 年教令",禁止中国人拜祖宗,从而阻止了这次交流,明末清初的科学萌芽便也随之而断送了。但有一点我们也许不应该忽视,虽然科技知识的传播被迫中止,但这种追求客观知识的精神却被保存下来,并转向社会文献方面,从而孕育了清代朴学的产生。

这两次的文化交流并没有造成中国传统的断裂,可见,西学的影响和冲击并非是造成中国文化断层的充足理由,我们不能由此就简单地说,只要有西学的影响冲击就一定带来中国传统的断裂。至少我们应该有这样的共识:中国文化之所以能生生不息,一个重要的原因就在于它善于吸收外来文化并融合于自身。这是中国文化发展的一条重要规律。

与五四一样,鲁迅也一直被人们作为现代的一种文化符号来看待。按照索绪尔的解释,符号最根本的特征是能指与所指之间的任意性关系,这一点与"象征"存在着区别,因为象征具有能指与所指的内在关联。当我们解读鲁迅的时候,往往是简单化和抽象化的。我们往往过分夸大其反传统的一面,而忽略他与传统接续的一面。詹姆森在他那篇著名的论文《处于跨国资本主义时代中的第三世界文学》中,曾用较大篇幅论述了鲁迅作为第三世界的文化生产者与西方世界文化的不同之处。这种不同被他概括为"民族寓言"理论。具体地说,"资本主义文化的决定因素之一

---

① 梁启超:《中国近三百年学术史》,北京:东方出版社 1996 年版,第 23 页。

是西方现实主义的文化和现代主义的小说,它们在公与私之间,诗学与政治之间,性欲和潜意识领域与阶级、经济、世俗政治权力的公共世界之间产生严重的分裂。"而"第三世界的本文,甚至那些看起来好像是关于个人和利必多趋力的本文,总是以民族寓言的形式来投射一种政治:关于个人命运的故事包含着第三世界的大众文化和社会受到冲击的寓言。"①

当然不是绝对抹杀鲁迅的"现代性",而是强调他与西方文化不同的中国式的"现代性"。例如《狂人日记》这部小说,任何人都能体会到它同西方现代主义尤其是存在主义的相同之处。但是,詹姆森的意思是说,如果不能体会到《狂人日记》文本中"寓言的共振",那就很难适当地欣赏鲁迅本文的表达力量。"因为很清楚,那个病人从他的家庭和邻居的态度和举止中发现的吃人主义,也同时被鲁迅自己应用于整个中国社会:如果吃人主义是寓意的,那么,这种寓意比本文字面上的意思更为有力和确切。"②

这种与西方文化的差异在鲁迅的小说中当然还可以找到许多。我们想强调的是,中国近现代文化的产生不能只从西方的冲击和影响中去找原因,虽然这一点是不可忽视的,除了这个横坐标之外,还有一个纵坐标可以作为参照,那就是它与中国传统文化的关系。鲁迅,正是在古与今、中与西的交叉点上确立他的中国现代文学家和思想家的形象的。明乎此,我们便可以知道他与西方的差异性与相似性是怎样复杂地汇集于一身的。这样,我们也许就不会简单地只将他看成是中国"现代性"的一个抽象的符号。

林毓生在《五四式反传统思想与中国意识的危机》一文中,曾就五四与传统的辩证关系发表过很好的意见,他用思想"内容"和思想"模式"两个不同的概念分别指称五四对传统的批判性和继承性。也就是说,五四的反传统是在"思想内容"这一层面上进行的,而在"思想模式"这一层面上,五四却继承了中国的传统。这种在"思想模式"上的继承性,主要表现在以下两点:一是中国传统中的"实践理性"仍被五四代表人物所继承。这种"实践理性"也就是林毓生所说的"真实(reality)的超越性与内涵性

---

① 弗雷德里克·詹姆森:《处于跨过资本主义时代中的第三世界文学》,见张京媛主编:《新历史主义与文学批评》,北京:北京大学出版社1993年版,第235页。
② 同上书,第236页。

具有有机的关联",①也就是说,中国传统并不追求超越现象的本质真实,而是在现象中追求本质,在现实的人生中内含着超越的意义,所以不关心身后之事。这也就是孔子所说的"未知生,焉知死"的深刻含义。二是五四精神中蕴涵着一种中国知识分子特有的入世使命感,这种使命感是直接上承儒家思想所呈现的"先天下之忧而忧,后天下之乐而乐"与"家事、国事、天下事、事事关心"的精神的,它与旧俄沙皇时代的读书人与国家权威与制度发生深切"疏离感",因而产生的知识分子激进精神,以及与西方社会以"政教分离"为背景而发展出来的近代知识分子的风格,是有本质区别的。

由此,我们可以说,五四是中国传统的批判者,却不是破坏者,他们是中国文化的生产者,却不是消费者。从传统到现代,只是中国文化发展的两个不同阶段而已,说中国传统发展到五四造成断裂,这个结论是不成立的。

二、如何看待古今文化的差异性

阐述中国古代文化、文学与近现代文化、文学的连续性,绝非意味着否认两者之间存在的差异,这种差异的存在是一个不争的事实。

中国传统的基本特征若用一句话概括,可概括为:一个中心、两个基本关系。中心是和谐,两个基本关系是人与社会的关系及人与自然的关系。追求人与自然的和谐是中国传统文化的基础,而追求人与社会之间的和谐则是中国文化的主导方面。前者是道家观念,后者是儒家观念。两者的关系可以用人们通常所说的"儒道互补"来概括。为什么儒道是互补的呢?这是因为人与人的社会伦理秩序是按照自然模式来建构的。所谓"君君臣臣父父子子",说的是君臣关系要如父子关系,国家秩序要以血缘关系为参照为依托,父子的血缘关系说到底是一种自然关系。违背这种关系,父不父子不子,也就会君不君臣不臣了,天下就会失去秩序而大乱。中国文化的自足性在此,中国文化的封闭性也在此。

中国文化的基本特征表现为农耕文化,在这种文化背景下,人的心理结构中的自然欲求是有限的,是极容易得到满足的。因此,人与自然、人与社会之间的和谐关系的形成,其实是建立在人的自然欲求有限性的基础之上的,也就是说,人的自然欲求的有限性是建立人与自然、人与社会

---

① 林毓生:《中国传统的创造性转换》,北京:三联书店1988年版,第158页。

和谐关系的必要条件。所以中国文化也一直以同化或限定人的自然欲求为指归。同化方式是一种较理想的方式,如孔子的"仁学",仁的结构模式就是要求"礼"(社会理性目的)与"欲"(人的感性欲望)建立一种和谐关系,使"欲"自愿接受"礼"、顺从"礼",从而达到"我欲仁,斯仁至矣"的效果。限定的方式则是一种不得已而为之的做法,它是通过限定感性欲望膨胀的方式来达到和谐目的。如宋明理学的"存天理、灭人欲",即是一个明显的例证。而这一点,也正是五四时期人们所不满意和攻击的对象。

中国近现代文化也可概括为:一个中心、两个基本关系。中心是冲突,两个基本关系是中与西及古与今。中西文化的冲突是近现代文化的基础,而古今之争则是这种文化的主导方面。古今之争说到底是中西之争,两者可以看成是一个问题的两个方面。应该说中与西、古与今、新与旧、进步与落后、激进与保守,等等的矛盾冲突贯穿20世纪中国文化发展之始终。古今之争不仅仅是今人对古人的反驳,而且也是持现代观念的今人与持传统立场的今人之间的争论。这也不仅仅是五四时期陈独秀、胡适、鲁迅、刘半农、钱玄同等人对以林纾为代表的守旧派的冲击,而且也还表现为同一个人自己内心不同观念的冲突,甚至不惜以今日之我与昨日之我抗争,如梁启超。近现代文化冲突的一个重要成果是,古代以限制或同化人的感性欲望为指归的封闭式模式被打破,人的个人创造性能量得到某种程度的释放,主体论哲学美学开始建立。中国近现代文化就是在古与今、中与西的文化冲突中建立起来的,冲突的双方必然在同一个文化统一体内会互相牵制,从而使中国的社会和文化并没有完全走向西方发展的道路。关于这一点,前面已有说明,在此不再赘述。

我们丝毫不承认发生在20世纪初的那场新文化运动造成了中国文化的断裂,但是我们承认现代与传统的差异。差异是否意味着断裂呢?显然不能这样讲。皮亚杰在发生认识论中,用建构主义的观点具体说明了一个人不同的人生阶段所发生的在认知结构上的变化。如果一个人从童年成长为成年,我们能因为这个人所发生的年龄上的变化而否认他成长的连续性吗?西方诗哲尼采说:"上帝死了!"可是并没有人因为西方近代哲学对基督教的批判而声称西方文化断层了。在此,我觉得有必要分清两个不同性质的说法:一是中国文化受到西学的冲击而造成中国传统的断裂,一是中国文化受到西学的影响而实现向近现代的转换。这本来是两个不同性质的问题,持中国文化断裂论的人,就是把这两个问题混为一谈,从而得出错误结论的。我们显然不赞成第一种说法,而第二种说法涉及中国文化若没有西方的影响能否实现现代转换的问题,这却是需要认真对待的。

马克斯·韦伯在《儒教与道教》中曾提出一个观点,即中国文化的特点决定了其自身是不能自动发生现代转换的。他在《新教伦理与资本主义精神》中,曾具体说明了新教伦理与西方资本主义发展的精神动力之间的生成关系。而在《儒教与道教》中,韦伯以较大篇幅分析研究了中国的社会结构,又重点研究了建立在这种社会结构基础之上的中国正统文化——儒教伦理,同时还顺便考察了被视为异端的道教。他将儒教与西方的清教作了较为透彻的分析比较,最后得出一个结论:儒教伦理阻碍了中国资本主义的发展。顾准在20世纪70年代也有类似的观点,虽然他当时并没有读韦伯的书,但他的观点却是与韦伯不谋而合的。顾准在《要确立科学与民主,必须彻底批判中国的传统思想》一文中说:"科学与民主,是舶来品。中国传统思想,没有产生出科学与民主。如果探索一下中国文化的渊源与根据,也可以断定,中国产生不出科学与民主来。"①他还说:"中国没有唯理主义。范文澜痛诋宗教,他不知道,与基督教伴在一起的有唯理主义,这是宗教精神。固然窒息科学,也培育了科学。中国有不成系统的经验主义,一种知其然而不知其所以然的技艺传统,这成不了'主义',只成了传统的因袭。"②

有意思的是,中国现代大儒梁漱溟在他的《中国文化要义》中也持有类似的观点。他称中国文化为一种"早熟的文化",其特点是关注人与人之间的关系,而对人与物的关系则是忽略的,现代科技解决的问题就是人与物的关系,所以尽管人类文化的方向是中国文化,可眼下中国文化却要首先解决科技文化的问题,要首先走一段西方文化的路。因此,为使中国文化走向现代化,引入西方文化是必要的。

我们自然不能无视西方的冲击和影响在中国传统向近现代转换过程中的作用,同时,也没有必要将这种作用无限扩大化,更没有必要将此看成是中国文化的断裂。因为中国近现代文化首先是在中国古代文化的母体之中孕育而产生的,它不是突发的历史事件,而是一个渐进的过程。

我们都承认梁启超《论小说与群治之关系》在开辟中国近现代文学中的重大意义,但是这种将中国传统文学中不登大雅之堂的小说提升如此

---

① 顾准:《顾准文集》,贵州:贵州人民出版社1994年版,第348页。
② 同上书,第352页。

之高的做法并不就始于梁启超。清初顾炎武在《日知录》中早就发表过类似的看法,他说:"古有儒释道三教,自明以来,又多一教曰小说,小说演义之书,士大夫农工商贾无不习闻之,以致儿童妇女不识字者皆闻而如见之,是其教较之儒释道而更广也。"① 事实恰如米列娜所说:"认为中国现代小说是由1919年五四运动引起的剧变而造成的学术观点"是令人怀疑的。"人们常常把中国现代文学的形成解释为白话文学取代文言文学的激烈而短暂的过程",而"这种解释是简单化的。"②

尽管古代文化与现代文化结构存有差异,但我并不认为两者之间存在着不可逾越的鸿沟,梁启超在《清代学术概论》中谈到清代朴学的治学方法时曾说:

> 吾尝研察其治学方法:第一曰注意。凡常人容易滑眼看过之处,彼善能注意观察,发现其应特别研究之点:所谓读书得间也……第二曰虚己。注意观察之后,既获有疑窦,最易以一时主观的感想,轻下判断;如此则所得之间,行将失去。考证家决不然;先空明其心,决不许有一毫先入之见存;惟取客观的资料,为极忠实的研究。第三曰立说。研究非散漫无纪也,先假定一说以为标准焉。第四曰搜证。既立一说,绝不遽信为定论;乃广集证据,务求按同类之事实而皆合;……第五曰断案。第六曰推论。经数番归纳研究之后,则可以得正确之断案矣……③

可以看出,这些方法跟后来胡适所倡导的"大胆假设、小心求证"的近代实证主义方法并没有本质的差异。杨东莼在谈到清代朴学大师戴震的治学方法时也说"深合于近代科学的精神"④。

对传统文学与五四新文学的关系问题,我们必须破除以往线性单向思维模式的禁锢,不能只看西方的冲击影响,而无视传统中蕴涵着的现代转换的潜能。同时,我们也应注意到,这种转换潜能的发挥又离不开西学的冲击和影响。前者是内因,后者是外因,是两者的共同作用,才实现了从传统文学到五四新文学的历史转换。关于这一点,周作人曾有过一个形象的比喻,他说:"自甲午战争后,不但中国的政治上发生了极大的变

---

① 顾炎武:《日知录》卷十三。
② 米烈娜编:《从传统到现代》,北京:北京大学出版社1991年版,第1、3页。
③ 梁启超:《清代学术概论》,北京:东方出版社1996年版,第42—43页。
④ 杨东纯:《中国学术史讲话》,北京:东方出版社1996年版,第299页。

动,即在文学方面,也正在时时动摇,处处变化,正好像是上一个时代的结尾,下一个时代的开端。新的时代所以还不能即时产生者,则是如《三国演义》上所说的'万事俱备,只欠东风'。"也就是说,新文学的产生是孕育于中国社会的内部,在中国文学的发展中已具备了转换变化的趋向,只是由于尚缺乏外部条件,才没能促使这种转换的实现。这外部条件也就是"西洋的科学、哲学和文学各方面的思想",而"到民国初年,那些东西已渐渐地输入得很多,于是而文学革命的主张便正式地提出来了。"①

在《中国新文学的源流》中,周作人将中国文学概括为"言志"与"赋得"两大传统。他说:"言志派的文学可以换一名称,叫做即兴的文学,载道派的文学也可以换一名称,叫做赋得的文学。古今有名的文学作品,通是即兴的文学。"②按照周作人的解释,"言志"是表达自己的思想见解,"即兴"是自由地表达思想见解;"载道"是传达他人既成的思想见解,"赋得"是限定在固有的形式下表达他人的见解。周作人是赞许"言志"与"即兴",反对"载道"与"赋得"的,这显然也跟他的"自我表现"论有关。他认为中国新文学的源流是"言志"传统,尤其是直接继承了明代"公安派"的"独抒性灵"论。他认为文学的历史发展,是"言志"与"载道"的交替循环,五四新文学作为对清代古典主义文学(尤其是"桐城派")的反动,是向明代"公安派"的回归,因此新文学可被视为明代"公安派"独抒性灵文学传统的"复兴"。他指出:"胡适之的所谓'八不主义',也即是公安派的所谓'独抒性灵,不拘格套'和'信腕信口,皆成律度'的主张的复活。所以,今次的文学运动,和明末的一次,其根本方向是相同的。其差异点无非因为中间隔了几百年的时光,以前公安派的思想是儒家思想、道家思想、外加外来的佛家思想三者的混合物,而现在的思想则于此三者之外,更加多一种新近输入的科学思想罢了。"③

虽然,周作人在此未免陷入文学发展的历史循环论,但是他指出了这样一个客观现实,即五四新文学虽然有外国文学的影响,但它也有中国传统文学的"内应",新文学与中国传统文学是衔接汇通的。因此在传统文学与五四新文学之间并没有一条不可逾越的鸿沟,五四新文学的发生是直接承继明末浪漫主义文学而来的。周作人的这种观点对于我们今天认

---

① 周作人:《新文学的源流》,北平人文书店印行1934年版,第101页。
② 同上书,第72页。
③ 同上书,第92页。

识五四新文学与传统文学的关系具有很强的现实意义,尤其是对于五四传统文学断裂论是很好的驳正。

在今天,我们应该走出古代与现代二分法绝对论的怪圈。要不然,或者站在古代文化的立场上诋毁近现代文化,或者站在近现代文化的立场上攻击古代文化,这种矫枉过正的做法,历史已经证明,是不利于中国文学发展与文化建设的。

原始儒学的现代美学阐释

儒学有广义与狭义之分，狭义之儒学即以孔孟为代表的原始儒学。它开启了中国传统文化、学术及思想的源头，而广义的儒学指的是中国传统文化中占据正统地位的部分，它除了原始儒学之外，还应包括汉代经学、宋明道学等。公认的儒学经典有《论语》、《孟子》、《大学》、《中庸》之四书和《诗经》、《尚书》、《礼记》、《周易》、《春秋》之五经。这里所研究的儒学，是广义的儒家，试图通过描述儒学的发展演变来展示中国传统文化发展的一般规律。儒学与美学的关系可以分为内部关系与外部关系两大类，内部关系指的是儒学经典内含的美学思想，外部关系是指儒学对整个中国古典美学产生的影响。与对中国古典美学的研究相比较，儒学与美学所探讨的仅限于与儒学有关的美学思想。既然是讨论美学思想，那么对于中国丰富多彩的审美意识就只能割爱，即我们较少讨论作为美学史对象的审美意识部分，较少讨论审美意识的感性显现部分，这是我们需要预先声明的。儒学与美学的内部关系将是我们讨论的重点，同时也适当兼顾其外部关系。

我们知道中国古典美学有两大基本特征，一是和谐美本质论，一是美善结合的审美观。"和谐"作为中国传统文化与美学的中心范畴，它的确立，当然不仅仅是儒学的功绩，其他学派也有类似倾向。但无疑，儒学在形成中国传统和谐美思想的过程中发挥了主要的作用，而美善结合的审美观则可以说主要是儒学的观点，而道家学派则是反对这种审美观的。

由于孔子的"述而不作"，强调以感悟直觉的方式去体悟人生道理，造成中国古典美学的表现形式是感悟理解型的，而非西方美学的那种理性剖析型的。这也可以看成是中国美学的第三大基本特征。从以上三个方面都可以看出儒学对中国美学的巨大影响。

一、孔子的仁学与美学

孔子在中国文化、学术及思想史上的地位是毋庸置疑的、中国文化的许多特点都可以在孔子那里找到源头。而孔子思想体系的核心就是他的"仁"学。

在《论语》中,"仁"字总共出现了 109 次,①可以说是儒学的一个中心范畴。具体说来,仁包含两方面的意义。一是仁者爱人、它强调的是人的社会性和亲合关系,强调源于氏族情感的社会伦理和群体规范对于个体存在的无限至上性,要求把个人消融在与社会群体无矛盾的和谐统一中。"仁"的第二方面的含义是社会等级、地位尊卑的不可移易性,承认爱是有差等的。两者结合起来看,孔子的"仁"就是有差等的爱,是尊卑有序、亲疏有等的宗法制下的君臣父子之爱。因而,孔子所讲的这种有差等的爱兼有社会与家族的双重意义。

孔子的社会理想是按照家族的亲情关系确立的,他说君君臣臣父父子子,意思是说君臣关系恰如父子关系一样自然合理,因此国即家。国家模式根于家庭模式,社会伦理(礼)要植根于人的个体情感(欲)中,而"仁"其实就是情感化的"礼"。这样,要达至"仁",每个个体由家庭关系所产生的情感便成为出发点。正如孔子的学生有子所说:"君子务本,本立而道生.孝弟也者,其为仁之本与!"②内聚于"仁"中的"礼"成为每个人的自觉行为,不再是强制性的外在于主体的异化力量,自然也就可以"克己而复礼"了。

在孔子那里,"仁"被当作从"欲"到"礼"的中介,他的目的显然是想将二者合为一体,他既不是完全排斥人的本体欲望,又完全反对那种强加于人的杀罚,而是希望通过道德情操的培养达到"圣"的境界。正是在这一点上,孔子才非常重视艺术的作用。因为"仁"的结构及功能恰恰是与审美的结构与功能相通的,作为感性与理性、情感与理智和谐统一的审美正好可以帮助人们完成内聚于"欲"从而达到"仁"的过程。所以,他才说:"兴于《诗》。立于礼,成于乐。"

同时,这也可以说明另外一个问题,即在孔子的美学思想中,从开始就是着眼于美与善的结合上,他的审美理想便是既美且善、尽善尽美。《论语·八佾》中说:"子谓《韶》尽美矣,又尽善也。谓《武》尽美矣,未尽善也。"虽然,孔子在此已经注意到审美的特殊性问题,已经意识到美与善分离的现象,但很显然,他是更赞成"尽善尽美"的《韶》乐的,认为"尽善尽美"的《韶》乐是高于虽美却不善的《武》乐。在《论语·述而》篇中记述:"子在齐闻韶,三月不知肉味。"可见他对《韶》的迷恋程度。所以然者何?

---

① 杨伯峻:《论语译注》,北京:中华书局 1980 年版,第 221 页。
② 《论语·学而》,见《论语译注》,第 2 页。

何曼《论语集解》引孔安国注曰:"《武》,武王乐也。以征伐取天下,故未尽善。"朱熹《论语集注》引程子注曰:"成汤放桀,惟有渐德,武王亦然,故未尽善。"这显然不符合孔子的道德理想。难怪他要崇《韶》而抑《武》,关键问题在于一个"善"字,因此达到美与善的结合才是孔子真正向往的。

但是,我们却不能由此得出结论说,善可离美。虽然"善"在孔子的审美观中占据重要的位置,但他还是没有极端化地排斥审美作用,而是认为不美的"善"也是不足取的。他说:"质胜文则野,文胜质则史。文质彬彬,然后君子。"①在这里,他强调,作为形式的美的重要性。他所追求的还是美与善、形式与内容、文与质、乐与礼的和谐统一。具体地说,一方面,他认为善与美的结合要高于善与美的分离,另一方面,他也同时强调形式美的作用,既要有充实的符合周礼的"质"充于内,又要有相应的得体的"文"现于外,二者相互配合,才能相得益彰。

应该说,孔子的这种思想的形成是有其深刻的时代背景的,我们知道,孔子生活的时期正是中国社会从早期奴隶制向后期奴隶制社会过渡的春秋战国时期,在这种社会转型期中,人们的思想空前活跃与解放,具体表现在神的权威被打破,而人的合理欲望则被肯定,从而形成了百家争鸣的多元化局面。尽管百家各派的立场不同,存在着各种各样的争鸣,但时代的特点要求这一时期的思想家都不能不从现实出发,来回答时代所提出的问题,可以说,旧的神学迷信被打破,正可以使他们能够直接面向现实、面向社会。孔子的"仁"学及由此生发的审美观正是服务于解决社会现实问题的。《论语·述而》中说"子不语怪、力、乱、神",不正好说明了这一点吗?

从尊重人的感性存在出发,孔子承认人的各种欲望追求,包括审美追求的合理性,他以诗、书、礼、乐、御、射六艺授徒,就是希望每个人都能获得全面发展。孔子不是禁欲主义者,春秋时美善已有所区别,人们已在与实用功利有别的形式意义上使用"美"这一字眼,美感也就显然有与生理感觉的愉快相关的一面。人的全面发展离不开对人的感性存在的肯定和确证。孔子正视美善的这种分化,在某种程度上把审美作为道德修养不同的需要而肯定下来。

孔子不是禁欲主义者,但也不是纵欲主义者。如同他的仁学基础是伦理之爱与礼仪等级的统一一样,他的审美理想也是善与美、理智与情感

---

① 《论语·雍也》,见《论语译注》,第61页。

的统一，即一方面不否认审美的感性愉悦价值，并将其视为独立在道德之外的合理要求；另一方面，孔子又强调这种美感的满足不能仅仅局限于感觉生理的有限范围，必须纳入社会伦理的轨道并注入道德教化内容，实现感性与理性，个人欲望的满足与社会秩序的统一。道德化的情感和情感化的道德就是孔子架设在审美与伦理之间的一座桥梁，在审美的自觉追求中实现人格修养的自我完善。这种合二为一的提法使孔子既把审美看成是道德的起步，又把道德视为审美的最终完成。因为孔子虽然意识到审美与道德有别，但又努力强调二者的联系，把社会、伦理无条件地置于个人、感性之上，从来不作脱离伦理规范的抽象的审美谈论。道德尺度与审美尺度的统一就是孔子尽善尽美的美学原则的核心。

另外，我们还应该看到，尽管孔子追求道德与审美的统一，但在孔子的美学思想中，两者的重要性毕竟还是有差别的。这一点构成了孔子审美价值的等级观。正像我们前面所说的，在孔子那里、尽善尽美要高于只美不善，两者构成一个等级一样，在美与善、文与质等问题上，他虽讲统一相称，但也并不是同等看待的，而是认为质更甚于文。孔子曾借《诗》表达自己对文质关系的看法：

> 子夏问曰："'巧笑倩兮，美目盼兮，素以为绚兮'，何谓也？"子曰："绘事后素。"曰："礼后乎？"子曰："起予者，商也，始可与言《诗》已矣！"①

"绘事后素"是当时绘事工艺的通常规范。《周礼·孝工记·画缋》中说："画缋之事杂五色。……凡画缋之事，后素功。"也就是说，"素"是指素色而不是通常人们所认为的画底。当时绘画用色有严格的等级限制，为了消除画面上的颜色渗化现象，往往完工后还要用素色修整。孔子的意思是，既然无论色彩如何绚烂的图案最后也要经过"素"的整修才臻完成，可见有时"素"比"绚"更重要。"素"借指质、德，"绚"则借喻文、美，前者为本，后者为末。

从上述引文中还可看出孔子欣赏诗歌的特有方式，让孔子感到高兴的是他的学生能够从对诗歌的欣赏中体悟到"礼"。而作为审美形式的诗，它的重要价值就在于它包含了"善"，包含了"礼"。这种方式是典型的中国美学中直观感悟的方式，而不是靠逻辑推理来达到对"善"的把握。

---

① 《论语·八佾》，见《论语译注》，第25页。

孔子还说过："诗三百，一言以蔽之曰思无邪。"①"礼云礼云，玉帛云乎哉！乐云乐云，钟彭云乎哉！"②"岁寒，然后知松柏之后凋也。""知者乐水，仁者乐山。知者动，仁者静。知者乐，乐者寿。"③这些例子都说明，孔子之所以重视艺术与自然的审美形式，完全是因为它蕴含着一种道德内容，他看重的往往是那些寓于形象中的道德意义，往往超越具体形象而上升到道德含义的感悟，从形象出发引申出道德训诫来。

由此，我们可以说，孔子的美学实质上是一种伦理化的美学。在美的本质上，它强调美与善的和谐统一，在美与善的统一关系中，更强调现实内容的"善"，在审美体验中，突出感悟直观道德意义的方式，在审美特征中，更强调其现实性，其审美品格，属于"实践理性"之范畴。这些都规定了中国古典美学以后发展的方向。

二、孟子的"性善论"与美学

如果说孔子把审美看成从自然的、感性的人提升为社会的、道德的人的重要途径，从而将审美导向伦理政治，那么，孟子（约前372—前239）则进一步将道德修养本身纳入审美的范围，从而高扬了主体人格精神的审美价值，最终实现了美学与伦理学的统一，这是孔子重善的美学观发展的必然结果。

孟子鼓吹性善论，把追求道德的自我完善视为人性普遍的自觉欲求。他说：

> 恻隐之心，人皆有之；羞恶之心，人皆有之；恭敬之心，人皆有之；是非之心，人皆有之。恻隐之心，仁也；羞恶之义，义也；恭敬之心，礼也；是非之心，智也。仁、义、礼、智，非由外铄我也，我固有之也，弗思耳矣。故曰：求则得之，舍则失之。④

孟子的性善论成为他美学思想的理论基础，也造成了中国传统审美活动的内向性品格，它对于形成中国人的文化心理产生了极其深远的影响。

孟子重义而轻利、重精神道德而轻物质享受，反映到审美上，便导致

---

① 《论语·为政》，见《论语译注》，第11页。
② 《论语·阳货》，见《论语译注》，第185页。
③ 《论语·雍也》，见《论语译注》，第62页。
④ 《孟子·告子上》，见杨伯峻：《孟子译注》，北京：中华书局1960年版，第259页。

重心理伦理而轻感性娱乐的倾向。孟子将生理之欲与精神需要作一绝对划分,实际上是对统治者追求低级的五官声色之乐的一种极端否定,是审美本身从低级的生理快感向高级的精神愉悦的一种飞跃。与孔子的主张相比,孟子的美感更多地偏离感性而接近理性,为将道德修养纳入审美的范围顺利地铺平了道路。孟子把审美对象从自然、艺术扩展到人格修养,从外在感性形式深化到内在精神伦理,实现了美学与伦理学的直接统一。这就不是由审美而伦理的问题。道德修养本身便与审美相一致,审美的极致也就是超越感性而达到伦理的充实,"故理义之悦我心,犹刍豢之悦我口"①。随着艺术的发展和人的审美感觉的日益细腻,美善同一,以善抑美的主张不断受到冲击,美与善分离而日趋独立发展,甚至和善产生尖锐对立。孟子作为思想家政治家不能不强调美与善的联系,然而美与善的分离乃是当时的历史大势,以善纳美实不可能。有鉴于此,孟子在新的历史条件下重申道德修养的重要性便不得不打着审美的旗号进行。他从另一方面着手,即将本属伦理的善改头换面贴上审美的标签,名义上似乎顺应时势更注重精神充实的美,实质却未有改变。因为孟子所提倡的美的极致不是别的,正是道德的完善。作为道德完善的别称,就是著名的"浩然之气"。《孟子》说:

"敢问夫子恶乎长?"曰:"我知言,我善养吾浩然之气。""敢问何谓浩然之气?"曰:"难言也?其为气也,至大至刚,以直养而无害,则塞于天地之间。其为气也,配义与道;无是,馁也。是集义所生者,非义袭而取之也。行有不慊于心,则馁也。"②

"浩然之气"兼自然与社会双重意义,或"至大至刚",充塞天地;或"配义与道",充实人伦,根本特征则是一种阳刚之力。它与《周易》中"天行健,君子以自强不息"的命题显然有一脉相承之处。因而不否认天地自然之"刚"对人世的重要启示,从中汲取巨大的精神力量,同时又将这种精神力量具体化为崇高的人格理想:"富贵不能淫,贫贱不能移,威武不能屈。"③

---

① 《孟子·告子上》,见《孟子译注》,第261页。
② 《孟子·公孙丑上》,见《孟子译注》,第62页。
③ 《孟子·滕文公下》,见《孟子译注》,第141页。

孟子还对个体人格的评价作了具体划分：

> 浩生不害问曰："乐正子何人也？"孟子曰："善人也，信人也。""何谓善？何谓信？"曰："可欲之谓善，有诸己之谓信，充实之谓美，充实而有光辉之谓大，大而化之之谓圣，圣而不可知之之谓神。乐正子，二之中，四之下也。"①

这里，孟子把对个体人格的评价划分为善、信、美、大、圣、神6个等级，不但把"美"同伦理意义的"善"、"信"区别开来，而且把"美"摆在"善"、"信"之上。这说明孟子把"美"明确地列为与"善、信"不同的境界。"充实之谓美，充实而有光辉之谓大"，都旨在强调充实于内而表现于外的一种磅礴气势，是阳刚的一种高级表现，从而将"浩然之气"予以具体化了。至于"圣"、"神"则把阳刚之气推向极致，超越常人的境界而令人敬畏了。

孟子一方面将伦理纳于审美，另一方面又以人性善为根据，论证审美的极致道德追求的普遍性。这是孟子美学思想的中心所在：

> 口之于味也，有同嗜焉；耳之于声也，有同听焉；目之于色也，有同美焉。至于心，独无所同然乎？心之所以同然者，何也？谓理也，义也。圣人先得我心之所同然耳。故理义之悦我心，犹刍豢之悦我口。②

孟子从人的生理欲望是相同的，推导出人的精神欲望也应该是相同的，这就为人的成长与发展提供了无限的可能，人皆可成为道德上的完人，人皆可以为尧舜，这显然有打破少数贵族的政治特权而为下层贫寒之士的崛起作鼓吹的意图。正因为爱美之心人皆有之，故孟子反对统治者单方面地追逐声色犬马之乐，主张与民同乐以缓和统治者与被统治者之间的矛盾冲突，保证社会的安定平衡。因为"乐民之乐者，民亦乐其乐；忧民之忧者，民亦忧其忧。乐以天下，忧以天下，然而不王者，未之有也。"③

有必要指出，孟子所讲的美虽然偏于理性，并把道德完善视为审美的最高境界，但他并不否认自然美的存在，而只是将人格修养视为美的最高理想。孟子与孔子一样，依然以人格精神来解释自然之所以美的原因。例如他曾这样论观水：

---

① 《孟子·尽心下》，见《孟子译注》，第334页。
② 《孟子·告子上》，见《孟子译注》，第261页。
③ 《孟子·梁惠王下》，见《孟子译注》，第33页。

> 徐子曰:"仲尼亟称于水,曰:'水哉,水哉!'何取于水也?孟子曰:'原泉混混,不舍昼夜,盈科而后进,放乎四海。有本者如是,是之取尔。苟为无本,七八月之间雨集,沟浍皆盈;其涸也,可立而待也。故声闻过情,君子耻之。'"①

孟子暗中将孔子尽善尽美的审美理想纳于新的体系。如果说孔子将审美视为伦理的起步,那么孟子则将伦理看作审美的完成。从逻辑形式上看是对审美领域的拓展,从思想实质上讲是向传统的复归。

三、荀子的"性恶论"与美学

荀子是先秦原始儒学的最后一个重要代表。虽然他以孔子儒学继承人自居,但与孔孟相比,荀子的思想已有了深刻的变化。在政治主张上,他由孔子的"礼治"发为"礼法并重",在人性论方面,他由孟子的"性善论"转向"性恶论"。荀子突出发展了孔子儒学外在事功的方面,为向法家过渡时期的人物。但在荀子那里,虽主张人性恶而有别于孔、孟的理论,却又认为人经过后天的教育学习可以向善,从而为审美和艺术留下了位置。总的说他仍属先秦原始儒学的范畴,处于原始儒学的终结阶段。

成为荀子美学思想理论基础的就是他的性恶论。他说:"人之性恶,其善者伪也。"②"性者,本始材朴也;伪者,文理隆盛也。无性则伪之无所加;无伪则性不能自美。"③"不可学不可事而在人者,谓之性;可学而能可事而成之在人者谓之伪,是性伪之分也。"④

这就是说,"性"是先天的,是与人的后天努力无关的范畴,"伪"则相反,它不是天生而具有东西,必须经过后天的学习努力才能取得。前者如目能看,耳能听,后者如心知礼义。而"性",在荀子看来是恶的,因为人生来就好利恶害,好逸恶劳,只知追求自己的欲望的满足,根本不懂得什么仁义。人性既然是恶的,那么仁义道德又从何而来呢?它是古代的"圣王"建立起来的,但每一个人经过努力学习,都可以做到。

强调个人欲望与社会规范的统一是儒家一贯的主张,荀子也不例外。但与孔、孟不同的是,孔子、孟子从性善论出发,把追求道德的完满看成是

---

① 《孟子·离娄下》,见《孟子译注》,第 190 页。
② 《荀子·性恶》,见《诸子集成》,上海:上海书店 1986 年版,第 289 页。
③ 《荀子·礼论》,见《诸子集成》,第 243 页。
④ 《荀子·性恶》,见《诸子集成》,第 290 页。

人的天生内在的要求,是人与禽兽的主要区别,从而赋予社会道德规范以先验的性质。审美作为通往道德完善的重要途径,完全出自人的内在驱动而无须外在强制,它是人人向善的一种表现。荀子则从性恶论出发,否认人有追求道德完满的先天倾向,肯定人的道德要求是后天环境陶冶养成的,是后天用礼仪改造的结果。因此在荀子那里,音乐美学思想便附属于礼法思想,并成为其中的有机组成部分。然而,正由于礼法更多地侧重辨异,侧重于安定等级秩序,因而乐日益失去真诚内省的特点,成为统治者用于驾驭人的思想的一种工具了。

荀子也不是禁欲主义者,他肯定各种欲望的满足是人与生俱来的天性需要,包括审美在内也是这样。他在《性恶》篇中说:"若夫目好色,耳好声,口好味,心好利,骨体肤理好愉佚,是皆生于人之情性者也,感而自然,不待事而后生之者也。"在《王霸》篇中也说:"夫人之情,目欲綦色,耳欲綦声,口欲綦味,鼻欲綦臭,心欲綦佚。此五綦者,人情之所必不免也。"

荀子认为人的本性不但好色、好声,而且还好"綦色"、好"綦声"。"綦"与"极"是一个意思,好"綦色"、"綦声",即是好最悦目的色、最悦耳的声。这种把"欲"赋予了本体论意义,"欲"就是人的生而具有的本体感性存在,这一点,应该说是荀子思想中非常合理的一面。如果荀子能够沿着"欲"的感性存在进一步升华,将它与主体的理性日的联系起来,统一在一起,则可以直接与西方近代唯意志论美学接轨。可惜的是,他并没有这样做,而是将"礼"直接内聚于"欲",使"欲"的本体存在形同虚设,没有充分发挥的余地,而最终却要受到外在于人的本体的"礼"的节制。他说:

> 故礼者养也。当豢稻粱,五味调香,所以养口也;椒兰芬苾,所以养鼻也;雕琢刻镂黼黻文章,所以养目也;钟鼓管磬,琴瑟竽笙,所以养耳也……故礼者,养也。①

至此,荀子似乎把"欲"完全纳于"礼"之中了。荀子虽然比前人更强调五官快感满足的重要性却未因此而走向另一极端,否认有所节制的必要性。他毕竟是主张人性恶的,他意识到这种自然天性若盲目发展,便会带来危害,因而主张节制。这表现为他对礼所作的另一方面强调,即区分贵贱上下,维系等级的作用:

> 礼起于何地?曰:人生而有欲,欲而不得,则不能无求;求而无度

---

① 《荀子·礼论》,见《诸子集成》,第231页。

量分界,则不能不争。争则乱,乱则穷。先王恶其乱也,故制礼义分之,以养人之欲,使人之求。使欲必不穷乎物,物必不屈于欲,两者相持而长,是礼之所起也。①

"欲"被纳于礼这一事实表明荀子的理论归宿还是"礼",他只是肯定合于礼的"欲"。他说:"心之所可中理,则欲虽多,奚伤于治!欲不及而动过之,心使之也。心之所可失理,则欲虽寡,奚止于乱!"也就是说,欲之多寡无关紧要,关键是是否合于礼。这就完全暴露出他肯定人的感性欲望的真正意图了。

荀子在《劝学》中提出了"不全不粹之不足以为美"的说法,而这种美就在于"君子"的所见所闻所言所思都合乎礼义,包含与耳目之欲相关的美的欲望在内,都必须处处合乎礼义,否则就不应去追求它。而且"君子"的修养达到了最高境界时,他对于礼义的爱好,就会像目好五色、耳好五音、口好五味那样出之自然而不可移易了。

荀子一方面充分肯定了人对包含美在内的各种欲望满足的追求的自然的普遍必然性、不可避免性,另一方面又要求这一切欲望的满足必然符合礼义,同礼义相统一,这就是荀子美学思想中的一个根本观点。这种观点,虽然与孔、孟的理论出发点不同,但在根本上却并无差异。从这个观点出发,荀子指出艺术的最重要的作用就在于它能把人的感情欲望导向礼义,并以此为根据,展开对墨子"非乐"的批判。他说:

> 夫乐者乐也,人情之所必不免也。故人不能无乐,乐则必发于声音,形于动静,而人之道,声音动静,性术之变尽是矣。故人不能不乐,乐则不能无形,形而不为道,则不能无乱。先王恶其乱也,故制雅颂之声以道之,使其声足以乐而不流,使其文足以辨而不偲,使其曲直、繁省、廉肉、节奏足以感动人之善心,使夫邪汙之气无由得接焉,是先王立乐之方也,而墨子非之奈何!②

荀子既然以性恶论否定人自身有完善道德修养的天性,那么,审美中的道德制约因素便不可能源于人自身而来自某种外在的强制力量,荀子将其归结为先王的意志。荀子虽然看到了"夫声乐之入人也深,其化人也速"的巨大力量,但这种认识并未导向对乐自身审美规律的深入探究,而

---

① 《荀子·礼论》,见《诸子集成》,第231页。
② 《荀子·乐论》,见《诸子集成》,第252页。

是把这种感人的力量明确作为统一意志、辅助政治的得力工具和手段。荀子不像墨子那样,认为人只要满足自己的有限的生存欲望,能有粗衣恶食就可以了。相反,他在物质和精神两个方面都主张要达到最大限度的满足。而这种满足,在荀子看来一点儿也离不开"礼"的实行,而"礼"的实行又是离不开"乐"的。通过"乐"影响人们的感情,使"礼"得到最好的实行,这样就能大大加强奴隶主的统治,所谓"乐合同,礼别异;礼乐之统,管乎人心矣。"① 强调乐的思想统治作用,的确是相当成熟的心理统治术。乐依然带有愉悦情志、协调人事的作用,却并非出自个人的自愿选择。乐的功利性强调到这一点,可以说是臻于儒家伦理学美学的极致了。

---

① 《荀子·乐论》,见《诸子集成》,第255页。

汉代经学的现代美学阐释

我们知道,秦朝"焚书坑儒",使儒学的发展形成一个断层。至汉初时,儒学仍没有多大地位,当时盛行的是黄老之学,推行的是"休养生息"的无为政策。使儒学成为正统地位的是董仲舒,他适应汉武帝实行专制的需要,提出了"罢黜百家,独尊儒术"的主张,自此儒学定于一尊。

一、董仲舒的今文经学与美学

董仲舒的儒学已非先秦的原始儒学,而是杂糅了阴阳五行学说的儒学。这是汉代经学的普遍特点。在这一点上,今文经学与古文经学并无区别。不过,汉代经学中,今文经学有"奉天法古"和"天人感应"的神秘主义思想,而古文经学则反对以谶解经,主张清除经学中的宗教迷信。

董仲舒是汉初今文经学派的一个主要人物,他所依据的主要经典是《春秋公羊传》(古文经学则是《左氏春秋》)。他的思想体系的核心便是"天人感应"论。

董仲舒所说的"天"是至上神,在表面上看,有一点像基督教所崇拜的"耶和华"以及中国传统迷信中的"昊天上帝"、"玉皇大帝"之类。这样的"上帝"是一个活灵活现的人格神,它不仅有人的意志和情感,而且有和人一样的形体。如他讲"天者百神之大君也",就是指这种既有人的意志又有人的形体的"天"。但这毕竟不是他所谓"天"的主要意思。在大多数地方,董仲舒所讲的"天",就其主宰万物的作用而言,类似人格神的"上帝",但没有与人一样的形体。这是董仲舒"天"这个范畴的一个主要特点。

董仲舒认为宇宙的最高主宰是"天"。但"天"主宰万物的作用是通过阴阳和五行之气而表现出来的。因此,气也是董仲舒哲学中一个重要范畴。他说:"天地之气,合而为一,分为阴阳,判为四时,列为五行。"[①]阴阳五行都是气,但阴阳五行之气是用以体现天的意志的工具,气是从属于天的,在气之上还有"天"主宰着它。

---

① 董仲舒:《春秋繁露·五行相生》,见周世亮等注:《春秋繁露注》,北京:中华书局2012年版,第487页。

关于阴阳之气,董仲舒说:"天地之间,有阴阳之气,常渐人者,若水常渐鱼也。""天有阴阳,人亦有阴阳。天地之阴气起,而人之阴气应之而起,人之阳气起,而天地之阳气亦宜应之而起,其道一也。"①他讲这话的目的,在于想说明人和天可以互相感应。这种说法的实质跟巫术交感并无二致。

董仲舒对于五行也有很详细的理论。他说:

> 天有五行,一曰木,二曰火,三曰土,四曰金,五曰水。木,五行之始也;水,五行之终也;土,五行之中也。比其天次之序也。②

> 行者,行也。其行不同,故谓之五行。五行者,五官也,比相生而间相胜也。故为治,逆之则乱,顺之则治。③

所谓五行相胜是指金胜木,水胜火,木胜土,火胜金,土胜水。五行的次序是木、火、土、金、水。木生火,火生土,土生金,金生水。第一生第二,第二生第三,第三生第四,第四生第五。此所谓"比相生"。金胜木,中隔水;水胜火,中隔木;木胜土,中隔火;火胜金,中隔土;土胜水,中隔金。此所谓"间相胜"。

阴阳五行是董仲舒虚构的宇宙图式。阴阳指天地,五行则兼有空间与时间双重意义。从空间上说,木为东、火为南、金为西、水为北、土居中;从时序上说,木主春、火主夏、土为季夏、金为秋、水为冬。而这种宇宙图式还有伦理本体的意义,这才是董仲舒建构世界图式的真正目的。具体说来,他的阴阳学说,在于论证封建的等级制度和社会规范的合理性,为"三纲"制造根据。他说:"天为君而覆露之,地为臣而持载之,阳为夫而生长,阴为妇而助之,春为父而生长,夏为子而养子……王道之三纲,可求于天。"④而他的五行学说,则是说明"五常"。而五常是本于五行而来,所以说:

> 东方者木,农之本,司农尚仁。……南方者火也,本朝司马尚智。……中央者土,君官也,司营尚信。……西方者金,大理司徒也,司徒尚义。……北方者水,执法司寇也,司寇尚礼。⑤

---

① 董仲舒:《春秋繁露·同类相动》,见《春秋繁露注》,第484页。
② 董仲舒:《春秋繁露·五行之义》,见《春秋繁露注》,第405页。
③ 董仲舒:《春秋繁露·五行相生》,见《春秋繁露注》,第487页。
④ 董仲舒:《春秋繁露·基义》,见《春秋繁露注》,第465页。
⑤ 董仲舒:《春秋繁露·五行相生》,见《春秋繁露注》,第488—493页。

在阴阳五行的基础上,董仲舒又提出"天人同类"的观念,这是他宣扬天人感应论的理论前提。他说:"以类合之,天人一也。"①这是说,天和人是同类的,人有什么,天也就有什么;天有什么,人也有什么。人"内有五藏,副五行数也。外有四肢,副四时数也"②,这是从人的身体构造方面讲天人同类。他又说:

> 人之好恶,化天之暖清。人之喜怒,化天之寒暑。人之受命,化天之四时。人生有喜、怒、哀、乐之答,春秋冬夏之类也。喜,春之答也;怒,秋之答也;乐,夏之答也;哀,冬之答也。③

这是从人的情感方面讲天人同类。

在人性论方面,董仲舒认为,人的心有性有情,与天之有阴有阳相当。他说:"身之有性情也。若天之有阴阳也。言人之质而无其情,犹言天之阳而无其阴也。"④性表现于外为仁;情表现于外为贪。董仲舒说:"人之诚有贪有仁,仁贪之气,两在于身。身之名取诸天。"⑤

按董仲舒的解释,一方面,情和性都是人先天就具有的资质。所谓"天地之所生谓之性情,性情相与为一瞑,情即性也。"另一方面,性和情又是人的"质"中的两个对立物,这个对立与天有阴阳的对立是相符的。

可见,董仲舒的天人感应理论,实质上是将原始儒学与阴阳五行学说、将宇宙本体与伦理本体杂合在一起形成的神学目的论体系,其目的是借某些自然规律论证人间伦理信条的天然合理性,从而把儒家思想抬高到天经地义、不容置疑的神圣地步。

这种天人感应的理论表现在美学上则是中和之美。这种中和之美是中国古典美学的中心范畴,当然也是原始儒学所极力推崇的。只是到了董仲舒那里,这种中和之美被赋予了新的理论形式,使之更加系统化和更加明晰化了。因此这是以阴阳五行学说做的一次阐释,充满天人合一色彩,较之单纯从伦理角度强调显得更完备精致,更具有说服力,也更具有形而上的理论色彩。

董仲舒赋予天地自然以人格化的伦理意志,把后者看成是前者的体

---

① 董仲舒:《春秋繁露·阴阳义》,见《春秋繁露注》,第445页。
② 董仲舒:《春秋繁露·人副天数》,见《春秋繁露注》,第477页。
③ 董仲舒:《春秋繁露·为人者天》,见《春秋繁露注》,第398页。
④ 董仲舒:《春秋繁露·深察名号》,见《春秋繁露注》,第380页。
⑤ 董仲舒:《春秋繁露·深察名号》,见《春秋繁露注》,第376页。

现,这就为他强调美善结合的审美理想并将其与自然相统一铺平了道路。这里,自然是渗透着社会伦理意志的自然,不同于道家纯客观的自然。董仲舒用天人感应观念强调人与自然的统一,实质上仍落脚于人与社会的统一,自然不过是伦理意志的别称而已。

董仲舒视天地为人的楷模,故而极为推崇天地之美。这种天地之美又是什么呢?

> 仁之美者在于天。天,仁也。天覆育万物,既化而生之,有养而成之,事功而已。终而复始,凡举归之以奉人。察于天之意,无穷极之仁也。……地,天之合也,物无合会之义。是故,推天地之精,运阴阳之类,以别顺逆之理,安所加以不在?①

这就是董仲舒对天地之美(即自然美)的解释。他把天地之美的实质归于仁,天地之精华,均可以阴阳来概括。可见,这种对纯形式的天地之美的感受,已经变成了道德的比附和说教。于是,自然本身的属性完全失去了感性存在的意义,而抽象为道德伦理的一种符号,人们欣赏自然对象时需诉诸道德伦理理性。与其说是谈天地之美,不如说是以天地为象征和比喻而生发的对社会伦理的礼赞。自然感性完全被社会理性所淹没,审美变成了道德反省。这自然是董仲舒自然美论的不足之处。但从另一个方面讲,这种参天化地的伦理欲求却又能折射出有汉一代的那种极目八荒、包举宇内、奋发有为、勇于开拓的恢宏风神。而汉代的艺术(如汉大赋)也确确实实具有一种富丽堂皇、恢宏壮美的大气。这种美学风格与晚唐以后逐渐追求纤细、精致、小巧的阴柔之美形成了鲜明的对照。

除了"仁之美"之外,董仲舒认为天地的另一个重要的类似表现在于"和"或"中和"。他说:

> 天地之美恶,在两和之处,二中之所来归而遂其为也。……中者,天下之所始终也;而和者,天地之所生成也。夫德莫大于和,而道莫正于中。中者,天地之美达理也,圣人之所保守也。和者,天(地)之正也,阴阳之平也,其气最良,物之所生也。诚择其和者,以为大得天地之奉也。②

---

① 董仲舒:《春秋繁露·王道通三》,见《春秋繁露注》,第421页。
② 董仲舒:《春秋繁露·循天之道》,见《春秋繁露注》,第606页。

这里的"和",指的是阴阳二气的和谐交融,说天地之美在于"和",就是说只有阴阳二气协调统一,天地才能产生出奉养人的各种美好的东西。

董仲舒的中和美,从整体上看仍是原始儒家美学思想的延续,但他也有与原始儒学不同的地方。以仁学为基础的原始儒学,是把实行人道建立在个体心理欲求之上的,它高扬了个体人格的独立性,并且在对君臣关系的看法上还保留了氏族社会遗存的某些古代民主的思想。因而,儒家在美学上,一方面有把美与艺术从属于所谓事父事君这样一种狭隘目的的严重局限性,另一方面又很重视它对形成和发展个体人格的重要作用。董仲舒的美学则不同,他是把仁道的实行建立在"天意"的基础之上,同时又把君子说成是"天意"的代表者,因而"仁道"的实行就不再是个体自觉的自律行为,带有强制性、绝对服从性和威吓性,而当时作为"天意"的代表者的专制君主已具有独裁的绝对权威,原始儒学中还保留着的那种古代民主思想也就难以继续保持了。与此同时,董仲舒依据"天意"而提出的"三纲"思想,较之于先秦儒家所说的"礼"具有更大的束缚人们个性发展的作用,以致长期成为统治者实行思想统治的主要根据。所有这些情况,反映在董仲舒的美学上,使得它更加片面和极端地把美与艺术从属于"王者"的教化,视之为施行"教化"的一种工具、手段,忽视了美与艺术对形成和发展个体人格的作用以及审美所具有的不仅仅局限于政治教化的特殊功能。这是董仲舒美学较之于先秦儒家美学倒退的地方。当然,正像我们前面所讲的那样,董仲舒的美学也有发展原始儒家的地方,这种发展着重体现在理论形式上。

那么,为什么会有这种理论形式的发展呢?除了上面所讲的他引阴阳五行说入儒学的理由之外,还与汉代具有的深刻的楚文化背景有关。由于汉代统治者来自楚国,董仲舒若想使其理论为上层统治者所接受,便不能完全否定天地自然的意义。有鉴于此,董仲舒一方面不放弃人与自然相统一的思想以维系内心深处与楚文化的情感联系;另一方面又加以改造,将天地自然伦理化从而导向儒家美学思想。这是在新的历史条件下对和谐美原则的重大发展,集自然、社会于一体,而似乎更加完备,其实质仍然满足于社会伦理。正是通过董仲舒,以氏族血缘关系和小农自然经济为深厚土壤的儒家伦理学美学,才得以在中国古典美学史上深深地扎下了根。

二、扬雄的古文经学与美学

今文经学的一个重要特点是以谶纬之学解经。谶原是立言于前而有征于后的预言。秦即有"亡秦者胡"之谶,说明谶由来已久,不过那时并没有与阴阳五行之说联系起来。到了汉代,谶便与阴阳五行说相符合,而与纬并行。纬是因经而立名,即所谓"经阐其理,纬绎其象;经陈其常,纬究其变。"由是而有六经七纬之名。六经即汉朝人所说的"六艺",指《易》、《诗》、《书》、《礼》、《乐》和《春秋》,七纬是指《易纬》、《诗纬》、《书纬》、《礼纬》、《乐纬》、《春秋纬》、《孝经纬》。当时人们又把通纬者称为内学,通经者称为外学。至此,谶纬之说,可谓盛极一时。今文经学也就成为西汉居正统地位的官学。

这种情况到西汉末年才开始有所改变,这就是以刘歆、扬雄等人为代表的古文经学的兴起。古文经学主张"六经皆史",反对以谶解经。但他们并不特别反对阴阳五行说,只是反对谶纬与阴阴阳五行的结合。如《汉书·五行志》记载刘歆著有《五行传》,与其父刘向的《五行传》虽有不同,但照《五行志》所记载的那些不同,都是细节不同,不是原则性的不同。在这一方面,刘歆也还是宣传"天人感应"。只是他剔除了其中的神秘主义色彩。刘歆后来助莽成事,成为"新"朝的"国师",其地位类似于董仲舒在汉武帝时的地位。

同刘歆一样,扬雄也是西汉末年的古文经大师,王莽篡位后,他也写了一篇《剧秦美新》的文章献给王莽,歌颂他的"受命"。他的思想也还是沿着董仲舒的方向继续发展,兼阴阳五行与儒学伦理。他仿《周易》而作的《太玄》,重在阴阳五行,仿《论语》而作的《法言》,重在儒家伦理。与董仲舒不同的是,他并未将儒家学说纳入神学目的论的体系而使其神秘化,而是虚构了一个"玄"作为派生天地万物的本源,并从中引申出社会伦理观念,这就是体现于圣人君子身上的仁义之道。

扬雄《太玄》中的"玄",相当于《周易》中的"易"。照易传的解释,"易"是按二分法发展的:"易有太极,是生两仪;两仪生四象;四象生八卦。"《太玄》中的"玄"是按三分法发展的:"一玄都覆三方,方同九州,枝载庶部,分正群家。"①"夫玄者,天道也,地道也,人道也。兼三道而天名之。"②这样,

---

① 扬雄:《太玄图》,见郑万耕校释:《太玄校释》,北京:北京师范大学出版社1989年版,第357页。

② 扬雄:《太玄图》,见《太玄校释》,第358页。

扬雄就建构起他的世界图式,在这一图式中,他也沿用阴阳五行家的说法,为五行及其生数和成数,规定了时间和方位。值得注意的是,在扬雄的天玄、地玄、人玄中,他似乎特别推崇人。扬雄说:

> 玄者,神之魁也。天以不见为玄,地以不形为玄,人以心腹为玄。天奥西北,郁化精也;地奥黄泉,隐魄荣也;人奥思虑,含至精也。①

他认为人比天地的优越之处就在于人兼有天地的精气与形气,将从天而来的精气和从地而来的形气合于一身,形成为人的魂魄,所以他说人"含至精也"。这样,他就把董仲舒的天高于人转变为人高于天。

这种思想表现在美学上就是将作为社会伦理的美置于作为自然形式的美之上,认为美的重要价值就在于它表现了社会伦理内容的善。在《法言·五子》中,扬雄说:"或问:君子言则成文,动则成德,何以也?曰:以其绷中而彪外也。"②可见,扬雄认为人的主体美就在于将内在善良的道德本性以文采可观的外在形式表现出来,这可视为对孟子"充实之谓美"的进一步发挥。

扬雄重视对象的社会内容而看轻自然形式,这就势必把伦理道德视为美的根本、美的根源。例如他赞美孔子的思想说:"仲尼皇皇。"③又讲:"尧舜之道皇兮。"④皇者美也,扬雄认为只有像周公孔孟之道这样给社会生活带来实际好处的东西才是真正美的,人们如果努力学习圣人之道并依此行事,就会变成美的人。由此可见,扬雄以德为美,美具有特定的历史内容和道德要求,不是纯形式规定的意义。美还保留着与善的同义,他说的"良玉不雕,美言不文"⑤,"美行,园里、结里季、夏黄公、角里先生"⑥,均属此义。

据《汉书·扬雄传》,扬雄早年好"沉博绝丽之文",特别推崇司马相如的赋,"心壮之,每作赋,常拟之以为式",终于成为一代汉赋大家。但是,他在《法言》的《吾子》中却说:"或问吾子少而好赋。曰:然。童子雕虫篆

---

① 扬雄:《太玄告》,见《太玄校释》,第 376 页。
② 扬雄:《法言·学行》,见韩敬注:《法言注》,北京:中华书局 1992 年版,第 311 页。
③ 扬雄:《法言·学行》,见《法言注》,第 11 页。
④ 扬雄:《法言·孝至》,见《法言注》,第 341 页。
⑤ 扬雄:《法言·寡见》,见《法言注》,第 152 页。
⑥ 扬雄:《法言·渊骞》,见《法言注》,第 288 页。

刻,俄而曰:壮夫不为也。"①在这里,扬雄否定了他早年作赋的成就,认为不过是"壮夫不为"的"雕虫篆刻"而已。看来,他对辞藻描写穷极美丽的赋采取了很为轻视的态度。

扬雄之所以轻视赋,这与他一贯所坚持的轻视自然形式而重伦理内容的美学思想有关,联系他对赋的整体态度来看,他所轻视的主要是"辞人之赋",因为它"丽以淫",即美丽而不合乎圣人之道。

扬雄关于美善统一的看法,强调的仍然是人所应当承担的社会责任。如果抛弃这种责任,纯粹让感性生理的欲望来支配自己,那么人就不成其为人,而成为禽兽了。他相当形象而简明地说:"天下有三门,由于情欲,入自禽门;由于礼义,入自人门;由于独智,入自圣门。"②而真正的美,是人"斧藻其德"的结果,也就是善在外部的引人愉悦的表现。人如不知礼义,失去社会责任感,成为只知满足自己情欲的动物,那就没有善,当然也就没有美。他在《学行》中说:

> 吾未见好斧藻其德若斧藻其资者也。鸟兽触其情者也,众人则异乎?贤人则异众人矣,圣人则异贤人矣。礼义之作,有以矣夫!人而不学,虽无忧,如禽何?③

人应当像雕刻美饰房屋的斗拱那样去雕刻美饰自己的德行。这样一种以德行为其实质内容的美,就是扬雄所谓的"丽以则"。

扬雄对文与质的问题也发表了不少言论。在《法言》中,扬雄对什么是文和质,作了十分简明的规定,"文"就是外部的"威仪文辞","质"就是内在的"德行忠信",两者的关系是表里内外的关系。他说:"或问圣人表里。曰:'威仪文辞,表也;德行忠信,里也。'"④这就是说,"质"是人的内在的善的品德,"文"则是善的品德在外部的表现。"文"作为美,不是别的,就是善的表现形式。扬雄要求表里内外应当统一,反对有"文"无"质"或有"质"无"文",他说:"实无华则野,华无实则贾,华实副则礼。"⑤这些看法同先秦儒家的看法是完全一致的,即要求美的形式与善的内容相统一,主张《论语》中所说的"文质彬彬,然后君子"。所不同的是论证的理论方

---

① 扬雄:《法言·吾子》,见《法言注》,第25页。
② 扬雄:《法言·修身》,见《法言注》,第67页。
③ 扬雄:《法言·学行》,见《法言注》,第14页。
④ 扬雄:《法言·重黎》,见《法言注》,第244页。
⑤ 扬雄:《法言·修身》,见《法言注》,第60页。

式,扬雄是从宇宙万物的发生变化上来论证文质的统一的,这集中表现在《太玄经·文》里。在这篇文章中,扬雄提出了两个重要的观点。第一,所谓"阴敛其质,阳散其文,文质班班,万物粲然",把事物的文质同那由"太玄"生发出来的、产生万物的阴阳二气联系了起来,认为"质"是阴气内敛的结果,"文"是阳气外散的结果。这种说法虽然相当牵强,但它肯定了宇宙万物一产生出来,本身就有"质"有"文",而且两者就像阴阳二气一样,是对立而又统一的。扬雄显然是从宇宙的发生起源上来论证儒家美学的文质统一思想的,并将它建立在一种自然哲学基础之上,上升为宇宙的一种普遍规律。第二,扬雄认为万物的产生,其本身就包含着与内敛的阴气相连的"质"和与外散的阳气相连的"文"两个方面,但文质达到统一却是一个过程,并且不断地经历着上升和下降这样两个往复循环的阶段,即由不统一到统一,又从统一到不统一。根据扬雄在《太玄》中所构筑的体系,每一事物的周而复始的变化要经历由九个小阶段构成的两个大阶段。从一至五,是上升发展的阶段,从五至九是下降衰颓的阶段。这就是《太玄图》中所谓的"五以下作息"、"五以上作消"。"文"与"质"的发展也是如此,它也要经历由九个小阶段所构成的"息"和"消"这样两个大阶段。在对这些阶段的描述和说明中,扬雄是企图对历史上文质的矛盾统一的发展过程作出某种概括。这在先秦原始儒学是未曾有过的。

扬雄继承了先秦儒家实践的理性精神,对个体的理性的作用又作了进一步的强调。先秦儒家讲仁、义、礼、智、信,一般对于"智"的作用是放在比较不重要的地位的,扬雄则十分重视"智"。《法言·问明》中说:"或问:'人何尚?'曰:'尚智。'"① 这种观念又是与前面我们所说的扬雄的人高于天的思想相联系的。他认为人的理智认识能力非常强大,世界上没有什么东西是人所不能认识和掌握的。《问神》中说:

  或问神。曰:"心。"请问之。曰:"潜天而天,潜地而地。天地,神明不测者也。心之潜也,犹将测之。况于人乎?况于事伦乎?"②

同今文经学的那种反理性主义的种种荒诞迷信思想比较起来,扬雄的这种对人的理性力量的歌颂,是具有很大的进步意义的。

与此相联系,扬雄又提出了他的"言"为"心声"、"书"为"心画"的说

---

① 扬雄:《法言·问明》,见《法言注》,第128页。
② 扬雄:《法言·问神》,见《法言注》,第98页。

法。这也是扬雄美学思想一个很重要的方面。他说:

> 面相之辞,相适? 心中之所欲,通诸人之嗑嗑者,莫如言。弥纶天下之事,记久明远,著古昔之㬎㬎,传千里之芜者,莫如书。故言,心声也;书,心画也。声画形,君子小人见矣。声画者,君子小人之所以动情乎?①

心中的思想感情,要通过"言"传达出来;而为了"记久明远",获得广泛的传播,"言"又必须通过"书"传达出来。和"言"为"心声"、"书"为"心画"的说法相联系,扬雄又提出了"声画形,君子小人见矣"的说法.这些说法跟孟子的"以意逆志"、"知人论世"的思想有着密切的联系,而对后世产生了深远的影响。后世所谓"文如其人"、"人品"与"画品"的高下密切相关等等说法,都明显源于扬雄。在书法艺术理论上,他的"书,心画也"的说法,成了经常被引用的名言,并且由书法而推及于绘画,成为从宋代开始发展起来的所谓"文人画"的重要理论基础。

《汉书·扬雄传》说扬雄"默而好深湛之思"②,桓谭在《新论》中也说:"扬子云何人耶? 答曰:才智开通,能入圣道,汉兴以来,未有此人也。"③可见对他的评价是相当高的。

扬雄在儒学发展史上的重要价值在于:一方面,他突破了董仲舒简单地把儒家的仁义之道说成是"天意"的神学目的论体系,恢复了原始儒学的实践理性色彩;另一方面,他又突破了原始儒学感性经验式的理论形式,而是虚构了一个形而上的"玄"作为派生天地万物的本源,并从中引申出社会伦理观念,从而给仁义之道提供了一种自然哲学的根据。就对儒家思想的理论阐释这一点,扬雄也有超过董仲舒之处,主要表现在,董仲舒把儒家思想神学化,对儒家所强调的个体人格的独立性是很不重视的,而扬雄却在原始儒学实践理性的基础上,进一步强调了个体的理性作用和认知力量。这一切都确立了扬雄在汉代经学中不可动摇的重要地位,成为与刘歆齐名的古文经学的代表人物。

---

① 扬雄:《法言·问神》,见《法言注》,第110页。
② 见《汉书》(卷八十七)(上)《扬雄传》。
③ 桓谭:《新论》,上海:上海人民出版社1977年版,第61页。

宋明道学的现代美学阐释

宋明道学主要包括程朱理学和陆王心学,这个名称现在很少有人沿用,一般通称宋明理学。冯友兰先生说:"理学这个名称还使人误以为就是与心学相对的那种理学,因而,不容易分别道学中的程朱和陆王两派的同异。只有用道学才能概括理学和心学。"他觉得"还是用道学这个名称比较合适"。① 今从冯氏之说。

一、宋明道学的内涵

如果说汉代经学是杂合了阴阳说与儒学,那么宋明道学则是引佛入儒,外儒内佛。它在理论构成上已经克服了此前狭隘的门户之见,将原来视为异端邪说、不与共存的佛、道(主要是佛)思想大剂量地引入了儒学体系。这种援佛入儒的方式大约肇始于中唐韩愈,但其深层的发展则是宋明儒学。我们知道,两汉儒学的神学目的论自受到玄、佛的人格、精神本体论的冲击之后,便实际上失去了它在思想界的统治地位,即使在隋唐之际,它也因囿于考据注疏之学和笃守师说之风而陷于一种萎靡困顿状态。所以,它作为官方哲学,要想重新恢复它的统治地位,就必须改造自身,接受入宋以来从"舍传求经"到"疑经改经"的巨大挑战,进而完善自己;而在唐宋之际佛学已高度发展的历史条件下,其改造和完善自己的途经自然只能是首先走入佛释,然后再走出佛释(大多理学家的"学历"正是如此),在这过程中取佛释之精华补儒学之大阙,从而创构新的儒学体系。不管是程朱理学,还是陆王心学,他们的共同目标无疑是倡扬儒学,以维护封建秩序,但他们又几乎无一不是由佛入儒、以佛养儒的,当时名僧智圆就提出"儒乎,释乎,其共为表里乎"和"修身以儒,治心以释"的主张。他们时时流露出一种对禅释的仰敬之情,这种仰敬甚至比其他人是有过之而无不及的。例如二程就说过这样的话:"释氏之学,亦极尽乎高深。"②至

---

① 冯友兰:《中国哲学史新编》(第五册),北京:人民出版社1988年1月版,第23—24页。
② 程颢、程颐著,王孝鱼点校:《二程全书》(第一册)(卷一五),北京:中华书局1981年版,第152页。

于陆王心学与禅学的交通更是明显,朱熹直接称陆学为禅学;而王夫之则说"姚江王氏阳儒阴释"。

这一种在援佛入儒的过程中产生的宋明儒学,并非一次简单的杂说拼合,而是一次儒家思想的大蜕变。它在很大程度上成为一种外儒内佛、儒佛互补的理论结构。这种理论结构在倾向性上,固然是最终导向"齐家"、"治国"、"平天下"的,但跟汉代儒学不同的是,它增设和强调了"主静"、"立诚"和"修身",突出了主体的自主精神及其对客观理性进行内向省思和认同的重大意义,因而使儒学从传统的实践目的论变成了一种伦理本体论。

在本体论概念上,宋明道学将前期儒学的"天"演变为"理"和"心"。汉代儒学以"天命观"作为自己的宇宙本体论,这以董仲舒的"天人感应"神学目的论为代表。到程朱理学,则把这主宰者之"天"训为"理","天下只有一个理",①"事事都有个极致之理"②;到陆王心学,则又将这主宰者之理训为"心":"心即理"③;"心之所为,犹之能生万物得黄钟大吕之气"④;"心外无理,心外无事"⑤……在这种儒学本体论从"天"到"理"又到"心"的演变轨迹中,我们可以看到它在哲学思维方面的变化。它在思辨对象上逐渐地从"有"发展到"无",从感性具体的、生动直观的物质形式发展到无形无迹、空静虚廓的精神形式,从有情有义惩恶赏善的人格神性发展到"无情意"、"无造作"、"无计度"的精神理性……在这一演变中,儒学一方面表现出了对形而下世界(物质、自然、社会、形象等)的逐渐超越,另一方面也表现出了对形而上世界(精神、理性、灵魂、心意等)的强烈关注和追索。

二、程朱理学与陆王心学辨异

程朱是指程颐和朱熹,陆王是指陆九渊和王守仁。程朱理学与陆王心学既然同属宋明道学,两者即在基本性质、学术目的、理论宗旨上并无

---

① 程颢、程颐著,王孝鱼点校:《二程全书》(第一册)(卷十八),北京:中华书局1981年版,第196页。
② 黎靖德编:《朱子语类》(卷十五),北京:中华书局1994年版,第282页。
③ 陆九渊著,钟哲点校:《陆九渊集》(卷一一),北京:中华书局1980年版,第149页。
④ 同上书,第228页。
⑤ 王守仁:《传习录》(上),见《王阳明全集》(上),上海:上海古籍出版社1992年版,第15页。

根本的区别，两者都以孔孟为宗，都要尊奉一个道德原理，都要建构一个伦理主体，都要实现一个道德心。在这一层面上，并未出现理学与心学的对立。因此，朱熹能够欣然接受、十分欣赏陆九渊的"义利之辨"；王守仁也能够求同于朱熹："吾说与晦淹时有不同者，为入门下手处有毫厘千里之分，不得不辨。然吾之心与晦庵之心，未尝异也。"①也就是说，心、理两学在根本上并无区别，区别只在于"入门下手处"。即由于"入门下手处"的不同，也就是在道德实践途径、方法的选择上的不同，才引发、形成和暴露了心、理两学对一系列基本范畴（如天、理、心性欲）的不同理解、不同处理，这种不同理解、不同处理又反过来规定了道德实践途径、方法的选择。因此才造成了所谓"宗朱者诋陆为狂禅，宗陆者以朱为俗学。两家之学，各成门户，几如冰炭"的矛盾。

具体表现在"理"与"心"这两个理学与心学的基本范畴的看法上，程朱一系认为，"心"是低于"理"的范畴，而陆王一系则认为"心"是等于"理"的范畴。朱熹说："心有善恶，性无不善。"②"性"之所以"无不善"，是因为"性"只是"理"，所以"心"低于"理"。

与此相对，陆王则认为"心"等于"理"。陆九渊说："人皆有是心，心皆具是理，心即理也……"③王守仁说：

> 心，一而已。以其全体恻怛而言谓之仁，以其得宣而言谓之义，以其条理而言谓之理。不可外心以求仁，不可外心为求义，独可外心以求理乎？外心以求理，此知行之所以为二也。求理于吾心，此圣门知行合一之教，吾子又何疑乎？④

由此，在道德实践方面，程朱主张"心"是道德实践的改造对象，而陆王则认为"心"是道德实践的求索对象。对程朱而言，"心"既然善恶相混，性情欲杂糅，那么道德实践的任务，当然就是以这个"心"为改造对象，去其人欲，存其天理，克治人心，高扬道心。朱熹说："人之一心，天理存，则人欲亡；人欲胜，则天理灭，未有天理人欲夹杂者。"⑤所以只能是"存天理，灭人欲"，中间没有妥协可言。

---

① 王守仁：《传习录》（上），见《王阳明全集》（上），第 27 页。
② 黎靖德编：《朱子语类》（卷五），北京：中华书局 1994 年版，第 89 页。
③ 陆九渊著，钟哲点校：《陆九渊集·与李宰书》，北京：中华书局 1980 年版，第 149 页。
④ 王守仁：《传习录》（中），见《王阳明全集》（上），第 43 页。
⑤ 黎靖德编：《朱子语类》（卷十三），北京：中华书局 1994 年版，第 224 页。

对陆王而言，由于"心"被赋予了和"理"同样高的地位，甚至吞并了"理"，它就不能是道德实践改造的对象，而只能是道德实践的最高标准和最后依据，只能是道德实践求索的对象。所以王守仁说："'好古敏求'者，好古人之学，而敏求此心之理耳。心即理也；学者，学此心也；求者，求此心也。"①

如果说，原初主观内在的"心"在程朱一系看来尚待改造为道德心，那么在陆王一系看来则已经是道德心，因此问题不在于改造它而在于求索它。依陆王一系，心等于理，那么道德实践的最后依据，理的本源便植根于主观内在的心灵世界，心灵世界也就是理世界；依程朱，心低于理，那么道德实践的最后依据，理的本源便只能植根于一个心外世界，心灵世界之上有一个客观外在的理世界。

应该指出，在宋明儒学之"理学"、"心学"二系中，虽然程朱、陆王并称，但实际上，程颐和朱熹的思想有着明显的差异，陆九渊和王守仁的思想也有着不容忽视的区别。

(1) 程颐与朱熹

程颐提出"性即理"的命题，对此，朱熹是接受的。但他们二人对性、理的阐释却非常不同，这种不同又牵涉对心的评价。

程颐提出的"性即理"，虽不同于心学的"心即理"，但他同时又认为"心即性"，他说："孟子曰：尽其心，知其性。心即性也。在天为命，在人为性，论其所主为心，其实只是一个道。"②一方面认为性即理，一方面又认为心即性，那显然可以合乎逻辑地推导出"心即理"。这就与心学没有多大的区别了。程颐又这样评价"心"："在天为命，在义为理，在人为性，主于身为心，其实一也，心本善，发于思虑，则有善有不善。若既发，则可谓之情，不可谓之心。"③这种议论更与心学相一致了。

程颐与心学的不同之处主要表现在他的格物致知，即物穷理的实践观。这一点倒为朱熹全盘接受。

朱熹与程颐的区别，他对程颐的发展，集中表现于对"心"、"性"、"理"

---

① 王守仁：《传习录》（中），见《王阳明全集》（上），第51页。
② 程颢、程颐著，王孝鱼点校：《河南程氏遗书》（卷一八），《二程集》，北京：中华书局1981年版，第204页。
③ 同上。

三范畴的不同阐释。

朱熹接受程颐的"性即理"的命题,却否认"心即性"的命题。他认为:"灵处只是心,不是性。性只是理。"①"今人往往以心来说性,须是先识得,方可说。如有天命之性,便有气质。若以天命之性为根于心,则气质之性又安顿在何处!"②因此他对程颐所谓"心本善,发于思虑则有善有不善"提出了批评:"疑此段微有未稳处。盖凡事莫非心之所为,虽放辟邪侈,亦是心之为也。"③

在朱熹思想体系的范畴序列中,"心"、"性"、"理"实际上分属互相融通又递次上升的三个层面,分属的根据则是道德价值的完善程度、不同境界。"心"属第一层面,善恶相混,原因是"心统性情"。"性"属第二层面,"性"无不善,原因是"性"即理,"理"无不善,故"性"无不善。但可以说"性"即"理"却不可以说"理即性",二者不具互递关系。因为"性"作为"理"囿于具体事物,是具体事物的"性",具体事物的"理",而在具体的"理"("性")之上,还有一个普遍绝对、客观形上的"理"——"太极"。

这个称为"太极"的"理",不能称其为"性"。可以说"天下无性外之物",却不可以说"天下无性外之理"。"理"实属第三层面,也是最高层面。如果说,"心"为善恶相混,"性"为具体的善,那么,作为"太极"的"理"则为至善——"太极只是个极好至善的道理。"由此,朱熹的伦理学便上升为宇宙论,由宇宙论又可归入伦理学。这个作为伦理学的宇宙论或作为宇宙论的伦理学,可称之为"道德宇宙论",它是宋明儒学所特有的一种宇宙论,朱熹对这个宇宙论的最大建树,就是创设了一个逻辑上位于物质世界之先、之上的"净洁空阔"的"理世界",将远古先民以来一直奉为至高无上权威的"天"明确地阐释为道德义的"理",从而彻底确立了一个道德义的客观形上的"天本体"——太极。

(2)陆九渊与王守仁

如果说从程颐到朱熹,彻底地确立了一个道德形上的"理世界",那么从陆九渊到王守仁,则彻底地确立了一个道德超验的心本体;如果说从程颐到朱熹,是伦理学完全上升为宇宙论,那么从陆九渊到王守仁,则是伦

---

① 黎靖德编:《朱子语类》(卷五),北京:中华书局1994年版,第85页。
② 黎靖德编:《朱子语类》(卷十三),第64页。
③ 黎靖德编:《朱子语类》(卷九五),第2438页。

理学开始走向心理学。

陆九渊首倡心学,突出建树是为孟子所提出的"善端"、为道德心灵提供了一个宇宙论依据,把个体心理情感的"心"阐释为普遍宇宙精神的"心",使"心本体"上升为"宇宙本体"。"宇宙便是吾心,吾心即是宇宙。"①但由于他仍然强调类似朱熹的"格物致知",甚至仍坚持"理"的客观性,因而未能彻底建树一个心本体。他说:

> 欲明明德于天下是入大学标的,格物致知是下手处。《中庸》言博学、审问、慎思、明辨,是格物之方。读书亲师友是学,思则在己,问与辨皆须在人。自古圣人亦因往哲之言,师友之言,乃能有进。况非圣人,岂有自任私知而能进学者?②

这种主张与程朱理学的"格物致知"——即物穷理、知先行后的观点就十分相似,而与他本人"切己自反"的心学主张相矛盾。

陆九渊一方面主张"宇宙是吾心,吾心即是宇宙"、"人皆有是心,心皆具是理,心即理也",而另一方面却肯定"心外有理"。一方面将"道"归之于人,另一方面却又将"道"归之于天,这就表现了陆九渊思想的矛盾之处,也说明他的心学的不彻底处。

王守仁接受陆九渊"心即理"这一命题,同时又明确地补充、强调了"心外无理"。

> 爱问:"至善只求诸心,恐于天下事理,有不能尽。"
> 先生曰:"心即理也。天下又有心外之事,心外之理乎?"
> 爱曰:"如事父之孝、事君之忠、交友之信、治民之仁,其间有许多理在,恐亦不可不察。"
> 先生叹曰:"此说之蔽久矣! 岂一语所能悟? 今姑就所问者言之。且如事父不成,去父上求个孝的理;事君不成,去君上求个忠的理;交友治民不成,去友上、民上求个信与仁的理。都只在此心,心即理也。"③

这样,王守仁便明确地否认了"心外之理",也就彻底否认了客观的"理"世界。因此,与陆九渊主张"心即理"的同时又认为"理"可超越于人

---

① 陆九渊著,钟哲点校:《陆九渊集》,北京:中华书局1980年版,第483页。
② 陆九渊著,钟哲点校:《陆九渊集·学说》,第411—412页。
③ 王守仁:《传习录》(上),见《王阳明全集》(上),第2页。

的存在不同,王守仁便把一个"理"世界完全安置在人的心灵中,这个"理"世界就是人的道德"心",即"良知"。

为了树立"心本体"的绝对权威,王守仁还重新阐释了"心"与"天"、"理"的关系。他说:

> 夫人者,天地之心。天地万物,本我一体者也,生民之困苦荼毒,孰非疾痛之切于吾身者乎?不知吾身之疾痛,无是非之心者也。是非之心,不虑而知,不学而能,所谓良知也。良知之在人心,无间于圣愚,天下古今之所同也。①

> 又问:"心即理之说,程子云:在物为理,如何谓心即理?"

> 先生曰:"在物为理,在字上当添一心字。此心在物则为理,如此心在事父则为孝,在事君则为忠之类。"②

因此可以说,陆王心学到了王守仁手中才得以彻底完成。他独树"心本体",把道德本体完全建树在人的心灵中,从而更能体现伦理主体的无上尊严,更能体现建立在绝对意志自由之上的自律道德的无比崇高,也就更符合儒学塑造道德人格、培育道德理性以建构伦理秩序、实现理想社会的基本精神。但也正是由于如此,就使得人的道德理性与人的自然感性纠缠在一起,使伦理和心理交融为一体。这样一来,"心本体"作为道德标准,既是理性标准。又是感性标准,它使得感性与理性、自然与道德、人心与道心、人欲与天理纠结为一,难以区分。王守仁使心理伦理化的努力,同时也提供了使伦理心理化的可能。这种可能,终于在泰州学派直到李贽的"心学异端"那里变成了思想现实,从而导致"心学"成为抨击封建儒学的理学武器。③

三、宋明道学对美学的影响

宋明道学的主要建树在伦理学,而很少谈论美学问题。即使偶尔谈起"美",也多持轻视和敌视的态度。例如程颐就发表过这样的议论:

> 问:"张旭学草书,见担夫与公主争道,及公孙大娘舞剑,而后悟笔法,莫是心常思念至此而感发否?"

---

① 王守仁:《传习录》(中),见《王阳明全集》(上),第79页。
② 王守仁:《传习录》(下),见《王阳明全集》(上),第121页。
③ 参见赵士林:《心学与美学》,北京:中国社会科学出版社1992年版。

曰:"然。须是思方有感悟处,若不思,怎生得如此?然可惜张旭留心于书,若移此心于道,何所不至?"①

朱熹对审美艺术虽不像程颐那样简单粗暴,但基本态度却仍与程颐一致。他认为:

> 道者文之根本,文者道之枝叶。惟其根本乎道,所以发之于文,皆道也。②

> 文是文,道是道,文只如吃饭吃时下饭。若以文贯道,却是把本为末。以末为本,可乎。③

如果说,原始儒学还充分肯定审美艺术陶冶性情的相对独立价值和重大社会功用的话,程朱则严重贬斥,甚至否定这种价值和功用。儒学审美观发展到这里,可以说已走入了绝境;在程朱理学看来,审美已失去了任何相对独立的价值,人生只有一种价值,那就是道德价值,人生只有一种快乐,那就是道德快乐,人的情感要求只能寄托于所谓"孔颜乐处"——一种"安贫乐道"的精神境界。这种精神境界依照程朱的诠释,不仅不能宽容人的自然欲求,甚至不能宽容人的一般情感表现,它剔除了一切相对独立的审美要素、审美要求,在它这里,"情"只有完全受制于"理",才能免遭否决,所谓"得其志而不得其声者有矣,未有不得其志而能通其声音也。就使得之,止其钟鼓之铿锵而已,岂圣人乐云乐云之意哉?"

在程朱那里,道德理性要求绝对地支配自然欲求,前者的实现甚至必须以牺牲后者为前提。它表现于审美上,就是所谓"从情到理",甚至是"理"代替了"情",道德要求代替了审美欲求。如朱熹在评析所谓"曾点之学"时说:

> 曾点之学,盖有以见夫人欲尽处,天理流行,随处充满,无稍欠缺,故其动静之际,从容如此。而其言志,则又不过即其所居之位,乐其日用之常,初无舍己为人之意。而其胸次悠然,直与天地万物,上下同流,各得其所之妙,隐然自见言外。视三子之规规于事为之末

---

① 程颢、程颐著:《河南程氏遗书》(卷一八),《二程集》,北京:中华书局1981年版,第186页。
② 黎靖德编:《朱子语类》(卷一三九),北京:中华书局1994年版,第3319页。
③ 同上书,第3305页。

者,其气象不侔矣。故夫子叹息而深许之。①

应该肯定,朱熹的评论大大开掘了所谓"曾点境界"的深层含义,但这种开掘却只向着一个道德本体的最高境界。"曾点境界"在曾孔那里本来含有人与自然冥契同一的审美意味,它亦是一种最高的审美境界。但朱熹却只强调"曾点境界"的道德精神一面,所谓"与天地万物,上下同流,各所其所"并非描述一种万物一体、物我相忘的审美安顿,而是描述一种灭绝人欲、只存天理的道德完成,即所谓"人欲尽处,天理流行,随处充满,无稍欠缺。"

这样一种极端的"以理节情",把人的情感表现完全纳入封建伦理道德要求的思想主张,显然已从根本上否定了审美,否定了人生的基本欲求。"理学"的迂腐、残忍,于此可见一斑。后来汤显祖所谓"今天下大致灭才情而尊史法"、"第云理之所必无,安知情之所必有",正是对这种"理学"说教压抑、禁锢人性的愤怒控诉。

程朱理学的美学观大致如此,其特点恰恰以"非美"的形式表现出来,所以程朱理学(也包括陆王心学)与美学的关系主要是一种外部关系,主要表现为对宋明这一时代的审美理想和审美趣味的间接影响。

我们前面讲过,程朱理学与陆王心学的区别只是宋明儒学内部的区别,而在心与物的关系问题上,两系则是相同的,都表现出对形而下世界(物质、自然、社会、形象等)的逐渐超越和对形而上世界(精神、理性、灵魂、心意等)的强烈关注和追索,两系的目的同为将人心建树为合乎封建伦理规范的道德心,只是对人心的理解有所不同。朱熹认为人心中有善有恶,所以他建构出一个理世界,目的还是去掉人心中的人欲,而存其天理,在根本上与陆王心学并无矛盾之处。

宋明儒学的这种共同态度,表现在审美理想上则是要扬弃传统的以形似为工、以逼真为贵的美学倾向,将重心转向形象之外、之上的趋于无限的神韵意味上来(当然不能绝对排斥物象,否则就不是美学问题,而变成伦理问题了)。这样,也就彻底消除了心与物的外在矛盾,朱熹说"有是理而后有是物",王守仁说"无心外之物",从而达到心与物的和谐统一。在这里,任何包孕着矛盾因素和动荡色彩的审美对象都被疏淡、被扬弃了;它追求的是一种均衡谐和、淡远宁静、含蓄温润、纤舒柔婉的艺术理

---

① 朱熹:《四书章句集注·论语章句》,北京:中华书局1983年版,第130页。

想。换言之,它逃避的是给人的心灵以某种撼动和激荡的壮美气度,而向往的则是在物我两忘、主客浑然中给人以闲静之感、安适之乐的优美境界。同时,这种优美境界又正是建立在超越客体对象和外部现实的基础上的,它把客观物象看作表现主体内在世界的"有意味"的自由形式,而不再是外在于人,和人相对立的原始存在。主观的无形无迹的神意心绪作为本体,既超越着又变生着感性的物象,二者浑然自然地融合为一体,其中没有了任何的差异和对立,因而其审美理想形态也就主要不是阳刚之力,而是阴柔之韵。这在思维模态上与宋明理学是有内在联系的。

宋明儒学,特别是陆王心学将传统儒学以伦理实践行为为重的思维定势转换成一种新的、以主体的理智省思为主的思维路线,王守仁所谓的"致良知",就是指名教伦理不仅仅是外向实践的事情,而且更重要的是内向省思的事情,是在内心中对它的自觉认同。所以,建功立业的个体行为不再是最重要的,最重要的是内向的、静穆的道德自省和理知反思。

如果将宋明儒学与原始儒学在"知"与"行"的问题上作一比较,便更能说明问题。《尚书·说命》中说"非知之艰,行之惟艰",因此偏重于"知易行难"说。而在宋明儒学那里却转换成了"知先行后"、"知难行易"论。如程颐强调"以知为本"①,陆九渊讲究"致知在先,力行在后"②等等,都是这一转换的鲜明表现。当然这里所谓"知"的对象并非外部世界本身的客观本质和规律,而是人心中先天固有的、作为世界本体的伦常理性和道德律令。所以,从汉唐儒学的以外向性实践行为为主发展到宋明儒学的以内向性理知省思为重,这标志着中国儒学的思维指向的一个重大变化。那种面向客体世界的、雄心勃勃的外向追逐、征服和占有意识谈薄了;哲学兴趣的重心移到了人的内心世界,移到了人对自身主观理性和心灵意向的体味、顿悟、内省和反观上来,并在这种主观的形式中实现主客体的自由合一。

宋明儒学在思维指向上由外而内、由物而心的转化,同这一历史阶段美学和艺术普遍地将审美触须深深通向人的内心,去捕捉情感与精神体验的写意表现思潮互相呼应;而且越到后来,这种体味和表现内心的欲求,这种主观、情感、精神压倒和超越客观、理智、形象的倾向就越鲜明而

---

① 程颢、程颐著:《河南程氏遗书》(卷一五),《二程集》,北京:中华书局1981年版,第164页。

② 陆九渊著,钟哲点校:《陆九渊集》(卷三四),北京:中华书局1980年版,第421页。

强烈。至明中叶,在近代民主意识的催化下,这股表情写意的主流便转化为带有近代性质的浪漫主义美学思潮,从而与宋明儒学的转化线索亦大体平行起来。

宋明道学从程朱理学发展到陆王心学,从"理"本体发展到"心"本体,已发展到极致,并开始流露出解体的轨迹。王守仁取消"心外之理",将理完全归并于心,在主观上要求达到"破心中贼"、"存心去欲"的封建伦理目的,但客观上却不仅更加突出了人的主观能动性和自由性,而且也使宋明道学开始流露出由伦理走向心理、由理性走向感性的倾向,从而背叛和瓦解了理学。

因而明中叶以后所新兴的审美趣味便不能不跟阳明心学有关。阳明心学之所以成为王学异端李贽"童心"说的前导和近代民主与个性思潮的先声,也并不是偶然的。在这一时代,从情到欲,以欲激情,不仅是跳荡于《金瓶梅》、"三言二拍"等俗文艺中的热浪,也是奔涌于《牡丹亭》、《歌代啸》等雅文艺中的暗流。《牡丹亭》等作品以激越的个性伸张、无畏的性爱追求表现了"情"对"理"的反抗,《金瓶梅》等作品则以大胆的性的袒露、痛快的情欲宣泄表现了"肉"对"灵"的亵渎。这些表现确乎采取了某种扭曲、变态的形式,如《牡丹亭》是鬼中人,《金瓶梅》是人中鬼,但这扭曲、变态恰巧是长期封建压抑的产物,它在客观上也恰巧构成了对封建伦理意识的某种暴露和控诉。而这种新兴的审美趣味若追踪寻源的话,都可以追到王守仁心学那里。

王国维对《红楼梦》的跨文化阐释*

对王国维用叔本华哲学来阐释《红楼梦》，历来存在着两种截然相反的评价。赞成者认为，在中国文学批评史上，王国维最早发现了《红楼梦》的悲剧美学价值，是《红楼梦》研究中用西方美学新观念、新方法，写出的第一部系统之作。① 反对者则认为，王国维以叔本华哲学来解释《红楼梦》，导致了对《红楼梦》的误读，或者王国维根本就没有读懂叔本华的悲观哲学，甚至有学者认为王国维引用的叔本华哲学本身就是错误的，因为他是悲观主义的，与《红楼梦》的现实主义是毫不相干的。

一、平行研究与影响研究模式的局限性

反对的意见中有代表性的是叶嘉莹的观点。在《王国维及其文学批评》中，虽然叶嘉莹对王国维的《红楼梦评论》给予了很高的评价，但却认为它有一个"根本的缺点"，那就是"完全用叔本华的哲学来解说《红楼梦》的错误"，主要表现在以下两点：第一点是采用叔本华哲学对"宝玉"之名加以附会，认为"玉者不过生活之欲之代表"的错误；第二点错误是完全以"生活之欲"之"痛苦"与"示人以解脱之道"作为批评《红楼梦》一书之依据，与《红楼梦》原书的主旨有许多不尽相合之处。对于这两点错误，叶嘉莹采用了比较研究方法，将《红楼梦》的主题思想与叔本华的悲观哲学做了平行比较，指出叔本华哲学虽然曾受东方佛教哲学之影响，可是因为东西方心性之不同，所以叔本华哲学仍然与佛教有着本质的差别，东方佛教认为人人皆具有可以成佛的灵性，这是人的本性，而欲望烦恼则是后天的一种污染，而叔本华将人的本性甚至世界本性都归于意志。在叶嘉莹看来，"宝玉"可以解释成"本可成佛的灵明的本性"，却不可以理解为"意志之欲"，《红楼梦》的主旨有"愧悔追怀"的意思，而不仅仅是"解脱证悟"、

---

* 本文曾以《〈红楼梦评论〉的现代学术范式》为题发表于《中国文化研究》2004年第2期，收入本书时有很大改动。

① 聂振斌：《王国维美学思想述评》，沈阳：辽宁大学出版社1986年版，第122页。

"示人以解脱之道"①,结论自然是王国维生搬硬套叔本华的哲学思想,对《红楼梦》做了误读。

对于叶嘉莹的这种意见,自然应该引起我们的重视,在用西方理论来阐释中国文本的过程中,确实可以看到像叶先生所批评的那些现象:不愿意花工夫去研读西方的哲学理论却愿意时常引述以装点门面,或者完全不顾中国文本的实际情况生搬硬套,这些情况的确值得我们引以为戒。不过这种评价是否适合王国维的《红楼梦评论》就值得推敲了。对此,学界见仁见智,我不想妄加评说。我只想指出叶嘉莹在批评王国维先生时采用的一种研究模式,在现在看来,确实有许多问题。面对《红楼梦》与叔本华哲学,我们虽然可以从平行研究的角度来比较两者的差异,但就《红楼梦评论》而言,我们必须充分考虑这篇文章的作者王国维在其间的作用,仅仅比较《红楼梦》(A)与叔本华(B),却漏掉了主角(C),显然不可能全面做出评价,这是"平行研究"的模式不完全适合《红楼梦评论》这篇文章的主要原因。

也有研究者做的是"影响研究",主要是探讨叔本华哲学对王国维美学思想的影响在《红楼梦评论》这篇文章的体现,这些研究尽管自有其合理之处,却忽视了王国维深厚的中国传统文化背景,或者将这一文化背景仅仅放置在文化变异的地位,在我看来,也有某些缺憾。

与上述研究不同,还存在着另外一个研究视角,这就是跨文化阐释的角度。其实,这一角度并非是什么新的发明,陈寅恪先生在《王国维遗书序》中就已经明确地指出了王国维的《红楼梦评论》是"取外来之观念与固有之材料互相参证",这种互相参证的方法其实就是跨文化的阐释法。只是陈寅恪并没有详细予以论述。

二、跨文化阐释模式的适用性

就中国现代文学批评而言,用西方理论来阐释中国文本其实就是"跨文化阐释"的一种主要形式。港台一些学者在20世纪70年代将"用西方理论来阐释中国文本"的学术范式谓之"阐发研究",但我觉得"阐发研究"实不足以传达王国维《红楼梦评论》中西方理论与中国文本之间的复杂关系,"阐发研究"有可能被看成是单向的、线性的。这种单向的生搬硬套地采用西方理论来解释中国文本的做法自然应该予以清除,而《红楼梦评

---

① 叶嘉莹:《王国维及其文学批评》,石家庄:河北教育出版社1997年版,第159—163页。

论》用西方理论来阐释中国文本则是一种跨文化阐释,而不是单向阐释。

王国维并不是原封不动地照搬叔本华的理论去解释《红楼梦》,而是对叔本华哲学进行了认真的辨析、取舍、改造。由王国维本人的申述,我们可以知道,首先,他确实对叔本华哲学认真下过工夫,这跟目前学界存在的满足于一知半解就大胆采用西方理论以装点门面的做法不可同日而语;其次,他虽对叔本华哲学非常拜服,但却并没有全盘接受,而在《红楼梦评论》中予以质疑和改造。

这一切都充分地说明,王国维写作《红楼梦评论》并非是为叔本华哲学作注解。虽然他宣称《红楼梦评论》的立脚点全在叔本华哲学,但除了叔本华哲学的影响这个维度之外,还有一个维度是不可忽视的,那就是传统文化,如老庄哲学对王国维的影响。此外,也许是更重要的,王国维本人的思想生活状况及人生感悟对他写作《红楼梦评论》显然有着更直接的影响。

这种影响可以追溯到1903年他在通州师范学校教书经历,这是他首次担任教师,与后来成为帝师和清华研究院四大导师之一,自然不可同日而语,有资料显示他的这段教书经历并不顺利。据陈鸿祥的《王国维年谱》,1901年夏从日本东京物理学校回国,完成了不到半年的留学生涯之后,王国维的主要工作是在协助罗振玉编《教育世界》,一直到1902年年底,工作才发生了变化。1903年,张謇创立中国近代第一所私立师范学校——通州师范学校,经人介绍,学校聘请他担任国文和伦理学教员。由于是初创,学校首届招生只招了两个班,一个班是"讲习班",学期只有一年,一个班是"本科班",学期四年。学生大都是"举、贡、生、监"。当时,王国维只有26岁,比一般学生还年轻。在学生眼中,他是新派教员,"再加所写的讲义多从日本翻译过来,不像一般古文那样顺眼,因而他在举、贡、生、监出身的学生们眼中,也没有得到尊重。"①

没有得到学生的尊重,或者首次教书经历的失败,对于一般人而言,绝非是什么了不起的事情,可是对于非常敏感且自尊的王国维,却肯定会给他的心情带来很大的不愉快。如果我们联想到叔本华曾有过相类似的经历的话,这一事件就特别有值得玩味的地方。有两首他写于这个时期的诗,可以反映他的心境。一首题为《五月十五日夜坐雨赋此》,诗中写道:

---

① 陈鸿祥:《王国维年谱》,济南:齐鲁书社1991年版,第59页。

积雨经旬烟满湖,先生小疾未全苏。
水声粗悍如骄将,天色凄凉似病夫。
江上痴云犹易散,胸中妄念苦难除。
何当直上千峰顶,看取金波涌太虚。

由此我们可以想象,王国维此时以羸弱之躯、忧郁之性,沉浸于《红楼梦》的意境之中,愈增厌世解脱之想,诗中多"痴云"、"妄念"、"太虚"等《红楼梦》之语也就不足为奇了。他的另一首《书古书中故纸》中"暗淡谁能知汝恨,沾涂亦自笑余痴。书成付与炉中火,了却人间是与非",又写出了"小疾"未苏的诗人,与病榻"焚稿断痴情"的黛玉之间,几乎心心相通。可以断定,《红楼梦评论》写作之前,他确实有过一段心情忧郁、不愉快的时期。在这个时候,给他带来精神慰藉的不仅有叔本华,也有《红楼梦》。毋宁说,叔本华哲学的影响只是王国维写作《红楼梦评论》的"外因",而自己表达对人生思想感受的迫切愿望才是他写作的更直接的原因。

从当时的历史情况来看,1901年开始的清政府"新政"为当时的知识分子提供了相对宽松的政治环境;民族资本经济也得到了很大的发展,据统计,这一时期民族资本工业年均增长15%,比辛亥革命后北洋军阀统治时期的13%还要略高一点。[①] 经过"义和团"和"庚子事件"之后,清政府对外的态度已逐渐开放,某些中外政治交往也开始有正常化的迹象,尽管还不能说全部正常。例如慈禧太后经常会见外国使节夫人及亲属,就应该被看成是正常的政治往来。其中中德之间的政治交往在当时备受瞩目,1904年4月德国太子访华,受到光绪皇帝的接见,1905年3月德国亲王利物浦来华,清政府授予他头等第二双龙宝星。这都发生在《红楼梦评论》发表的前后。我们完全可以将王国维用叔本华哲学阐释《红楼梦》视为中德之间政治交往之外的一次学术文化交流的重要事件。在整个20世纪中国的学术发展中,德国哲学思想是一笔最重要的外来学术资源,像康德、席勒、黑格尔、叔本华、尼采、海德格尔都曾对中国现代学术产生过重要影响,在这一过程中,王国维显然是开拓者。而他对德国哲学的接受,其意义显然不同于此前严复等人对英国经验论、功利论的接受。

三、互文性与引文研究

对于王国维的《红楼梦评论》这一中国现代文论的经典文本,我们自

---

① 袁伟时:《帝国落日晚清大变局》,南昌:江西人民出版社2003年版,第427页。

然可以从影响研究的角度去解说,来探讨叔本华哲学对王国维思想的影响,不过这样做便要冒陷入西方统治与本土抵抗这一后殖民研究范式的风险,从而将非西方文化的能动作用大大地僵化与降低。而跨文化研究的范式则可以避免这种风险,它将中西的权力关系置于一个新的平台来考量,重新审视中国文本与西方文本的"互文性"关系。

"互文性"被认为是实现跨文化阐释的主要方式,这一概念首先由法国符号学家、女权主义批评家朱丽娅·克里斯蒂娃于1966年第一次提出这一术语,在1967年的《封闭的文本》中,将"互文性"定义为:"一篇文本中交叉出现的其他文本的表述"①,在1969年的《符号学,语意分析研究》一书中,她在分析了巴赫金的著作的基础上进一步提出:"任何作品的本文都像许多行文的镶嵌品那样构成的,任何本文都是其他本文的吸收和转化。"②其基本内涵是,每一个文本都是其他文本的镜子,每一文本都是对其他文本的吸收与转化,它们相互参照,彼此牵连,形成一个潜力无限的开放网络,以此构成文本过去、现在、将来的巨大开放体系和文学符号学的演变过程。在1974年出版的《诗歌语言的革命》一书中,她又指出:"互文性表示一个(或几个)符号系统与另一个符号系统的互换;但是因为这个术语经常被理解成平常迂腐的'渊源研究',我们更喜欢用互换这个术语,因为它明确说明从一个指意系统到另一个指意系统的转移需要阐明新的规定的位置性,即阐明的和表示出的位置性。"③这说明"互文性"理论在提出时确实将矛头指向了作为影响研究的渊源研究,表现了批判与超越影响研究的学术姿态。关于这一点,拉曼·赛尔登曾做出过精辟的概括,他指出:

> 朱丽娅·克里斯蒂娃的符号学理论从一个更为激进的观点向"传统"与"影响"等观念提出了挑战。她提出的"互文性"概念是向"主体"的稳定性提出质疑的更为宽泛的精神分析理论的一部分。她把互文性定义为符号系统的互换,她不是在"陈旧的"、"渊源研究"的意义上界定互文性,而是把互文性当成了超越那种致力于"引经据

---

① 蒂费纳·萨莫瓦约:《互文性研究》,天津:天津人民出版社2003年版,第3页。
② 朱丽娅·克里斯蒂娃:《符号学,意义分析研究》,引自朱立元著:《现代西方美学史》,上海:上海文艺出版社,1993年版,947页。
③ 朱丽娅·克里斯蒂娃:《诗歌语言的革命》,见拉曼·赛尔登编,刘象愚、陈永国译:《文学批评理论:从柏拉图到现在》,北京:北京大学出版社2003年版,第422页。

典"或"运用渊源"的理性控制的符号过程的一部分。她还注意到"互换"不仅意味着从书写系统到书写系统的转换,也指从非文学与非语言系统到一个文学系统的转换。她进而提出每一个指意系统不过是"各种各样的指意系统互换的一个领域"。这就向处于系统游戏位置的主体的统一性和实质性提出了质疑。①

互文性理论的一个突出贡献就在于它打破了影响研究的单一视角,代之以多元灵活的学术视角,将影响者与受影响者的复杂关系置于一个新的领域来重新考虑和评价。把互文性理论置于跨文化背景之下,来研究不同文化背景之下的符号系统与符号系统的互换,这便构成了跨文化研究中的互文性理论。如果我们把王国维的《红楼梦评论》作为一个这样的跨文化互文性领域,那么我们将会发现在这个领域中,至少包含以下几种复杂的互文关系:第一是王国维所评论的对象《红楼梦》的主题与叔本华哲学之间的关系,第二是《红楼梦》与叔本华所提到的西方悲剧之间的关系,第三是中国传统哲学与叔本华哲学之间的关系,第四才是叔本华哲学与王国维思想之间的关系。要强调的是,这四种关系不是平行关系,也不是影响关系,而是互文性关系。

实际上,无论是影响研究还是平行研究,其研究的视角都是平面化的、直线的和单向的,都是 A 和 B 的关系。我们往往过多地强调叔本华的理论在解读《红楼梦》过程中所产生的对后者的"误读"现象,而王国维在此过程中的主动作用却被忽略了。互文性研究就是要引入研究的第三极,即研究王国维是如何看待和处理叔本华的理论与《红楼梦》之间的关系的。不言而喻,是王国维使得叔本华的悲剧理论与《红楼梦》产生了互文关系。这是一个双向的阐释过程,而不再是单向的。例如本来叔本华的悲剧理论是以歌德的《克拉维戈》、《浮士德》、高乃伊的《熙德》、莎士比亚的《哈姆雷特》、席勒的《华伦斯坦》等作为范本的,他理论所指是指向这些西方文学作品的,王国维则通过隔离叔本华理论的能指与所指在西方语境的联系,使得其理论能指与中国文本《红楼梦》重新建立了能指与所指的关系,这种新型的能指所指关系表明,不仅叔本华的悲剧理论对《红楼梦》有阐释作用,同时《红楼梦》以它特定的方式也规定和丰富了叔本华

---

① 拉曼·赛尔登编,刘象愚、陈永国译:《文学批评理论:从柏拉图到现在》,北京:北京大学出版社 2003 年版,第 409 页。

悲剧理论的内涵。

"引用"是互文性的一个重要手法,因而对引文的研究也应该成为互文性研究的重要内容。安东尼·贡帕尼翁在《二手文本或引用工作》中,把引用定义为"一段话语在另一段话语中的重复",它是再造一段表述(被引用的文本),该表述从原文中被抽出来,然后引入受文中。① 在引用过程中,一段引文从甲语境到乙语境的转移,其语义不可能不发生变异,通过引文研究将表明引文在不同语境下是如何发生意义的转变的,其价值何在。《红楼梦评论》除了引用《红楼梦》和叔本华的《作为意志和表象的世界》之外,作为引述或涉及的文献资料还包括叔本华的《性爱的形而上学》、亚里士多德的《诗学》、歌德的《浮士德》、比格尔的诗(以上为外来资料)以及中国的《老子·第十三章》、《庄子·大宗师》、《庄子·秋水》、《论语·先进篇》、《列子·黄帝》,曹霸、韩干、毕宏、韦偃、吴道子、萧照、周昉、仇英的画,汉乐府《孔雀东南飞》,吴伟业的《燕门尚书行》、《楚辞·招魂》,枚乘的《七启》、《七发》,王实甫的《西厢记》,汤显祖的《牡丹亭》,伶元的《赵飞燕外传》、《汉杂事秘辛》、《史记·司马相如传》,洪升的《长生殿》,查继佐的《续西厢》,施耐庵和罗贯中的《水浒传》,余万春的《荡寇志》,孔尚任的《桃花扇》,顾彩的《南桃花扇》,《红楼梦》续书5部,文康的《儿女英雄传》,黄种则的《绮怀》,纳兰性德的《饮水诗集》和《饮水词》等50多条。钱锺书的《管锥编》引用了800多位外国学者的1400多种著作,涉及3000多位古今中外作家的创作,可谓浩如烟海。而《红楼梦评论》仅13000多字的文章就涉及这么多的文献资料,显然也是难能可贵的。我们常常将《红楼梦评论》看成是一篇理论性文章,而对它的资料性研究却是很忽视的,我们应该弥补这一缺憾。对于引文研究而言,并不是让我们只要找出引用的出处就算大功告成了,引文研究之不同于"考据"或渊源研究的地方,就在于它除了找出引文的渊源之外,还需要说明引文在新语境中发生的意义的变迁。

总之,王国维的《红楼梦评论》的确还有许多值得进一步发掘和研究的余地,而由王国维开启的跨文化阐释这一学术范式在中国现代学术发展中显然具有重大意义,它突破了传统评点和考据的局限,为中国现代的文学批评别开一新局面。它后来经过钱锺书的发展,逐渐形成了中国现代文论中跨文化阐释的两种并行的具体路径。如果说,王国维《红楼梦评

---

① 蒂费纳·萨莫瓦约:《互文性研究》,天津:天津人民出版社2003年版,第24页。

论》的跨文化阐释模式是宏观式的,是自上而下的,先立一个审美评价标准,然后根据这个标准去阐释文本,那么,钱锺书《谈艺录》、《管锥编》的跨文化阐释则是微观的,是从具体问题出发的,是自下而上的。

从整体上看,《红楼梦评论》在运用跨文化阐释这一模式时,基本上是成功的。但我们也确实应该看到眼下确有许多学术文章在采用这一模式的时候存在着极大的盲目性,或者不顾中国文本的实际情况,生搬硬套西方的理论,或者对西方理论根本就知之甚少,根本就不肯花工夫弄懂原作的意思,而勉强引用以装点门面,这些情况确实时有发生。基于这种情况,为了避免不必要的麻烦,应该用"跨文化阐释"来进一步限定、补充与完善"用西方理论阐释中国文本"这一学术范式,并取代"阐发研究"的提法。

蔡元培的跨文化阐释与审美拯救方案*

哈贝马斯在《现代性的哲学话语》一书中谈到马克斯·韦伯的现代性理论的时候,曾非常明确地指出:"在韦伯看来,现代与他所说的西方理性主义之间有着内在联系,这种联系并非偶然出现的,而是不言而喻的。韦伯把那种解除神秘的过程说成是'理性的',该过程在欧洲导致了宗教世界图景发生瓦解,并从中产生出世俗文化。随着现代经验科学、自律的艺术和原则性得到的理论和法律理论的出现,便形成了不同的文化价值领域,从而使我们能够根据理论问题、审美问题、或道德—实践问题的各自内在逻辑,来完成学习过程。"①哈贝马斯的把握大体是不错的。马克斯·韦伯的确是从西方的特有发展角度来论证宗教世界图景瓦解之后所产生的"理论问题、审美问题、或道德—实践问题"这三大文化价值领域的分化。韦伯认为这是西方特有的发展道路,因此与欧洲之外的东方国家无关。例如,马克斯·韦伯在《儒教与道教》中曾提出一个观点,即中国文化的特点决定了其自身是不能自动发生现代转换的。他在《新教伦理与资本主义精神》中,曾具体说明了新教伦理与西方资本主义发展的精神动力之间的生成关系。而在《儒教与道教》中,韦伯以较大篇幅分析研究了中国的社会结构,又重点研究了建立在这种社会结构基础之上的中国正统文化——儒教伦理,同时还顺便考察了被视为异端的道教。他将儒教与西方的清教作了较为透彻的分析比较,最后得出一个结论:儒教伦理阻碍了中国资本主义的发展。②既然如此,中国要走向现代,除了学习西方之外,别无其他法门。

对于这样一种现代性理论,人们可以从两种不同的角度予以评说。

---

* 本文曾以《审美教育的现代性与跨文化性》为题,发表于《中国文化研究》2008 年第 4 期,收入本书时有改动。

① J. Habermas, *The Philosophical Discourse of Modernity*, Polity Press, 1987, p.1. 译文参考了曹卫东的《哈贝马斯论现代性(五篇)》,见《学术思想评论》(第三辑),沈阳:辽宁大学出版社 1998 年版,第 57—58 页。

② 马克斯·韦伯著,王荣芬译:《儒教与道教》的"出版说明"部分,北京:商务印书馆 1995 年版。

一是从积极的方面去认识,认为韦伯考虑到了中国文化与发展的特殊性问题,避免了以西方的发展模式来看待中国问题;二是从消极的方面来看,韦伯的理论其实是另外一种形式的欧洲中心主义,这种认为东方是没有历史的、是置于历史之外的观点,可以说仍然是西方根深蒂固的对于东方的偏见。

一、"以美育代宗教"

与韦伯几乎是同时代的中国理论家蔡元培却是从另外的角度来论证这个问题的。他认为宗教世界图景的瓦解导致出现的三大领域的分化并非是西方特有的问题,而且也是中国的问题,因此具有跨文化性与普遍性。他指出:"宗教之原始,不外因吾人精神作用而构成。我人精神上作用,普通分为三种:一曰知识;二曰意志;三曰感情。最早之宗教,常兼此三作用有之。"在蔡元培看来,这种混沌不分的精神现象,不独西方,中国亦有之,例如就"知识作用之附丽于宗教"而言,人们对于"生自何来?死将何往?"等诸如此类的问题的知识,均推之于宗教。"基督教推本于上帝,印度旧教则归于梵天,我国神话则归于盘古。"所以这是一种世界性的普遍现象。随着社会文化、科学知识的发展,人们逐渐认识到"宗教家所谓吾人为上帝所创造者,从生物进化论观之,实为一种极小之动物,后始日渐进化为人耳"。其他像"日星之现象,地球之缘起,动植物之分布,人种之差别,皆得以理化博物人种古物诸科学证明之",由此,"知识作用离宗教而独立";最初,"宗教家对于人群之规则,以为神之所定,可以永久不变","近世学者据生理学心理学社会学之公例以应用于伦理,则知具体之道德不能不随时随地而变迁,而道德之原理,则可由种种不同具体者而归纳以得之;而宗教家之演绎法,全不适用。此意志作用离宗教而独立之证也。"知识与意志从宗教分离之后,剩下的唯有感情。由于宗教同样与情感有密切的关系,宗教是否可以代替美育呢?蔡元培的回答恰好相反。理由是:第一,从文学艺术的发展史来看,附丽于宗教的艺术逐渐呈现出脱离宗教的趋势,"野蛮时代之跳舞,专以娱神,而今则以之自娱",因此,以美育代宗教,这是历史发展的必然;第二,从美的本性来看,美育明显高于宗教,因为"无论何等宗教,无不有扩张己教攻击异教之条件",它是"激刺"感情的,而不是"陶养"感情的,因此有局限性。而美的本性则在于它的普遍性,"绝无人我差别之见能参其中"。食物吃在自己的口中,不能果他人之腹,衣服穿在自己的身上,不能兼供他人之暖,而美则不然,"一处旅游景观,我游之,人亦游之,我无损于人,人亦无损于我",这就是美具有普遍性的缘故。同时美也不能有"利害之关系",看到画上所画的马,人们欣赏时绝不能想到马可以骑,看到画上所画的虾,人们欣赏时绝不能想到虾可以吃,因此美具有超利害关系的普遍性。正是因为这一点,蔡元培指出:"教育家欲由现象世界而因以达到实体世界之观念,不可不用美感之教育","专尚陶养感情之术,则莫如舍宗教而易以纯粹之美育。"①总之,"一、美育是自由的,而宗教是强制的;二、美育是进步的,而宗教是保守的;三、美育是普及的,而宗教是有界的",所以尽管美育与宗教有密切的关系,也"不能以宗教充美育,而止能以美育代宗教"。②

我们发现,对于"以美育代宗教"这一理念的坚持,是蔡元培终生始终挥之不去的一个情结。从他于1917年在北京神州学会的演讲时提出这一命题之后,他在不同的场合与情景之下,多次予以阐发,直至在他去世前还念念不忘要为他的这一主张专著一书,详加说明。那么,我们理应关心的问题首先是,蔡元培为什么要提出这一命题并终生秉持,或者说他提出这一命题的历史前提背景与意义价值究竟何在?因为按照一般人的理解,中国本来就是一个审美的国度,其文化的精神内核中审美的或者说"乐感"的因素,一直被视为华夏文化的一个重要的特征。这不仅在晚近的学者如李泽厚、刘小枫等人的论述中,而且也在与蔡元培同时代的梁漱溟、宗白华等学者的论述中都可以得到印证。中国人的宗教观念是非常淡薄的,这几乎是学界的一个共识。既然如此,我们是否可以得出结论说,与"以美育代宗教"相关联的宗教一维并非是中国的问题,这一命题的提出实际上也就不具备中国特定的历史语境,从而丧失其在中国语境之中提出这一命题的价值与意义?我认为显然不能这么简单地看问题,至少在蔡元培看来并非如此。其实,就在蔡元培提出这一命题的最初,他已经意识到这一问题了。他指出:"欧人之沿袭宗教仪式,亦犹是耳。所可怪者,我中国既无欧人此种特别之习惯,乃以彼邦过去之事实作为新知,竟有多人提出讨论。此则由于留学外国之学生,见彼国社会之进化,而误听教士之言,一切归功于宗教劝,遂欲以基督教导国人,而一部分之沿袭旧思想者,则承前说而稍变之,以孔子为我国之基督,遂组织孔教,奔走呼

---

① 蔡元培:《以美育代宗教说》,《蔡元培美学文选》,北京:北京大学出版社1983年版,第68—71页。

② 同上书,第180页。

号,视为今日重要问题。"① 由此可见,蔡元培提出这一命题的最初确实是有中国当时特定的历史背景和特定的现实针对性的,即针对当时在社会上甚嚣尘上的孔教会的活动而有感而发的。当然如果仅仅是针对这一点,那么随着当时孔教会活动退出历史舞台,这一命题早就应该寿终正寝了,也用不着他小题大做,用 20 年的时间反复加以阐述。显然,蔡元培对这一命题的始终坚持,除了是针对当时的特定历史背景,还有着其他更广泛、更深层的原因。这就需要我们从他的整体学术思路和价值旨趣中寻找答案。

在蔡元培看来,世上最好的政治也都不过以追求最大多数人的幸福为目的,这种幸福不外乎是现世之幸福。而现实之幸福,总会随着一个人的死亡而消灭。人如果以这种易逝的幸福为终极目的的话,那么就谈不上人生还会有什么价值。实际上,历史上许多仁人志士,他们之所以能够杀身成仁、舍生取义、舍己为群,为争一民族之自由,不惜沥尽全民族最后一滴血不已,就是因为人除了追求现实的幸福之外,还有一种"超轶现实之观念",这种"超轶现实之观念",从哲学上来讲,就是康德所说的"实体世界"。美感教育之所以重要,是因为它"介乎现象世界与实体世界之间,而为之津梁","在现象世界,凡人皆有爱恶惊惧喜怒悲乐之情,随离合生死祸福利害之现象而流转。至美术,则即以此等现象为资料,而能使对之者,自美感之外,一无杂念。例如采莲煮豆,饮食之事也,而一入诗歌,则别成兴趣。火山赤舌,大风破舟,可骇可怖之景也,而一入图画,则转堪展玩。是则对于现象世界,无厌弃而亦无执著也。人既脱离一切现象世界相对之感情,而为浑然之美感,则即所谓与造物为友,而已接触于实体世界之观念矣。故教育家欲由现象世界而引以到达于实体世界之观念,不可不用美感之教育。"② 这样,蔡元培就把审美提高到一个相当的高度来加以认识,如同康德一样,他是把审美作为现象界与实体界的中介来认识的,是把审美作为把人从世俗的现象世界提升到纯净无限的实体世界的必由之路来看待的。因此,在这一点上,他与王国维对于中国人之所以需要审美的拯救的看法就不谋而合了。王国维在《〈红楼梦〉评论》中对于中

---

① 蔡元培:《以美育代宗教说》,《蔡元培美学文选》,北京:北京大学出版社 1983 年版,第 68 页。

② 蔡元培:《对于教育方针之意见》,《蔡元培美学文选》,北京:北京大学出版社 1983 年版,第 3 页。

国人的"世间的""乐天的"精神特征曾有过明确的表述,所谓:"吾国人之精神,世间的也,乐天的也。故代表其精神之戏曲小说,无往而不着此乐天之色彩;始于悲者终于欢,始于离者终于合,始于困者终于亨;非是欲厌阅者之心难矣。"①问题在于,这种世间的欢乐是非常靠不住的,一种世间的欲望得到满足后,另一种欲望便会接踵而至,于是人生便会像钟摆一样永远陷于悲苦的境地之中。拯救的出路就是审美。"美术者,上流社会之宗教也。"②人们之所以需要审美,就在于它可以提供一种具有宗教功能的精神慰藉,这种精神慰藉是绝对的、永恒的、不容易消失的。从本性上讲,它不完全属于现象界,不是中国传统文化的"世间""乐感"特征所能包容的。与王国维一样,蔡元培也意识到了审美的这种宗教功能,"宗教所密切关系者,唯有情感作用,即所谓美感"③,只不过他对人生的看法并不像王国维那样悲观。如上所说,他是从存在着一个与现象界相对的实体界来展开他的问题意识的。对于蔡元培来说,审美的价值就在于它的"由现象世界而引以到达实体世界之观念"的中介性,因此是否存在着一个与现象世界相分裂的实体世界,就成为判定是否需要审美拯救的关键所在。中国文化的审美性特征恰恰不是建立在这种二元分裂的世界图景的基础之上的,它追求的是在现实的有限中直接得到无限,因而中国文化传统中难以找到一个为人的生存提供终极价值的与现实世界相分裂的意义领域,在传统的"修齐治平"立身安命在现代面临着整体的合法性危机的时候,极其需要从另外一个方面寻找人生存的价值依据和精神寄托,所以"以美育代宗教"便成为唯一可供选择的拯救方案了。而且由于审美既为中国文化之固有,宗教则为中国文化之缺失,那么"以美育代宗教"在中国文化的现代性发展中也是一条方便的途径。在这里,正如已有论者所指出的那样,审美存在的最终意义,此时其实已然不在它自身,而在于它使一种新的具有宗教意味的生命与生活哲学得以建立。这一点构成中国审美现代性的真正所指,也标志着中国审美现代性的内涵与西方具有相同的前提。④ 毋宁说,"以审美代宗教"之所以要在中国现代语境中提出,就

---

① 王国维:《王国维遗书》(第三册),上海:上海书店出版社1983年版,第431—432页。
② 王国维:《去毒篇》,《王国维文学美学论著集》,太原:北岳文艺出版社1987年版,第49页。
③ 蔡元培:《以美育代宗教说》,《蔡元培美学文选》,北京:北京大学出版社1983年版,第69页。
④ 张辉:《审美现代性批判》,北京:北京大学出版社1999年版,第94页。

是因为它不仅仅是西方的问题,而且基于中国文化发展过程中现代转型的迫切需要,因此是一个普世性的问题。

蔡元培确实是将这一命题置于宗教世界统一性图景在现代发生分化与瓦解的背景之下加以论证的,其论证材料不仅有源于西方的,而且也有源于中国的,例如,他在论证美术脱离宗教发展的时候,就以我国艺术发展的基本史实来作为论据材料,像南北朝的建筑、雕刻、图画、文学均与佛教有关,唐以后的诗文、宋、元以后的图画则脱离了宗教素材而描写人情世事、山水花鸟等。可见,至少在蔡元培本人的意识里,中西文化的差异性、异质性并没有作为一个问题特别突出表现出来,这再次说明他融合中与西、传统与现代的文化旨趣,而为中国现代性文化开出宽容、多元、调和、渐进的发展之路。从学理上讲,这种故意模糊中西文化差异的做法自然有许多疏漏之处,但相对于文化激进主义与文化保守主义将中西文化看成是不可通约、决然分离的二元模式,这是一种警示,是一种提醒。它在中国现代文化的发展中,构成了另外一种思想力量和资源,在西方中心主义和"东方主义"的言路之外,增添了另外一种文化诉求。这对于正确理解五四新文化运动的多元性,对于深入探讨现代性文化建设所应采取的合理性途径,显然有很重要的价值。

二、世界宗教图景的瓦解与审美拯救方案

蔡元培的美育思想除了受到康德美学思想的影响之外,还深受席勒的影响。他对席勒在美育上的重要历史地位给予了充分的肯定。他说:"经席勒尔详论美育之作用,而美育之标识,始彰明较著矣。"① 他还特别指出中国所采用的"美育"这一术语,就是来自于席勒的《审美教育书简》,是他本人于1912年从德文中翻译过来的。② 他曾把席勒的理论主张概括为三点:"一、美是假象,不是实物,与游戏的冲动一致。二、美是全在形式的。三、美是复杂而又统一的,就是没有目的的而有合目的性的形式。"③

关于席勒与现代性的关系,哈贝马斯在《现代性的哲学话语》一书中,

---

① 蔡元培:《美育》,《蔡元培美学文选》,北京:北京大学出版社1983年版,第175页。
② 蔡元培:《二十五年来中国之美育》,《蔡元培美学文选》,北京:北京大学出版社1983年版,第186页。
③ 蔡元培:《美学的进化》,《蔡元培美学文选》,北京:北京大学出版社1983年版,第124页。

曾作过专门的论述。哈贝马斯指出，面对自身内部已经产生分裂的现代性，席勒设计了一套审美拯救的方案，"席勒把艺术理解成了一种交往理性，将在未来的审美王国里付诸实现。"而艺术要想完成使分裂的现代性统一起来的历史使命，就不应该只抓住个体不放，而必须对个体参与其中的生活形式加以转化，由此，在个人化与大众化之间确立主体间性的理想形式。可以看出，哈贝马斯是从他本人的交往理性理论去解读席勒的，不过哈贝马斯指出的席勒同现代性的关联还是很有启发性的。席勒所面对的问题是古代社会终结之后自身内部产生分裂的现代性，也就是我们通常所说的异化现象。审美教育当然是要将分裂的现代性统一整合起来，这样审美现代性就构成了对现代性的超越和补充，一般情况下，可以理解成审美现代性对现代性的分裂和批判。可是哈贝马斯指出，席勒对现代性异化现象并没有过多的指责，而是把它看成是进步过程中不可避免的现象。这就比较实事求是地概括了席勒思想中现代性与审美现代性的复杂关联。至于说到主体间性的问题，也并非与席勒本人的想法毫无关系。哈贝马斯指出："离群索居者，其私人生活方式失去了与社会的联系，社会也就成了外在于他的客观之物；混迹人群者，其表面化的存在也不可能寻找到自我。这样两种陌生化和融合化的极端形式同样都对整体性构成了威胁。席勒对两者的平衡比较浪漫，他认为，用审美统一起来的社会必须产生一种交往结构。"这种论说方式自然会让人联想到席勒所说的人的感性冲动、形式冲动和游戏冲动。而席勒的游戏冲动正是克服了感性冲动与形式冲动各自的极端形式，而又将二者完整统一起来的。此外，哈贝马斯还特别指出了席勒审美假象理论的重要价值，他说："席勒建立审美乌托邦，其目的并不在于使生活关系审美化，而是要革交往关系的命。超现实主义者在其纲领中要求艺术溶解到生命中去，达达主义者及其追随者也充满挑衅地这样强调；相反，席勒则坚持纯粹假象的自律。他同时期望审美假象所带来的愉悦能导致'整个感受方式'的'彻底革命'。"感觉方式的解放后来成为法兰克福学派所坚持的一个重要观点。不过，法兰克福学派注重的是对现代性、大众文化的严厉批判，而席勒显然没有走得这么远，席勒理论的一个中心点就是将审美作为一种中介形式，作为通过教化使人达到真正的政治自由的中介，这种中介介于个人与社会之间，这种教化过程"一方面使物质性格摆脱外部自然的任意性，另一方面使道德性格摆脱外部自然的任意性"，从而建立起动力王国和法则王国之后的第三个王国。"在这个王国中，审美的创造冲动给人卸去了一切关系的枷锁，使人摆脱了一切称之为强制性的东西,不论这些东西是物质的,还是道德的。"可见,席勒虽然也涉及了审美的现实批判功能,也涉及了感觉解放的问题,但他却始终坚持审美的特殊性,坚持审美之不同于现实的审美假象。这说明他的现实干预是有一定限度的,并不像法兰克福学派那么深入,那么广泛。作为法兰克福学派传人的哈贝马斯能够意识到这一点,确实是难能可贵的。①

与席勒相同的是,蔡元培也是非常重视审美假象,重视审美的特殊中介作用的,他曾经明确表示,实施美育的目的,"在陶冶活泼之灵性,养成高尚之人格。"②美育的特殊领域是在文化、教育领域,是针对人性领域的,所以它具有超现实性的品格。另一方面,美育由于介于感性与理性、现实与理想、个人与社会之间,它就具有两面性,具有两种品格。美育的目的是理想的,而实施美育的方法却必须是现实的。

蔡元培虽然接受了席勒许多重要的美育思想,但他考虑问题的出发点和归宿还是解决中国的实际问题。作为一代伟大的教育家,蔡元培先生不仅从理论上阐发了美育对中国社会现代性发展的重要意义,而且也还特别关注到了美育的具体实施,不仅注意到了美育的理论性品格,而且也充分注意到了审美教育的实践性品格。

总体上看,蔡元培所谈到的美育实施的范围是极其广泛的,它包括:"一切音乐,文学,戏院,电影,公园,小小园林的布置,繁华的都市,幽静的乡村等等,此外如个人的举动(例如六朝人的尚清谈),社会的组织,山水的利用,以及种种的社会现状,都是美化。"③这是美育实施的空间范围。在《美育实施的方法》一文中,蔡元培还从时间一维谈到美育具体的实施方法,从人未生之前,一直谈到既死之后。

他指出对一个人的审美教育,应该从胎教开始,为了保证胎教的质量,最好的办法是设立公立胎教院。而对于公立胎教院的选址、建筑形式、布局设置,甚至陈列的器具与雕刻图画都一一进行了具体的规定。他

---

① See J. Habermas, *The Philosophical Discourse of Modernity*, Polity Press, 1987, pp.45—50. 引文参考了曹卫东的《哈贝马斯论现代性(五篇)》,见《学术思想评论》(第三辑),沈阳:辽宁大学出版社1998年版,第76—80页。
② 蔡元培:《创办国立艺术大学之提案》,《蔡元培美学文选》,北京:北京大学出版社1983年版,第169页。
③ 蔡元培:《美育代宗教》,《蔡元培美学文选》,北京:北京大学出版社1983年版,第160页。

提出，胎教院的选址最好是在风景佳胜的地方，避开都市混浊的空气。建筑的形式要匀称玲珑，避免用高压式的埃及建筑和偏激派的哥特式建筑。建筑的四面，要设有庭园，要有广场，孕妇们可以在里面散步、做轻便的运动、赏月观星。庭园当中，要种植一些雅丽花木，在花木中间要选择一些羽毛秀丽、鸣声优雅的动物，不能用索系猴、用笼装鸟。园子里面，还应该引水成泉（但不能有激流），汇水成池，池子里可以养一些美观活泼的鱼。室内糊壁的墙纸，铺地的地毯，颜色花纹都要恬静适中。用的和陈列的器具，要轻便雅致，既不可过于笨重，也不可过于琐巧。室内的摆设要整齐，不能混乱。陈列的雕刻图画，都应该选择优美一派的，不能是粗犷、猥亵、悲惨、怪诞的，陈列中应该有健全体格的裸体像与裸体画。每天应该让孕妇听优美的音乐，要避免听那些太刺激的音乐或是卑劣的靡靡之音。总之，要让孕妇完全在平和活泼的环境中，以对胎儿有一个良好的审美教育。

孕妇产儿以后，就要迁到公共育婴院。第一年可以母亲自己抚养，第二、三年，如果母亲要去工作，就可以把婴儿交给保姆。育婴院的建筑要求，基本上与胎教院相同，也可以联合在一起。陈列的雕刻图画要略微有所区别，可以多选择一些裸体的康健儿童，图中儿童的姿势也要各种各样的，最好隔几日，就更换一套，这样有利于儿童模仿种种行动姿势。音乐要选择简单静细的。院内成人的言语与动作，包括衣饰，都要力求优雅。

儿童满了3岁，就应该进入幼稚园。对于幼稚园阶段的教育，应该充分发挥孩子的主动性，以教孩子们舞蹈、唱歌和手工为主，没有必要过多地教他们语文、数学，即使是在教导他们语文数学的时候，也要注意孩子们的特点，应该着重从音调、排列方面培养他们对美的感受，不可用枯燥的语法和算法来教育他们。

儿童满6岁，就可进入小学，此后入中学，这都是普通教育时期。这一时期，可以设立音乐、图画、运动、文学等专门的美育课，中学时代是孩子们个性发展的时期，选择的文字美术，可以复杂一点，这个时候，就可以看一些悲壮、滑稽风格的作品了。除了专门的美育课之外，中小学时期的一些主干课程也要配合以美育，数学、化学、声学、光学、热学、电子学、天文学、植物学、地理学，学校所有的课程，都是与美育有关的，都可以同时进行审美教育。如数学，看似枯燥，但美术上的比例、节奏，全是数的关系，数学的游戏，可以引起滑稽美感。

中学毕业之后，普通教育转到专门教育。喜欢音乐的可以进音乐学校,喜欢建筑、雕刻、图画的可以进美术学校,喜欢戏剧的可以进戏剧学校,喜欢文学的可以进大学文科。这都是专门的审美教育。而对于那些进其他学科学校的人,也要进行美育,可以通过举行辩论会、音乐会、成绩展览会、各种纪念会的形式来普及审美教育。

学校毕业之后,或者是那些没有进入大学的人,就要使他们有接受社会教育的机会。为了进行社会美育,就要设立美术馆、美术展览会、音乐会、剧院、影戏馆、历史博物馆、古物学陈列馆、人类学博物馆、博物学陈列馆与植物园、动物园,等等,这些都可以进行社会美育。除此之外,道路、建筑、公园、名胜古迹、公坟,也都要进行美化,也都是社会美育的场所。

尤其是关于"公坟"的处理,最能反映蔡元培审美教育的现代性思想及其跨文化特征。这主要表现在他对中国传统"做坟"方法的批判和对西方公坟方法的引进方面。他指出:"我们中国人的做坟,可算是混乱极了。贫的是随地权厝,或随地做一个土堆子。富的是为的一个死人,占许多土地,石工墓木,也是千篇一律,一点没有美意。"①"若是照我们南方各省,满山是坟,不但不经济,也是破坏自然美的一端。现在不如先仿西洋的办法。他们的公坟有两种:一是土葬的,如上海三马路、北京崇文门,都是西洋的公坟。他是画一块地,用墙围著,布置一点林木。要葬的可以指区购定。墓旁有花草,墓上的石碣有花纹,有铭词,各具匠意,也可窥见一时代美术的风尚。还有种是火葬,他们用很庄严的建筑,安置电力焚尸炉。既焚以后,把骨灰聚起来,装在古雅的瓶里,安置在精美石坊的方孔中,所占的地位,比土葬减少,坟园的布置,也很华美。这些办法都比我们的随地乱葬好,我们不妨先采用。"②

蔡元培的美育实施方案有以下可以注意的地方:首先他充分注意到了人生不同阶段的审美需求,并根据人生的不同特点实施审美教育;其次,他已经注意到了审美教育的不同类型,例如对幼儿应该实施优美教育,而对中学生则应该实施崇高美教育;第三,蔡元培审美教育的实施所关注的是社会层面,如果以他所崇信的康德哲学来划分,这是属于现象界的范围。审美是连接现象界与实体界的中介,而审美教育的实施则必须

---

① 蔡元培:《美育实施的方法》,《蔡元培美学文选》,北京:北京大学出版社1983年版,第158页。

② 同上书,第159页。

或必然从现象界做起,必须落实在社会现实层面。我觉得这些对我们都具有很大的启发性。

蔡元培讲这些话的时候是在 1922 年,而他所讲的有关公坟的方法,到今天基本上都采用了。人们不会感到采用西方的方法有什么不妥,这是因为它是符合社会发展趋向的,是社会现代性转型所必须做到的。而这种对西方办法的采用,也并没有使中国"敬祖"的文化传统丧失或者断裂,应该说这种公坟的方式比过去那种随地造坟的方式,也许更能体现中国"法天敬祖"的文化传统。由此,也可以看出蔡元培考虑问题的出发点仍然是中国社会文化的发展与进步,中西文化的分别并没有过多地进入他的视野,这构成了他有关现代性与审美现代性关系的特有视域。在他看来,现代性与审美现代性的关系远不像西方理论家所说的那样紧张,现代性的弊端在他那时尚没有充分暴露出来,而"在现代性理论鼎盛于一时之前,许多苦心孤诣的西方思想家就已经从西方文化本身之更深的层次对'现代性'提出批评与反省了。如 20 世纪最伟大的哲学家之一海德格尔即从批判笛卡尔以降之近代西方哲学的主客二元论这一角度来批判、反省现代性;如法兰克福派的第一代思想家霍克海默、阿多诺即继承了韦伯之理性化和卢卡奇之物化(卢卡奇这个观点的主要资源之一即韦伯之理性化的观念)的观点对西欧启蒙以降所形成的现代性提出批判、反省;即如现代化理论家们抬来当祖师爷的韦伯也从探究'西方理性主义,尤其近代西方理性主义之特有性质的认识以及其起源的说明'这一角度来探讨、批判、反省了现代性。"[①]这构成了现代性的诸种面孔,也构成了现代性与审美现代性的复杂关系。尽管蔡元培也会对中国社会现代转型进程中存在的弊端有所警觉,例如他一再告诫新文化运动不要忘了美育、自由,要以他人之自由为界,要防止由自由导向放纵的极端主义,等等,而更为蔡元培所看重的,却是审美教育的现代性与社会发展的现代性互相促进、互相补充的一面。在他看来,中国社会发展的现代性成果肯定会为审美教育提供良好的物质基础,如可以为胎教院、育婴院、幼稚园、学校、公共场所提供更优美的设施,而人的审美素质的提高则可以使社会发展更加协调,人与人之间的关系、人与自然环境之间的关系更加和谐。我觉得在蔡元培身上体现出的这种现代意识,他之不同于西方同时代理论家的独特的发展观,证明中国社会现代转型与发展首先是要基于中国社会自

---

① 杭之:《一苇集》,北京:三联书店 1991 年版,第 8 页。

身的内在要求与内在动力,而不应该首先归功于西方的影响或冲击,尽管这种影响与冲击在中国现代性发展中是绝不应该忽视的。

哈贝马斯说:"韦伯从理性化角度所描述的并不仅仅是西方文化的世俗化过程,毋宁说主要是现代社会的发展过程。"①哈贝马斯把韦伯所说的西方社会发展特有的"解魅"(理性化)过程看成是整个人类社会现代化发展的普遍现象,这种观点即使不完全对,但至少符合中国发展的实际。中国尽管不像西方那样有那么严格的宗教信仰,但依然存在着知、情、意混为一体的精神现象,实际上,蔡元培本人就是以此为标准来看待宗教现象。中国尽管没有新教信仰,但仍然有一个现代化的进程,仍然有一个知识、审美、伦理三种价值领域分化的过程。尽管中国现代化的进程不一定与西方完全一致,但审美在现代社会中的作用却可以超越中西文化的差异性。人们可以说西方的社会发展方式不适合中国国情,却不可以说西方的音乐、雕塑、绘画及文学作品不能由中国人欣赏、阅读。毋宁说,只要存在着知识领域、审美领域、实践领域的区别,也就存在着审美教育的必要性。西方是如此,中国也是如此。

---

① J. Habermas, *The Philosophical Discourse of Modernity*, Polity Press, 1987, p.1. 译文参考了曹卫东的《哈贝马斯论现代性(五篇)》,见《学术思想评论》(第三辑),沈阳:辽宁大学出版社 1998 年版,第 58 页。

宗白华与《周易》的美学阐释*

由《周易》所奠定的阴阳两仪模式是中国古代非常重要的思维模式，它不仅深刻地影响了中国人的生活方式、行为方式、精神方式，而且也深刻地影响了中国文学以及音乐、舞蹈、书法、绘画、雕塑、建筑等艺术形式的独特构成。如中国诗歌的对偶方式、平仄方式显然受到了阴阳两仪模式的影响。从现代美学的角度来解读和阐释《周易》这部中华经典著作，可以有文艺美学、生命美学和生态美学的三种解读方式。《周易》所有的卦象都是由阴阳两仪组成的，都是以天地之文而喻人之文，表达了中国古代特有的生态美学整体论思想。相比较而言，生态美学的角度更能贴近《周易》美学的精神实质。文艺美学的解读、生命美学的解读，也都可以上升到生态美学层面。

一、《周易》与美学问题的相关性

宗白华先生在《中国美学史中重要问题的初步探索》一文中，特别指出《周易》与美学的密切关系。他说："《易经》是儒家经典，包含了宝贵的美学思想。如《易经》有六个字：'刚健、笃实、辉光'，就代表了我们民族一种很健全的美学思想。"① 所谓"刚健、笃实、辉光"，按照宗先生的解释，就是"质地本身放光，才是真正的美"，② 这是一种无需外在雕饰的美，是一种发乎内而显于外的阳刚之美，也是中国古代所崇尚的一种美的理想。

而这样的一种美的理想也具体体现在贲卦之中。贲卦，为离下艮上。象为山下有火。按照高亨先生的解释：离为阴卦，为火、为柔；艮为阳卦，为山、为刚。所以其《象》曰：刚柔交错。又因为离为文明，艮为止，所以《彖》又有"文明以止"的话。③ 可见，无论是刚柔交错，还是文明以止，都是从卦象中生发出来的易之理。这也正是《周易》甚或是中国古代所特有

---

* 本文曾以《〈周易〉与生态美学》为题发表于《中南民族大学学报》2010 年第 6 期。
① 宗白华：《艺境》，北京：北京大学出版社 1987 年版，第 332 页。
② 同上书，第 333 页。
③ 参见高亨：《周易大传今注》，济南：齐鲁书社 1979 年版，第 226—227 页。

的"立象以尽意"的"诗性思维"。①

对于山下有火之象,宗白华先生解释说:"夜间山上的草木在火光照耀下,线条轮廓突出,是一种美的形象。"②那么,这种美的形象究竟传达出一种怎样的美的讯息呢?宗白华先生主要是从文艺美学的角度来加以阐释的。

他认为贲卦《象》中所说的"君子以明庶政,无敢折狱","是说从事政治的人有了美感,可以使政治清明。但是判断和处理案件却不能根据美感,所以说'无敢折狱'。这表明了美和艺术(文饰)在社会生活中的价值和局限性。"这样的解释固无不可,但显然与贲卦中的本义距离较大,故稍嫌牵强。为什么从事政治的人有了美感,就会使政治清明?判断和处理案件却不能根据美感,又是从何而来呢?宗先生都没有加以说明,因此所谓"美和艺术在社会生活中的价值和局限性"云者,也只能是宗先生自己的体会与见解,是无法从贲卦的象辞中直接得到证明的。

对于同样的"君子以明庶政,无敢折狱",高亨先生的解释也许更贴切,更有说服力。他指出:

> 山间草木错生,花叶相映,是山之文也。山下有火(光),山之文乃明,是以贲之卦名曰贲。按《象传》以火比人之明察,以山比客观事物,以山下有火,仅照见山之一面,比人之明察仅认识事物之片面。君子观此卦象,从而在从政时,唯恐其认识之片面,乃进而用其明察于各项政事。在断狱时,又恐其认识之片面,只有一面之词,只有一人一物之证,绝不敢妄作裁判。故曰"山下有火,贲。君子以明庶政,无敢折狱。"③

因为联系贲卦的《象》辞来看,此段话主要讲的是化成天下、教化的意思,而不是直接谈文艺问题的。《彖》曰:"刚柔交错,天文也。文明以止,人文也。观乎天文,以察时序。观乎人文,以化成天下。"可见,贲卦的这段话意思是仰观天文而俯察人文,是在通过天文来说明人文,着重说明从政经验。虽然人文现象中也包括文艺问题,但毕竟隔了一层,至少"君子以明庶政,无敢折狱"这句话不是直接谈文艺问题的。

宗白华先生对贲卦共有三条解释。上面说的是他的第一条解释。他

---

① 曾繁仁:《生态存在论美学论稿》,长春:吉林出版社2009年版,第191页。
② 宗白华:《艺境》,北京:北京大学出版社1987年版,第332页。
③ 高亨:《周易大传今注》,济南:齐鲁书社1979年版,第227页。

的第二条解释说:"美首先用于雕饰,即雕饰的美。但经火光一照,就不只是雕饰的美,而是装饰艺术进到独立的艺术:文章。文章是独立纯粹的艺术。在火光照耀下,山岭形象有一部分突出,一部分不见,这好像是艺术的选择。由雕饰的美发展到了以线条为主的绘画的美,更提高了艺术家的创造性,更能表现艺术家自己的情感。"①可以看出,宗先生的第二条解释仍然是从文艺美学的角度来看待贲卦的易理。不过这一次,他不是直接解释《易经》,而是从李鼎祚的《周易集解》中转引了王廙的一段话,来说明王廙的时代山水画已经见到"文章"了,从而说明这是艺术思想的重要发展。宗先生所引王廙的那段话是:"山下有火,文相照也。夫山之为体,层峰峻岭,峭崄参差。直置其形,已如雕饰,复加火照,弥见文章,贲之象也。"②在这里,"文章"的含义应该是指"山之文在火的照耀下更加彰显",恐怕还不是指"独立纯粹的艺术",这段话是否可以引申为文艺问题,我不敢妄言。但这显然是王廙自己对贲卦的一种解释,因此宗先生的第二条解释可以看作是《周易》解释的解释,与原文隔了三层。

宗先生的前两条解释,一是谈美和文艺与社会的关系问题,属于文艺美学的理论问题,一是谈绘画从雕饰的美到线条的美,属于文艺发展史的问题。这两条解释,在我看来,都是宗先生借题发挥,实质上谈的问题离《易经》较远。

我并不是在完全否认宗先生从文艺美学的角度来解释《周易》的可能性和有效性。我只是觉得宗先生的这两条解释显得较为牵强。这并不表示,《周易》的贲卦不可以从文艺美学的角度来解释。如第三条,宗先生的解释还是比较精确的。

宗先生的第三条解释认为贲卦中包含了两种美——华丽繁复的美和平淡素净的美——的对立。他说:"贲本来是斑纹华彩,绚烂的美。白贲,则是绚烂又复归于平淡。所以荀爽说:'极饰反素也。'有色达到无色,例如山水花卉画最后都发展到水墨画,才是艺术的最高境界。所以《易经·杂卦》说:'贲,无色也。'这里包含了一个重要的美学思想,就是认为要质地本身放光,才是真正的美。"③的确,贲的本意是修饰的意思,贲卦《序卦》中说:"贲者,饰也。"正是由于这个原因,所以才会使"孔子卦得贲,意

---

① 宗白华:《艺境》,北京:北京大学出版社1987年版,第332—333页。
② 李鼎祚:《周易集解》(卷五),北京:中国书店1984年版,第12页。
③ 宗白华:《艺境》,北京:北京大学出版社1987年版,第333页。

不平",因为在孔子看来,"贲,非正色也。"(《汉书·说苑》)可是贲卦《杂卦》中却说:"贲,无色也。"这就讲不通了。一是贲如果是饰的意思,那就不可能是无色,《序卦》与《杂卦》自相矛盾;二是如贲为无色,孔子自然不会"意不平"。可见,贲的本意只能是"饰"的意思,而不是"无色"的意思。高亨先生认为"无色"之"无"当作"尨(máng)"解,"杂色为尨",这就跟"饰"的意思一致了。因此,贲的完整的意思就是"杂色成文(饰)"。① 这就容易理解了。

既然贲的本意是杂色成饰,是华丽繁复的美,是绚烂的美,那么"白贲"自然就是复归于平淡、素净、本色。"白贲"一词出自贲卦上九之爻辞:"白贲,无咎。"高亨解释说:"白贲,白色之素质加以诸色之花文。此喻人有洁白之德,加以文章之美,故无咎。"②在这一点上,我倒觉得高亨先生的解释就不如宗先生的解释来得精当。既然贲为文饰,那么贲就应该是白贲之先,白贲为贲之后,显然是"从绚烂复归于平淡",而不是高亨先生所讲的先有"白色之素质",然后"加以诸色之花纹"。这其实也就是孔子说的"绘事后素"的意思。

  子夏问曰:"'巧笑倩兮,美目盼兮,素以为绚兮。'何谓也?"子曰:"绘事后素。"曰:"礼后乎?"子曰:"起予者商也!始可与言诗已矣。"

这段话出自《论语·八佾》,是大家都熟知的。但对此的解释却很容易发生歧义。关键在于"绘事后素",究竟是先素而后绘,还是绘之后而素。杨伯峻先生的《论语译注》将此看成是"绘事后于素",也就是"先有白色底子,然后画花"。③而郑玄的注则是:"绘画,文也。凡绘画先布众色,然后以素分布其间,已成其文。喻美女虽有情盼美质,亦须礼以成之。"④如果我们不拘泥于文字,而从整体上来把握这段话的含义,那么,我们就应该明白,《论语》的这段话主要是讲素与绚的关系,美女的"巧笑倩兮,美目盼兮",都是发自自然的内质,而并不是着意的雕饰,所以她们的美是自然的美,是一种天然去雕饰的美,因此才可以说是"素以为绚兮",虽然是"绚",却又是"素绚",是"绚"复归于"素"。这正像绘画一样,绘画要先用各种色彩,但画成后并不应该让人觉得太刺目,而应该仍给人一种素朴的

---

① 高亨:《周易大传今注》,济南:齐鲁书社1979年版,第226页。
② 同上书,第231页。
③ 杨伯峻译注:《论语译注》,北京:中华书局1980年版,第25页。
④ 阮元校刻:《十三经注疏》(下),北京:中华书局1980年版,第2466页。

感觉,这样的画作才是上品。这也正像"礼"一样,孔子强调的礼,也并不是要求繁文缛节,而应该是一种朴素而恰当的礼节。《论语·八佾》中还有这样一段话:"林放问礼之本。子曰:'大哉问!礼,与其奢也,宁俭;丧,与其易也,宁戚。'"①可见,礼的根本不是铺张浪费,不是仪文周到,而是要做到朴素俭约,做到内心真诚。"礼后",是"以素喻礼",是"礼"复归于"素",这应该是"礼后"的确切含义。如果说"礼后"有省略,那也是承前省略了"素",而不是像杨伯峻先生所说的省略了"仁"。从《论语》谈"绘事后素"的这段话中,我们可以看出,由言诗进而言画,进而言礼,诗画合一,礼在其中,这样的言说方式,这样的论证套路,反映出的仍然是"立象以尽意"的"诗性思维",是中国古人整体观的一种体现。

由此来看"白贲",完整的意思应该是"白色底子加上诸色之花纹"而其最终之效果又能复归于"白","是绚烂复归于平淡"。这是一种更高的境界。所以刘熙载在《艺概》中说:"白贲占于贲之上爻,乃知品居极上之文,只是本色。"刘熙载在这段话后,还说了下面的一段话,可以作为佐证。他说:"君子之文无欲,小人之文多欲;多欲者美胜信,无欲者信胜美。"②这些说法都表达了中国古代对于不事雕琢之美、自然之美、内在充实之美的一种推崇。这些说法也都无疑是谈文艺问题的。就这一点而言,宗白华先生从文艺美学的角度来解释贲卦显然是合理的。

二、从文艺美学角度解读《周易》的局限性

刘勰的《文心雕龙》是谈文学问题的,其中多处谈到《周易》。这说明《周易》也的确与文学问题有关。《文心雕龙》中的《情采》说:"是以'衣锦褧衣',恶乎太章;'贲'象穷白,贵乎反本。"③《征圣》篇中说:"文章昭晰以象'离'。"④这些都证明从文艺美学的角度来研究《周易》是可行的。

《文心雕龙》除了谈论具体的贲卦和离卦中的文艺问题之外,其实更可值得关注的是它还从一般意义上来谈论文学与《周易》的关系。《文心雕龙》的《原道》篇中说:"文之为德也大矣,与天地并生者何哉?夫玄黄色杂,方圆体分,日月叠璧,以垂丽天之象;山川焕绮,以铺理地之形:此盖道

---

① 杨伯峻译注:《论语译注》,北京:中华书局1980年版,第24页。
② 徐中玉、肖华荣点校:《刘熙载论艺六种》,成都:巴蜀书社1990年版,第47页。
③ 周振甫译注:《文心雕龙选译》,北京:中华书局1980年版,第171页。
④ 同上书,第29页。

之文也。仰观吐曜,俯察含章,高卑定位,故两仪既生矣。惟人参之,性灵所钟,是谓三才。为五行之秀,实天地之心。心生而言立,言立而文明,自然之道也。"①刘勰在这里所说的"道之文",如"玄黄色杂,方圆体分,日月叠璧,以垂丽天之象;山川焕绮,以铺理地之形",非常类似于《周易》中所讲的"天文"。只不过,《周易》贲卦中只是简单地讲"刚柔交错,天文也";而刘勰则是从颜色之玄黄、形体之方圆,讲到日月山川,要具体得多。而仰观俯察云者,则又与《周易》贲卦中所讲的"观乎天文,以察时序,观乎人文,以化成天下"一脉相承。《周易》中谈两仪、谈三才,《文心雕龙》也谈两仪和三才,这都说明《文心雕龙》与《周易》密切的渊源关系。

刘勰谈了"天文"之后,又紧接着谈人文:"人文之元,肇自太极,幽赞神明,《易》象惟先。庖牺画其始,仲尼翼其终。而乾坤两位,独制文言。言之文也,天地之心哉!若迺《河图》孕乎八卦,《洛书》韫乎九畴,玉版金镂之实,丹文绿牒之华,谁其尸之,亦神理而已。"②在这段话中,刘勰非常明确地指出文学与《周易》的密切关系。可见,在刘勰那里,是可以从文学或者从文艺美学的角度来谈《周易》的。但我们要注意到这样的事实,在《原道》中,刘勰所谈的《周易》的文艺美学问题,与宗白华先生所谈的有所不同。宗先生所谈的《周易》的美学是具体问题,《原道》中谈的是一般原理。这个原理我们可以概括为"仰观俯察"原理,这是中国古代审美思想的一种重要原则,也是《周易》所突出强调的一种思想。《周易》除了在《贲卦》中说"观乎天文,以察时序;观乎人文,以化成天下"之外,在《系辞》中又更加明确地说:"古者包牺氏之王天下也,仰则观象于天,俯则观法于地,近取诸身,远取诸物,于是始作八卦,以通神明之德,以类万物之情。"这就更加明确集中地阐述了这种"仰观俯察"的思想宗旨。

"仰观俯察"可以看成是中国古人的一种特有的审美方式。但这种审美方式却是跟中国古代的生态整体论联系在一起的,它所透露出的是一种天人合一的生态思想,因此可以看成是一般原理。为什么要仰观俯察呢?就是因为天与地、自然与人文是合一的。对此,周振甫先生是心领神会的,他说刘勰"举出天地、日月、山川、龙凤、虎豹、云霞、花木来说明自然界的一切都有文采,从而说明作品也要有文采。根据林籁、泉石的有音韵,从而说明作品也要讲音韵。从文采和音韵的自然形成,来反对作品的

---

① 周振甫译注:《文心雕龙选译》,北京:中华书局1980年版,第19页。
② 同上书,第20页。

矫揉造作",这样他就"把自然之文和人文混淆了"。① 这在周振甫先生看来是《原道》的不合理之处,但对于《原道》自身而言,却是一种合乎逻辑的自然之理。由自然而言人文,由天文来证明人文的合理性,这是一种言说方式,是一种论证逻辑,更是中国古代所特有的一种思维方式。从中所透露出的正是中国古代所特有的一种天人合一思想,或者说一种生态整体论思想。

让我们再回来看宗白华先生关于《易经》美学的解释。他对贲卦的三条解释,我们说有说服力的只是第三条解释,而前两条解释则稍显牵强。但是宗白华先生对于《周易》美学研究是很有贡献的,他指出了《周易》中所包含的美学思想,阐明了《周易》与美学研究的关系,并且也从文艺美学的角度对《周易》的个别卦象进行了解读。这都是值得后人认真学习和研究的。但我认为,从文艺美学的角度来解释《周易》毕竟有很多的限制,有些是可以加以文艺美学解释的,有更多的地方却是无法仅从文艺美学的角度来解释。那么,这是否意味着美学解释的失效呢?也不是。不可以从文艺美学的角度来解释,却可以从生态美学的角度来解释。例如,对于"山下有火,贲。君子以明庶政,无敢折狱"这句话,我们说它不是直接谈文艺问题的,不能从文艺美学的角度去解读,却可以从生态美学的角度去解读。首先,山下有火,我们可以把它看成是自然界中的一种美象,属于自然生态美;其次,这段话由自然美象引申为"君子以明庶政,无敢折狱",这其实讲的是君子美行,属于社会生态美;最后,这段话还告诉我们行事要抱有敬畏之心,对于自然万物都不能任意所为,这正是我们今天保护生态环境所应有的一种态度。《周易·节》中说:"天地节而四时成。节以制度,不伤财,不害民。"表达的也是这个意思。所以这一切,都可以从生态美学的角度来认识、来解读。即使是《周易》中可以从文艺美学角度加以阐释的地方,也仍可以从生态美学的角度来阐释。例如,我们上面所谈的"白贲",是一种绚烂复归于平淡之美,这既是一种艺术美,同时也是一种生态美。生态美学所追求的不正是这种天然去雕饰的素朴自然之美吗?所以,这种文艺之美,是可以从生态之美来加以解释的。因为在先秦经典中,文艺问题从来都是与社会问题,甚至与天地问题联系在一起的。这甚至可以看成是中国古代文化思想的一个传统。这种传统,用今天的话来说就是一种生态整体论思想。而这样的一种生态整体论思想,又可以从

---

① 周振甫译注:《文心雕龙选译》,北京:中华书局1980年版,第18页。

阴阳两仪的角度来加以概括。

刘熙载说:"立天之道,曰阴与阳;立地之道,曰柔与刚。文,经天纬地者也,其道惟阴阳刚柔可以该之。"①宗白华先生指出:"中国画所表现的境界特征,可以说根基于中国民族的基本哲学,即'易经'的宇宙观:阴阳二气化生万物,万物皆禀天地之气以生,一切物体可以说是一种'气积'(庄子:天,积气也)。这生生不已的阴阳二气织成一种有节奏的生命。中国画的主题'气韵生动',就是'生命的节奏'或'有节奏的生命'。伏羲画八卦,即是以最简单的线条结构表示宇宙万相的变化节奏。"②从上引的两段话中可以看出,刘熙载谈文,宗白华谈画,都是将文艺问题与天地宇宙问题联系在一起来谈的,都是将阴阳思想看成是文艺的根本,这说明阴阳两仪思想与文艺美学的密切关系,说明中国文艺美学的根本问题是可以从阴阳两仪的思想中解释清楚的。

另一方面,我们也必须认识到,仅从文艺美学的角度来解释《周易》是不够的,是无法揭示出《周易》美学的丰富内涵的。不仅是文艺的生命,而且是宇宙的生命,都可以从阴阳两仪的思想层面上加以阐发。不仅是文艺美学,而且是生命美学,也都可以解释《周易》美学。刘纲纪在《周易美学》中指出:"就美学而论,生命美学的观念在'周易'中是居于主导地位的。这是'周易'美学最重要的特色,也是他的最重要的贡献。"③从文艺美学到生命美学,我们可以看出对《周易》美学研究的一种内在逻辑,代表着我们对《周易》美学思想认识的深入。而要全面准确地理解和阐释《周易》的美学思想,还必须从生命美学进入生态美学的层面。

曾繁仁教授在《试论〈周易〉的"生生为易"之生态智慧》中认为:"《周易》作为中国古代哲学与美学的源头之一,就包含着我国古代先民特有的以'生生为易'为内涵的诗性思维,是一种东方式的生态审美智慧,影响了整个中国古代的审美观念与艺术形态。"④

曾先生继承并积极肯定了宗白华先生和刘纲纪先生的生命美学的理论观点,并进一步将《周易》的生命美学观念生发和引申为生态美学的层面,并从生态整体论(存在论)的角度予以解读。在我看来,这样的一种解

---

① 徐中玉、肖华荣点校:《刘熙载论艺六种》,成都:巴蜀书社1990年版,第173页。
② 宗白华:《艺境》,北京:北京大学出版社1987年版,第118页。
③ 刘纲纪:《〈周易〉美学》,武汉:武汉大学出版社2006年版,第69页。
④ 曾繁仁:《生态存在论美学论稿》,长春:吉林人民出版社2009年版,第184—185页。

读也许更能触及《周易》美学的精神实质。我们必须承认,生命的确是《周易》美学所关注的焦点范畴,但这一范畴却显然不同于西方近代生命美学所阐发的生命范畴。《周易》所关注的生命是在生态整体论意义上的生命,而不仅仅是人的个体生命意志。① 或者更准确地说,《周易》是将人的个体生命置于无机物与有机物、植物物与动物、自然与社会、天文与人文相统一的整个天地宇宙观的层面来加以审视的。"生生为易",说的就是使生命得以孕育生长的道理。在这一命题中,第一个"生"应该是动词,是一种使动用法,第二个"生",是名词——生命,是一个主词,是它的产生、发展、相生相克的运动规律,才是《周易》所要阐发的内容。不是生命,而是生命之间的相互关系——生命产生的根源,生命能够成长壮大的理由根据,生命之间的相生相克,才构成了《周易》的整体框架和核心内容。《周易》之所谓"生",不仅是人的个体生命,更是整体的宇宙生命,不仅是生命,更是生态。正像曾先生所指出的:"《周易》所说的生命是包括地球上所有物体的'万物'。无论是有机物还是无机物,均由乾坤、阴阳与天地所生,都是有生命力的。这与西方现代生命论哲学将生命局限在有机物、植物、动物特别是人类是有区别的。西方的这种生命论哲学与美学可以说还有某种人类中心主义的遗存,而《周易》中的生命论则更加具有生态的意义。"② 所以我们说,与其是生命美学,不如生态美学更能揭示《周易》美学的精神实质。

那么,这是不是说《周易》美学表现出非人类的生态中心主义呢?显然不是。曾先生说:"《周易》也没有忽视人,在其著名的'三才说'中仍然将人放在'万物'中的重要地位。《周易》的'天地人三才'说中,除天地之外人是重要的一维,但人却与天地乾坤须臾难离,人是在天地乾坤的交互施受中才得以诞育繁衍生存的。《周易》包含了中国古代素朴的包含生态内涵的人文精神,这是一种古典形态的人文精神,是人与自然万物的共生共存。"③ 因此,既不是人类中心主义,也不是生态中心主义,而是生态整体主义——自然主义与人文主义的统一,才能够全面准确把握《周易》美学的精神实质。《周易·乾·文言》中说:"夫'大人'者,与天地合其德,与

---

① 关于《周易》生命观与西方近代哲学生命观的区别,可参见刘纲纪:《〈周易〉美学》,武汉:武汉大学出版社2006年版。
② 曾繁仁:《生态存在论美学论稿》,长春:吉林人民出版社2009年版,第187页。
③ 同上。

日月合其明,与四时合其序,与鬼神合其吉凶,先天而天勿违,后天而奉天时。"这段话所阐明的正是这种生态整体主义,即人与天地万物应该奉为一体,顺应自然的四时变化,不违背自然规律。人只有在天地万物之中顺应自然才能够很好地繁衍诞育,生长生存。这跟我们今天所讲的"人是自然界的一部分,自然界是人的生命的组成部分,保护自然环境就是保护人类自身",在根本观念上是一致的。

三、从生态美学角度解读《周易》的合理性

那么,如何从生态美学的角度来解读《周易》? 在《试论〈周易〉的'生生为易'之生态审美智慧》中,曾繁仁先生从两个层面对《周易》的生态美学思想进行了解读。首先,曾先生论述了作为《周易》核心内容的"生生为易"的生态智慧,也就是《周易》与生态学的关系;其次论述了由这一生态智慧所引发的生态审美智慧,也就是《周易》与生态美学的关系。

对于《周易》的生态智慧,曾繁仁先生谈到了以下几方面的问题:1."生生为易"之古代生态存在论哲思;2."乾坤"、"阴阳"与"太极"是万物生命之源的理论观念;3.万物生命产生于乾坤、阴阳与天地之相交的理念;4.宇宙万物是一个有生命环链的理论;5."坤厚载物"之古代大地伦理学。曾先生认为,《周易》至少表达了这样的生态智慧与观念:人与自然万物是一体的,均来源于太极,均产生于阴阳之相交,并由此构建了一个天人、乾坤、阴阳、刚柔、仁义循环往复的宇宙环链。《周易》还特别对大地母亲的伟大贡献与高尚道德进行了热烈而高度的歌颂,首先,歌颂了大地养育万物的巨大贡献,所谓"万物滋生";其次,歌颂了大地安于"天"之辅位、恪尽妻道臣道的高贵品德,所谓"乃顺承天";再次,歌颂了大地自敛含蓄的修养,所谓"含弘光大,品物咸亨";最后,歌颂了大地无私奉献的高贵品德,所谓"地势坤,君子以厚德载物"。所有这一切,都证明《周易》这部元典的确包含着非常丰富的生态智慧,完全可以从生态学的角度来加以解读。

与此同时,《周易》的生态智慧又是一种美学的哲思,是一种生态美学智慧,因而又可以从生态美学的角度来作进一步的解读。在曾先生看来,《周易》的生态美学内涵包括以下几个方面:

第一,描述了艺术与审美作为中国古代先民的生存方式之一。《周易·系辞》中说:"圣人立象以尽意,设卦以尽情伪,系辞焉以尽言,变而通之以尽利,鼓之舞之以尽神。"这段话描述了中国古代先民立象,设卦,系辞,变通以及鼓、舞、神等占卜活动的全过程,在这一过程中,包含着艺术

和审美活动,或者说,艺术和审美活动渗透在整个占卜过程之中,占卜活动由此也变成了一种审美活动。这种包含着审美活动或具有审美活动性质的占卜活动是古代先民寻求美好生活的一种基本方式,是生态美学整体论思想的体现。

第二,表述了中国古典的"保合大和"、"阴柔之美"的基本美学形态。《周易·乾·彖》:"保合大和,乃利贞。"曾先生认为,所谓"大和",是一种乾坤、阴阳、仁义各得其位的"天人之和"、"致中和"的状态。① 这不仅是中国古代最基本的美学形态,而且可以说是中国古代最高的审美追求。中国古代的阳刚之美和阴柔之美,都无疑是从这种最基本的美学形态和最高的审美理想中具体生发出来的。所谓大和,其实就是阴阳、乾坤、天地的和谐统一。这种和谐统一,又因为阴阳两仪的各自变化,分化为阳刚之美和阴柔之美。在《周易》中,阳刚之美的集中体现就是"乾",而阴柔之美的集中体现就是"坤"。相比较来说,《周易》虽也强调阳刚之美,但似乎对阴柔之美更加注重。

第三,阐述了中国古代特有的"立象以尽意"的"诗性思维"。《周易·系辞下》云:"是故《易》者,象也。象也者,像也。"曾先生解释说:《易》的根本是卦象,而卦象也就是呈现出的图像,借以寄寓"易"之理。如"观"卦为坤下巽上,坤为地为顺,巽为风为入,表现风在地上对万物吹拂,即吹去尘埃使之干净可观,又在吹拂中遍观万物使之无一物可隐。其卦象为两阳爻高高在上被下面的四阴爻所仰视。《周易》"观"卦就以这样的卦象来寄寓深邃敏锐观察之易理。曾先生指出:"《周易》所有的卦象都是以天地之文而喻人之文,也就是以自然之象而喻人文之象。这与中国古代文艺创作中的比兴手法是相通的。"②因此说《周易》阐述了中国古代特有的"立象以尽意"的"诗性思维"。这种"诗性思维"也是一种生态整体论思维。

第四,歌颂了"泰"、"大壮"等生命健康之美。曾繁仁先生认为,《周易》所代表的中国古代以生命为基本内涵的生态审美观还歌颂了生命健康之美。如《周易》"泰"卦为乾下而坤上,乾阳在下而上升,坤阴在上而下行,表示阴阳交合,天地万物畅达、顺遂,生命旺盛。再如"大壮"卦,乾下震上,乾为刚,震为动,所以《周易·大壮·彖》说:"大壮,大者壮也。刚以动,故壮。"这些都是对宇宙万物所具有的生态健康阳刚之美的歌颂。

---

① 曾繁仁:《生态存在论美学论稿》,长春:吉林人民出版社2009年版,第190页。
② 同上书,第191页。

第五，阐释了中国古代先民素朴的对于美好生存与家园的期许与追求。《周易·乾·文言》曰："'元'者善之长也，'亨'者嘉之会也，'利'者义之和也，'贞'者事之干也。"曾先生认为，"善"、"嘉"、"和"与"干"都是对于事情的成功与人的美好生存的表述，是一种人与自然、社会和谐相处的生态审美状态的诉求。

应该说，上述曾繁仁先生对《周易》生态美学内涵的揭示是非常独到的、确切的。这证明，从生态美学的角度来解读《周易》，的确可以发现许多我们过去所难以发现的新内涵。这也再次说明，从生态美学的角度来解读《周易》是可行的。当然，我们也并不是说，上述曾先生所谈的《周易》生态美学的诸多内涵，已经涵盖了《周易》生态美学的所有内涵，已经没有作进一步的挖掘和探讨的必要了。

实际上，《周易》的生态美学思想，应该是非常丰富的。曾繁仁先生坦言："《周易》的'生生为易'作为一种古代生态智慧本身就是一种'诗性的思维'，包含着丰富的美学内涵。"[①] 而上面所说的五个方面的内涵仅是《周易》生态美学内涵的一部分。曾先生说《周易》所表现出的思维方式是一种"诗性思维"，是跟西方古典美学（尤其是黑格尔的美学）所表现出的逻辑思辨美学相对的；曾先生说这是一种生态存在论美学，是跟西方以主客二分为主要运思方式的认识论美学相对的。"诗性思维"也好，"生态存在论"也罢，其实都是为了彰显中国古代美学所特有的理论形态和精神实质，都是为了揭示《周易》美学中所蕴含的生态整体论的独特内涵。我们说这样的解读是深刻的，却也只能是对《周易》生态美学思想部分内涵的解读。而要全面解读《周易》的生态美学思想，显然还有很多的工作要做。例如从阴阳两仪的角度来解读《周易》的生态美学思想就是一个饶有兴趣的话题。阴阳构成太极，并生八卦，它是《周易》中最关键的因素。《周易·系辞下》中说："是故易有太极，是生两仪。两仪生四象，四象生八卦。八卦定吉凶，吉凶生大业。"阴阳是由太极到八卦的中介，其重要作用不言自明。同时，我们说，阴阳两仪还是打开《周易》美学奥秘的一把钥匙。对于《周易》的美学研究，我们可以有各种不同的角度，例如文艺美学的角度，生命美学的角度，生态美学的角度。但所有这些不同的角度，却都应该首先面对《周易》美学的整体论思想，都应该首先面对阴阳两仪在构成《周易》整体论思想中所发挥的重大作用这一基本事实。只有由此出发，

---

① 曾繁仁：《生态存在论美学论稿》，长春：吉林人民出版社2009年版，第189页。

我们才可以进一步地谈论对《周易》美学的各种具体解读。而上面所谈到的《周易》生态美学的诸多内涵,也都无一不可以从阴阳两仪的角度去解说。

上面我们谈了对《周易》的三种美学解读和阐释,包括文艺美学、生命美学和生态美学。这三种阐释角度不同,出发点不同,着重点不同,所阐述的问题不同,因此可以发掘《周易》美学思想的不同层面。相比较而言,生态美学的角度也许更能贴近《周易》美学的精神实质和理论全貌。更进一步说,生态美学其实也就包含着文艺美学和生命美学。或者说,文艺美学的解读、生命美学的解读,也都可以上升到生态美学的层面。

钱锺书对《诗大序》的跨文化阐释*

钱锺书先生的《管锥编》对中国古代经典的阐释多采用跨文化阐释的方法,即不仅从本民族文化的视角加以阐释,还参照其他文化体系的理论资源,从多角度、多层面、多方位来发掘中国经典文本所蕴含的丰富意义可能性。我们仅以他对《诗大序》的跨文化阐释为例,来探讨他在使用这一方法时的具体运作方式及其价值。

一、关于《诗大序》的三条解释

钱锺书先生的《管锥编》涉及《诗大序》者共四条,其中有三条涉及跨文化阐释。第一条解释"风,风也,教也;风以动之,教以化之。……上以风化下,下以风刺上",讲"风之一名三训",目的是针对黑格尔误以为汉语不能思辨,不能"以相反两意融会于一字",漠视汉语文字所具有的"否定之否定、一字多义的同时合用等特征",从而使"东西海之名理同者如南北海之马牛风"。① 而实际上,汉语并不是不能运思的语言。钱锺书指出:"'风'字可双关风谣与风教两义,《正义》所谓病与药,盖背出分训之同时合训也。是故言其作用(purpose and function),'风'者,风谏也、风教也。言其本源(origin and provenance),'风'者,土风也、风谣也,今语所谓地方民歌也。言其体制(mode of existence and medium of expression),'风'者,风咏也、风诵也,系乎喉舌唇吻,今语所谓口头歌唱文学也……'风'之一字而于《诗》之渊源体用包举囊括,又并行分训之同时合训矣。"② 此为钱氏标举西方语言与汉语的共同性特征,以阐明"东海西海,心同此理"的道理。这一条不是直接以西方某一种理论来阐释中国文本,而只是笼统地说明中西方语言文化的共同性,所以属于隐含的跨文化阐释。

---

* 本文曾以《钱锺书的跨文化阐释法》为题,发表于澳门《中西文化研究》2007 年第 1 期,收入本书时有改动。

① 钱锺书:《论易之三名》,《管锥编》(第一册),北京:中华书局 1986 年版,第 1、2 页。舒展:《钱学缀要》,《钱钟书研究采辑》(1),北京:三联书店 1992 年版,第 1 页。

② 钱锺书:《管锥编》(第一册),北京:中华书局 1986 年版,第 58、59 页。

第二条解释"声成文,谓之音",直接以西方心理学理论和美学理论来阐发《诗大序》中有关文与音、诗与乐关系的理论:

> 《关雎·序》:"声成文,谓之音";《传》:"'成文'者,宫商上下相应";《正义》:"使五声为曲,似五色成文"。按《礼记·乐记》:"声相应,故生变,变成方,谓之音",《注》:"方犹文章";又"声成文,谓之音",《正义》:"声之清浊,杂比成文"。即《易·系辞》:物相杂,故曰文",或陆机《文赋》:"暨音声之迭代,若五色之相宜"。夫文乃眼色为缘,属眼识界,音乃耳声为缘,属耳识界;"成文为音",是通耳于眼、比声于色。《左传》襄公二十九年季札论乐,闻歌《大雅》曰"曲而有直体";杜预注:"论其声如此"。亦以听有声说成视有形,与"成文"、"成方"相类。西洋古心理学本以"形式"为空间中事,浸假乃扩而并指时间中事,如乐调音节等。近人论乐有远近表里,比于风物堂室。此类于"声成文"之说,不过如大辂之于椎轮尔。①

所谓"通耳于眼、比声于色",所谓时空转换,讲的其实就是艺术"通感"理论。② 正如德国汉学家莫芝宜佳指出:《管锥编》中有关《诗大序》的"声成文,谓之音"的解释,是作为"通感"加以解释的,而这种解释又是吸收了西方人类学家和语言学家的研究成果,即将较为复杂的时间观念用较为简单的空间概念表达出来,例如把"曲调"(音)描写为彩色的花纹,这就是用空间替换或联想时间,或者说是空间的颜色和形式向时间的音乐节奏的挪移,这其实就是用西方术语为某些汉语修辞手段命名。③ 这也是《管锥编》跨文化阐释的一种方式。

第三条解释"情发于声,声成文,谓之音",是以亚里士多德的诗学理论和叔本华的音乐理论,来阐发"诗乐性有差异"的道理。钱锺书先生显然对《诗大序》中"情发于声,声成文,谓之音"这句话情有独钟,故不厌其烦,在第二、第三条中反复予以解释。他认为孔颖达的《毛诗正义》对这句

---

① 钱锺书:《管锥编》(第一册),北京:中华书局1986年版,第59页。
② 可参见钱锺书《通感》,载于《文学评论》1962年第5期,后收入《旧文四篇》,修改后再收入《七缀集》。莫芝宜佳说:"钱锺书是中国文学中'通感'的发现者。虽然,早在1947年,朱光潜《诗论》(第六章)就已经指出了'着色的听觉',但直到钱锺书才使通感在中国为更多的人所熟悉。他把Synaesthesie一词译为通感,从此这个术语便在中国文学理论界普遍使用。"见莫芝宜佳:《〈管锥编〉与杜甫新解》,马树德译,石家庄:河北教育出版社1998年版,第72—73页。
③ 莫芝宜佳:《〈管锥编〉与杜甫新解》,马树德译,石家庄:河北教育出版社1998年版,第79、81页。

话的解释是"精湛之论",可在中国美学史中占有一席之地。孔颖达是从正反两个方面来加以解释的,既说明了诗与乐的一致性,也说明了诗与乐的差异性。《正义》中所说的"诗是乐之心,乐为诗之声,故诗乐同其功也",是就"诗乐理宜配合",即"文词与音调之一致"而言;而"设有言而非志,谓之矫情;情见于声,矫亦可识",则是就"诗乐性有差异"而言。在这一点上,钱氏援引布乞尔的《亚里士多德的诗与艺术的理论》和叔本华的《作为意志和表象的世界》作为佐证,指出:"古希腊人谈艺,推乐最能传真像实,径指心源,袒裼衷蕴。近代叔本华越世高谈。谓音乐写心示志,透表入里,遗皮毛而得真质。胥足为吾古说之笺释。"①今查罗念生先生的中译本《诗学》,亚里士多德并没有讲到音乐较其他艺术最具有真实性,或许是由于《诗学》有关部分失传,或许钱先生另指他人,我不得而知。不过亚里士多德倒是讲过诗较历史具有更强的真实性,原因是"诗人的职责不在于描述已发生的事,而在于描述可能发生的事,即按照可然律或必然律可能发生的事","诗所描述的事带有普遍性,历史则叙述个别的事"。②关于亚里士多德的《诗学》与《诗大序》的比较问题,下面我们还要谈。先让我们看一下钱氏所指的叔本华的有关说法。

在《作为意志和表象的世界》中,叔本华指出:"音乐不同于其他艺术,绝不是理念的写照,而是意志自身的写照,[尽管]这理念也是意志的客体性。因此音乐的效果比其他艺术的效果要强烈得多,深入得多;因为其他艺术所说的只是阴影,而音乐所说的却是本质。"③我想钱氏所说的叔本华"谓音乐写心示志,透表入里,遗皮毛而得真质",大概就是指此而言吧。假如我们的理解没有偏误的话,那么这里显然隐含着一种将《诗大序》所说的"志"与叔本华所说的"意志"联系起来加以互释的可能性。实际上,钱氏已经将这种可能性标举出来。因为叔本华所说的音乐的真实性即来源于作为世界本源的"意志",而音乐之所以比其他艺术更具有真实性,即在于音乐是意志自身的写照,而其他艺术则是理念的写照。孔颖达的《毛诗正义》所说的"设有言而非志,谓之矫情;情见于声,矫亦可识",也是将判定真实性的标准系于"志"。钱氏指出:"言词可以饰伪违心,而音声不

---

① 钱锺书:《管锥编》(第一册),北京:中华书局1986年版,第62页。
② 亚理斯多德:《诗学》(中译本),北京:人民文学出版社1962年版,第28、29页。
③ 叔本华:《作为意志和表象的世界》(中译本),北京:商务印书馆1982年版,第357页。

容造作矫情,故言之诚伪,闻音可辨,知音乃可以知言。"①也就是说,言词可以"言而非志",而音声却不容易做到这点,与言词比起来,音声显然与"志"有着更直接的联系,用叔本华的话来说,就是"意志自身的写照"。索绪尔关于语言高于文字的论述,可以作为钱锺书这段话的脚注,索绪尔说:"语言和文字是两种不同的符号系统,后者唯一的存在理由是在于表现前者。语言学的对象不是书写的词和口说的词的结合,而是由后者单独构成的。但是书写的词常跟它表现的口说的词紧密地混在一起,结果篡夺了主要的作用;人们终于把声音符号的代表看得和这符号一样重要或比它更重要。"②当然,这种理论后来受到德里达的猛烈抨击。德里达认为,这种语音优越于写作的二元论语言观,作为"在场"的形而上学,是逻各斯中心主义所体现出来的"暴力语言观"。③

关于"志",我国解诗者历来有各种不同的说法。一种说法是诗与志可以互释。《说文》三上《言部》云:"诗,志也。"闻一多先生由此也认定"志与诗原来是一个字"(《诗与歌》)。我认为这种说法大概是建立在"诗乐一致"的基础上。还有一种说法是以"意"为"志"。《史记·五帝本纪》把"诗言志"记作"诗言意",董仲舒说"心之所之为意","诗言意",郑玄讲:"诗所以言人之志意也。";另有一种解释是以"情"为"志"。孔颖达《正义》说:"在己为情,情动为志,情志一也。"这些解释构成了中国古代"志"、"意"、"情"三位一体的诗学发生原理。

不过,无论是诗志互释,还是以"意"、以"情"释志,由于"诗""意""情"本身都是需要解释的,因而都无法将"志"的含义清楚地加以说明。但有一点可以认定,古诗学中的"志",绝对不能像现代汉语中通常理解成是"理智志向"那么简单。在中国古文论中,历来有"载道"和"缘情"两个传统,而这两个传统的共同源头就是基于对"志"的不同理解,所以,我倾向于认定"志"为一个更为根本的诗学范畴,它含有"道"与"情",即理性与感性的多重含义,或者更确切地说,是一种理智与情感、理性目的与感性欲望尚未分化的源初混沌状态。尽管这一本源状态的"志",并不是叔本华所谓的作为世界本源的"意志",但《毛诗正义》中"言而非志"(以及后来"言不尽意")的说法,与叔本华所讲的理性认识无法把握"意志",在这一

---

① 钱锺书:《管锥编》,北京:中华书局1986年版,第62页。
② 索绪尔:《普通语言学教程》,北京:商务印书馆1980年版,第47—48页。
③ 王岳川:《后现代主义文化研究》,北京:北京大学出版社1992年版,第84页。

点上,确实有某种共同之处。特别是为钱锺书先生所阐发的"唯乐不可以为伪",对照叔本华所讲的"音乐为意志自身的写照",更为我们实现"诗言志"之"志"与叔本华"意志"互释奠定了坚实的基础。互释并非一定要将两者看成是一种东西,在此,我当然也没有丝毫将"志"与"意志"等同起来的意思,两者的不同是显而易见的。我只是想阐明这种跨文化互释的意义和价值,因为它的确有助于我们对长期模糊不清的"诗言志"含义更深入理解。

德国汉学家莫妮克,曾将钱锺书的这种跨文化阐释法称为"倩女离魂法",意思是说,这种办法正像唐代传奇《倩女离魂》中所描写的,小姐婚事受父母阻难,灵魂离开肉身,遂把自身一分为二,一个在家里卧病在床,一个飞身往找情人,最后两个自我合并于一,互相注视。这是一种"出位之思",即先将目光暂时离开本土文化,设身置地于外国,用西方他者的眼光回来看中国,如此可以获得新的认识。因此,出走并非是永远地逃离,而是为了更好的反观与回望。这是比较研究的意义与价值之所在。如果仅仅是挪用西方的理论来解释中国的文学作品,而抹杀中国文本的特殊性,导致所谓"研究传统就是消解传统",那才是十分不幸的。总体上说来,目前中西比较文学研究有三个主要模式,第一个是强调差异,将中西文化看成是两个互不相关、无共同点的圈子。如此,中西文学的可比性基础就成了问题。第二个是强调一元性,将中国、西方和其他文化看成是一个共同的大圆圈。这样,谁跟谁都可以任意比较,实际上丧失了比较的意义。第三个是折中前两个,将中西文化看成是两个交叉的圆圈,只有在交叉地带才可以合法地比较,但这个办法的困难在于很难确定这个交叉地带。而钱锺书的办法则是将"两个大圆圈化成成千上万的小圆圈,而其中有横横直直的线路网络",[①]"先把材料拆成最小的单独观点,在这混乱局面中整理出一个统罩文化的全面。从之而来的,是视野的深入和扩大,引出了文化的恒数,为中西文化创造了共同的语言",同时,"所有中西作家和作品,甚至每一条引语,都不必放弃其原有的独特性","由此解决了一个重要问题:中西既然文化语言不同,交流和对照时如何才可以互相阐明"。[②]

---

① 莫妮克:《倩女离魂法》,见《钱锺书研究采辑》(1),北京:三联书店1997年版,第42页。
② 同上书,第50页。

二、《诗大序》与《诗学》的异同问题

中外文学与诗学进行比较研究的前提与基础在于其可比性。它应该包含两方面的含义：第一是差异性，第二是共同性。如果仅有差异而缺乏共同性，则丧失了比较的基础；相反，仅有共同性而没有差异，也就失去了比较的意义。因此如何在中西文化的差异中寻找其共同地带与共同视域就成为比较之所以可能的关键所在，这一点同时也是跨文化阐释之所以可能的关键所在。将中西文化看成是两个相互交叉的圆圈，这种模式虽可以解决可比性这一问题，但由于这个交叉地带（共同性）究竟在何处往往是难以预先确定的，这一共同性可以是指共同观点、共同理论体系，也可以指共同话题、共同视域、共同的历史地位与文化价值，等等，究竟属于哪一种共同性，不能脱离具体的文本来确立，而且在具体阐释之前就预先确立共同性，这种做法本身就违背阐释的原则，文本的意义只有在阐释的过程中才能被揭示出来，而不能预先给定，所以这种方法在具体操作上也面临许多无法解决的问题。钱先生的阐释法，并不是首先设定一个抽象的观念，或者认定中西文化是完全异质的，或者认定两者是一元的，或者认定预先有一个交叉地带，而总是从具体的文本出发，从具体的问题出发，用跨文化的眼光，来阐发寓于特殊中的一般和多元的普遍性。这显然是一种更为有效的比较方法。

如果仅仅是局限于不同的诗学理论体系，那么我们确实难以具体确立中西诗学的共同性。正像我们在前面所指出的，共同性不能仅仅看作是共同的理论观点和体系，它还包含着共同话题、共同视域、共同的历史地位和文化价值，等等。不同的文类虽具有不同的文类特征，但就其同为文学而言，便不能不共同涉及以下几个因素：作者、作品、读者、世界。这些共同因素便构成不同文类、不同诗学理论、不同文化体系之间建立相互对话、相互阐释的共同话题、共同视域。亚里士多德的《诗学》与《诗大序》在中西不同文化体系中具有相同的原创性历史地位与文化价值，这也为确立"异中之同"提供了可能性依据。

接下来我们的任务就是如何具体确定这"异中之同"。在这一点上，钱锺书先生的方法，为我们实施跨文化阐释提供了切实可行的方法。既然《诗大序》与亚里士多德的《诗学》，是在各自不同的基础文类的基础上发展起来的两种不同的诗学体系，那么寻找其"异中之同"就不可从整体体系入手，而要从一些具体问题出发来确定其交叉地带和共同视域。

第一个问题,《诗大序》与《诗学》在诗歌起源问题上的共同性。从诗歌的起源来看,无论是中国诗,还是外国诗,都有一个共同点,那就是诗与乐是联系在一起的。诗最初是歌唱的,"凡三百五篇,遭秦而全者,以其讽咏,不独在竹帛故也。"(《汉书·艺文志》)而古希腊的游吟诗人、诵诗人、演员、歌唱家也是用声音来模仿的,也是将诗与乐联系在一起的,古希腊的酒神颂和日神颂还使用了双管箫乐和竖琴乐。这种模仿与绘画和雕塑用颜色和姿态模仿是不同的。不同在于模仿的媒介、所取的对象、所用的方式不同,而同是模仿则是相同的。亚里士多德讲:"史诗和悲剧、喜剧和酒神颂以及大部分双管箫乐和竖琴乐——这一切实际上是模仿。"这说明模仿的确有许多种方式,而不仅仅是模仿外在的客体事物。只是由于亚里士多德的《诗学》主要论述的是悲剧和史诗,所以悲剧和史诗的模仿便取代了模仿的全部含义。亚里士多德讲诗的起源有两个,一个是模仿的本能,另一个是音调感和节奏感:"模仿出于我们的天性,而音调感和节奏感(至于'韵文'则显然是节奏的段落)也是出于我们的天性,起初那些天生最富于这种资质的人,使它一步步发展,后来就临时口占而作出了诗歌。"①亚里士多德在这里很清楚地说明了诗歌与音乐的密切关系。《诗大序》在讲诗的起源时,也提到有两个源头:一是"言",即"情动于中,而形于言";一是"声",即"情发于声"。所谓"情发于声",乃是对《乐记》中"情动于中,而形于声"的简化。《毛诗正义》中讲:"情有哀乐之情,发见于言语之声,于时虽言哀乐之事,未有宫商之调,唯是声耳",也就是说,光有言语之声,而没有音乐,还不能算作诗。只有当"使五声为曲,似五色成文"时,才算是做诗。"声成文为之音","音被于弦管,乃名为乐"。《毛诗正义》又讲:"原夫作乐之始,乐写人音。人音有大小高下之殊,乐器有宫徵商羽之异。依人音而制乐,托乐器以写人,是乐本效人,非人效乐。"乐本效人,其实讲的就是音乐最初是模仿人的声音,乐加上言,就是诗。可见,在阐述诗起源于乐(人声)这一点上,《诗大序》与《诗学》是一致的,不过,《诗学》没有讲诗与情的联系,而《诗大序》则强调了诗与情的联系,这一点是《诗大序》特别的地方。这也是《诗学》偏于强调"模仿"与《诗大序》偏于强调"表情"的区别,然而这种区别,并非截然对立,其中有交叉的地方,两者都强调了诗与乐是合一的,这就为跨文化阐释提供了可能性。

第二个问题是《毛诗正义》中所说的"《尚书》之'三风十愆',疾病也;

---

① 亚理斯多德:《诗学》(中译文),北京:人民文学出版社1962年版,第12页。

诗人之四始六义,救药也",可以与亚里士多德的"卡塔西斯"理论相互阐明。亚里士多德在《诗学》第六章讲悲剧的功能时讲"借引起怜悯与恐惧来使这种情感得到卡塔西斯"。关于"卡塔西斯",西方历来有不同的解释,有人解为宗教上的净化,有人解为医学上的宣泄。我国罗念生先生解为"陶冶",他指出,卡塔西斯在《诗学》中是借用医学术语,它的作用是培养起适度的情感,因为太强太弱的情感对人都不好。通过卡塔西斯,怜悯和恐惧之情就可以达到适度、"中庸之道",正像医学上热病用凉药,凉病用热药一样。[1] 但无论是净化,还是宣泄、陶冶,都是意指达到一种健康适度的情感。这跟《诗大序》中讲"发乎情,止乎礼仪",在道理上是一致的,目的也是要达到适度的情感,以合乎中庸之道。不过,如果我们能从医学道理上来理解亚里士多德的"卡塔西斯",可能对《毛诗正义》中所说的"诗人之四始六义,救药也"的理解具有更直接的阐释效果。所谓"四始"者,《正义》解为风、小雅、大雅、颂,"此四者,是人君兴废之始,故为之四始也。"今有人解为:《关雎》为《风》始,《鹿鸣》为《小雅》始,《文王》为《大雅》始,《清庙》为《颂》始,其题旨均为风化、风刺。[2] 似亦通。那么,"四始六义"为"救药"是针对什么而言呢? 钱锺书先生指出:"《韩诗外传》之'风',即'怨谤之气'。《外传》之'歌吟诽谤',即'发于歌谣'之'四始六义',言'救药'",可见,"救药"是针对"怨谤之气"而言,"怨谤之气"产生的原因是"君炕阳而暴虐,臣畏刑而柑口",而通过"四始六义"的发泄、净化以及陶冶作用,即可转化为一种有益、适度的"发乎情,至乎礼仪"的情感,从而达到"言之者无罪,闻之者足以戒"的效果。可见在文学均能使情感达到一种中庸、和谐的效果这一点上,无论是西方的《诗学》还是中国的《诗大序》,无论是就西方的悲剧而言,还是就中国古诗而言,均有相通之处。

上述这两个问题,只是很个别的例子,由此仍然可以显示跨文化互释的可能性。这进一步说明了中西诗学的差异并非是绝对的排他性,交叉地带和共同视域仍是存在的。跨文化阐释并非像某些学者所想象的那样,用西方的理论来阐释中国的文本,仅仅是为了证明西方理论的普遍

---

[1] 罗念生:《〈诗学〉译后记》,亚理斯多德:《诗学》(中译本),北京:人民文学出版社1962年版。

[2] 陈桐生:《从〈鲁诗〉"四始说"到〈毛诗序〉》,《第四届诗经国际学术研讨会论文集》,北京:学苑出版社2000年版。

性;它的题中之意也包含着将中国文本推向一个更广阔的语境以扩大中国传统文化价值效应的可能性。如果我们真正做到了这一点,就不能说"研究传统就是消解传统",相反恰恰是对传统的发扬与光大。如此说来,钱锺书先生的跨文化阐释法不仅在比较诗学的研究中有着极广阔的前景,同时对于发扬光大中国传统文化也具有很高的价值。

20 世纪中国浪漫主义的历史演变*

浪漫主义在 20 世纪中国审美意识的历史建构与发展中,经历了近代、现代、当代三个阶段。这三个阶段都属于美学史范畴,它们不能完全等于历史学中的社会政治范畴。

一、中国近代浪漫主义

我们知道,古典主义审美意识的总体特征是主观与客观、表现与再现、理想与现实的素朴和谐统一。古典主义解体后,出现了偏重主观、表现、理想的浪漫主义和偏重客观、再现、现实的现实主义两种倾向分化对峙发展的局面,不过这种情况仍有一个历史发展的先后次序问题。由于浪漫主义对封建伦理规范的直接反叛性,使它得以成为近代美学第一个优先发展的环节。浪漫主义审美意识从主体自身感性生命意欲中获取的巨大的能量以及它以一种主体普遍形式对现实客体的淡化,都为它能够成为近代美学的第一个逻辑环节提供了可能性保障,因此从古典主义、浪漫主义到现实主义再到现代主义,这是审美意识发展的一般规律。

而对于中国的情况来说,则比较复杂。中国古典主义审美意识具有偏于实践关系和偏于"表现"的双重性特点,要彻底完成近代审美意识与古典主义的裂变,必须经过双重否定,既否定其依附于实践功能的特点,又要否定其"表现"的特点。如果说前者由浪漫主义来完成,那么后者则必须由现实主义来完成。这样在中国审美意识的历史发展中,出现了现实主义与浪漫主义同时出现的局面。中国审美意识发展的这种特殊性必然影响到浪漫主义自身的发展。与西方浪漫主义相比,中国浪漫主义发展得很不充分,历史赋予了它更多的重负。首先,它需要打破古典主义审美意识对实践功利的依从,倡导审美的独立品格,捍卫艺术的特殊性。其次,中国知识分子特有的现实责任感及历史使命意识促使他们在捍卫艺术的审美特性的同时,又绝对不能彻底放弃对艺术社会作用的坚持。另外,对于中国浪漫主义来说,它不像西方浪漫主义的产生是基于对"摹仿

---

* 原载于《天津社会科学》1999 年第 3 期,收入本书时有改动。

说"的直接否定,而是体现为从古典主义的"表现"到浪漫主义的"表现"的直接推进。如何在这相似的外表下,为"表现论"注入新的历史内容,这也是浪漫主义面临的一项艰巨的任务。完全可以说,中国浪漫主义是在极其艰难的情况下求得生存和发展的。

中国近代浪漫主义的最初萌芽可追溯到明代中叶,李贽的"童心说",汤显祖的"主情说",公安派的"性灵说",其实都已经初步接触到浪漫主义的一系列问题。但是,正像明代中后期资本主义生产关系尚未得到充分发展便随着清兵的入关而夭折一样,明代中叶出现的浪漫主义这片微弱的晨曦,也迅速地被淹没于有清一代古典主义的黑云之中。它作为一种时代暗流在涌动,历史尚未给它提供上升为时代主潮的成熟的时机。

中国近代美学的历史开端是以王国维美学思想的出现为标志的,1904年,王国维发表了《红楼梦评论》,确立了崇高美审美理想,标志着审美意识历史发展的新世纪、新纪元的开始。王国维对中国近代浪漫主义的贡献,主要表现为他对德国浪漫诗学的引进,从而使中国美学走上了与世界美学共同发展的道路,也标志着中国美学的发展开始走出感性体悟的圈子,而走上了理论的自觉。

摆脱现实功利的束缚,确立文学艺术独立的审美品性,并将它与人的自由存在、主体意识联系在一起加以考察,这是王国维美学思想的主题。王国维反对以人为手段的功利主义,而主张以人为目的的审美主义,表现在审美意识方面,则是对主体的群体意识、伦理规范的反叛和对主体的感情意欲、生命意志的关注,不过这种关注是以否定的形式出现的。这种情况反映了刚从伦理规范脱离出来的感性意欲尚未找到适当的理性形式时必然存在的一种矛盾痛苦状态。王国维对崇高美理想的确立,实际上就是对这种矛盾冲突心理状态的抽象的理论表述,它初步奠定了中国近代浪漫主义的历史性质,突出了其对立性原则。而他从康德、叔本华、席勒、尼采等德国浪漫诗哲那里接受过来并加以中国化改造的审美超利害说、游戏说、天才论、赤子说、悲剧论,则是对浪漫主义艺术品性的直接阐述和规定。

鲁迅与周作人是在不同方向上对浪漫主义进行具体深化和推进的。在浪漫主义个性主体的普遍性原则的问题上,鲁迅极力推崇的是主体的个性意识,而相对来说,周作人则更加注意到了个体主体的普遍性问题。很明显,鲁迅前期是倾向于浪漫主义的,他极力肯定个体生命的合理性,极力推崇"摩罗"诗人"独战多数"的个性精神。这种精神导致了他对中国古代注重和谐平淡的审美心理的强烈批判,并促使他推崇崇高美理想。周作人提出的"个人主义的人间本位主义"思想,对于浪漫主义主体性来说,是一个非常深刻的命题,它明确表述了浪漫主义个性主体的普遍性原则。我们注意到周作人采取"人生的艺术派"的理论主张绝不是在调和现实主义和浪漫主义,他对"人生派"与"艺术派"两派理论的双重否定,目的只有一个,那就是突出表达"自我表现论"的文学本质观。在他看来,"艺术派"理论的缺陷恰恰是他们过于追求艺术技巧,妨碍了自我表现。五四时期"创造社"的理论主张和艺术实践成为中国浪漫主义的一次集中体现。在理论主张方面,郭沫若提出:"个性最彻底的文艺便是最有普遍性的文艺";郁达夫提出:"自我便是一切,一切都是自我",这两个命题都表述了浪漫主义主体的个性化与普遍性相统一的原则。"创造社"成员推崇"自我表现",推崇情感、想象、灵感,这使他们的理论主张带有明显的浪漫主义色彩。在文学创作方面,郭沫若的诗、郁达夫的小说、田汉的剧作,都体现了浪漫主义主观表现的特点。

浪漫主义在"创造社"成员手中发展到高潮,也是在他们手中解体的。1925年底,郭沫若在他的《文艺论集·序》中提出要抛弃主体的个性自由,而倡导主体的群体性。基于此,他们对浪漫主义展开了全面的批判,转而提倡"彻底反对浪漫主义的写实主义的文艺"。[①] 1928年,郭沫若提出文艺"留声机论",标志着浪漫主义已完全被政治实践所同化,从而丧失了自己独立的审美品格,审美意识发生了向实践功利的偏颇,出现了非审美的意志化现象。1925年以后,中国急剧动荡的社会现实是促使审美意识转型的外在原因,中国近代浪漫主义审美意识自身的片面性缺陷,是其解体的内因。

浪漫主义审美意识结构从整体上解体了,但浪漫主义并没有彻底消亡,在以后的发展中,它或者作为时代潜流独立发展,或者被现实主义同化,成为现实主义审美结构中的一个构成因素,促使一种新型的浪漫主义(即现代"革命的浪漫主义")的产生和发展。

二、中国现代浪漫主义

我们在前面已经指出,由于中国古典主义审美意识具有偏于实践关系和偏于"表现"的双重特点,因此,中国古典主义的解体客观上要求浪漫

---

① 郭沫若:《革命与文学》,见1926年上海《创作月刊》第1卷第3期。

主义和现实主义的双重否定。这就是说,中国审美意识往往以直接推进的形式实现质的跃进,而不是采取直接否定的形式求得发展。中国近代浪漫主义的解体也没有完全导致现实主义对浪漫主义全盘否定,而是出现了一种新形式的浪漫主义取代了它,这就是与现实主义结合在一起的"革命的浪漫主义",同时现实主义也发生了向"社会主义现实主义"的历史过渡。

"革命的浪漫主义"作为一种特殊形式的浪漫主义,它具有浪漫主义的一般性特征。在审美意识的结构方式上,它仍然要求主体对客体的超越,仍然要求主观情感的表现,它特别强化了浪漫主义的"理想性",以确保主体对严酷的现实客体的超越。但与浪漫主义不同的是,"革命浪漫主义"放弃了主体的个性化原则,转而提倡主体的群体性,在个体与社会的关系问题上,它一方面要求个体与黑暗的社会现实的对立性,另一方面又要求个体与群体意志保持一致性;由于革命浪漫主义与现实主义的特殊关系,它较中国近代浪漫主义更加注重了对客观现实的理性认知。这种历史趋向表现在审美理想方面,则出现了一种新型的和谐美理想,从五四时期开始的马克思哲学(辩证理性)在中国的传播,使这种新型和谐美理想得到强化。但问题在于新型和谐美必须以崇高美的充分发展为前提,缺少崇高美这一中介,新出现的和谐美只能沦为古典主义的和谐,与此相应,主体的群体性自由也必须以主体的个性自由为前提,剥离了个体自由的群体性也只能沦为古典主义的客体理性和群体规范。

动荡的社会现实无疑会刺激主体意志情感的勃发,但这种偏于社会功利的实践意志情感必须内化于个体审美心理之中,使实践功利以一种审美的形式得到内聚,而消解其外在直接的功利目的性,从而使实践的转化为审美的,社会的内化为个体的,理性的内化为感性的,这才符合审美的一般性要求,才能进入艺术领域,并充分发挥艺术的社会作用。但实践证明,崇高美向新型和谐美的历史转化过程并不是一帆风顺的,在20世纪中国审美意识的历史发展过程中,出现了以实践意志直接取代审美情感的现象,这主要体现在20世纪20年代后期以蒋光慈为代表的"革命的浪漫蒂克"式的文学倡导和文学创作中。稍后出现的以瞿秋白等人为代表的对于"唯物辩证法的创作方法"的提倡,虽然对于消解"革命浪漫蒂克"式的主观公式化倾向有一定的积极意义,但仍然未能解决审美特性与社会功利的关系,并有以哲学方法取代艺术方法,以抽象的理性认识取代具体的审美感受的倾向。1933年,周扬的《关于"社会主义的现实主义"

与"革命的浪漫主义"》一文的发表,这才在一定程度上注意到了审美特性问题,标志着"革命浪漫主义"审美意识的真正确立。周扬说:"虽然艺术的创造是和作家的世界观分不开的,但假如忽视了艺术的特殊性,把艺术对于政治、对于意识形态的复杂而曲折的依存关系看成直接的单纯的,换句话说,就是把创作方法的问题直线地还原为全部世界观的问题,却是一个决定的错误。"①但周扬的侧重点仍在世界观方面,与蒋光慈、瞿秋白的区别在于,他在重视审美意识特殊性的前提下,强调主体的理性认知和理性目的。在浪漫主义审美主体意志结构中,他特别强化了理性目的(理想性)这一因素,并使之达到与理性认知的统一。

毛泽东对革命浪漫主义的理论贡献在于,他将从苏联横向移植而来的革命浪漫主义在中国现实中推向纵向发展。毛泽东强调主体的理性认知和理性目的,但对审美意识的特殊性也并不是忽略的,他说:"学习马克思主义,是要我们用辩证唯物论和历史唯物论的观点去观察世界、观察社会、观察文学艺术;并不是要我们在文学艺术作品中写哲学讲义。"②他提倡主体的群体性,但对主体的个性也并非完全排斥,而是强调群体意志向个体心理的内化,强调通过主体情感模式的转型这个中介达到个体与群体的统一。很明显,毛泽东美学思想的侧重点无疑是在前者(群体性、功利性、世界观)。

毛泽东的诗词创作既非抽象空洞的情感宣泄,也非苍白无力的概念直露,而是主体浸入客体的对象重新张扬后获得的一种智力的抒发、意志的实现及审美的愉悦。毛泽东的诗词时常带有一种主体对现实向更高层次超越的苍茫的悲凉感,像《忆秦娥·娄山关》:"西风烈,长空雁叫霜晨月","马蹄声碎,喇叭声咽","苍山如海,残阳如血"。然而,这里虽有冲突、激越、动荡,但始终没有一种压抑感,没有痛感和不自由感,它始终给人一种昂扬奋发、自由解放的感觉。"不管风吹浪打,胜似闲庭信步";"暮色苍茫看劲松,乱云飞渡仍从容";"风雨送春归,飞雪迎春到,已是悬崖百丈冰,犹有花枝俏。俏也不争春,只把春来报,待到山花烂漫时,她在丛中笑"。这是一个向世界挑战的成功者的健壮自颂,是一个掌握了必然又支配着必然的自由人,胸有成竹从容不迫地处理现实矛盾的境界。如果说

---

① 周扬:《关于"社会主义现实主义"与"革命的浪漫主义"》,见1933年10月1日《现代》第4卷第1期。

② 毛泽东:《在延安文艺座谈会上的讲话》,见《解放日报》1943年10月19日。

五四时期的浪漫主义是在与旧传统的决裂和反叛中展示的,那么毛泽东的浪漫主义则是在与现实斗争中展现出来,表现为主体对客体的战胜。毛泽东的诗词创作也许最能体现革命浪漫主义的真谛。

就在现实主义中融合与汇入浪漫主义这一点上,胡风的主张与以毛泽东、周扬为代表的革命浪漫主义理论并无质的区别,在审美意识结构方式上都注重主体与客体的交融,都强调主体在进入客体对象之后仍能得以超越的态势。不同之处在于,毛泽东、周扬侧重于从"理想性"方面去理解和发挥浪漫主义,将理想性作为主体战胜和超越客体对象的中介和手段,而胡风则从主体感性方面来张扬浪漫主义,更侧重强调主体凭自身的人格力量去战胜和超越现实客体。如果说,毛泽东、周扬是在重视审美意识特殊性的前提下更强调主体理性因素,那么胡风则是在承认艺术社会功能的基础上更偏重强调文学艺术特殊的美学规律和审美品性。胡风的美学理论对于"革命浪漫主义"发展过程中存在的过于理性化并导致"主观公式主义"的偏颇无疑是一次有益的补充和修正。

1958年提出"革命现实主义与革命浪漫主义相结合"的创作方法,旨在把浪漫主义提到与现实主义同等重要的地位来加以确认,但由于受到当时社会氛围("大跃进")的影响,"两结合"却导致了一种"人神同台"、"人鬼同台",异想天开地"畅想未来"的"伪浪漫主义"的出现。它与"革命浪漫主义"的区别在于后者强调理性目的与理性认知的融合,"伪浪漫主义"则导致理性目的对理性认知的脱离。从"两结合"中经"伪浪漫主义"的侵蚀最终走向"文革"时期的"伪古典主义",这是一个合乎逻辑发展的必然进程,其中的教训令人深思。

在理论上最能体现"伪古典主义"的是所谓"根本任务论"和"三突出"原则,而它在文艺创作上的体现则是"样板戏"。"文革"时期"伪古典主义"是建立在虚假的客体性原则基础上的,其中主体的理性目的外化为一种相当于古代伦理规范的所谓"根本任务",并强制性地抑制和排斥主体的感性意欲、生命意志,致使样板戏中主要人物非鳏即寡,男女情爱母题被彻底回避;主体的理性认知外化为一种相当于古代外在法则的所谓"三突出",并对主体的感情体认进行了抽象化剥离,致使样板戏中大量类型化形象的出现。上述两个方面结合在一起,形成了对现代浪漫主义对立性原则的彻底偏离,并使之解体(革命浪漫主义仍然强调主体与客体的对立,而在伪古典主义那里,主体与客体却处于强制性的统一,人的主体意识遭到空前的扼杀和摧残)。

三、中国当代浪漫主义

中国当代美学是从1976年开始真正确立的。在此之前,均属现代范畴,1976年以后,审美意识的发展开始进入一个新的历史时期。从整体上看,"伪古典主义"的解体,导致出现了现实主义与浪漫主义在新时期对峙发展的局面,前者的产生以刘心武的《班主任》为标志,后者的产生以北岛写于1976年天安门诗歌运动时的《回答》为标志,现实主义在新时期的发展主要经历了"伤痕文学"、"反思文学"、"改革文学"三个环节之后,极端性地发展了审美主体中的感性体认因素,产生了更为客观化、更为世俗化的"写实派"文学(包括"新写实主义"和各种各样的"纪实文学");浪漫主义则经历了自身的发展之后,极端性地突出了审美主体中的感情意欲因素,产生了更为主观化、观念化的"现代派"文学(包括"先锋派"文学、"寻根文学"和各种各样的"实验小说")。

新时期有没有浪漫主义,这是一个仍然悬而未决的问题,许多人把现实主义作为新时期文艺的主潮,忽视了浪漫主义的存在,是不公正的。不管承认与否,浪漫主义存在于新时期是一个客观事实,这可以从以下五个方面得到证明:第一,"文革""伪古典主义"解体本身,就为新时期浪漫主义的产生提供了逻辑前提。第二,新时期关于文艺与政治关系问题的讨论,扬弃了"文艺为政治服务"的命题,促使审美意识从对实践意志的依附地位中摆脱出来,为浪漫主义的产生和发展奠定了基础。第三,新时期关于人性与阶级性问题的讨论,扬弃了将人性简单等同于阶级性的观念,人的主体自我、个体自由受到重视,促使主体意识的觉醒,直接成为浪漫主义的主题内容。第四,传统的现实主义观念受到冲击和挑战,其理论基础的"反映论"和理论中心的"典型"化原则逐渐开始动摇,甚至被许多人直接否定,这就打破了现实主义一统天下的局面,浪漫主义作为一种独立的审美意识形态出现在新时期文坛。第五,新时期文学受到了西方现代主义猛烈的冲击,加快了审美意识由再现向表现过渡的进程;另一方面,由于中西社会与文化背景的差异,西方现代主义的大量涌入并不一定必然导致中国现代主义的产生,至少在1985年(或1986年)以前,许多受西方现代派影响的文学作品都难以将它们归为现代主义的范畴。原因是这时的文学作品表现的是对自我的肯定,而不像西方现代主义那样否定自我;世界、人生、自我,在西方现代主义那里是分裂的、破碎的、无序的,但在中国新时期文学中则是统一的、整合的、有序的,所以把这些文学作品归于浪漫主义范畴更为恰当。

当代浪漫主义作为20世纪中国浪漫主义发展的第三个逻辑环节,是对前两个环节的辩证综合。与现代浪漫主义相比,它具有以下两个特点:第一,浪漫主义从现实主义体系中摆脱出来,成为独立存在的审美意识形态。第二,个体感性受到重视,得到优先发展;革命浪漫主义偏于强调主体的理性目的,而当代浪漫主义则更强调个体的自由存在、生命意志。从这个意义上讲,当代浪漫主义已经超出了现代范畴,而成为一种新型的审美意识形态。

就重视个体感性意志这一点上说,当代浪漫主义与近代浪漫主义有相似之处,区别在于,第一,当代浪漫主义审美主体构成中的理性因素有所加大,既有理性目的,又增加了理性认识。我们在分析中国近代浪漫主义解体时曾经指出,虽然"创造社"也主张主体的感性与理性的审美统一,但他们所说的主体普遍性形式主要是指主体的理性目的,而不是主体的理性认识,由古代抽象神秘的自然宇宙法则转换而来的主体理性形式尚未回归到理性的认知,就直接被同化到主体自我的心理图式之中,这使他们将主体自我直接看成是神,看成是宇宙世界的立法者。而当代浪漫主义在经历了现代理性认知这个中介过渡后,则具有更强的理性精神。新时期主体性理论,一方面反对把人降为物、降为工具,变成必然性的奴隶、因果链条上的一环,只知人的服从性,不知人的自我选择的物本主义倾向,另一方面也反对将主体自我神化的倾向,反对把人无限制地夸大,看成是至高无上的神和高大完美的英雄的神本主义倾向。新时期主体性理论强调感性意欲与理性目的的矛盾统一在主体结构中的优先地位,但也强调感性体认与理性认知的矛盾统一在主体结构中的从属地位。当代浪漫主义主体结构中对理性认知因素的融合,使主体自我的主观表现避免了"创造社"郭沫若等人的那种直抒胸臆、汪洋恣肆,却流于空泛抽象的诗风,它表现自我,却充满更多的人生思考和自我体验,充满了更多的理性反思精神,从而变得更深沉、更凝重、更具体、更成熟了。第二,当代浪漫主义的对立性原则则较近代有所减轻。新时期浪漫主义无疑是强调对立性原则的,但由于它处于社会主义大文化背景下,因此对对立矛盾崇高的强调又以未来的和谐统一为导向,崇高美受到和谐美的牵引,近代浪漫主义追求"片面的深刻性",而当代浪漫主义理论则追求准确性、科学性、全面性。新时期浪漫主义与现实主义二元对峙并存,但绝非相互对立,绝对排斥,这与五四时期"创造社"与"文学研究会"互相攻讦的现象形成明显的对照。

但需要指出的是,虽然在追求新型和谐美理想这一点上,中国当代与现代有相似之处,但是前者偏于强调主体的感性因素,偏于强调人的感性意欲、生命意志,偏于强调人的个体自由,而现代"革命浪漫主义"则偏于强调主体理性因素,偏于强调人的理性目的,偏于强调群体性的主体自由。我们也注意到,新时期主体性理论仍然有很大的缺陷。例如,李泽厚虽然提出了马克思实践哲学对新时期理论研究的指导作用,但他并未将实践论坚持到底,他的"审美积淀说"只能解释审美意识的产生,而不能阐释其发展,需要"历史建构论"的补充和修正。刘再复的主体性理论将精神主体与实践主体脱节分离,只对主体性做了静态分析,而未能看到它的动态的历史发展,是难以令人信服的。

新时期文学创作是以三种方式、三个环节来展现浪漫主义主体性的:1.浪漫主体直接的自我表现,以北岛、舒婷的朦胧诗为代表;2.浪漫主体向外在自然界的扩展,在自然中观照主体自我,在与自然的对抗中展示人的本质力量,以张承志、邓刚等人的"自然派"小说为代表;3.浪漫主体以幽默的方式实现对外在客体的超越,以王蒙的幽默小说为代表。

当代浪漫主义在20世纪80年代后期,面临着与现实主义同样的命运,都同样受到了现代主义乃至后现代主义的强大冲击。在这之后,虽然有海子、戈麦的诗,有顾城的小说《英儿》还固守浪漫主义的最后领地,但他们的英年早逝,似乎昭示着浪漫主义的历史命运,毋宁说,他们的自杀,是浪漫主义的自杀,他们以身体写作的言说方式,唱出了最后一首浪漫神话的挽歌,使浪漫主义审美意识悲壮地走上了历史的祭坛。与此相应的是纯审美理论的困境。当商品经济的大潮汹涌袭来的时候,精英意识也受到了大众文化的奚落和嘲讽,以"逃避崇高"为旗帜的王朔小说,似乎是这方面的集中体现。对纯审美理论的兴趣,是随着知识拜物教而产生的。商业思想的出现打破了这一幻想,纯粹的审美也就不复存在了,人们更多地转向了实利,为生活、职位、物价等问题所困扰。这时,正像恩格斯在《费尔巴哈论》中所说的"没有对地位、利益的任何顾虑,没有乞求上司庇护的念头"的科学理论很难在现实中有它的一席之地,于是理论自身又发出了这样的呼唤:走出象牙塔,面向社会,面向大众。于是出现了通常人们所说的"泛美学"。纯美学理论真的退居文化边缘,成为知识分子的自言自语。

浪漫主义审美意识追求崇高美,审美主体的感性意欲与理性目的的矛盾统一（即审美情感）是其审美建构的主导方面，正是在这一点上，它与现代主义、后现代主义存在着本质的区别。在浪漫主义审美意识中，由于个性主体的感性意欲以理性目的为指归、为导向，感性意欲只是为理性目的提供能量来源，因此，其个性主体自我具有普遍性特点，而在现代主义审美意识中，虽然它也推崇个性主体自我，但由于审美主体的感性意欲对理性目的的剥离，丧失了理性目的的总的统摄，因此其审美主体便只能呈现为个别性。这在新时期"先锋派"文学中表现得尤为突出。在他们那里，文学成为他们的实验基地，各种新技巧、新方法使文学叙事呈现出丰富多彩的新气象，使文学创作带有鲜明的作家个人性特点，但由于缺少对人类生存状况的终极关怀，缺少理想性的总的指引，因此难以产生文学大家，难以产生史诗性的作品。不过，现代主义审美意识对浪漫主义的消解却带有内在性和根本性。从审美意识的历史建构理论来看，浪漫主义解体之后应该是现实主义审美意识的产生，但现实主义对浪漫主义的消解只是外在的，因为，现实主义审美建构以审美主体的感性体认与理性认知的矛盾统一（即艺术形象）为主导方面，它所关注的焦点在于审美客体（社会现实），因此，一个是审美情感，一个是艺术形象，两者刚好形成互为补充的两翼，两者的对立并不具有绝对的排斥性，这也是中国审美意识的历史发展中现实主义和浪漫主义之所以能够同时并存从而区别于西方审美意识的历史发展的根本原因所在。而对于现代主义而言，它对浪漫主义审美意识的解构便大不一样了，它是从审美主体的内部，使浪漫主义赖以存在的感性意欲与理性目的的结构统一体产生化解，使审美主体的感性意欲从理性目的中剥离下来，因此，这种解构便更具有致命性。

后现代主义是20世纪90年代初期出现在中国的一种新型的审美意识，它与现代主义一样都是从西方移植而来，它同样对当代浪漫主义构成威胁。关于后现代主义的基本特征，德国理论家丁·奥尔克斯在《后现代主义的复归》一文中曾做出基本的归纳，他认为后现代主义具有以下四大主题："1.作为普遍性和特殊统一性消解的主体或理性主体的死亡，是为了印象主义独特性的激进理论的出现；2.历史性的丧失表征着此时此地的生命循环；3.社会的乌托邦被移植到了内在世界，并作为'现代灵魂'的自我提升，它坚持以无政府主义的怀疑论去对所有权威和信仰进行抗争；4.公共日常语言既不是真实的可靠的心灵镜子，也不能对体验与内在真理加以完美的表达,它只是抽象玄谈和日常感性的先锋。"①如果这种概括是准确的,那么在20世纪80年代末90年代初的中国文坛,在王朔的小说以及后来的新写实主义小说中,我们便不难发现一些后现代主义的影子。王朔小说中的"调侃"主题,他对精英意识的弃置,对"崇高"的嘲讽,他的大众文化立场,他的宁愿流俗的态度,都构成了对审美主体性的致命一击,使得还残存在"先锋派"小说中的一点点主体理性也荡然无存了。在坚守大众文化立场、放弃知识分子话语及写作方式这一点上,可以说"新写实主义"小说与王朔小说有异曲同工之妙,它在前几年的走红也有着深刻的文化背景。与王朔小说所不同的是,新写实小说放弃了许多情绪化的东西,不再有意嘲讽精英意识,而是将这种态度流失在具体的纯客观的叙事与写作之中。他们崇尚"零度情感",追求纯客体还原,而将一切主体性的东西搁置在括号中,所剩下的就只能是一些琐碎的带有原貌性质的生活片段和生活场景。在注重客体这一点上,新写实小说似乎与现实主义有着共同的倾向,而实际上,两者却有着本质的区别。现实主义注重艺术形象的典型塑造,在审美主体的构成中,追求感性体认与理性认知的矛盾统一,其中感性体认为现实主义审美意识提供可感的生活素材,理性认知提供理性形式和艺术结构,它是对感性体认的艺术升华。这样,现实主义艺术作品便可以再现社会生活的主流,反映宏大的社会场景,并具有严密的艺术结构。而新写实主义小说却放弃艺术典型的塑造,在审美主体构成中,搁置主体的理性认知因素,只专注于从感性体认得来的生活碎片,虽然有鲜明的形象可感性,却缺少宏伟的艺术气魄。因此,从这一角度来认识问题,我们绝不能将"新写实主义"小说归为现实主义美学范畴之中。而且,由于对主体情感的完全搁置,他们便完成了对浪漫主义审美意识的最终解构。

当代浪漫主义自身所存在的缺陷也是造成其解体的重要原因。一种审美意识的产生和发展虽然并不一定必然依靠文艺运动,但声势浩大的文艺运动却可以强化和具体推动审美意识,而在新时期,当代浪漫主义却缺少这种强化和推动,浪漫主义没能形成一种声势浩大的文艺运动,它只作为一种隐形的审美意识形态而存在。从主观上,由于在对"文革"文艺定性问题上存有理论偏差,误以为"文革"中的"假、大、空"都是浪漫主义

---

① 王岳川、尚水编:《后现代主义文化与美学》,北京:北京大学出版社1992年版,第191—192页。

所致,因此许多理论家对浪漫主义采取敌视的态度,甚至有人简单地将浪漫主义与唯心主义画等号,这都造成浪漫主义审美意识难以形成强有力的发展势头,以至于许多人根本否认浪漫主义审美意识的客观存在。当现代主义或者后现代主义潮流迅猛袭来的时候,它的退场便就是必然的了。从客观上说,当代浪漫诗学只以主体性为中心论题,弱化其对立性原则,缺少像五四时期浪漫主义那样强大的冲击力,这也是它迅速退潮的一个重要因素。

20世纪中国浪漫主义审美意识发展至此已完成它的历史使命,走完了它应该走的路程,但它的历史价值却不容任何人忽视和低估,这主要表现在以下两个方面:一是它完成了中国古代美学向现代美学的历史跃进,实现了中国古代审美意识向现代审美意识的历史转型;二是它使中国美学真正走上了与西方美学同步发展的道路,实现了与西方美学的互相交流和平等对话。

立足现实,展望未来,我们仍然对浪漫主义充满信心。在物欲横流、道德沦丧的现代社会,提倡一下浪漫主义,张扬一下理想性,净化一下人的主体情感,关注一下人的本真生命,就不能说毫无价值,毫无现实意义。令人感到欣慰的是,在中国知识界关于人文精神的讨论,关于重建道德理想的呼吁,都一再显示重归浪漫精神的可能趋势;在文学创作中,仍然有人(例如张承志)在固守浪漫理想的阵地。在21世纪,如果我们民族的精神状态是健康的,那么就应该出现一个允许各种审美形态并存的多元化局面,在那时,浪漫主义应该与古典主义、现实主义、现代主义乃至后现代主义等各种审美形态一起同时并存,相互补充,共同奏响21世纪中华民族审美实践的新乐章。

走向跨文化研究的美学*

由于美学这门学科的外来性质,它所操用的话语范畴及理论体系均不可避免地带有外来"他者"文化的浓重色彩,这很为某些持严正中国文化立场的学者①所不满,他们认为,中国美学应该立足于本民族的文化传统,而不应该照搬西方的话语系统,因此有一个美学话语转型的问题。然而,究竟什么才是真正的中国美学话语,如何才能真正避免西方话语的搅拌,论者迄今并没有给出一个令人信服的答案和一个可资操作的方案。如果说,中国传统文论中的"风骨""神韵"等一系列的范畴可以作为我们中国美学建设的重要的文化资源的话,那么,我们必须进一步地追问,这些范畴的确切含义究竟是什么,如果我们自己尚不能对它们的内涵达成共识的话,我们又如何让美学初学者或者让外国的美学研究者来掌握它们、接受它们?又如何实现论者所理想的避免中国美学"边缘化"的目的?这是其一。其二,中国美学近百年来的发展,已经初步形成了一套话语体系,尽管这套话语体系对西方有借鉴,但同样不可否认的是,它仍然主要是根植于中国的社会现实,与中国现代文化的发展一同生长起来的,或者更确切地说,是在中西文化的冲突与交融中成长发展起来的。美学话语转型能否完全无视这一百年来形成的中国现代的美学传统,是很值得怀疑的。

---

* 原载于《文艺研究》2000年第3期。

① 这部分学者的理论主张学界习惯上称之为"文化保守主义",他们认为,自近代以来,中国文化的激进主义和反传统态度,过于偏激地对待自己的传统,因而使得中国文化出现了某种文化断裂。甚至像"文化大革命"这样的文化浩劫,都与五四以来偏激的文化倾向有密切关系。在新的世界政治、经济和文化格局中,身为"第三世界文化"的中国文化,应强调自己的文化传统,警惕西方文化霸权对我们的"后殖民主义"的侵蚀。其具体观点详见《文学评论》(1993年第3期,1994年第2期、第4期)郑敏、张颐武等人的有关论述。详细情况也可参见周宪的《中国当代审美文化研究》(北京大学出版社1997年版)第246—261页。与之相呼应,在文学理论界和美学界则有一种观点认为,五四以来,由于我们大量引进西方美学和文艺理论的范畴术语和体系,以至于到了今天,"我们患上了严重的失语症","我们一旦离开了西方文论的话语,就几乎没有办法说话,活生生一个学术'哑巴'。"见曹顺庆:《文论失语症与文化病态》,《文艺争鸣》1996年第2期。

我深感有美学话语转型的必要,但在实现转型的目标和手段上却有着自己的私见。我认同于下列观点:美学话语转型的目标和方向,不应该是"向后看",而应该是"向前看",不应该是简单地回到传统,而应该是对传统进行"创造性转换";实现转型的手段也不是简单地只要采用中国古代的一些术语就算一了百了,而仍然需要立足现实和放眼未来,在中外文化的比较参照中,用现代人的思维方式去照亮和激活传统,以一种批判的眼光去开发中国古代的美学资源,以一种审慎的态度对待中国现代的美学传统,以一种宽广的胸怀迎接西方美学话语的挑战。

一、传统美学的再生性途径

对中国传统诗词颇有研究的叶嘉莹女士曾指出:"无可否认的是任何一种新的理论的出现,其所提示的新的观念,都可以对旧有的各种学术研究投射出一种新的光照,使之从而可以获致一种新的发现,并做出一种新的探讨。"① 中国传统究竟意味着什么?它是否就是一些不容置疑的价值中性的客观性的实体?如果是这样的话,那么我们还有什么必要在今天再劳神地去谈论封存于过去历史的传统呢?看来,当我们谈论传统的时候,一定是站在今天的角度,以我们特有的立场来重新回视它,我们追问的是传统对于我们的价值;传统本身并不会向我们发言,而是我们向传统发言。正是在这个意义上,生活于东南亚的华人,可以从传统中找到使他们迅速发家致富的正面效应,而中国近代的传统批判者则发现了传统阻碍中国顺利走向现代的负面效应。所谓对传统的肯定和批判,无疑都是源于对现实的肯定与批判。以现代的新观念、新话语重新阐释传统,不仅是我们贴近传统所必需的,也是传统走向现代所必需的唯一途径。传统的是否有价值并不在于传统本身,而在于传统与我们的"价值关联"②。

---

① 叶嘉莹:《从女性主义文论看〈花间〉词之特质》,《社会科学战线》1992年第4期。
② 按照韦伯的解释,价值关联就是价值判断。在《社会科学认识和社会政策认识中的"客观性"》一文中,韦伯指出,社会科学和自然科学一样,研究的对象也是实在(wirklichkeit),而实在之所以进入社会科学的领域成为文化科学的对象,并非因为它原来就如此,而是因为它在与研究者的价值关联中变得重要了,便对我们有了意义。韦伯并不认为意义是文化对象自身的性质,或者文化对象本身固有其价值。通常的情况总是这样:抱有一定价值观念的人与一定的实在发生关联,而他之所以与这个实在发生联系,完全取决于他的价值观念。社会工作者依据一定的价值与一定的实在发生关系,这便是价值关联(wertbezihung)。参见《社会科学方法论》(汉译本序),北京:中央编译出版社1999年版,第6、8、9页。

因此,要做到真正地继承传统,必须打破传统的"封闭语言",以现代人的思维之光去激活他、去照亮他。对于中国传统的美学资源也应当作如是观。

我们必须承认,中国传统美学,尽管具有丰富的价值资源,但其概念的构成形式、知识的生产和交换方式均基于特定的历史背景。主要表现在,关于文学艺术品评所操用的术语均局限在特定的文人社群之中,在这种文人圈中,其知识背景大致相同,其审美趣味大体一致,因此其概念话语均带有自明的共享性质,彼此之间并不需要太多的解释,对方肯定能听得懂。作者在写作的同时已经将自己暗置在读者的位置上,他可以从自己作为读者的立场上来对自己的作品进行评判;读者也清楚作者的意图,并以作者的身份来对作品作出反应。因此,作为中国古代美学重要资源的诗话、词话、画论、文论、曲论、乐论、传奇评点等,往往三言两语即能道破艺术的真谛,不需要太多的分析与论证。如果说,中国古代美学带有明显的体验美学的特征,这大概是一个非常重要的原因吧。可是中国美学发展到近代则逐渐丧失了这种特权,由于其中主要的一部分的文学艺术的启蒙职责,它试图面对的是文人社群之外的广大大众,这在客观上必然要求对话语方式进行转换,以弥合由于知识背景的不同所造成的差异。因此,我们如果要谈到中国美学的现代转型,必须首先从中国美学自身的发展历史去寻找转型的动力,尽管在这一过程中,中国美学接受了西方美学的影响,但西方美学的影响在促进中国美学转型过程中却并不是唯一的、甚至不是最重要的起因。如果中国美学自身的发展必然是美学话语转型的"内因"的话,那么外来美学的影响顶多可以看成是"外因",是内因和外因的共同作用,才促使中国美学从传统走向现代的历史转换。

二、中国现代性美学话语的生成

毫无疑问,中国现代美学话语的生成在很大程度上是得益于西方美学的启迪,这在王国维、蔡元培这两位中国现代美学的缔造者身上就可以非常清楚地表现出来。不过在我们强调他们的"西学"知识背景的同时,同样也不应该忽略他们深厚的"中学"知识背景。中国美学的"现代性"问题是一个非常复杂的问题,其中当然也有"反西方现代性的现代性"[①]问

---

① 具体论述参见汪晖的《当代中国的思想状况与现代性问题》、《关于现代性问题答问》、《传统、现代性与民族主义》,分别见《文艺争鸣》1998年第6期、《天涯》1999年第1期和《科学时报》1999年2月2日。

题。纵观近百年来中国美学的发展,其中有一个重要的理论价值取向,即在很长一段时间内对于建立具有中国特色的马克思主义美学的追求以及这种追求被主流意识形态的认可。作为毛泽东美学思想的阐释者,周扬就曾明确地提出要"建立中国自己的文艺理论和批评",反对"背诵马列主义条文和硬搬外国经验,而不结合中国实际"的做法,强调马克思主义文艺理论"必须与我国的文艺传统和创作实践相结合"。① 这种意见代表着主流意识形态的声音,其对中国现代美学的影响当然是不可低估的。因此,如果说"20世纪中国文论的变革根本上是一种知识方式的变革",而这种变革"还不是一些局部的诗学观念的变革,而是现代西学的知识系统对中国传统知识谱系的全面替换",②这种说法显然是未经经验证明的先验之见。

当然我们并不否认,20世纪中国文论和美学的发展确实存在着外来美学话语横向移植的倾向,但同样不能否认的是,第一,这种分析性知识质态的移植或切换并非是唯一的现代性知识的生成形式,宗白华先生的美学研究就是一个明显的例外。第二,即使对西学异质知识的移植也不是某一些理论家个人有意选择的结果,假使将这种现象看成是存在于20世纪中国的普遍现象的话,我们必须要同时追问产生这种现象的原因是什么,是什么使我们坚信,"只有现代西学质态的知识才是唯一的知识"?这里是否有一个中国现实发展的内在驱动的问题? 第三,即使我们存在着这种坚信,对西学知识的接受也还有文化"误读"的问题,在很大程度上,我们对西方话语借用的时候,其"能指"与"所指"在西方原生意义上的关联性由于受到本土经验的干扰有时常常会出现分裂的现象。我们借用的是西方话语符号的"能指",而"所指"的却常常是中国现实文本,例如当我们采用"现实主义"这一来自西方的术语来概括批评中国文学作品的时候,"所指"的显然不再是西方文本,这样"现实主义"这个术语也就不可能再是西方原生意义上的"现实主义",而被赋予了特殊的含义,并获得了新的规定性,因此我们不能不说西方话语在中国现代美学中的意义生成有着深刻的中国现实的文化背景,这也使得西方知识的全面置换大打了折扣。第四,我们要将知识话语的建构与价值话语的建构进行区别,不能一

---

① 参见《文艺报》1958年第17期的报道——《建立中国自己的马克思主义文艺理论和批评》。
② 曹顺庆:《从"失语症"、"话语重建"到"异质性"》,《文艺研究》1999年第4期。

概而论。从概念的外延上来讲,话语不仅仅是知识性话语,而且还包括价值性话语。我们在接受西方知识性话语的同时,是否也接受了西方所有的价值性话语,这仍然是需要进一步论证的问题,而并非是不证自明的。

从整体上看,20世纪中国美学的发展历程反映了中西文化冲突与交融的现状,其中有采纳,也有拒绝,有借鉴,也有变异,有西方的知识话语形式,更有中国本土的现实经验。中国现代性美学话语正是在这种冲突与融合中曲折地发生、发展的。这种现象应该首先从20世纪中国历史发展的层面上去说明。"知识的现状,与其说是根据它们本身的情况,还不如说是依其所追随的事物来界定和解释的。"[1]美学知识的增长,不仅是美学自身内部的知识调整,更是它所关注的现实经验的回应。在中国美学的历史发展中,话语系统的变换应该被看成是一种经常发生的情况,即使是被看成一个整体的中国古代美学,其自身依然存在着不连续性、断裂等现象。如果我们断言,中国传统在现代出现了断层,我们就应该接着追问这种断裂变换的判断是否也适用于中国古代传统。我们不应该只注意到传统与现代的界限,而分别又将传统与现代看成是两个互不相干的毫无变化的僵死实体,从而忽视和抹杀传统和现代本身内部所具有的各自的差异性。我们还想指出,所谓"不连续性"、"断裂"的论断仍然是西方话语,这在米歇尔·福柯的著作中可以很容易地查找出来。但"中国传统断裂论"也同样没有将福柯的理论贯穿到底,其中仍然有"误读",他们在传统与现代的分界点上,采用了断裂的判断,但当他们分析传统这个概念的时候,却给传统赋予了"连续性"。在这里,我们倒非常有必要听一听福柯本人关于传统是如何被构造出来的解说,他指出:"传统这个概念,它是指赋予那些既是连续的又是同一(或者至少是相似)的现象的整体以一个特殊的时间状况;它使人们在同种形式中重新思考历史的散落;它使人们缩小一切起始特有的差异,以便毫不间断地回溯到对起源模糊的确定中去……",而这在福柯看来,不过是"以各自的方式变换连续性主题的概念游戏",本身并不"具有一个十分严格的概念结构"。[2] 不幸的是,"断裂论"正是通过"变换连续性主题",通过无限夸大现代与传统的差异,而极力缩小两者本身中存在的差异的方式构造出来的,在这里显然使用了双重标准。

---

[1] 马尔库塞、费彻尔:《作为文化批评的人类学》,北京:三联书店1998年版,第24页。
[2] 米歇尔·福柯:《知识考古学》,北京:三联书店1998年版,第23—24页。

我们必须承认一个基本事实,20世纪中国美学的发展格局是多元化的。中国近百年来美学历史发展的实践表明,以单一模式来限定本身具有诸多差异性的中国现代美学,必然会显露出自身的理论困境。

三、"西方中心主义"神话

我们说过,那些要求回归中国传统的所谓保守主义的学术呼声仍然有着深刻的西学知识背景,这可能不为人们所理解。在20世纪80年代,在中国学术界占统治地位的是"现代化理论","其核心论点是,一切国家、民族和地区都有一条共同的现代化道路,只是不同的国家、民族和地区处在这条道路的不同阶段而已。"① 由于刚从"文革"封闭状态中走出,西方各种新理论、新观念如同潮水般袭来,这一方面促使了当时的思想解放和学术繁荣,另一方面也确实导致了某些理论(请注意,是某些,而不是全部)表述方面的所谓"失语症"。"形形色色的现代化理论指明了传统社会的那些有别于现代社会的方面,然而在此过程中,它们却忽略了这些社会内部秩序的复杂性。"② 因此进入20世纪90年代之后,80年代处于支配地位的观念以及表述这些观念的理论"范式"被重新评估。"过去,尤其是在社会科学当中,人们以为学科的研究的目的在于用抽象的、有普遍意义的理论框架来指导自己的经验研究,并以此来界说学术研究的宗旨。现在,这种观点正在受到根本性的挑战。"③

但所有这一切又是如何发生的呢?我们注意到,这一时期,西方的后现代主义开始进入我们的理论视野,像德里达、利奥塔德、福柯、萨义德等人的理论开始被我们所接受。20世纪80年代与90年代的学术分野,除了基于现实发展的不同要求之外,进入我们视野的不同的西学知识也是造成这种分野的重要原因。而进入90年代人们视野的这些西学理论,均带有明显的向西方"普遍主义"话语霸权挑战的倾向。例如女权主义者就曾对西方长期占统治地位的各种理论提出质疑,她们认定这些理论并不能真正反映女性的真实状况,她们还宣称,社会科学认定适用于全世界的原则实际上只代表着人类中极少数人的观点。萨义德的"东方主义"理论,也在

---

① 华勒斯坦等著:《开放社会科学》,北京:三联书店1997年版,第43页。
② 同上书,第60页。
③ 乔治·马尔库斯、米开尔·费切尔:《作为文化批评的人类学》,北京:三联书店1998年版,第23页。

批评西方中心论,并在此基础上提出了东西方在全球化进程中的关系问题,在他看来,所谓"东方主义"实质上是西方人出于对东方和第三世界的无知、偏见和猎奇而虚构出来的某种"东方神话",是西方帝国主义试图控制和主宰东方而制造出来的一个具有或然性的政治教义,它作为西方人对东方的一种根深蒂固的认识体系,始终充当着欧美殖民主义的意识形态支柱。

不管承认与否,也不管是自觉的还是不自觉的,所有这些要求从西方普遍主义分离并抨击西方话语霸权的西方理论,都给 90 年代要求摆脱西方话语羁绊回到中国传统的理论主张提供了理论的借鉴和自信。但正像有人已经指出的那样,在萨义德那里,东方主义是西方文化的产物,是西方人自我主观性的投射、权力的反映,他对西方的解构与批判,仍然是西方话语,仍然是在西方文化语境中进行的,仍然局限于西方知识体系之内,而并非是"有关东方的真正话语"①。而我国保守主义的理论话语也同样存在着这种问题,只要看看他们所操用的术语就可以非常清楚地明了这一点,什么"家族类似"呀,什么"众语喧哗"呀,什么"断裂"呀,等等,这些术语不同样脱胎于西方吗?他们所主张的回归中国传统、抨击西方话语霸权,显然与西方后现代主义有着共同的理论价值趋向。

海德格尔曾言,语言是存在之家。可是在中国古代的道家传统中,却没有这种对语言的自信,"道可道,非常道","大音希声","言外之意",因此,最重要的是实在,而不是言说。今天,我们日益沉迷于为话语所建构的现实之中,而离真正的活生生的现实存在越来越远。我们表面上是在抨击西方的话语霸权,而不知道自己正陷在西方话语的圈套中而不能自拔。如果我们总是在话语表述问题上纠缠不清,打破"西方中心论"神话、真正回归中国传统的确任重而道远。

四、跨文化美学研究的原则和方法

跨文化美学的提出是基于以下前提:在传统与现代之间,应该找到一种对话的途径,应该承认以现代话语阐释中国古代美学传统的合法性;在东方与西方之间,也应该找到一种对话的途径,同时承认东方与西方各具特殊性的美学价值。以西方、现代贬低东方、传统,或者以东方、传统拒斥西方、现代,都不是我们跨文化美学研究所应遵循的原则。

首先,在我们的美学研究中,仍然应该遵守现实优先、历史优先的原

---

① 参见刘康、金衡山:《后殖民主义批评:从西方到中国》,《文学评论》1998 年第 1 期。

则。判断一种理论优劣的标准在于它能否有效性地阐释现实与历史,是否能够有效地促进人们的学术交往,而不在于其采用什么样的话语方式。历史发展了,现实改变了,学术范式、话语系统也应该随之而改变。正像韦伯所指出的:"推动人们的文化问题总是不断以新的色彩重新生成,因而始终在同样无限的个别之流中对我们具有意思和意义,成为'历史个体'的东西的范围也变动不定。历史个体借以被考察和得到科学地把握的思想联系变换不已……文化科学的出发点即使在无限的未来也依然是会变动的。"[①]变动不居的"历史个体"永远会构成任何理论永新的知识生长点。

其次,仍然应该坚持批判地继承传统和批判地接受外来文化的原则。我们今天讲继承传统,就不仅是指继承中国古代的传统,而且也要继承中国现代的新传统。这两种传统尽管有区别,但整体上,它们是一脉相承的。无论是中国古代美学,还是近现代美学,都主要是中国人的审美经验的理论表达,其中(特别是中国近现代美学)有对外来美学的借鉴,但借鉴是手段,而不是目的,借鉴的目的还是为了更好更有效地表达自己的美学见解。由于20世纪中国美学是在中外文化的冲突与交融中发展起来的,所以其成功的经验和失误的教训,在日趋全球化的今天,更应该值得我们认真总结。当然,无论是继承老传统,还是继承新传统,都不能放弃美学理论的批判性立场。所谓批判性继承绝不同于全盘接受。如果说,在20世纪,中外文化关系的特征表现为"冲突"与"交融",那么在世界多极化发展日趋明显的21世纪,这种"冲突"与"交融"的特征必将会被中外文化的"互补"与"对话"所取代,中国未来美学也必将在"互补"与"对话"这样一种更加宽松的文化气氛中求得更好的发展。强调中外美学的互补性,首先要强调中国美学的特殊经验,但对特殊性的强调不应成为封闭性的借口,必须是在与国外美学积极对话的前提下来强调中国美学的特殊性。要达至"对话",则要求有一个共同的话语环境,有一个共同的游戏规则,这就要求我们不能拒绝对西方知识话语的学习,但学习西方话语,不是用来取代中国本土的审美经验的表达,而是出于发掘中国美学的特殊性含义并将中国美学推向世界的策略性考虑。从这一意义上讲,"互补"与"对话"是相辅相成的,不可分裂的。

此外,我们还应该消除对"全球化"的恐惧心理,以一种正常的心态对待"全球化"与"多极化"以及"全球化"与"本土化"的复杂关系问题。

---

① 马克斯·韦伯:《社会科学方法论》,北京:中央编译出版社1999年版,第34页。

我们指出这一点,是想说明,"全球化"也并不会必然消解我们传统的文化价值,我们没有理由因为担心中国传统的丧失而放弃参与"全球化"进程,放弃与西方文化对话的机会。只有以开放的心态,积极参与对话,才更有利于我们传统文化的发扬与传播。

当然,我们说,"全球化"不会必然导致"单极化",不会必然消解中国的传统文化,并不等于说它必然会做到这一点。在参与"全球化"竞争的同时,我们还应该对"全球化"的一些负面影响保持清醒的认识。这就要求我们必须警惕"西方中心主义"对"全球化"的语义置换,不应该使"全球化"成为一种新形式的"西方中心主义"。

"西方中心主义"有一个理论预设,即将西方特殊的历史发展经验看成是具有普遍性的绝对价值。打破"西方中心主义",就必须首先打破这种"中心主义"的历史叙事,不管这种历史叙事是"西方主义"的,还是代之以"东方主义"的。我们已经指出,"东方主义",从实质上讲,不过是"西方中心论"的翻版,它并不能有效地克服"西方中心主义"。克服"中心主义"的有效途径,就是皮亚杰向我们提示的,要采用"比较研究"的方法。皮亚杰曾指出:

> 自发性思想,甚至处于最初阶段的思考,它们的两个最自然的倾向是:一、认为自己处于世纪的中心,处于精神世界与物质世界的中心;二、把自己的行为规则甚至习惯确立为普遍的规范。建立一门科学完全不应是从最初的中心论出发,然后以增添的方式把知识积累起来,而应是在增添之外加以系统化。然而,客观系统化的第一个条件就是要对最初占统治地位的观点本身进行非中心化。而这一非中心化,正是比较研究在通过扩大规范要求,直至把它们隶属于各种参考体系的同时所保证的。①

皮亚杰所谓的"自发性思想"的两大倾向,也正是"中心主义"的历史叙事所具备的,只有通过"比较研究"的方法,才能保证"非中心化"的要求。具体到美学研究,就是要恢复东、西方文化和美学各自所具备的特殊性地位,将它们隶属于不同的文化和美学体系之中,"通过扩大规范性要求",建立一种跨文化的、多元化的普遍主义的美学。

西方后现代主义文化与美学强调特殊性,以解构普遍主义的宏大叙

---

① 让·皮亚杰:《人文科学认识论》,北京:中央编译出版社1999年版,第10—11页。

事。他们抨击普遍主义,认为它是一种乔装打扮的特殊主义,并因此而构成了一种强大的压迫性力量。可是,对这种虚假的普遍主义的批判,不应该成为放弃真正普遍主义追求的借口,不应该使科学理沦落为一些杂七杂八的私人观点,并认定其中的每一个观点都同等有效。因为"普遍主义是话语共同体的必要目标",科学真理不应该放弃这一目标,否则任何学术讨论将会变得无法进行。同时,我们也应该认识到,任何形式的普遍主义都带有历史的偶然性,对于一个不确定的、复杂的世界,应当允许有多种不同解释的同时并存,"只有通过多元化的普遍主义,才有可能把握我们现在和过去一直生活于其间的丰富的社会现实"①。

具体到美学研究来说,我们当然首先要反对将西方美学设定为普遍真理的做法,正像厄尔·迈纳教授所指出的,一种文化中诗学体系的建立,是以在此文化中占优势地位的"文类"为基础的,西方由亚里士多德所奠基的作为"原创诗学"的模仿诗学,只是建立在希腊戏剧文类的基础之上,并不具备放之四海而皆准的普遍有效性,"如果他(亚里士多德)当年是以荷马史诗和希腊抒情诗为基础,那么他的诗学可能就完全是另一番模样了"②。与此相对,东方诗学,例如中国和日本的诗学,则是建立在抒情诗的基础上的"情感—表现"诗学,具有与西方诗学迥然异趣的独特价值。这两种完全异质的诗学体系都有存在的合理性。③ 厄尔·迈纳教授从"基础文类"入手对东西方两种不同的"原创诗学"的阐释,对于我们建立跨文化的、多元化的普遍主义美学,是非常有价值的。因为不同的"文类"只是文学的亚种,一种"文类"并不代表文学的全部,只有将所有"文类"叠加在一起,才能抽象出文学的普遍本质。同样的道理,如果能将具有特殊性的西方诗学和具有特殊性的东方诗学组合在一起,互补并存,不是正好可以组成完备的具有多元普遍性的诗学体系吗?从这一意义上讲,比较研究的方法之所以成为跨文化的,其真谛也就并不在于去进行东西方两种诗学(美学)体系孰优孰劣的价值判断,而在于从跨文化的角度,同等尊重不同民族文学艺术的独特价值,并在此基础上从中寻找出更广泛的普遍有效性。也只有这样,才能真正打破各种形式的"中心主义"的历史叙事,才能真正走出"西方中心主义"的泥坑。

---

① 华勒斯坦等:《开放社会科学》,北京:三联书店1997年版,第64页。
② 厄尔·迈纳:《比较诗学—文学理论的跨文化研究札记》,北京:中央编译出版社1998年版,第5—6页。
③ 同上书,第370页。

附录:"跨文化阐释"九人谈*

严绍璗教授:

我们首先祝贺北京语言大学李庆本教授,开始接受教育部这样一个重大项目的委托,进行关于"中华文化的跨文化阐释和对外传播研究"这样一个课题的研究。我想这个课题对于我们今天中华文化的发展应该说是具有很大的意义。那么先让庆本教授介绍对于这个课题的总体设想、理论架构和可能达到的预期目的,给我们大家做一个框架上的阐释。在这之后,大家可以围绕着庆本教授的解释,提出自己的想法。那下面就请庆本教授依据你的设想来给我们做一个阐释。

李庆本教授:

好,谢谢严老师。各位专家,我的这个课题在今年五月份的时候,就是在我们申报这个课题之前,严老师和张老师就曾经对我们提出过很多宝贵的意见。我们之所以可以拿到这个课题,也跟严老师、张老师以及各位专家的指导和支持是分不开的,所以我首先谢谢各位在座的专家。我下面想分这么几个方面来向各位专家汇报我们这个课题的一些主要的内容。

首先跟各位汇报本课题的总体框架。大家看到,我这边画了一个表,这个表基本上就是我这个课题的一个总体的框架。这个课题的名称叫"中华文化的跨文化阐释与对外传播"。一个主要的理念就是用"跨文化阐释"的这样一个理念与方法来研究中华文化的对外传播。为什么提出这样一个课题呢?大家知道最近几年"中国文化走出去"已经成为我们国家的一个战略。但是怎么"走出去",其实也存在着各个方面的问题。我们虽然取得了很多的成果,但是的确实实在"中国文化走出去"的过程当中也遇到一些问题。所以这个课题的一个重点就是想通过"跨文化阐释"这样一个理念和方法来研究中国文化的"走出去",中国文化的对外传播。它在大的方面包括两个层面:一个是理论层面,一个是实践层面。理论层面,作为一个理论的顶层设计,就是跨文化阐释学理论的研究。第二个实践层面,就是对外传播的研究。在这两个层面的架构当中,我们列了五个子课题。第一个子课题就是"跨文化阐释学的理论研究",就是对应着它的理论层面的研究。第二个子课题叫"中华文化的经典外译与跨媒体传播研究"。第三个子课题是"国际中国文化研究的现状及发展趋势"。第四个

---

* 张欣根据 2013 年 12 月 21 日在北京语言大学举行的教育部哲学社会科学研究重大课题攻关项目"中华文化的跨文化阐释与对外传播研究"开题会录音整理。

子课题是"中华文化国际接受的实证研究"。我们最终是想通过这样一个研究,达到一个对中华文化对外传播的深层思考与政策建议。这是我们这个课题的总体框架。

第二,向大家汇报预期目标。本课题的总体预期目标是通过对中华文化的跨文化阐释与对外传播的综合研究,多方面、多层次、多角度地总结中华文化对外传播的一般规律和历史经验,寻找中华文化对外传播的有效方式、方法和途径,为中华文化走出去的国家战略提供学术支持。具体而言就是通过跨文化阐释学的理论研究,建立中华文化对外传播的理论依据;通过中华文化经典外译与跨媒体传播的研究,总结中华文化对外传播的历史经验;通过国际中国文化研究的现状和发展趋势的研究,认清中华文化目前在世界上的地位;通过来华留学生与孔子学院学员对中华文化接受的实证研究,探讨中华文化对外传播的有效途径;通过中华文化对外传播的深层思考与政策建议,反思目前在中华文化对外传播中存在的问题,并提出切实可行的政策建议。这是我们的一个总体目标。

第三,向各位专家汇报基本的内容,就像我刚才讲的,这个基本内容有五个方面:

第一个方面是跨文化阐释学的理论研究,这一部分可以说是本课题研究的一个理论基础。跨文化阐释学就是以跨文化阐释现象为研究对象的学问。跨文化阐释,我们给它做了一个界定,就是用一民族的语言、符号、文化来解说另一个民族的语言、符号、文化。这门学问虽然是新兴的,但跨文化阐释现象却自古就有。按照现代阐释学的理念,理解本身就是阐释,因此只要发生不同文化之间的相互理解,就会有跨文化阐释现象的存在。本课题将以中华文化的对外传播为出发点,借鉴现代阐释学的理论与方法,从跨文化阐释学的本体论、发展论、方法论、实践论等四个方面进行跨文化阐释学的理论研究,总结中外文化交流过程中所发生的跨文化理解、跨文化阐释的一般规律,从而为中华文化对外传播提供理论支持。所以我们这个题目用一个最通俗的话来表述就是要以对方能够理解的方式来传播中华文化。所以跨文化阐释学是对这种现象的一个理论的总结。

第二个方面就是中华文化经典外译与跨媒体传播研究。本部分侧重历史文本的考察,研究中华文化经典文本的外译与跨媒体传播。包括两个方面:第一是中华文化经典外译研究;第二是中国古典文学名著跨文化影像改编研究。

第三个方面就是国际中国文化研究的现状与发展趋势。这一部分内容侧重动态考察。所谓国际中国文化研究,即传统意义上的海外汉学与中国学研究。海外汉学本身实为中国人文学科在域外的延伸,它的迅速发展,意味着学术界对中国文化世界历史性意义的认识日益深化,因此成为进一步促进中国文化走出去的重要一环。

第四个方面是中华文化国际接受的实证研究,这一部分侧重现实实践的考察,由面及点,从广度与深度两个方面研究当前来华留学生和国外孔子学院学员对中华文化的认识与接受。具体研究主要从两个方面开展:第一是来华留学生与孔子学院学员中华文化认知信息的采集和分析;第二是在华留学生对中国文学接受的实证研究。

第五个方面就是中华文化对外传播的深层思考与政策建议:在上述四个子课题

研究的基础上,总结中华文化对外传播的一般规律和有效途径,结合目前中华文化对外传播的现状,分析目前中华文化对外传播的效果以及所存在的问题,借鉴国外发达国家传播自己文化的成功经验,从传播对象、传播内容、传播方式与手段等方面对中华文化对外传播提出对策建议。

  本课题研究拟突破的重点包括跨文化阐释学的理论研究、中国古典名著在域外的影视改编研究和留学生跨文化认识信息的采集与分析三个方面。我想就简单地向各位专家汇报到这里。

严绍璗教授:

  谢谢庆本教授。那么下面就请各位就庆本教授的阐释发表大家的看法和想法。

张西平教授:

  庆本这个题目挺好的。杨慧林拿了一个经典文学阐释,曹顺庆拿了一个英语世界中国古代文化阐释,王尧又拿了国家社科基金的中国当代文学的传播。这几年这些项目,都是国家教育部和国家社科基金的大项目。现在的项目比较多,我那个项目比较早,我是五年前的。我对你理论这块特别感兴趣。因为做完以后我觉得,实证研究主要是靠材料,功夫要做得慢点,理论比较困难,这是一个。因为跨文化阐释应该说到现在还没有比较好的理论。现在用得比较多的,比方说接受方的话,就是解释学,再一个后殖民理论,以周宁为代表的后殖民主义的应用,但他主要是从接受方说的。

  我提出第一个问题,你这里面第一号表述,也是我现在的困惑。因为你这是跨文化阐释,那就是你肯定要把东西传过去,传过去人家怎么理解？如果你这理论是从理解方去接受,从接受方来说的话,理论就有了,主要是伽达默尔的解释学,和萨义德的东方学。伽达默尔的解释学从一般理论上说明了在一个文化对接受另一个文化时,它如何受母体文化的影响,它的潜见对文化的过滤,乃至后来产生了误读。这个在解释学里有了一个基本的框架。然后萨义德这个理论呢,无非沿着这个框架来把它政治符号化,特别在福柯的考古知识学以后,也就是说接受方是有想法的。比方说坏蛋,他就按坏蛋的想法做,接受方如果是帝国主义的话,接受方其实大部分都是帝国主义,因为话语权在西方世界的手里,所以西方对东方的解释都是帝国主义化的,或者按着西方的理论把它歪曲化了。萨义德的这个想法,是批判欧洲中心主义的一个想法。在西方的文学历史上,东方是按照他们自己的形象来塑造的,因此,关于东方的形象是没有真的,都是他们自己根据他们自己不同的时代而塑造的。沿着这样一个理论,有些学者就发展出现在所谓的形象学理论,和孟华的形象学还不一样,这是从接受方说的。

  我现在就讲讲我自己遇到的困惑。就是从接受方说,就是一个文化传到了另一个文化了,无论是咱们文化传出去,别人对我们文化的接受,或者西方文化、阿拉伯文化进来了，我们的接受。这两个理论，现在大家议论最多的就是伽达默尔的《真理与方法》，洪汉鼎译的，还有就是后殖民主义的方法。这两个方法，从接受理论来说，我个人认为，经过我自己的实验以及跟很多人的交流，也还都有问题。以解释学为例，实际上解释学它的根本问题是，把人类19世纪为主的主体对客体的关怀，移到了主体本身。就沿着维科这个思路，比方他说人类历史是人类自己创造的，因此人类历史和自然史不一样，是自己说自己的事。意思是说你自己说自己的事，这和说自然科学的历史就不一样了，它就有了自己的情感之类的。实际上，整个欧洲人文主义思想就是沿着维科的路子往下发展的。这个应该是对19世纪以后的实证主义和科学主义的一个纠正，说明了在认识人文社会科学的过程中，主体已有的知识对人文学科知识的认识产生影响的一面，这应该说还是做了贡献的。但是它这个对人类19世纪自然主义，科学主义略微有点忽略。就是说人类接受一个知识的时候，肯定受到原有知识的影响，但是不管怎么影响，这个知识还是进来了，进来这个知识不会完全被扭曲。虽然到萨义德的时候，他把它完全颠覆了，就是不承认有这个客观认识，就是完全被误解掉了，这个恐怕是有问题的。因为西方的现代史，哲学史，哲学就是造反嘛，哲学就是把前面的都干掉，他们自己来一套。所以说后现代主义基本上是对19世纪西方的实证主义和科学主义为代表思想的根本反叛。而19世纪的根本思想是求证，20世纪就是谁来求证，回到主体本身，谁来说。至于对象是什么我不管，我所研究的是叙述的权力、知识、话语。这两种理论都揭示了人类认识过程中两个方面，都有合理的地方，但是我个人感到有所偏误。所以我觉得西方理论的创造，确实有它合理的一面，比较有智慧，但要稍微有一点改造。最明显的就是现在西方形象学的理论，基本上我觉得是走到了一个极端去了。整个西方对中国，比方说西方关于中国的形象完全是西方胡编的，和中国完全没有任何关系，完全是编出来的一套理论。所以就否认了在主体潜见模型下知识还是传播的。北京在什么地方，长城有多长，中国人吃饭用筷子，这没变。中国有《四书》、《诗经》这没变。不能否认基本知识的传播和传播过程中的误读这二者之间的关系。这个道理实际上很简单，实际上所有的西方哲学都可以用很简单的话说出来。比方说，咱们中国人说这个瞎子摸象，我摸这个象腿，我说这就是象，而现在理论是说，那肯定不是象，你传播的是假理论，因为你只摸到了象腿。实际上他摸那个象腿也是象的一部分，你不能说这摸象腿摸错了，什么都没摸到，那肯定不对。所以它是片面的真实性，有一部分是真实的。完全走向后现代主义就是在传播中消失知识了，没知识了，就全是主体自己的解构了，如果再加上萨义德的政治符号，完全意识形态化掉了。

你的第二部分，有点糊涂，没太说清楚。接受我刚说完了，那现在说中华文化传出去，这是个主体方面，不是接受方面，一个文化如果把另一个文化传播出去，这和他们接受文化的理解是不一样的，就涉及你的传播方式、传播手段，这和传播学有点挂钩，和哲学理论的本体论有点不一样，这是两个方面。因为你的课题里既有西方汉学，也有中国戏剧在西方的改造，很多是从接受方来讲，也有我们孔子学院，又是从主体上传播的。也就是说中华文化的传播,即涉及传播主体的研究,也涉及传播效果和接受方如何理解中华文化这两个方面。而这两个方面理论,是比较复杂,不一样的。一个从接受方说,一个从传播方说,我觉得这方面还是要厘清一下。从传播方说,对跨文化研究也陆陆续续有一些好文章,但是我觉得你这个有创造性,只是现在还没有一个很好的学理梳理,至少不像接受方有很系统的理论。我们传播方大部分是新闻传播学。新闻传播学大部分是一个线性的总结,这个学科具有应用性,它是在方法论层面上的,它不能到达一个本体论和哲学论的高度。从这个角度,这两个方面应该分别论述。这样才能把文化传播、谁传播、传播主体所遇到的本体的问题和接受方遇到的问题,两个合在一起才是一个完整的理论。这是我最主要的一个理论方向的考虑,可能不一定正确。现在这个中国形象研究、海外汉学研究这方面,大部分没有很好地总结出来。我是沿着严老师的步伐走的,通过原点实证知识传播的途径,然后回到接受方的理解,这个角度来说的。但是海外汉学这个角度,总体来说是个接受方的理论,没有说中国人怎么把它传出去,是说人家如何接受的、如何翻译的。现在我看这几家大部分还是在知识论上推进,因为中华文化在海外的传播知识面太广,在各个国家有多少个译本都挺不容易的。我觉得你这个课题是我唯一见到的,试图在理论上有所突破的,我觉得这个还是挺勇敢的。另外也挺好的,应该有所推进。我觉得这个是一个很重要的方面吧。

第二个方面就是国际汉学这个部分,也是挺好的。近十年的,包括上面这个典籍外译的部分,我现在和谢老师商量,我现在遇到的问题就是现在许钧给我们的这套理论基本上不能用,我个人认为,因为他的理论基本上都是长期积累下来的西方翻译理论,或者说外译中理论。我们从严复以来有各种理论,我们积累了很多经验,大部分翻译理论,70%以上,都是西方翻译理论,像许钧为代表出的翻译丛书。我是认为中译外和外译中是有区别的,除了源语和目的语的变化以外,它的主体也发生变化。比方说华东师范大学的潘文国,中译外他就主要从语言学角度,因为汉字文化有它的特点,另外大家都知道汉字文化的表述,与英语的比较的时候,在逻辑上有一些问题。所以谢天振老师现在开始探讨一些,他带了一些博士论文,做了熊猫丛书与中国文化,他带的特别多。他也做了一些研究,他的研究在跨文化研究上做得挺成功的,特别是做中国文学这个部分。但他带的那个博士论文呢,这个女孩儿我在上海见到了,因为跨文化研究大家知道有什么问题,就是我们做比较文学的时候,我们大都不在文本中,我们是从这个文本的产生,就是我们从文本外讲得比较多,她做中国文学的时候结果变成中国政治学了。我和她做了讨论,中国文学在53年的时候,就是"土改"的时候,那时候上来了《小二黑结婚》什么的,然后57年"反右"了,作品上了什么,"大跃进"了上了什么,她把作品外围说得很清楚,结果作品本身的翻译过程中呢,审美和文本本身就忽略了。这是谢天振老师一个博士生的很重要的一个问题。中国文化,杨宪益做了四十多年的中国文化译本研究问题,包括耿强做的那个熊猫丛书,大体都是这个路数。应该说文学外的知识,讲得挺好的,但是文学本身这一部分翻译怎么来处理,现在我感觉还是不足。我觉得中译外还是有个特点,现在我到处找老外翻译中国经典以后的体会,霍克斯有一个当时译红楼梦的,威利也有一篇。因为大部分中国典籍是他们译的,像林语堂有,辜鸿铭有,许先生许渊冲更是洋洋大作了,关于中译外的理论,中国学者大概有个四五家,外国汉学家不好找,他们实践比较多,只有前言、后记里一点,但是他们是中国典籍外译的主要力量。因此在这里我觉得如果想在中国典籍上有所创造的话,应该根据中国典籍的外译,中译外的方法,摸索出一条,不要完全跟着外国的理论跑,自己梳通一下。反正我在这方面比较困惑。我课题做的时候,我那边也写了一、二、三,但是就是很不满意,因为我刚结束我的课题,就很有感触,我觉得这部分是需要解决的,因为你做翻译,翻译要翻译理论,现在翻译理论看不过瘾,有些好文章,有些还是分别比较大,比方说潘文国也和别人有些论战,也有人不同意他的,怎么处理这些问题我觉得也是个问题。

这是我谈的两个比较具体的。其他的我觉得,内容一多做起来就都不容易。好比说一个做四个译本啊,《诗经》一下做的话也挺累的,有时候一个本子就足以做一本书了,所以看你怎么把握大至小的关系。

另外第三个国际汉学发展趋势的时候,涉及十年来的海外汉学,我觉得也该做个限定,你就拿英语算,因为你肯定不知道波斯文都译了什么。海外汉学很广,涉及那么多语言,所以我觉得应该跟自己说我不做什么,省得评委到时候说你。要说我只限定在海外汉学的哪个方面,比较好一点,要不然就是比较大。发展现状跟趋势这一部分呢,你这是从文本入手的,我觉得这一部分你前面写的跟后面有点区别,我倒建议你可以从学科建构、出版著作的多少,不要从文本上,而是从学科发展的态势上来做,可能更有意思点,更好做一点。你要进入文本了,近十年的海外汉学,现在的英文和日文书很多,也不好把握。因为随着中国的迅速发展,今年中国研究的学科都发生变化,它是很明显的,就美国来说,东亚学科从地域研究向各个专业发展,它的文史哲,它的美术,都有了。主要东亚的地域学上,现在已经涉及各个学科了,有关它的著作的量也能统计出来。我们做数据库的时候,美国密歇根大学亚洲研究协会有个网站特好,你们一定要用,这个网站中国大学没有一个订购的,非常遗憾。这个网站就把全世界新闻系统每年的所有研究中国的著作论文全包括在里头了,基本上都在里头了,没日文跟韩文,但它这个就给你一个可以分析了,好比这10年研究哲学有多少,研究美学有多少,研究小说有多少,而且这个网站花点钱就能上,你可以包一年的。

第三个问题就是,近十年来发展得比较快,可以对整个国际中国文化的整体形态、整体规模、机构人员、著作来做一个描述,好像看着宏观一点,好入手。这是我自己的看法,如果一下子进入本文,挺难的。后面都挺好的,还有孔子学院啊,这方面我觉得都挺好的。我这个意见,都是我自己在做我那个课题的时候遇到的,实际上就是我没解决的问题。理论我没解决,中译外翻译我没有解决,这两个问题是我一直特别困惑的一个方面,所以我看到你这个课题的时候特别高兴,因为做那个课题的时候,我基本上没做理论的,做了13年的编年,全是目录,觉得学科太大了,一下归纳不起来,所以我们比较老实,就是一共用13个国家,100年所有典籍的目录,全双语的,这个我们做的理论性不强,但是我觉得为后人服务吧。但是我在写那个总论的时候,我就想总结总结,结果自己就迈不过去,总结的时候我大部分时间在看这个理论书,总结不出来,而且在论战着。所以最后导论我认为写得也不是很理想。我们最后成功的可能13卷的编年,我做的是总论,严老师还有很多人参与做的是编年的一部分。

我充分肯定这个课题的创造性,而且我觉得,至少你的课题到目前为止,曹顺庆、王尧都没做,他们都是沿着我们这个路数,曹顺庆是一本本做,从《诗经》开始,《尚书》,一个个做。王尧是跟我一样拿了个大课题"中国文化在世界传播",他首先面临语言问题,一下把这个卫茂平啊,王晓平啊,姜智芹啊一个人包一个国家去做了。所以这两个课题都没有在总的理论上,都是我一开始说的在知识论上,摸清到底怎么传播过去的,传播过去什么知识,这个就需要很大的工夫,因此我觉得目前这几个课题,都没有在理论上。杨慧林做了《论语》,做三本《论语》对比,他是进入文本的,没有进入史学。所以在这个问题上,根据我目前的了解,在这个创造性或者是难度上,你可能是最早实践者。不管做得好坏我觉得总是要有人做的。所以我对你这个期待比较高。我就说到这里,谢谢。

严绍璗教授:

谢谢西平。西平在北外海外汉学研究中心已经苦干了二十多年了,已经承担过好几项社科基金的重大项目。他刚才说他上了个当,搞了这么大的项目,这个意思是说在这个执行项目的过程之中,是多么的艰难呐!现在"20世纪海外中国研究"已经结项了。再就是说,13个国家每个国家100年,加起来就1300年,这个他提供了大量的研究文本,从中也积累了很多很多的知识经验。我想这些可以成为庆本这个项目的这个借鉴,提供一些成功的也好,他困惑的也好,这一系列的知识财富。

姚文放教授:

庆本的这一研究课题,我是充分肯定的。这一课题有三点优长之处。首先,它整个框架的设计,五个子课题大致分成三块,第一个子课题是理论研究;当中三个子课题是实践层面的研究;最后一个子课题是总体考虑,理论和实践相结合,归结为对中华文化对外传播的深刻思考和建议,呼应了"文化走出去"的国策和文化战略,能够起到智库的作用。其次,我觉得庆本教授率领的这个团队在申报和完成这一项目上有工作上的方便,这个是有利之处,北京语言大学承担着对外汉语教学、中华文化传播的这个任务,国内其他高校在很多方面可能还不具备这样的条件。所以这样一些子课题的设计,具有较强的实践性、实用性和目的性,在实际的工作当中,能够发挥理论先导的作用。第三,这一课题采用的方法比较先进,问卷调查、数据采集、量化分析、抽样分析、综合分析等,做实证性的研究,把研究做到实处,而不仅仅是思辨的结果。以往我们人文学科做学术,往往思辨的成分比较多,这当然也是需要的,但在实证研究这个方面相对来说比较薄弱。以前我参加过很多次教育部重大招标项目的评审，一个总的感觉，实证性相对来说比较差。庆本的这个课题，相对来说，实证性比较强，研究结果比较可靠，对实际工作的指导能够起到积极作用。

对于庆本这个课题有两点建议。第一，整个课题的框架应该说不错，但我觉得其中有一个逻辑问题：题目是"中华文化的跨文化阐释和对外传播研究"，在第一个子课题理论层面，仅仅是做了"跨文化阐释研究"这一块。那么"对外传播研究"呢，其中是不是也有一个理论探讨的问题呢？当然你是把它作为一个实践层面来操作的，那么这个怎么来操作，是不是也要有一个理论的提升？我建议，你或者是在这三个子课题前面应该有个总的理论上的考虑，或者放在后面，有一个总结性的理论总结。尽管是从实践这个层面来进行研究的，但是实际上到最后还是要在理论中有所体现。看看这块儿怎么摆，怎么做。同时也起到统摄下面三个子课题的理论指导作用。所以在逻辑上有点漏洞，在理论层面上研究了跨文化阐释，好像对外传播研究就没有一个理论问题。（张西平教授：刚才我问的也是这个问题，你这个跨文化阐释是只包括我们往外传的，还是也包括人家理解你的？我们俩想问的问题是一样的。）阐释肯定是主体在阐释，接受肯定是对象在接受，都有一个理论问题。这些问题需要作进一步地细化，进一步地明确。

第二个问题就是第二个子课题，"中华文化经典外译和跨媒体传播研究"。目前讨论的是两个方面，第一个是中华文化经典外译研究，还有第二个就是中国古典文学名著外译和跨文化影像改编，就这两块。这里又有个逻辑的问题，在中华文化经典外译研究这一块你列举了《四书》、《周易》、《诗经》、《楚辞》。但《四书》和《周易》属于学术经典，而《诗经》、《楚辞》则属于文学经典，你将它们一起放在这个文化经典外译当中，就是把两类经典混在一起了，是否要区分一下？这也牵涉下面一个问题，中国古代文学名著跨文化影像改编，可能你们梯队里面有做这个比较强的这个团队成员，所以就是选了这样一个问题作为样本，或者说一个个案进行研究。但你这个课题大的帽子是中华文化呀，中华文化并不仅仅包括你刚才讲的经典外译这个问题，也不仅仅是中国古典文学影像改编这个问题。实际上中华文化也应该包括艺术，而文学也不仅仅是一个名著改编的问题。虽然名著改编很重要，这一块也很大，名著有各种各样的改编。所以我觉得还是要梳理一下。最近我到台湾去，参观了台北故宫，欣赏到大量书法、绘画作品，看到很多早就心仪的国宝级的精品，第一次看到的那种感觉，他乡遇故知啊，这些作品真是让我非常的震撼和激动。所以我在想，咱们这一课题有没有可能再阔宽一点，涵盖性更大一点，有些地方的逻辑梳理得更清楚一点。我想是可以做到的。因为毕竟这么大一个题目，中华文化，到最后它的文本如果仅仅是这两个方面，那可能就显得有点单薄了。我的建议就是能不能更加充实一点，使它具有更大的涵盖性。总之，这一课题很有意义，如果在上面所说的一些地方进一步加强和充实，那就更好了。我就讲这些。

彭修银教授：

  李庆本教授的重大项目啊，的确是很重大。因为它重大嘛，所以做起来的问题和困难，作为课题的承担者可能要有个思想准备。因为这的确是一个会碰到很多问题的（课题），比如说他第一个里面谈到总体的理论的建设问题。其实这个问题，我看了一下，是很难的。既要整合整个这个当代的也好，包括以前的这个关于阐释学的一些理论资源，你整合了还不行，你还得要弄一套你能够言说你后面的研究的一些内容，这样一套我们说叫"话语"也好或者说叫"概念范畴"系统？你的这个理论的前部分准是为了言说下面的问题。那么建设这种话语系统以后，要言说你后面要谈的话语系统，你还要找到一种言说的有效的方式，在这个地方你才能把它整合成为一个整体。我说第一部分呢，可能是最重要的。当然我看到课题组的非常年轻的一些教授，在这方面我觉得是没什么问题的。当然还是要注意到这里面的难度。有没有一个现成的现在我们来言说这样一个中华文化的一套话语系统？你的跨文化阐释研究主要是在跨文化阐释学的理论里面研究，你是自己研究而不是仅仅对现有的理论资源的整合就完事了，就是要找出一套言说方式或者说是一套话语系统。这是第一个子课题要做的。

  再一个也就是第二部分，第三个子课题。第三个子课题啊，其实你谈的主要是传播的一种方式、途径以及传播和接受的这样一种关系。这一段我想写一个小问题，我建议一下，你把这个子课题四换到子课题三，把子课题三换到子课题四。这样从这个内容做法和结构上来讲，可能就更接洽一些。因为你这个子课题虽然是中华文化国际接轨的实证研究，其实切入点还是谈的这样一种接触，或者是传播的一种方式途径研究。

  再一个呢，你的成果形式没有说出来。其实成果啊，既要做出硬货出来，又要能够比较简便一点儿。你要重新整理成果形式的话，就分成这三个部分：一个是理论部分，你就是把这个阐释学的理论呢，建立一套你自己的理论基底；第二是把这个理论放到这个传播、对外传播里。第三部分其实就是一种建议性的，一种报告的形式。你研究这个课题，它能给国家很大的影响是不太可能的，你可以写一个建议性的报告。或者成果形式可能要改变一下，不能一个子课题就是一本书。那样去很散，再一个因为它这么大课题，它也不要求涉及面很多。关键还是你研究解释问题的难度或者大小的问题。

  再一个谈到这个传播啊，我记得分成两种形式，一个是文字文本，专门列一个。再一个图像文本，你的现在是这改编那改编。经典外译一般都是文字文本的，文字文本的传播是有它自己的特点的，而且这个特点在很大程度上可以用你的这种阐释学理论。但是这个图像文本的传播，可能在你的阐释学里面在第一部分还得要考虑到，它还是比较特殊一点。因为这个图像文本，它在某种程度上是一种国际性语言，都看得懂。它不像这个文字文本，文字文本是比较麻烦的，它还有一个理解问题。所以这个里面，因为你后面要言说的那些内容你必须在前面的理论部分得考虑到，我怎样找出这样一套话语或者一套方式或者一套言说的途径。这样别人就不会觉得中间又断了，或者好像中间又跳过来，整个就连在一块儿。

当然我是觉得这个课题不但很好，而且重大，特别是我想你这个课题组的这帮人，如果你搭建了这样一个平台，由这帮人能搞个基点，我看北京语言大学关于中华文化对外传播这个研究要形成一个活力的话，不得了。搭建的平台有个外力，这个特色就是语言大学有研究这个作为你的把门的东西，做一个基地。以后的重镇就在这儿。你看多年轻啊，都是一些年轻的博士教授。当然我说的就是以后的学科建设的一个亮点。我差不多就讲这些。

王德胜教授：

"中华文化的跨文化阐释与对外传播研究"是一个很好的研究课题，当然也是很大的问题，非常值得研究。尤其是，随着现在中外文化交流的快速发展，中华文化的海外传播问题也越来越成为一个非常重要的问题。就这个课题论证的第一部分而言，在整体上，所谓"跨文化阐释研究"和"传播研究"都是指中华文化，其核心是中华文化的跨文化阐释和中华文化的对外传播问题。但就现在的第一部分"跨文化阐释"这块来看，我感觉元理论、纯学理性的东西可能比较多了一点。但何谓"中华文化的跨文化阐释"这一问题，是不是更应该作为重点问题来讨论？也就是说，通过建构一套"跨文化阐释"的元理论模型，然后聚焦到"中华文化的跨文化阐释"上来。因为至少在课题的论证中，阐释和传播是作为两个部分来设计的。阐释主要是指向理解。目前课题中有关传播研究的三个方面基本上都是指输出，而"中华文化的跨文化阐释"不仅是一个接受的问题，实际上更是一个再接受的问题，即接受之后的结果问题，要对结果本身进行一种理论的反思。所以，我建议，在进入具体研究过程时，能够把这部分更加强化一下。因为这部分很重要，实际上我们现在更多要讨论中华文化传播出去之后的结果，就是别人是怎么来阐释（理解）你的。这是一个关键。而从目前的课题内容设计来看，本体论、发展论、方法论、实践论四个维度可能主要是探讨"跨文化阐释学"。在这部分论证中，关注的中心点放在了学理本身、元理论本身。那么，如何从跨文化阐释学回到"中华文化的跨文化阐释"这个问题上来？在更大意义上，"中华文化的跨文化阐释"是一种应用性实践，它不是一个元理论问题，而是一种操作性的理论或对操作性结果的反思。能不能完全从本体论、发展论、方法论、实践论四个层面去集中谈"中华文化的跨文化阐释"，我觉得可以思考。从目前的整个论证来看，后面部分比较丰满，就是传播问题相对比较丰满。这也许是因为现在的课题团队中搞传播研究的人相对较多，已有成果也会较多，所以做起来比较得心应手。可恰恰因为这个课题戴的帽子是"跨文化阐释"，而跨文化阐释不仅是理论问题，同时也是一个实践过程和实践结果的问题。并且，在做对策研究的时候，更多的就是通过反思实践本身或过程本身来提出对策性建议。所以，我建议能够把这部分再加强一下。

第二是关于"对外传播研究"。现在课题设计中分门别类，即先是文化经典传播，然后是国际中华文化研究现状和文本接受。有没有可能对传播研究本身也有一个总体性的东西？从课题现有结构来说，是需要分门别类，但总括性的东西或总体特征怎么去把握？比如说，研究了中国文学经典的跨文化影像改编，它的规律能不能代表整个中华文化经典的外译和跨媒体传播问题？因为从某种程度上说，跨媒体传播是针对了一个特例，就是文学经典的影视传播这一问题。可是文学经典不仅是一个影视传播的问题，还存在非影视传播。影视传播是最近几十年当中发生的问题，之前更多的是文学经典的非影视传播、非跨媒体传播。这个问题怎么办？研究不研究？它跟那些经典的文化文本或者哲学文本、思想文本的传播之间有没有共同性、差异性？这方面能不能有一个总的东西来阐述？要不然，最后讨论对策问题的时候，恐怕会产生碎片化。

还有，中华文化国际接受的实证研究这个问题定得非常好，而且非常有意义。我们现在常常缺少实证研究。就这个问题来说，就可以直接给出一个政策性建议。现在全世界有400多家还是600多家孔子学院，而且大家还在比着办。这里面其实就有一个中华文化的海外阐释和传播问题。再比如说，来华留学生和国外孔子学院的学员，一个在内，一个在外，两个群体是不一样的。从这两部分学生对中华文化的认知和接受，能不能得出有关中华文化的国际接受现状或存在的问题的思考？凡是去过国外孔院的人都知道，它的学员许多是小孩、家庭妇女、老太太。而到中国国内读书的，主要是青年。接受群体不一样，由此得出的实证性研究结果也会有不同。尤其是，这样一种实证的研究，要对数据进行分析，包括问卷调查都需要很好地设计，包括考虑它的抽样调查是否具有涵盖的全等性？来华留学生抽的是青壮年，在孔院抽的却是小孩、家庭妇女、社区工作者，等等。而且，海外孔院多元化，开设各种各样的班，它主要传达的还不是中华文化的主体，而是中华文化的一些形象性东西，如中国剪纸、中国书法，很少抽象地传达中华文化的价值观，而是通过活动性的东西去传输。所以，这个点抽的是否具有典型性，直接决定了这个实证研究所提供的数据文本是否具有产生设计中的最后结果的可能性。在这上面一旦产生可质疑，样本的覆盖有疑问的话，那么整个中华文化国际接受的实证研究就可能产生根本性的改变。所以，我建议在文化样本的抽取上，能不能覆盖面更全面一点？从研究工作的方便性来说，在来华留学生和海外孔院中做抽样，肯定是最方便的。可是，接受中华文化的绝不只是这两部分群体，比如海外大学的汉学系学生这一块，考虑不考虑？他/她不是留学生，也不是孔院学生，但他/她是在国外学习中华文化的。再比如，海外所谓汉学学者，也是中华文化的国际接受者，是不是也是文本抽取的对象？当然，这两块在实际中很难操作。

还有一个，既然说到中华文化的国际接受，那就存在一个区域性的差别问题，如东西方差别。怎么去考虑？怎么设计这个调查模型？考虑不考虑这些元素？所以，我建议在整个研究当中，再加上一点有关国别性的分析或区域性分析，作为一种案例性的研究。

所以，我想，这个课题非常重要，其中一些子课题都很有价值。为了把这个课题做得更实一点，让大家有更加充分的接受可能性，现有设计可以做得层次、内涵更丰富一些。

我就谈这些。

张辉教授：

其实刚才各位老师讲的已经是很充分、很好了，我觉得他这个题目真的是非常有意义，因为前面有机会接触到整个论证过程，也知道他整个的设计。对我来说，这个题目正好有几个非常重要的关键词，一个是这个所谓的"阐释"，一个是所谓的"传播"，一个是，当然刚才德胜也讲到这个"中华文化"的问题。我觉得他这个涉及了一个比较宏观的题目，也照顾到了这个理论和实践的层面，甚至于还涉了这个对策的层面。就是说（它）不光是一般意义上的实证研究，我觉得这是一个很好的设计。当然因为今天是开题，我也讲一些我个人不成熟的看法。

我想从第一个关键词，就是"传播"这个意义上去讲。其实我们大家都非常关心的就是中华文化到底是怎么被传播出去的。比如说你这个里面涉及的第三个就是关于中华文化国际接受的实证研究的，我沿着刚才德胜的往后讲，就是我觉得这个里面非常有意思。我觉得孔子学院其实是有一些非常重要的对照性的存在的，比如说歌德学院。如果我们在做孔子学院研究的时候，比如说德国文化的传播，西方文化的传播，把它作为一个对照性的（参考）。哪怕你不是完整地展开，但是有一个对照我觉得是非常重要的。还比如说中国文化的接受的实证研究，如果是从学术的意义上讲，或者说怎么被完整接受的话，我觉得可能有些基金会，比如我自己做过好几次那种国外的基金会的研究，它希望你去研究什么，其实也挺有意思的。就是它为什么去设计这样一些题目，或者你的哪些题目会容易被中标，比如说亚洲基金会、福特基金会啊，很多这种基金会也是孔子学院这样一个研究的一个对照性的存在，至少可以作为一个参照。这样使得你对于这个实证研究不仅仅是在孔子学院这一个层面上，使得它这个参照系比较丰富，可能会比较更有意思一点，就是从传播的意义上。

传播另外一个意义上，我想讲的就是因为你这里涉及经典文化的问题，包括刚才几位老师都讲到，跨媒体的问题。这就让我想到一个事情，就是当时我们系里有个老师在一次开会上发言，说从文化传播的意义上讲，也许这个章子怡比孔子影响还大。这话的意思当然后来被媒体误解了，说北大的教授说章子怡比孔子在中国文化中的地位还高，当然事实上媒体是误解了我们这位老师的意思。但是如果仅仅从传播的这个意义上讲的话，也许这个通俗文化的传播，比如说那个《卧虎藏龙》，可能它真的比这个《论语》的影响力要大。我想在这个传播研究的过程当中，可能这个也是一个非常重要的需要考虑的问题。就是说除了经典文化，因为经典文化事实上刚才张老师已经举了很多例子，其实经典文化的这方面研究已经是做得非常多的了，包括曹顺庆老师他们专门在做这个。所以我建议，是不是能够在经典文化研究和通俗文化研究中找到一个均衡,可能会在另外一个意义上体现你的特色。此时经典文化和通俗文化研究它们之间可能也是有不同的传播渠道以及它的传播的规律,可能也会有非常有意思的可以达到的结论。这是我想讲的第一个,就是关于这个传播意义上的我的一些建议。

　　另外就是阐释。当然这是因为我是自己也做一点阐释学,所以我对这个非常期待。因为过去我们一想到阐释学,可能都是从理论上去的,庆本这个设计我觉得很有意思,就是说他把这个理论的研究放在一个实践层面甚至于具体的实证的层面去做的。我对这个是充满期待的,而且觉得可以从中学到很多有意思的东西。实际上让我自己特别关心的就是你正在做的这个跨文化阐释学。我提点儿供你参考的,其实是沿着刚才张老师说的,就是我们现在对阐释学的关注。我们一提到阐释学可能就是伽达默尔,这一条所谓现代哲学解释学的主线,肯定伽达默尔、海德格尔或者最多狄尔泰,这样一个现代哲学解释学。因为解释学好像完全变成一个哲学解释学了。这个我曾经开过一次玩笑,我说那个狄尔泰到伽达默尔这种大概也就最多是康熙和乾隆吧,这前面还有唐宗宋祖好多都忘掉了,没有了。就说解释学这一非常大的传统,就是哲学解释学之前的文学解释学的传统,或者文本解释学的,圣经解释学的一个非常非常大的传统被我们至少是部分地遗忘了。就好像我一谈到解释学,就是现代。我觉得可能在做这个跨文化解释学的这个过程当中,这个是我们一个很重要的参照。甚至即使是从现代解释学的参照意义上讲,恐怕也不光是伽达默尔,比如说伽达默尔的一个非常重要的敌人,意大利的那个贝蒂,这个可能现在也很少有人去讨论了。我觉得这个做阐释学可能是,当然我知道庆本是肯定观照了这个问题,只是我这里谈点儿感想,就是说这个可以是非常重要的一个参照,不能把解释学就仅仅理解为好像就是这几家,其实还有更多更长的历史、更丰富的解释学的资源可以利用。从这个意义上讲,它还不光是西方的解释学资源。

　　所以我想讲的第三个关键词就是中华文化的问题。其实刚才各位老师也讲过,我觉得解释学里面中国的解释的传统,经学是解释的传统嘛,是非常非常大的一个传统。我觉得是不是一方面我们在考虑文化传播和阐释的这个过程的实证的具体的同时,我们也把我们思考的这样一个指向性的、想解决的问题,依托中国的传统的解释学的资源,就把它作为我们非常重要的一个参照系来讲,我想这样的话对于中华文化的跨文化阐释和对外传播的研究,可能能伸出更多的面向,而且可能对我们回答一些具体的问题会有更多的启发。我就是加一点供你参考。

杜道明教授:

　　刚才几位专家都谈了很多意见,我都很同意,那么我就再补充一点吧,拾遗补漏。总的来说,我对这个课题感到非常的欣慰。因为我们国家历史上引进了大量的外来文化,同时也把自己的文化输出去了很多。但是对前者的研究非常多,而对后者的研究非常少,严格地不成比例,太失衡了。所以我看到这样一个课题就感到非常欣慰,很高兴。因为这实际上关系到我们国家的"软实力",国家地位怎么样更好地体现,这些重大问题。所以这个课题我觉得是既有很明显的学术价值,又有重大的社会价值。所以这个非常好,我对这个课题也是寄予了很高的期望。

补充一点儿,提点儿建议吧。总的来说这个整体思路和总的框架设计还都是挺不错的,就是有一些内容方面有点欠缺。就刚才几位教授都提到的有同样的问题,就是说因为中国文化包括的面实在太广了,你单纯地把这个文学文本拎过来,或者把中国文学作品在海外的影视改编的传播拎出来,做一些研究和分析,就觉得好像这个包含的量不够,不够全面。但是你要是面面俱到呢,你的功夫也就不可能有保障。所以怎么样拿捏好这个分寸,既要充分地说明问题,又不能太散,这个就得下一番工夫了,可能要仔细考虑考虑。

你这里边谈到了这个跨文化阐释学和中华文化经典外译和这个跨媒体传播研究,确实这是一个很重要的问题。但你这里面有一个部分没有提到,这个中华文化的经典文本的外译,就目前来看,这个外译文本的质量很成问题。有不少的缺失、疏漏,甚至是误读,它里面存在的问题很多。今年我的一个博士生毕业,他/她这个论文选题就是"老子《道德经》西班牙语译文辨疑",他就拿目前在海外流行的那个外国人翻译的《道德经》,但是他从里面找出来很多的问题,这个翻译的质量很不行,但它又影响很大,还是个权威人士翻译过去的。它的理解有很多误读,我这个学生就专门对这个文本存在的一些问题做了一些分析和纠正。这样一个比较经典的文本都存在这样的问题,那一般的人翻译的恐怕问题就更多。所以这个问题就涉及怎么样能够保证质量,翻译成外文。单纯靠海外汉学家来翻译肯定是不行的,远远不够,而且也没有质量保证。我想我们是不是可以更主动一点,组织相关的人员,组织力量,在这方面多做一些工作。当然就翻译这个经典文本来说,像钱锺书先生那样的人才应该是比较合适的,既有很好的国学根底,同时又精通外文,当然这样的人太凤毛麟角了,远远不够。我想可以首先由咱们国内的人把这些主要的经典文本翻译成现代汉语,先把这个文本弄好了。从现在存在的这个翻译作品来看,翻译成现代汉语的这些经典著作,翻译质量都不太行。把这一步翻译准确了,再加上相应的注释,这一关过了以后,下一步再把它翻译成英文,就会在最大程度上避免一些失误。这个是应该注意的一个问题。

我觉得还应该再增加一项内容。这个海外汉学既然是中华文化对外传播的重要一环,那么在促进海外汉学进一步蓬勃发展这一方面,我们可以,或者说应该采取哪些措施,做哪些工作,现在也是应该加以重视,所以这个课题里面应该有所涉及。

再就是从接受学的角度来说,我们这个开题报告最后提到推进中华文化的对外传播,在国际上建立良好的国家形象,确实这个是很重要的。我们的目的就是通过中华文化的海外传播,在国际上树立良好的国家形象。但是我们也可以反过来讲,我们国家在国际上的形象的好坏,它会直接影响到中华文化在海外传播的效果。你的国家形象好了,国民形象好了,传播的效果自然会好,人家就容易接受。如果你这方面有欠缺的话,或者说形象不佳,那人家就会产生抵触,他/她就很难接受,你的传播效果也就会大打折扣。我想这点凡是在海外生活过的人,都会有这个切身的体会。我当时在瑞士支教的时候,任务结束后回国就碰到很尴尬的事情。一切手续都办完了,出海关的时候,上飞机之前,在我前面的人都是老外拿着别的国家的护照,人家一亮就马上过,到我这儿一看亮的是中国的护照,马上就给卡住了,不让过。我就感到奇怪的很,为啥呀。他反复地审量,看了我这个人的长相跟护照的相片再对照一下,反复地审量,看不出什么不对来,就是不放行。在我后面排着队的人,人家都不干了,都提意见。他最后只好把我拉到一边先让人家过,我觉得我也没有什么,咱又不贩毒又没有什么,结果人家就是不放行。后来我就满身地掏,掏来掏去掏出来瑞士苏黎世大学给我发放的一个工作证,还是个简易的工作证,拿出来这个以后,噢,OK,马上就放行了。我说堂堂中华人民共和国的护照居然不如人家的一个临时工作证管用,这事让我感到非常的难受。而且我在给他们这个汉学系的学生上课的时候,第一节课,刚一开始上课,学生马上就站起来,说老师我们在课堂上批判共产党你同意不同意?他/她就给你来了个下马威。我说我不同意。结果全班同学都不愿意了,为什么不同意,我们为什么不能?我说我到这儿来是给你们介绍中国文化的,在课堂上必须听我的,下了课以后你们爱干什么干什么我干涉不了,那是你们自己的事儿,但是课堂上必须听我的。还有就是在平时跟人接触的时候,他/她一看你是中国人的面孔,首先问你,是日本人吗,不是,是韩国人吗,不是,那是从台湾过来的吗,不是,他就不理解了,那你是从哪来的,我说从大陆来的,噢,他/她就用异样的眼光来看你。所以我就感到很难过,咱们的形象怎么就差到这个地步了呢。当然这个方面咱们作为学者,做这方面的研究,也不可能去触动政治上的高压线。但是我想说的一点是什么呢,就是说我们能不能,找到更多的跟国际社会相一致的,或者是趋同的部分,大家都比较能够接受的部分,在这个方面加强一下,做些针对性的研究。我想咱们这个课题里面也可以适当地涉及一下。不能让人家感到抵触、不认可,那就很不好办了。就补充那么几点吧,供参考。

严绍璗教授:

那我就简单说了,诸位都已经说了很多的见解,贡献了很多的智慧了,我不会超过他们的。其实我听到庆本这个课题呢,我感觉到它很有意思。因为我自己说起来在这个领域里头也做了几十年了。开始呢,我们缺少理论,就像刚才西平说的一样,就是国际中国文化研究,从具体的文本开始,进入这个从文本中间能够提升到一种理性认识,能够有个相应的,并且具有指导性的一些理论见解,那么将进一步地推动这个研究,将是非常非常必要的。现在在我们这个课题的研究,类似这样的课题研究,就像刚才杜先生他们也提到,我们要面临一个,也可能是很好的机会也可能是很难的阐释。是什么呢?就是我们自己都是学院派人士,学院派人士在表述的时候,经常有很多学院的气味,但是我们又生活在多元化的文化语境中,首先遇到的就是国家主流话语的价值定向。就是说这个国家主流话语它为什么现在特别强调中国文化的跨文化阐释,中国文化走向世界,因为我们学院派的研究的某些结论呢,可能和这个国家主体话语是不一样的。就是我们中国文化走向世界以后,使世界更了解中国,这是我们最大的心愿,能够了解一个和平的繁荣的发展的中国。但是根据历史的经验,中国文化在世界上,当它变成对象国文化元素的时候,刚才已经西平都讲得很清楚,它有一部分已经变成了它(对象国)本体文化的构建材料,那么最简单的就像儒学在日本。你看一个儒学在日本变得这么猖狂是不是,甚至对儒学产生的国家这么猖狂,它不是儒学发生变异了吗?那么我们调查这个结果,当然我们学界可以讨论这个问题。20世纪,日本最大规模的祭孔,第一次就是由军队发起的。而组织1906年日本主持祭孔典礼的,是日本海军元帅,他就是甲午战争的联合舰队的司令官,我们现在叫司令员。陪祭的那个,他就是甲午战争时候日本"浪速号"的舰长,就是我们甲午战争电影里面看见的,击沉中国"高升号"的,日本主力舰的发炮人,就是下命令开炮的人。这件事情不是非常荒谬了吗?怎么一个接受了儒学文化的国家变成了以侵略者为主导人来进行祭孔呢?而且在日本法西斯思想形成的时候,我们现在称之为"法西斯思想魔王"的北一辉,他工作的房间门口,挂着孔孟圣这个牌子。中国人简直觉得不可思议是不是?远东军事法庭判处的唯一的一个文人大川周明,他就是鼓吹在中国施行尧舜王道之道的鼓吹者。那么这一系列的事情就是中国文化的传递发生很大的变异。这就使我们在这个中国文化的双重阐释上面,在向民众和社会公布的时候会产生很多的困难。这就是我的第一点,我们作为学者的理解,第二是和社会冲突话语的要求和导向,第三就是和文明发展的总体趋势,如何契合。

因为我觉得我们中华文化的跨文化研究,从本质上说,它就是世界文明互动中的一个层面,我们是双向的或多向的在进行阐释中国文化。一方面由我们中国人自己来阐释,但是我们也无法干涉,对象国以及世界各国都有对中国文化的阐释。而且事实上,根据我的这个微薄的经验,中国自己对中国文化的阐释在世界上接受起来非常困难,而对象国的人对对象国的学者对我们中国文化阐释,它的传播的领域、范围相对就比较大。你比方说我们杨先生、叶先生是中国杰出的翻译家,他们翻译的文学作品在世界上销路很少的。但是这些文学作品在他们这些国家的流传都是由他们国家的翻译者(来翻译),它才能得到传播的。刚才杜先生讲到,这个比如说《老子》的翻译,发现对象国的翻译有很多很多的不对的地方,那么我们来加以纠正。但是从传播的意义上,从传播的通道上来说的话,只有这样的"不正确的"翻译,它才能为对象国接受。这一点不只是对象国对我们这样的,我们也是这样的。我的一个学生做鲁迅作品中间的日本资料,他对了鲁迅54篇翻译的文章,没有一篇是原文翻译的,都是鲁迅根据自己的意思翻译的,而且鲁迅翻译的时候胆子还大得很呢,他翻译翻译着,文章中间一大段一大段都没有了,没有以后呢,出现一大段一大段鲁迅自己的体会就写在里面,就说这肯定是他理解的,解释的上面的意思,这样也行。所以他论文讨论会上,中国现代文学的几位研究者说,你这个材料如果敲死的话那我们中国现代文学要重写了。其实不必重写了，因为只有这样的解释，才能为对象国接受，也不是鲁迅一个人，茅盾也是这么干的。外国人翻译我们中国作品也是这样的。所以我们面临着一个很难的课题，这个三角的关系的处理，可能是一个大问题。

　　再有就是我们现在做这个课题的价值，我觉得我们现在是该做的时候了。因为我们中国文化向世界的传播是自古以来就有的，当然我们当时并没有意识到它的价值，近100年来中国学者陆陆续续地开始知道，也开始关注中国文化在世界上的传播和传递。所以我相信，老一辈现在也很有眼光的。我记得30多年前，我们几个在做这个非常可怜的材料收集的时候，当时我们几个人在编一个叫做《国外中国古文化研究简报》，这是个非法出版物啊，北大提供300块钱，油印那个封面然后我们自己打印那个内囊，然后装订。邓广铭先生看见以后就找我们说了，这些事情一定得坚持下去，坚持10年、20年，必有大的成果。今天回忆起来，我觉得老先生这是很有眼光的。他看到这个中国文化的复兴，中国文化在世界上的传播，这个当时我们还是在情报信息的层面上做的，他已经感觉到很有价值了，将来一定能够发展成一种大趋势。那我们现在在三十几年做这个，基本上是在个别文本的解释的层面上做的，也积累了很多文本经验，也慢慢地逐步积累起了一些从文本中间提升出来的一些研究者个人体会和一些自我认知，但是从总体上说对这个学科相对全面的理论的提升，我觉得不够。因为我和西平他们一起编了这个《1979到2009三十年，国际中国文化研究年鉴》。这个年鉴已经出版了，这个里面也收集了所谓理论研究的层面，这都是一些研究者的自我经验的体会、对谈，还没有形成一个具有普遍性的理性认识。那么刚才西平说了我们主要是应用了欧美学者的一些理论，来从事于阐释学、传播学这样的一些解释。我一直认为欧美学者的理论都是欧美学者的智慧，他们是基于自己生存的文化语境所提升和概述出来的。当他们自己在归纳和创建这些文化理论的时候，他们并无意于让中国人按照他们的理论来做。那我们在70年代后期和80年代批发进来的大量的理论是我们的批发商干的，不是他们推销给我们的。当时热度很高，现在发现他们有一些事情跟我们中华文化或者华夏文化本体以及汉语言文学、汉语言文化有些许地方不能契合。这件事情就是世界文明史上普遍的状态，因为欧美学者在他们的文化体系中，当然他们也有很多多元的文化元素，但是和我们中华文化呢，它是一个世界上独立存在六千多年的一个文明体系，他们之间的状态是很不一样的。我随便说了，马克思在写《资本论》的时候，他写到第二卷的时候为什么不写下去了呢？马克思在写《资本论》的时候他发现，他所运用的材料都是欧洲的材料，他忽然知道了有亚洲存在，特别是有东亚中国存在，他感觉到有点茫然。我看了些文章说他感觉到有些茫然，他觉得他不能再阐释下去了。当然马克思是个非常诚实的人，他知道他连俄罗斯的农奴制度都不太清楚，那么他《资本论》的主要内容是针对西欧社会展开的，他所熟悉的各个国家的法规，法国啊，英国啊这套情况展开，所以他《资本论》就搁笔了，他不写了。他后来就想了一个，对亚洲来说，应该怎么来表述呢，根据他所积累的材料，他讲了一个"亚细亚生产方式"，可是他死活没有阐释清楚，这个"亚细亚生产方式"到底是什么,引起了后代的亚洲的马克思主义者大量的自我在那解释,认为马克思应该怎么样。现在我们几乎不再提"亚细亚生产方式"了,因为马克思根本就没有讲清楚"亚细亚生产方式"是什么。他都没讲清楚的事情我们的经济学家怎么说得清楚呢,也没有说得很清楚。这就是说,用欧美的文化底蕴来解释亚洲的状态,亚洲是最最复杂的一个地方以及用来解释中国文化、中国的生产方式,那是不可能的。所以我的意思是说我们倚靠欧美人的智慧,解释不了亚洲文化,特别是中华文化的这个状态,所以特别需要我们中国学者自己来总结自己的经验,在人类普遍的经验基础上解决、提升我们的经验。所以中国比较文学会在明年要开一个年会,明年开全体大会的时候,商定了一个主题,叫"比较文学在中国100年",它的成果和经验。中国比较文学是跨文化研究,它经历了100年以后意识到它现在必须需要,也有可能,来总结自我的经验,以便能指导将来。那么我想呢,这个课题的出现,它其实也是在这个潮流中间,在我们叫做"国际中国文化研究"这个层面上,开始总结中国学者的理论经验,所以我想它是非常有价值的。

那么你这个课题的设定叫做"中华文化的跨文化阐释",我觉得非常有意思。中华文化的跨文化阐释我们在文章中有时候也讲,但很少作为一个标题、一个概念提出来。因为我们现在有讲这个汉学研究,有讲中国学研究,还有现在推行新汉学研究,学界众说纷纭,大家意见不一致。那么我们几个为了要缓和大家的意见,就叫做"国际中国文化研究"。"国际中国文化研究"好像可以缓和点儿,你讲汉学,也可能有道理,你说中国学,我觉得中国学更有道理,你讲新汉学,我觉得没什么道理,但是再论这个概念已经很困难了,那么叫做"国际中华文化研究"。你现在把它变成"中华文化的跨文化阐释",那么你其实就是把中国文化研究的本质性意义提炼出来了。讲了半天呢,这一个系统其实就是中华文化的跨文化阐释,那么跨文化阐释实际上就进入了文明互动的层面,所以一个文化有多元文化的解释,它其实就进入了世界文明互动的体系中间来了。所以我觉得这个命题现在有点意思,很有理论价值了。"有点意思"是老百姓说的话,"有点理论价值"是学术用语,是吧?

你设计的一个总的表也很有价值,其中一个我觉得有两点,其实他们都说过了,不过我再要特别强调的就是,关于文化的多元阐释呢,一种文化变成另一种文化时,它必定是有通道的,或者阐释的过程就是文化传递的通道,翻译也是文化传递的通道。那么这种通道它是通过多重形式来实现的,我个人觉得文化传递的通道和阐释的通道其实主要是从三种形式上出现。一种就是"人的移动"本体,人就是文化的载体,人的移动实际上就是文化的阐释。刚才杜先生讲到,为什么他的护照走不了,另外的护照走得了,这就是文化移动中间的文化阐释。这一点其实从古以来,在古代的时候,我们没有现代称之为的新闻媒体,那么那些国家怎么理解中国呢?一个就是看人的移动,人本身带着文化移动。第二个,是器物的传递。那么古代器物我讲来讲去呢,就是青铜器啊,丝绸啊,是吧。其实国外的器物也是不断地传进来的。我前两天看有历史学家对人民教育出版社出版的中小学课本的插图提出质疑,让他们马上改掉,就是说这个里面的插图违背历史事实。那么这是涉及器物的问题了,写一个学者坐在凳子上,在桌子上看,说魏晋的时候的一个什么人。他认定魏晋时期我们还没有这个桌子,还没有现在的方凳和这个桌子,也没有靠背椅子。靠背椅子是从阿拉伯传进来的,这样的高桌子是唐代才有的。(这个)给我很大教育,我觉得这个太有意思了。他说你这个图是很荒谬的,你把文明的传递大大提前了。咖啡原产非洲的埃塞俄比亚,后来才传递到土耳其,到奥斯曼帝国的时候依靠它的军事力量,才传到了欧洲。那么它这个也是文明的通道,现在我们一说咖啡对应的是欧洲人的了,美国人的了,有产阶级的,知识阶级的,思想家的牛奶什么的。它最早是在非洲产生的,靠奥斯曼帝国强大的军事力量来推动的。第三种叫做文献典籍的传递。我们现在讲得最多的就是文本的阐释。我想我们非常需要讲的就是这个通道里面各种各样的变异,其实一种文化到另一种文化,对象国能够接受它,就是通过在这个通道里面的变异而得以实现的。你原本地把中国文化搬到任何一个对象国家,它很难理解你的。因为它能理解你的就变成你在里面,它只有做出它的理解,它才能接受你。所以马克思说了,文化的传递一直是以"不正确理解"的方式进行的。马克思不只讲中国文化,马克思讲的是法国当时古典主义戏剧和希腊悲剧之间的关系。古典主义戏剧的理论是依据希腊悲剧总结出来的。根据亚里士多德在《诗学》中的观念,提炼出来。然后当时法国的一批哲学家认为,希腊戏剧并没有"三一律"的原则,亚里士多德也没有讲过现在古典主义戏剧家讲的这些悲剧理论,那么古典主义它不理睬你这个解释了。所以也有翻译家专门把亚里士多德的《诗学》从拉丁文译成法文,给这帮古典主义理论家看。马克思说这是毫无意义的。因为只有把希腊悲剧解释成为"三一律",对法国的当时来说,才是需要的。当它变成了完全是希腊戏剧的时候,对于法国古典主义戏剧来说是毫无价值的。那这个给我们很大的提示,就是说它的传递,是在"不正确的通道"之中进行的。但要描述出这个"不正确的通道",将是一个非常艰难的过程。那么我们现在所讲的翻译,讲的什么留学啊,这个留学就是人种的移动,这个翻译是文本的诠释,都是在这个通道里面进行的。

最后一个就是刚才张先生讲到的,我很赞成你所谓的这个关于国际中国文化接受的实证研究。因为我们现在比较强调的是我们文化的外出,所谓"中国文化走向世界",很少讲到接受国的状态,你这里有一个题目专门讲接受的实证研究,这一点,其实我觉得是问题的根本。每一种文化能够传到对象国,完全取决于他国内的需要。这个不要说其他地方,就在古代,在东亚,那么人家说中国和日本是同一个文化性质的国家,那是不一样的。日本有日本人的民族性,中国有中国人的民族性。那么日本为什么会这么接受中国文化,是完全它内需的需要,它内在的需要。如果它内在没有这种需要,你中国文化传播到那里去,它接受的层面会很狭窄。我想到前些日子我和西平参加文化部部长的座谈会,座谈会上一个土耳其学者讲到,他说在二十几年前,他选定以中华文化作为自己的职业来学习,希望能够把中国的文化介绍到土耳其,他说当他选定以中华文化作为自己职业的时候,就意味着什么,就意味着我将终身失业。然后全场鼓掌。那就是说它的接受面是很小很小的。那么这种接受面呢？我们现在没有实证的材料，我边上的一个泰国的先生，他告诉我说，他翻译了好几篇中国的作品在泰国，有谁要买啊？他说："现在泰国有电影，有电视，足够他们消费了，要坐下来仔细看中国的小说，那要费时的。如果我翻译一部中篇小说，他/她得看两三天。像莫言先生这样的长篇小说，如果我把它翻译出来，他/她要看好几个月。没有一个人有这样的耐心看下去。"我觉得这也给我一个很大的刺激，这是他的终身职业，他说现在翻译的作品只有大学生要做论文的时候来翻读，可是他们做完了论文以后就不看了。他们毕业了嘛。那我说他们毕业以后做什么呢？他说他们最好的职业是在泰国的大学里面教汉语。教汉语就不需要你的这些小说了，编了很多汉语教科书了，足够用了。那么这些状态呢，其实没有达到我们中华文化外传的根本目标。

我们中华文化外传的根本目标是影响到他们一个国家的某些层面，能够树立起中国一个美好的、向上的、强大的这样一种形象。而且特别要能够渗透到他们的知识阶层和政治阶层层面，这才有价值。刚才张辉老师讲到，孔子学院我们可以拿世界很多国家的学院（比较），大国都在致力于把文化推向世界，你美国、德国、法国、日本不也是这么干的吗？但是他们的手法要比我们高得多，你想它有歌德学院，法国在北京有远东学院，日本在北京有日本文化研究中心，他们都是高层次的。日本文化研究中心，起点是硕士层的。远东学院和歌德学院要求更高。我们的投资层面要在更高的层面上进行，能够渗透到他们的知识分子的意识和观念中，它才有价值。我们培养兴趣价值这个投资我个人觉得应该由他们自己国家承担。我们可以把经费集中在更有价值的层面上，至少这点我可以提吧。你想国外振振有名的中国学家，也没有在孔子学院待过，是不是？我们现在讲莫言作品成为标杆，它有多少种翻译？这些翻译家我认识几个？没有一个从小在孔子学院待过的。他们几乎都是在博士阶段上才到中国来学习的。我认识日文翻译的，莫言作品的最早的世界翻译家，吉田富夫。他参加这次斯德哥尔摩的授奖仪式，那么他是在博士毕业以后来到北京大学中文系的。我们当时没有博士后，因为他是1965年（来的），1965年没有博士后，他博士毕业后两年，通过日本中国友好协会，到北京大学中文系待了两年。然后这个翻译，为什么他翻译得比较好呢？他不是完全按照文字翻译的。关于这个他有个谈话，中央电视已经把它做成录音了，去日本给他采访。他读了莫言的作品以后，他说他很震动，他认为这个作品对于反映中国社会的某些层面，农村层面，很有价值。他很想把它翻译成日文，介绍给日本。但是他没有按照标准的日本语，东京语来翻译，他说没有人看。他试做了两章，找了一批他的日本学生来看，来讨论。他的学生说看不出有什么好。他觉得这是他翻译上的很大失败。没有把他心灵感动的成分让学生也受到感动。他说我为什么感动呢，因为他来过中国几十次了，他说因为我了解中国，我能够把握他（莫言）作品里面脉搏的跳动。他到中国来和莫言商量："我再用一种日本方言来给你翻译，也要用一种日本的农村方言来翻译。你语言里讲的山东的习惯，我用我这个日本的农村的习惯，跟你尽量相配上。"然后他找了这个广岛边区的一个农村方言，他比较熟悉,他就用他的方言翻译的。翻译以后他念给莫言听,莫言说你不要和我说这个话我听不懂,你跟我说翻译的什么意思,然后他说翻出来什么意思,莫言说,就这样了。他说:"我觉得很高兴。"这个就说明一个问题,国际汉学家要真正地理解中国文化呢,他要和中国学者心灵相通。他能够感知中国文化的脉动,而且他真是全心全意要把这件事情做好。但是他介绍去的中国文化,它未必就是我们原来意义上的,我们中国人认知的原来意义上的中国文化。他以他们民族的,可能接受的这种方式和形式把我们文化传递过去了。所以这一点我觉得我们没有人总结他们的经验。假如你能在接受对象的实证里面找几个这种类型,那么我想我们这个对于文化的文明流动,它会是有价值的,它会提示我们。就是这个翻译呢,可能是要中外学者的互动的。纯粹找一个中国人翻译,刚才杜先生讲的叫钱先生来翻译,我觉得钱先生的翻译未必外国人要看。钱先生如果真的以钱先生的心情来翻译,他外国人不一定要看他的。他一定要有一个懂他们自己国家的人来翻译。他们国家的人翻译呢,也要有一个中国人参与的,因为他会遇到很多困难,那么可以帮助他来做。中外合作的翻译,以对象国文化为主体的翻译,我以为是可能有价值的。其实这个不反历史的,我记得我小的时候,50年代,在高中念书的时候,当时我们流传的马恩著作有很多是莫斯科外文局出版的,价钱很便宜,卖不掉。因为中国人不要看莫斯科外文局翻译的这个马恩著作。所以后来我们这个编译局大量地印了我们中国人自己译的。我们中国人自己译的就出了问题了。出了问题呢,或者是我们故意要这样译的,或者我们是误译了的。"文化大革命"以前批评北大中文系丰仟杨晦修正马克思主义文艺理论。杨晦是我们老共产党员了,批判会上,杨先生拿着德文版的马克思著作,俄文版的马克思著作、英文版的马克思著作、中文版的马克思著作,然后他说:"批判我修正马克思主义文艺理论的地方,告诉各位,你们都是根据中文版来说的,我是根据德文版说的。你们只要对照一下就知道,我说的是马克思的话,你们说的是中国翻译者的话。"我们当时是年轻助教,对杨先生的这个勇气佩服得不得了,他说他中文版的很多问题是根据俄文版来的,俄文版对德文版不诚实,中文版跟着它不诚实。那这翻译里面的问题大了。翻译里面的问题可是了不得了。当时我不懂啊,我只是对杨先生很佩服。后来我稍微懂一点这个跨文化阐释以后,我知道俄文版翻译只有这样翻译才能行,俄文版翻译如果真的把德文版完全翻过来的话,俄国就可能不是这样了。俄国不是这样,那中国就跟着俄国也不是这样了。我们只能是在马克思说的"不正确理解"的过程才变成是这样。那这样我们的课题的理论概述上,既有很大的空间,又有很大的难度。但是我觉得作为理论概述是可以这么说的。有很多马克思的理论可以来帮助我们,来支持我们的观点。我说的完全是学院派的人说的话,谢谢。

韩经太教授:

那我就少说点吧。今天参加庆本的这个项目的开题,我很受启发。我有大概这么几个想法吧,主要就你这个材料表述中的三个想突破的重点,我对这三个重点提点建议:这三个重点第一个建议就是希望有一个理论上的突破,构建一个烙上李庆本色彩的一个跨文化阐释的这么一个理论体系,如果将来有一天,世界各国人掰着手指头说关于跨文化阐释有谁谁谁,中国北京有个李庆本。那么我觉得这是我们最大的成果。所以说我对这一点期望值很高。但是以上各位先生的发言又使我对这个有点担忧,我觉得这个是挺难的一个事。我比较赞成严先生提的这个实证的例子和德胜提的那个问题,就说跨文化阐释我觉得有点类似于我们这个普通语言学,可是你这个选题本身毕竟是中国文化的跨文化阐释,所以我觉得你这个跨文化阐释得有一个普适意义上的阐释学原理,和我们中国文化对外阐释这个主体要求之间有个关系明确。在你建构你的理论体系,比如说你写这个专著的时候,中国文化这个主体不能没有。没有的话就无非是把世界上各种阐释学的理论汇总一下而已。如果你始终能有一个关于中国文化的主体意识在这个地方,那就是刚才严先生谈的,其实我觉得就是一个"适者生存"。在文化、跨文化、跨界阐释的过程中间,你要适合它的那个需求你才能够生存,人家才接受你,这不就是一个适者生存的原则吗? 如果是这个适者生存的原则的话,你不能只有一个主观的愿望是我要我的文化走出去,对不对,你必须适合人家,你才能走出去。那么什么适合人家呢? 你就要部分地改造自己,改变自己才可以。所以我觉得不要忘了这个主体性,我们的主体要求。或者你这里还有一个目的论的问题,中国文化的跨文化阐释,有我们的意图,有我们的目的,其实说穿了不就是想影响各国的决策层吗? 这个是第一个。

第二个其实我特感兴趣,但是我还有这么个想法,因为中国文化这个筐太大,里面东西装得太多,你如果要面面俱到几乎是不可能的,尽管如此,必要的几个层面还得有,所以我这有两个建议。一个建议就是刚才严先生说的那样,要把中国文化分成层次,比如孔子学院现在所实施的教育,所涉及的东西,就是一种最日常的兴趣的一种层面,那么再高的,比如翻译家和莫言进行的深度交流这是一个层面,这几个层面要有一个层面的分析。第二,咱们这个团队主要是比较文学的团队,所以我觉得你要有意识地超越文学的界限,因为中华文化的概念,基本概念是国学科学经史子集,文史哲啊,你除了文学还有史学,还有哲学的问题,至少谈中国文化没有哲学是肯定不行的。所以你得考虑中国的哲学思想,我们的核心价值观,这些东西。那么除了中国形象还有中国思想、中国人格、中国精神这些东西,那外国接受者,我们从什么层面上来剖析,(他们)来接受这些东西,接受状态、接受方式,那么反馈回来我们怎样来把握。阐扬我们的核心价值观,这个中央不是也在提这个核心价值观嘛。所以我就强调两点,一个是要有层次上的分析,至少有几个层次我要兼顾;第二个是几个学科也要适当兼顾一下,比如说我们就关注两个,哲学层面和文学层面,也可以,我们没有局限在文学层面。因为不能把中国文化的跨文化阐释最终做出来成了中国文学的跨文化阐释,那就跟别人没区别了。

说到这顺便提一句,将来我们的成果结项以后,我们成果不管是什么形式,拿到世人面前的时候我们和相关选题的其他几个团队应该有所区别,我们得有立得住的一个基础。我们北语做的和川大的是不一样的,和人大的也是不一样的,几个成果之间有互补性。如果和他们做的几乎是一样了,一样了就坏了,为什么,一样了他就要比较了,做的内容差不多看谁做得好。这个之间互相比较对我们的压力太大,这是我的第二个建议吧。

第三个建议我已经讲到,我跟严先生想法基本一样。我觉得来华留学生这块是可以分析的。而且在来华留学生方面,我觉得你也要分层次,除了语言生之外,他/她真正进入中国的,比如进入了中国的文科。留学生进入中国的文科以后他/她开始接触中国文化的核心价值,他/她和他/她自己母语体系、思想体系、文化体系之间是一个什么关系。如果这能够通过某种调查研究或者调查问卷这种方式(来研究),我觉得可能比较有说服力。

最后,就现有材料看,刚才以上几个先生都说了,我们成果形式是什么还不太明确。其实我觉得希望咱们这个,就是重点突破三点,我希望将来有一个关于中华文化跨文化阐释原理的这么一本专著。我觉得这是成果形式之一。之二就是分层次的、分学科的这样一套书,一套书主要建立在实证分析基础上,你像比如西平教授做的那个 13 个 100 年,那个书不管怎么说,往那里一摆就有震撼力。而且为将来人做这个研究提供了一个坚实的基础,这个太扎实了。我们将来我觉得第二部分也可以做得特别扎实。第三部分,就是为我们的上层提供一个非常有参考价值的调研报告。这个调研报告就建立在对相关的留学生到中国来以后各个层次的、各个专业的相关调查问卷的基础上。我是有材料依据的,然后我根据这个材料的分析,可以提出很有针对性的建议。这个建议越空越没有用,建议越具体对它可能越有点用处。这样我觉得成果分这么三个类型。总之我不是搞比较文学的,我是个外行,受到各位先生的启发以后说这么几句,请多指教。

李庆本教授:

刚才各位专家都提了非常多的意见,因为今天是开题报告会,我们主要的任务就是听大家提意见。我简单地回应一下各位专家,就是刚才韩校长还有几位专家都提到成果形式的问题。我在开始的时候忘了介绍,这个成果形式有一个通知书,已经给我们规定好了,是 40 万字的一本专著外加两个调研报告。而且这 40 万字的书稿是由他们负责来出,是这么一个成果形式。我们开始报的时候是报了一个系列的丛书,现在看来他对我们的要求从数量上来说是降低了。但他是说你要精炼出 40 万字的书稿来。我觉得完成这样一个任务仍然是比较艰巨的。这是我要给各位专家补充汇报的。

这个课题我拿到以后一方面是很兴奋,很高兴,另一方面确确实实感觉到要完成这个课题难度还是非常大的。各位专家提到的,比方说中华文化怎么界定它,因为中华文化这个概念本身就是无所不包的。你碰任何方面都可能会引起其他方面的反驳,确确实实是一个比较麻烦的事情。我现在想到的,也是受到各位专家的启发,从理论上来说,像各位专家提到,比方说一个是传播方,一个是接受方,我们怎么来进行一个很好的厘清。还有一个就是严老师刚才讲的变异的问题,我们在传播中华文化其实最重要的目的是能够得到对方的理解和认同,增加他对我们的好感。按照现在我研究的一些成果来说,如果对方能够达到认同的话,必须是要发掘我们中华文化的一个普遍的价值。其实这样的东西才能达到一个比较好的效果。刚才像各位专家讲到的,我们要发掘中华文化的跨文化阐释,我觉得可能最高的目标是实现对我们中华文化本身普遍价值的一个发掘。

这是我想到的一个努力的方向,我在这个方面也写过几篇论文来探讨这个问题。就这个理解上来说,可能是分不同的层次,最低的层次是他可能根本就不理睬你,不接受你。那么第二个层面,他可能是对你有所反应,但是他对你的理解完全是另外一个样子的,不是按照你的设定,你给他的文化的编码是什么他就能够接受的是什么。所以这里面就是我们通常所说的误读的问题。这个误读的问题是在文化传播当中非常重要的一个现象。我觉得这是第二个层面的问题,也是比较多存在的现象。那么第三个层面就是说他能够理解你,但是他不认同你,有这样一个层面。第四个层面就是他能够认同你,那么他对你的这样一个认同其实就是基于你这个中华文化的普遍价值的一个认同。比方说生态问题,现在我们看到国外的一些材料,他对中国的传统文化当中的道家思想、庄子的思想、老子的思想,国外很多研究生态的人他们是认同的。还有关于儒家思想当中的所谓的"己所不欲勿施于人"这样的一些原则恰恰是代表着他们国家也有类似这样的一个表述的,这样的一些层面。所以在我们的研究过程当中,可能是要注意这么一些问题。就是在理论上,确确实实我们要认真注意。

还有一个问题就是理论和实践我们怎么把它很好地衔接的这样一个问题,现在很多专家指出我们这个缺陷,就是在设计的过程当中,因为要分开说,可能是我们不得不这样,但是在实际的操作过程当中我们要把这个跨文化阐释整个贯穿到我们后面的各个子课题当中来,怎么来实现这样一个目标,这也是我们下一步要继续努力的。

那么我觉得最重要的,还是希望各位专家在以后的研究过程当中,经常地给我们以指导,我们下面将会进入具体的写作过程当中,我们课题组也会进一步地统一思想,根据各位专家提出的这些建议,我们首先要修改我们的标书。在具体的修改过程当中我们肯定会按照各位专家提的意见来进行修改。

总之,非常感谢各位专家,真的非常感谢。因为这个时间比较紧张,我们还可以在以后进一步交流,特别是阎纯德老师也是我们课题组的子课题负责人,还有王宁教授因为在外边没有回来,本来他也是要参加我们今天这个会的。所以我们还可以再进一步地交流,谢谢大家,谢谢。